Christian Mähr

Knochen kochen

Roman

Deuticke

1 2 3 4 5 19 18 17 16 15

ISBN 978-3-552-06280-1

Satz: Eva Kaltenbrunner-Dorfinger, Wien
Druck und Bindung: GGP Media GmbH, Pößneck
Printed in Germany

FSC
www.fsc.org
MIX
Papier aus verantwortungsvollen Quellen
FSC® C014496

Knochen kochen

1

Matthäus Spielberger erwachte und wusste, dass er krank war. Es tat ihm nichts weh, die Nase lief nicht, kein Husten quälte ihn. Aber er fühlte sich krank. Ein allgemeines Unwohlsein, Gewissheit: Etwas ist nicht in Ordnung. Nach der Ursache brauchte er nicht zu suchen.

Er hatte geträumt.

Einen speziellen Traum.

Er blieb eine Zeitlang auf dem Bettrand sitzen. Mathilde schlief in einem anderen Zimmer; seine Frau hatte es schon vor Jahren aufgegeben, sich an das Schnarchen zu gewöhnen. Er stand auf, öffnete die Klappläden und schaute aus dem Fenster. Ein Frühlingstag, etwas verhalten noch, mit bedecktem Himmel, aber rein astronomisch schon Tag. Acht Uhr. Er fröstelte. Er musste sich verkühlt haben, vor zwei Tagen auf dem Bödele, dem Dornbirner Hausberg. Mit seinen Freunden Blum, Moosmann und Dr. Peratoner war er bis drei Uhr früh dort gewesen, um Galaxien zu beobachten. Frühlingszeit ist Galaxienzeit. Eine Prachtnacht. Ruhige Luft, das Seeing so gut wie selten in diesem Landstrich, der Spiegel ausgekühlt, es war ein Erlebnis gewesen. Vor allem, weil sich die Kameraden so für sein Hobby begeistern konnten. Das war auch nötig, weil er das Instrument, einen Siebzehneinhalb-Zoll-Dobson amerikanischer Provenienz, allein nicht bewegen konnte. Das Fernrohr stand neben seinem Bett und dominierte das kleine Schlafzimmer. Wer den Anblick nicht gewohnt war, erschrak. Das dunkelblaue Rohr war fast zwei Meter lang und über einen halben Meter dick, es glich mehr einer Terrorwaffe als einem astronomischen Instrument. Man konnte den Tubus zwar teilen, aber der schwerere untere Teil mit dem Spiegel wog einundvierzig Kilo, das ganze Ding zusammengebaut über achtzig. Das hatte er beim Kauf vor einigen Jahren nicht bedacht. Er war das Hantieren mit schwerem Zeug von den Bierfässern her gewohnt, aber das Ding in der freien Natur an abgelegene, dunkle Ecken zu schleppen war kein Vergnügen. Es brauchte zwei Leute zum Transport. Das war ihm erst klar geworden, als er das Monsterrohr das erste Mal zusammengebaut hatte. Mathilde war keine Hilfe, sie interessierte sich nicht für das Betrachten der Sterne und war auch über den Preis nicht erbaut gewesen (dreitausend Dollar), weil das Gasthaus, das sie führten, so eine Ausgabe für ein bloßes Hobby nicht trug. Eigentlich. Uneigentlich hatte sie sich damit abgefunden. Denn ihr Matthäus besaß sonst keine Angewohnheiten oder Eigenschaften, die eine Frau in die Nähe der Verzweiflung bringen. Er trank nicht mehr, als ein Wirt hierzulande konsumieren musste, um nicht als Sonderling zu gelten. Das war wichtig: Ein Wirt durfte ein »Original« sein, aber kein Sonderling. Die Rolle der Sonderlinge wurde von den Stammgästen übernommen; jedenfalls in Wirtshäusern vom Schlage der »Blauen Traube«, die seit mehr als hundert Jahren und mindestens drei Generationen den Zeitläuften und allen Moden trotzen.

Den Part des Sonderlings gaben seine Freunde, die an seinem Hobby Anteil nahmen; jeder auf seine Weise. Blum brachte den »Wundern des Weltalls« kindliches Interesse entgegen. Er staunte gern und wurde nicht müde zu staunen, obwohl sich Matthäus bei den Astroexkursionen nach der Vorführung einiger Highlights (Orionnebel und so weiter) nur noch mit den Sachen befasste, die ihn interessierten: dem Aufsuchen schwacher Galaxien, immer an der Grenze der Leistungsfähigkeit seines Instruments, kaum erkennbare, winzige Lichtfitzelchen, nur bei dunkelstem Himmel aufzuspüren. Diesen Himmel konnte man nicht vom lichtverseuchten Vorarlberger Rheintal aus sehen, sondern nur von den Bergen im Osten – wenn man es nicht überhaupt vorzog, mit seinem Fernrohr ins Hochgebirge zu entfliehen, am besten auf die Silvretta im Süden des Landes. Matthäus Spielberger wusste nicht, ob seine Freunde ihn aus eigener Begeisterung für die Sternguckerei begleiteten oder ihre Exkursionen als eine Art Tribut an den Spleen des Wirtes begriffen, der ihnen ein Zuhause bot. Denn alle drei hatten ihr Wohnzimmer im Gastraum der »Blauen Traube«. Dort verbrachten sie einen Großteil ihrer Freizeit. Davon hatten sie reichlich. Der Chemielehrer Dr. Lukas Peratoner war schon in Pension, ebenso der Buchhalter Franz-Josef Blum, nur der Jüngste, Lothar Moosmann, arbeitete noch. Er war Holzschnitzer, hochberühmt in ganz Süddeutschland und der Ostschweiz für seine religiösen Bildwerke. In Vorarlberg eher weniger, was mit der Rezeptionskultur künstlerischer, aber auch anderer Leistungen durch die Landsleute zusammenhing; Lothar war deswegen nicht böse, er verabscheute eben diese Landsleute sowieso. Wie auch die Religion. Seine Kunden wussten nicht, dass er Atheist war.

Lothar Moosmann war ledig.

Franz-Josef Blum war Witwer.

Dr. Lukas Peratoner war geschieden.

Ja, so war das. Alle verehrten Mathilde Spielberger, die »Lecherin«. Sie hieß nach einer berühmten Vorfahrin namens »Lecher« und hatte das Wirtshaus von ihren Eltern geerbt, die es ihrerseits von ihren Eltern geerbt hatten. Die »Blaue Traube«

war eines der letzten Wirtshäuser alten Schlages, wo man für dreißig Personen, etwa einen Jahrgängerausflug, eine sogenannte *Käsknöpflepartie* bestellen konnte. Dieses in Vorarlberg beliebte Gericht wird aus Mehl, Wasser, einem Ei, Zwiebeln und drei verschiedenen Käsesorten hergestellt. Und Fett. Die Küche riecht danach mindestens achtundvierzig Stunden nach gebratenen Zwiebeln, was man mögen muss. Matthäus Spielberger mochte es nicht. Aber Mathilde war unerbittlich, beruhte doch der Ruhm ihres Hauses auf den unvergleichlichen *Käsknöpfle* und einem Dutzend anderer Gerichte, die man in der »Blauen Traube« in ihrer ursprünglichen, also nicht cholesterin- und triglyceridreduzierten Form genießen konnte. Schweinsbraten mit Knödel und Kraut zum Beispiel. Kartoffelpuffer mit grünem Salat. Manche Gäste behaupteten, in der »Blauen Traube« könne man Fettmengen konsumieren, bei denen einem anderswo schlecht würde – kurz: Es herrschten idyllische kulinarische Verhältnisse. Familiär war es auch idyllisch, ja, kann man sagen, wenn man vergleicht, wie es in anderen Häusern zugeht. Keiner der Ehepartner ging fremd oder war je fremdgegangen. Wenn sie sich stritten, dann über zu hohe Ausgaben für das Astrohobby. Tochter Angelika hatte nach langen Mühen einen Freund gefunden, einen in Bregenz beschäftigten Ingenieur, gebürtiger Spanier, der an ihr haften zu bleiben schien, was bei zahlreichen früheren Freunden nicht der Fall gewesen war. Diese Beziehung tröstete sie über die Unmöglichkeit, als promovierte Kunsthistorikerin einen adäquaten Job zu finden. Dr. Peratoner meinte, nach der Hochzeit werde ihr das gelingen, weil sie dann nach spanischer Sitte Angelika Villafuerte-Spielberger heißen würde. Angelika war sich nie sicher, ob sich der Chemiker nicht über sie lustig machte.

Es war also alles im grünen Bereich und von einer spezifischen Langeweile durchtränkt, wie sie die Hauptstädter mit dem Dasein in der Provinz verbinden. Die betreffenden Provinzler leiden aber nicht darunter, das ist das Seltsame. Ein einziger Schatten lag über dem Leben des Matthäus Spielberger. Seit einem nach außen hin glimpflich verlaufenen Autounfall hatte er Träume.

Über die Zukunft.

Nach innen hin hatte die Gehirnerschütterung etwas verändert, verschoben. Er träumte Dinge, die sich erst ereignen würden. In Farbe und 3-D und nicht etwa mit verrauschter Tonspur, sondern so, als ob er daneben stünde. Solche Träume waren selten, und darüber war er froh. Nicht, dass es darin um das Ende der Welt gegangen wäre, um den Antichrist, den Ausbruch des Supervulkans im Yellowstone-Nationalpark oder den Einschlag eines Asteroiden im Wienerwald – seine prophetischen Träume hatten nichts Apokalyptisches. Er sah darin nur Menschen, die ein Verbrechen begingen. Beziehungsweise die Begehung eines Verbrechens vorbereiteten. Mit ihm selber hatte es nichts zu tun, auch nicht mit seiner Familie oder seinen Freunden oder mit irgendjemandem, den er auch nur flüchtig kannte. Er stand nur dabei, sah und hörte zu. Die Leute in diesen Träumen schienen ihn nicht wahrzunehmen. Und ja, es ist dies natürlich die Position, die nach den Vorstellungen der Religion Gott im Leben der Menschen einnimmt. Unsichtbar, hört und sieht aber alles. Matthäus Spielberger war das klar, er hatte aber diesen Punkt seinen Freunden gegenüber nie zur Sprache gebracht. Was er zur Sprache gebracht hatte, waren die beiden Träume selber.

Das hätte er nicht tun sollen.

Er wurde dadurch in Geschehnisse verwickelt, in die er nicht hatte verwickelt werden wollen (sie wurden an anderer Stelle geschildert) – aber das war nun vorbei und hatte ihn den festen Vorsatz fassen lassen, dass er über den Inhalt seiner etwaigen Träume Stillschweigen gegen jedermann und jede Frau bewahren würde, ganz egal, welchen Inhalts diese Träume waren. Beim letzten Mal waren er, seine Familie und seine Freunde in die Sache hineingezogen worden; aber was heißt, bitte, *hineingezogen*? Sie hatten sich alle miteinander beträchtlichen Gefahren für Leib und Leben ausgesetzt, nur durch Geschick und Glück waren Verletzungen und Todesfälle vermieden worden. Also eher durch Glück, eigentlich, wenn man es recht bedachte, nur durch Glück, von Geschick konnte auch der Wohlmeinendste nicht reden. Sie hatten sich, wenn man ehrlich war, in dieser Sache aufgeführt wie eine Horde Idioten. Aber das sollte ihnen kein zweites Mal passieren. Und zwar deshalb, weil der Hauptverantwortliche, nämlich er selbst, Matthäus Spielberger, Wirt aus Dornbirn, das Maul halten würde.

Der Traum, der ihn dieses Mal aus der Bahn warf, diffus erkranken ließ, hatte nichts Schockierendes an sich. Nichts Kriminelles. Wenn man, wie in seinem ersten Traum dieser Art, zwei Männer sieht, die einen nackten dritten über ein Brückengeländer werfen, ist die Sache relativ klar: Niemand käme auf irgendwelche Harmlosigkeiten. So eine Szene deutet auf extreme Gewalttaten. Kein Mensch glaubt, der dritte sei im Bett gestorben.

In seinem neuen Traum deutete nichts auf Gewalt. Es sah eher aus wie eine Szene aus einer Wissenschaftsdokumentation, wie sie Nacht für Nacht in den Spartenkanälen liefen. Die sah er sich an, wenn er nicht schlafen konnte. Leute mit Spaten und Hacken gehen durch einen Wald. Vielleicht auf dem Weg zu einer Ausgrabung, kann doch sein. Aber noch oberhalb der Erdoberfläche. Und in Ägypten war das auch nicht, das erkannte er an der Vegetation und am Fehlen von Staub. Wenn sie wieder einmal ein Grab der achtzehnten Dynastie untersuchen, verschwimmt alles in gelben Staubwolken, der allgegenwärtige Christian Brückner spricht im Off-Text von fünfundvierzig Grad, die es da unten habe, und jeder glaubt das sofort, die Bilder selbst strahlen die Hitze aus; jeder sagt sich: Mein Gott, möchte ich jetzt nicht da unten sein, man hört es sogar der Stimme von Christian Brückner an, dass er jetzt nicht da unten sein will. Aber interessant ist es schon, keine Frage, man kann froh sein, dass es ein paar Verrückte gib, die freiwillig dort unten herumkriechen und das große Rätsel zu lösen versuchen, wer sich in der Mumie Nummer vierzehn verbirgt. Es steht nämlich nicht auf dem Sarg …

Von diesem Szenario war der Traum des Matthäus Spielberger weit entfernt. Es gab keinen Off-Text, Christian Brückner blieb stumm. Dafür hörte Matthäus die Personen in der Szene reden. Besonders eine Person. Diese Person fluchte auf bekannte Weise mit bekannter Stimme, die er unter Tausenden herausgehört hätte. Sein Freund Lothar Moosmann, der Holzschnitzer. Der Mann daneben war sein Freund Dr. Lukas Peratoner, der Lothar zu beruhigen versuchte. Der dritte dahinter sagte nichts. Es war Franz-Josef Blum, der alle anderen überragte. Seine Freunde reichten, um ihn zu beunruhigen. Weder Lothar noch der Doktor hatten archäologische Interessen. Was zum Henker taten sie also in einem Wald? Nach etwas graben, das konnte er an der Ausrüstung sehen. Aber was? Und warum?

Fragen konnte er sie nicht. Denn was er heute Nacht gesehen hatte, war noch gar nicht passiert. In diesem Punkt fühlte er sich sicher. Ob das Geschehen aber Wochen und Monate oder nur Tage in der Zukunft lag, konnte er nicht sagen. Zwar hätten ihm seine Erfahrungen gestattet, die Fristen zwischen Wahrtraum und Ereignis auszurechnen – aber er hatte das jeweilige Datum seiner Träume vergessen. Besser: verdrängt. Denn er wollte das Phänomen weder wissenschaftlich untersuchen noch sich überhaupt auf irgendeine Weise damit auseinandersetzen. Er wollte seine Ruhe haben. Er hegte Abscheu gegen Rätsel dieser Art. Rätsel akzeptierte Matthäus Spielberger nur in anerkannten Wissenschaften, etwa der Astronomie. Woraus besteht die geheimnisvolle *dunkle Materie*? Was hat es mit der noch geheimnisvolleren *dunklen Energie* auf sich? Solche Sachen halt, die alle interessierten, aufgeklärten Menschen betrafen – nicht so esoterisch angehauchte Materien wie die *Präkognition*. Er litt unter seiner Sehergabe, obwohl in seinem Fall das Hauptproblem aller Propheten nicht schlagend wurde: Seine Prophezeiungen trafen punktgenau ein, sie waren ja auch wie Videoaufnahmen aus der Zukunft – nur eben Videoaufnahmen in seinem Kopf, den die Erschütterung des darin befindlichen Gehirns auf unerklärbare Weise instand gesetzt hatte, sinnliche Erfahrungen in der Zukunft zu machen. Allerdings ungesteuert. Er konnte sich also, um ein naheliegendes Beispiel zu wählen, nicht in die paar Minuten der Lottoziehung am nächsten Samstag versetzen, was seiner Fähigkeit wenigstens einen positiven Nebeneffekt verliehen hätte. Diese Lottosache war in seiner Runde intensiv diskutiert worden – gleich als Erstes, nachdem sie aus den Folgen seiner *realen* Zukunftsschau mit einem blauen Auge herausgekommen waren. Dr. Peratoner verstieg sich sogar zum Ratschlag, er, Matthäus, könnte sich doch hypnotisieren oder von einem Schamanen in Trance versetzen lassen, vielleicht ergäbe sich in diesem Zustand eine Schau auf nützlichere Zukunftsereignisse … Das hatte bei Matthäus einen Wutausbruch und drei Tage währendes beleidigtes Schweigen zwischen den Beteiligten zur Folge, erst danach kamen sie stillschweigend zur Übereinkunft, den Vorschlag nicht mehr zu erwähnen.

Und jetzt hatte Matthäus ein Problem. Er konnte den neuen Traum nicht verschweigen. Etwas drängte ihn, alles auszuplaudern. Denn dieses Mal waren in seinem Traum Menschen vorgekommen, die er kannte. Peratoner und Moosmann. Eine andere Instanz in seinem geplagten Kopf opponierte heftig: »Bist du jetzt verrückt geworden? Hat das nicht gereicht, was das letzte Mal passiert ist?«

Dagegen konnte er schwer etwas sagen. Als er seinen ersten Traum den Freunden offenbart hatte, da hatten sie ihm alles geglaubt, Wort für Wort. Und darauf bestanden, dem Verbrechen, das er im Traum gesehen hatte, nachzugehen. Obwohl es noch gar nicht passiert war. Sehr kompliziert. Eine Schnapsidee natürlich, was sich sogleich zeigte, als er bei diesem »Nachgehen« einer Figur aus seinem Traum begegnete … Bald darauf kam es dann zum ersten Todesfall. Es verhielt sich ganz einfach so: Diese »Gabe« war etwas für Leute, die mit ihrem Leben nichts Rechtes anzufangen wussten, die einen gewissen Nervenkitzel brauchten. Leute, die *free climbing* in Arizona betreiben oder *rafting* in den Alpen oder sonst etwas Verrücktes mit englischer Bezeichnung in anderen Erdteilen. Abenteurer halt. Leute also, die, wie Dr. Peratoner immer sagte, »alle paar Monate ausprobieren müssen, ob Gott sie noch liebhat«. So einer war Matthäus Spielberger nun aber gerade nicht. Zu den Höhepunkten seines Lebens gehörte die Sichtung einer Galaxie sechzehnter Größe, die zu sehen ihm noch nicht vergönnt gewesen war – dann strömte ihm das Adrenalin in die Adern. Auf die gute Art. Nicht auf die Art, die sich einstellt, wenn man draufkommt, dass ein Geheimdienst die eigene Familie im Visier hat. Auch schon erlebt. Auf Adrenalin dieser Genese konnte Matthäus verzichten.

Seinen zweiten Traum hatte er aus guten Gründen seinen Freunden nicht mehr mitgeteilt. Auch nicht seiner Frau. Nur seiner Tochter. Die hatte dann entsprechend reagiert – und damit letzten Endes alles zum Guten gewendet. Für die Familie Spielberger und ihre Freunde. Nicht für die anderen Beteiligten. Aber bitte: Keiner hatte diese Herrschaften gebeten, in den Träumen des Matthäus Spielberger aufzutauchen! Die Folgen mussten sie sich schon selber zuschreiben …

Matthäus Spielberger war hin- und hergerissen. Ich bin einer von denen, dachte er, die ihr verdammtes Maul nicht halten können! Es drängte ihn, seinen Traum zu erzählen. Aber daraus würden sich die ärgsten Schwierigkeiten ergeben … Ich muss still sein, dachte er, still sein und das Ganze vergessen. Ich muss es ihnen erzählen. Ich muss still sein …

Dann kam er zu einem Entschluss.

Ich werde mich von diesen Träumen nicht verrückt machen lassen. Seit dem Aufwachen hatte er nachgedacht – so konnte es nicht weitergehen. Beim Frühstückskaffee rief er alle drei an. Zuerst Lothar Moosmann, dann Franz-Josef Blum, dann Dr. Lukas Peratoner. Er lud sie zum Mittagessen ein.

Als sie dann da waren, erzählte er ihnen seinen Traum, noch bevor die Suppe aufgetragen war (Rindssuppe mit Frittaten). Die Reaktion darauf hatte er nicht erwartet. Sie blieb aus. Seine Freunde brummelten Unverständliches und blickten zur Tür hinter der Wirtshaustheke. Durch diese Tür kam die Wirtin Mathilde mit einem großen Tablett. Sie servierte die Suppe.

»Hast du's ihnen schon erzählt?«, fragte sie, ohne aufzusehen.

»Ich bin mir nicht sicher. Ich bilde es mir ein, aber vielleicht hab ich schon Alzheimer und noch kein Wort gesagt! Sie äußern sich nicht. Oder hörst du was?«

Zu hören war nur das Schlürfen von Lothar, der sich bei keiner Art Essen zurückhalten konnte und alles wie ein Verhungernder hinunterschlang.

»Du verstehst uns miss«, säuselte Dr. Peratoner, »wir schweigen – ich darf, denke ich, für uns alle sprechen –, weil wir den Fortgang deiner Erzählung erwarten. Wie geht es weiter in diesem Wald?«

»Das weiß ich nicht. Und was heißt ›Fortgang‹? Das war schon alles ...«

»Ist Blut dran?«, fragte Lothar Moosmann.

»Blut? Was meinst du? Wo soll Blut dran sein?«

»An den Spitzhacken. Oder den Schaufeln.«

»Nein, natürlich nicht! Wie kommst du überhaupt ...«

»Jetzt setz dich hin und iss!«, unterbrach ihn seine Frau.

»Dann ist es ja gut«, sagte Lothar und legte den Löffel zur Seite. Er war schon fertig mit seinem Teller. »Kein Blut – kein Verbrechen.«

»Magst du noch?«, fragte die Wirtin.

»Nein, danke, ich muss ein bisschen aufs Gewicht schauen.«

Franz-Josef Blum summte vor sich hin. Wie immer, wenn ihm etwas schmeckte. Matthäus Spielberger sah von einem zum anderen. Dr. Peratoner sah ihn an. »Mir scheint bei dir eine gewisse Spannung vorzuliegen, lieber Freund. Sag an, was bedrückt dich!« Je besser der Chemiker drauf war, desto geschwollener wurde seine Rede. Und bei gutem Essen wie jetzt war er sehr gut drauf. Matthäus hatte ihn einmal bei einem Sauerbraten in Tränen ausbrechen sehen.

»Ich hatte mir ehrlicherweise eine Art Kommentar erwartet«, sagte er. »Etwas wie ›aha‹ oder ›interessant‹ ...«

»Du erwartest immer zu viel von den Menschen«, murmelte Franz-Josef Blum.

Matthäus sagte nichts darauf. Er spürte, wie eine große Spannung von ihm abfiel. Ich habe mir, dachte er, ganz umsonst Sorgen gemacht. Nicht, dass sie mir nicht glauben, ist das Problem. Sie glauben alles. Sondern das Geträumte selbst.

Es ist banal.

Davon kündet kein Bericht über mythologische oder historische Seherinnen und Seher. Kassandra sah nur Katastrophen, die ihr niemand glaubte. Aber immer bedeutende Dinge. Den Untergang Trojas und so … Wenn sie den Achsbruch eines Ochsenkarrens auf dem trojanischen Wochenmarkt vorausgesehen hätte oder einen Bauschaden an irgendeinem Tempel, wäre sie nie bekannt geworden. Während er seine Suppe aß, dachte Matthäus weiter darüber nach. Die anderen um ihn führten heitere Gespräche, der Geräuschpegel stieg; es ging nicht um ihn und seine Sehergabe. Das muss ein ernüchternder Moment im Leben jedes Propheten sein, dachte er, wenn er zum ersten Mal merkt, dass er auch Kinkerlitzchen voraussieht, nicht nur Welterschütterndes. Bis heute rätselt die Welt über die Prophezeiungen des Nostradamus – und jeder nimmt an, dass seine Strophen sich auf Wichtiges beziehen. Natürlich: Nostradamus muss seine Visionen selber so gesehen haben. Für irgendeinen Blödsinn hätte er sich nicht die Mühe gemacht, verklausulierte Verse zu verfassen. Aber wer sagt denn, dass alle Zukunftsschau des Franzosen von dieser Art war? Was, wenn auf eine bedeutende Vision fünf oder zehn ohne Relevanz kamen? Dass Matthieu, der Müller, wieder seine Frau betrügt (was ohnehin die ganze Stadt weiß), oder dass Antoine, der Wirt, einen Kapaun essen wird. Und schließlich: dass es regnen wird.

Matthäus Spielberger hatte bei Prophezeiungen noch nie von Alltäglichkeiten gehört. Weil solche nicht bekannt waren, geht man davon aus, dass die betreffenden Personen nur Bedeutendes in der Zukunft sehen. Wieso? Weil die Propheten und Prophetinnen nur wichtige Dinge erzählen, meistens fürchterliche. Alle anderen, ebenso *gesehenen*, behalten sie für sich. Ich hätte es auch so machen sollen, dachte Matthäus. Diese Waldpartie bedeutet … nun, keine Ahnung, was sie bedeutet, aber nichts Schlimmes. Hat er doch gesehen. Er hätte den Mund halten sollen. Anfängerfehler. Würde nicht mehr vorkommen. Hatte er auch nicht wissen können. Es gab ja keine Prophetiekurse an der Volkshochschule, wo sie einem beibringen, wie man als Seher seine Gaben medial verwertet. Da musste jeder seine eigenen Erfahrungen machen. Und seine eigenen Fehler.

»Was gibt's jetzt noch?«, fragte er.

»Krautrouladen und Salzkartoffeln«, antwortete Mathilde, »und zum Nachtisch Vanillepudding mit Brombeersauce.« Ringsum erhob sich anerkennendes Gemurmel.

Von irgendwelchen Exkursionen in einen Wald wurde nicht mehr gesprochen.

Nicht bei diesem Essen und nicht in den folgenden Wochen.

2

Matthäus Spielberger gehörte nicht zu jenen Menschen, die in der Vergangenheit leben. Sein Leben hatte ihn nicht mehr gebeutelt als andere Menschen seiner Generation, das hätte er auf Befragen sogar selber zugegeben, er wollte sich nur nicht daran erinnern.

Und man musste sich nicht erinnern, dazu bestand kein Anlass. Es sei denn, jemand erzwang die Erinnerung. Von außen. Indem er einen zum Beispiel anrief. Wie dieser Seitenstetten, der Trottel. Matthäus hätte nur fünf Minuten früher aus dem Haus gehen müssen. Der Anruf kam übers Festnetz. Das Telefon befand sich im Gastraum hinter der Theke. Matthäus Spielberger meldete sich, wie es seine Gewohnheit war, mit einem wartenden »Ja?«, nicht mit seinem Namen oder dem des Gasthauses, eine Eigenheit, die seine Frau Mathilde auf die Palme brachte. Sie hielt es für unprofessionell. »Genau!«, sagte er dann, worauf sie nichts mehr sagte, denn dies berührte einen heiklen Punkt. Matthäus Spielberger war nicht gern Wirt, was er ab und zu durch kleine Aufsässigkeiten merken ließ.

Der Anrufer fragte nicht, ob er mit Matthäus verbunden sei, er sagte auch nicht, wer er selber war, sondern einfach nur: »Grüß dich, Lumpi!«

Und Matthäus antwortete: »Servus, Seitenstetten!«

Ein Reflex. Seitenstetten brauchte nicht zu fragen, von wem das »Ja?« kam, und Matthäus ging es mit seinem Gegenüber ebenso. Sie hatten sich an der Stimme erkannt. Zwar lag das letzte Maturatreffen schon zehn Jahre zurück, das machte aber nichts. Die Stimmen waren in die Hirne eingraviert und würden es bis ans Lebensende bleiben. Matthäus wunderte sich auch nicht, als »Lumpi« angesprochen zu werden; diesen Spitznamen hatte er zwar nie geschätzt, aber auch nicht darunter gelitten. Er stammte aus der mythischen Vorzeit der Unterstufe, die genauen Umstände der Entstehung waren niemandem mehr bekannt. Er hieß eben »Lumpi«, und Seitenstetten, der es nie zu einem Spitznamen gebracht hatte, war »Seitenstetten« geblieben; niemand war je auf die Idee gekommen, den umständlichen Namen abzukürzen.

»Wie geht's dir?«, fragte Seitenstetten.

»Gut, danke. Und selbst?«

»Ach, man lebt. – Ich hab nur ein Problem.«

»Lass hören!«

Sie hätten diese Unterhaltung wortgleich auch vierzig Jahre früher führen können. Wenn jemand in ihrer Klasse »ein Problem« hatte, fragte er Matthäus Spielberger. Der war nicht der Primus, nur knapp dahinter, aber er konnte am besten erklären. Natürlich kam man nicht mit jedem »Problem« zu Matthäus, nur mit solchen, für die »Lumpi« eine Lösung haben würde. Also schulisch-praktisch. Wenn man Hausaufgaben vergessen hatte. Die ließ einen Matthäus abschreiben. Immer.

Als Matthäus Spielberger nun von einem »Problem« hörte, war er gespannt, was das sein konnte; wohl kaum die Mathematikhausaufgabe, die Seitenstetten oft vergessen hatte, Mathematik war nicht seine Stärke gewesen ... Seitenstetten unterbrach den abschweifenden Gedankengang: »Du weißt vielleicht von meinem Onkel Albert-Matthias?«

»Tut mir leid, der Name sagt mir nichts. Er will dich enterben?«

»Wie kommst du da drauf?«

»Du sagst doch, du hast ein Problem!«

»Ja, ich hab ein Problem, es hängt mit Onkel Albert-Matthias zusammen, aber es ist nicht von der Art, die du da insinuierst. Ich darf sagen, der Onkel war mir immer zugetan, ich hab auch nie etwas unternommen, was der Familienehre nicht zuträglich gewesen wär, du verstehst schon! Also ich muss sagen, deine Andeutung ist kränkend – ich mein, dass er mich enterbt hätt. War eh nix mehr da, nebenbei …«

»Erasmus, tu mir den Gefallen und reg dich ab! Ein Problem. Was soll das sein? Hausaufgaben machst du schon lang nicht mehr. Und deine übrigen Probleme hatten alle mit deiner Familie zu tun. Was soll ich annehmen bei der begrenzten Auswahl?«

Am anderen Ende der Leitung blieb es still. Matthäus war nicht beunruhigt. Seitenstetten fiel oft mitten im Gespräch in Schweigen, um über etwas nachzudenken, was gesagt wurde. Am Telefon machte er das offenbar genauso. Man musste nur Geduld haben.

»Du hast recht, Lumpi, wie immer, möcht ich fast sagen!« Seitenstetten lachte. »Er hätt mich schon berücksichtigt, der Onkel, da kannst beruhigt sein, wir waren gut miteinander, aber es war halt nix mehr da, verstehst? Bis auf den Nachlass halt …«

»Was für einen Nachlass?« Darauf ging Seitenstetten nicht ein. »Angfangen hat alles mit dem Ferdinand, wo er sich verspekuliert hat mit dem Kieswerk anno vierundachtzig. Von da an ist alles mehr oder weniger den Bach hinunter, à fonds perdu, wie man sagt …« Seitenstetten sprach weiter, aber Matthäus schaltete ab. Er kannte die Geschichte des Niedergangs der Familie von Seitenstetten, wenn auch nicht den Teil, den sein Schulfreund nun zum Besten gab. Schon immer hatte dieser jeden, der es hören wollte, und auch die zahlreichen anderen, die es nicht hören wollten, mit der Schilderung der finanziellen Kapriolen der verschiedenen Zweige derer von Seitenstetten unterhalten beziehungsweise behelligt. Er wiederholte sich dabei, sodass man im Laufe der Gymnasialjahre diese Geschichten gewissermaßen osmotisch aufnahm, auch wenn man sich bemühte, nicht zuzuhören. Von einem Kieswerk war dabei nie die Rede gewesen. Matthäus schloss daraus, dass sich die Niedergangssaga der Seitenstettens nach der Matura fortgesetzt hatte; offensichtlich hatten diese Adligen eine umständliche, arbeitsintensive Form des Herabwirtschaftens betrieben, die bis zur Endpleite Generationen brauchte.

Worüber reden wir hier, dachte Matthäus. Es ist genau wie früher. Wie in einer Zeitkapsel. Er langweilt mich mit schwachsinnigen Entscheidungen seiner Vorfahren. Und ich höre zu. Wie immer. Und sage nichts. Man darf ihn nicht unterbrechen, sonst fängt er von vorn an. Als Seitenstetten verstummte, sagte Matthäus: »Tut mir leid für deine Familie, ich sehe aber nicht, was ich daran ändern könnte. Was ist mit diesem Nachlass?«

»Sehr gut, Lumpi, du bringst es auf den Punkt, du bist immer noch auf der Höhe, ich merk den scharfen Verstand, chapeau! Wie früher! Ja, das Problem ist tatsächlich dieser Nachlass vom Onkel Albert-Matthias. Aber das möcht ich nicht am Telefon besprechen.«

»Na schön. Ich kann aber jetzt nicht nach Wien fahren, kannst du nicht per Mail ...«

»Das ist mir zu unsicher. Wir sollten schon persönlich reden.«

»Na, dann musst du halt nach Dornbirn kommen.«

»Ich bin schon da.«

»Ach? Wo bist du denn?«

»Ich steh vor deinem Gasthaus.«

Matthäus sagte nichts. Er wunderte sich nicht einmal. Dieses Verhalten war kein Scherz von Seitenstetten, sondern für den ganz normal. Auf dem Weg zur Tür dachte er darüber nach, wie sie ansatzlos in Gewohnheiten verfielen, die sie vor vierzig Jahren abgelegt hatten. Wie trockene Alkoholiker beim Rückfall. Ein Glas genügt. Matthäus war überzeugt, dass sich Erasmus von Seitenstetten im Umgang mit normalen Personen nicht so verrückt verhielt. Dazu mussten zwei aus ihrer Klasse zusammenkommen.

»Warum läutetest du nicht gleich?«, fragte er beim Öffnen der Haustür.

»Ich hab doch nicht gewusst, ob du zu Hause bist.« Seitenstetten trat ein. Kein Gruß, keine Umarmung, nicht einmal ein Händedruck. Wozu auch. Sie sahen sich ja jeden Tag. Auch wenn zwischen den Tagen, an denen sie einander begegneten, manchmal ein paar Jahre lagen.

Seitenstetten sah so aus, wie ihn Matthäus in Erinnerung hatte. Und zwar genau so. Hochgewachsen, gotischer Langschädel, dünnes Haar mit der Farbe von Straßenstaub, ein Gesicht ohne merkbare Eigenheiten, etwas weichlich. Klar, die Dekadenz durch die Verwandtenheiraterei in diesen Kreisen. Wir sind komisch, dachte er. Aber nur untereinander. Sonst weiß es ja keiner. Gott sei Dank. Der große Gastraum war leer, sie nahmen am Stammtisch Platz.

»Du fährst von Wien hierher, ohne zu wissen, ob ich überhaupt da bin?«, begann Matthäus. »Was, wenn ich verreist bin? Oder tot?«

»Ist mir unwahrscheinlich vorkommen, ehrlich gsagt. Du

warst doch nie der Typus des Reisenden, sei mir nicht bös! Und sterben tun wir noch lang nicht …«

»Woher hast du die Adresse?«

»Vom letzten Rundschreiben vom Hiebeler.« Paul Hiebeler war der Klassensprecher in der Maturaklasse gewesen. Wie die sieben anderen Jahre davor und die vierzig Jahre danach. Ihn würde, wie den Papst, erst der Tod von der Bürde des Amtes befreien.

»Außerdem war mir das Risiko zu groß.«

»Welches Risiko?«

»Dass d' mir absagst! Am Telefon, mein ich. Da tut man sich leichter beim Absagen. Wenn'st mir gegenübersitzt, ist das schwerer.«

»Um Gottes willen! So schlimm? Du hast einen umgebracht? Und ich soll dir helfen beim Vertuschen?«

Seitenstetten lachte laut auf. »Nein, mein Lieber, ich darf dich beruhigen. Umbracht hab ich keinen … Er ist schon tot.«

»Also doch was Kriminelles …«

»Das ist noch nicht heraußen …«

»Und wobei soll ich dir helfen?«

»Na, beim Ausgraben.« Matthäus ließ diese Äußerung unkommentiert und holte erst einmal die Cognacflasche aus dem Regal hinter der Theke. Sie tranken.

»Du willst deinen Onkel Albert-Matthias ausgraben?«

»Wieso? Wo denkst denn hin! Vom Albert-Matthias war doch nie die Rede!«

»Entschuldige, du hast mir doch vor kaum fünf Minuten etwas von diesem Onkel und seinem Nachlass erzählt …«

»Ja, es geht um den Nachlass, nicht um den Onkel selber. Ausgraben müssen wir einen anderen, der dort erwähnt wird. Im Nachlass. Schon länger tot.«

»Wie lang?«

»Vierhundert Jahr.«

Darauf wusste Matthäus erst einmal nichts zu sagen. Auch Erasmus von Seitenstetten versank in Schweigen, er schien über irgendetwas nachzudenken. Nach einer Weile sagte er: »Es wär alles einfacher, wenn wir das Schlössl net verloren hättn ...«

»Bitte?«

»Im Wienerwald, a bissl außerhalb halt. Aber das haben s' halt schon vor hundert Jahr verspekuliert ...«

»Tja, traurig, so was ... Nur, dass ich auch alles richtig mitkriege: Wieso würde es dir helfen, wenn das Schlössl noch euch gehören würde?«

»Weil mir dann ohne weiters in die Kapelle könnten und die Gruft vom Ferdinand-Erasmus aufmachen ...«

»Er heißt doch Albert-Matthias?«

»Lumpi, du hörst auch nie richtig zu! Des war in der Schul schon so. Ich hab doch gsagt, um den Albert-Matthias geht's gar net, ich hab nur in seinem Nachlass einen Hinweis gfunden auf den Tod vom Ferdinand-Erasmus, des is a Vorfahr aus der Linie Seitenstetten-Markhartsburg ... wurscht jetzt. Jedenfalls steht da, der Ferdinand is am Englischen Schweiß gstorben.« Er schwieg, als ob mit dieser Äußerung alles erklärt sei. Matthäus kannte diese Eigenheit seines Schulkameraden.

»Am was?«, fragte er. »An englischem Schweiß?«

»Na, net *an* englisch*em* Schweiß, des wär ja aus England importierter Schweiß, wieso soll das jemand machen, a Trottelei – sondern *am* Englisch*en* Schweiß – a Krankheit, verstehst? Die heißt so, weil die Kranken wahnsinnig schwitzen.«

»Wieso dann *englisch*?«

»Weil's dort das erste Mal ausbrochen is. Vierzehnfünfundachtzig. Nach der Schlacht bei Bosworth.«

»Ach die!«, rief Matthäus, »die Schlacht von Bosworth, genau …«

»Du hast keinen Schimmer, stimmt's?«

»Ehrlich gesagt ist mir Bosworth jetzt nicht so präsent, geschweige denn eine Schlacht von dort …«

»Aber Richard III. kennst? Shakespeare? Den Buckligen, den Hundsfott?« Er sprang auf, stellte durch theatermäßige Verkrümmung einen Buckel dar und deklamierte:

»Und darum, weil ich nicht als ein Verliebter
Kann kürzen diese fein beredten Tage,
Bin ich gewillt, ein Bösewicht zu werden
Und feind den eitlen Freuden dieser Tage.«

»Schon gut, *dieser* Richard. Aber der wird doch am Ende umgebracht … Der ist in Wirklichkeit an der Schwitzkrankheit gestorben?«

»Na, du Depp! Gefallen is der in der Schlacht von Bosworth! Erst nach der Schlacht ist die Seuche ausgebrochen. Im Lager von Heinrich Tudor …«

»Äh …?«

»Der die Schlacht gwonnen hat, Herrschaftseiten! Denk halt a bissl mit! – Des war der spätere Heinrich VII., Begründer des Hauses Tudor, der Nachfolger war dann Heinrich VIII., den kennst sicher, der mit die vielen Ehefrauen …«

»Ja, schon gut!«, unterbrach ihn Matthäus, der sich schon in der Schule nie für politische Geschichte interessiert hatte und das immer noch nicht tat. »Englische Geschichte, schön, aber was hat das mit der Schwitzkrankheit und deinem Vorfahren Ferdinand-Erasmus zu tun, Erasmus?«

»Schwitzkrankheit? Ach so, ein Scherzerl! Sehr lustig. – Sie heißt Schweißkrankheit und war überhaupt nicht lustig, weil die Leut dran gstorben sind wie die Fliegen, schneller wie an der Pest.«

»Ich wollte deine Gefühle nicht verletzen. Dein Vorfahr ist auch daran gestorben? Er hat mitgekämpft bei dieser Schlacht? Erstaunlich als Österreicher ...« Erasmus von Seitenstetten seufzte. Er nahm einen Schluck Cognac und begann, die Sache mit der Englischen Schweißkrankheit zu erklären. Die war nach 1485 noch 1507, 1517 und 1528 ausgebrochen, bei diesem vierten Ausbruch trat die Seuche aufs Festland über und verheerte die Niederlande, Deutschland, Österreich, die Schweiz, Dänemark, Schweden und Norwegen, Litauen, Polen und Russland. Frankreich und Südeuropa blieben verschont. Innerhalb weniger Wochen starben Tausende Menschen, die Mortalität schwankte stark, betrug in manchen Orten, zum Beispiel in Dortmund, hundert Prozent. Allerdings verschwand die Krankheit überall nach zwei Wochen.

Unheimlich waren die Symptome: Die Krankheit begann mit schwerem Angstgefühl, Gliederschmerzen und Schüttelfrost. Spätestens nach drei Stunden begannen die absurden Schweißausbrüche, Hitzegefühl, Durst und schwerer Kopfschmerz. Die Kranken schwitzten so stark, dass nicht nur das Bettzeug durchnässt wurde, sondern sogar der Fußboden mit stinkenden Schweißlachen bedeckt war. Die Kranken sanken ins Delirium und starben, manchmal schon nach vier Stunden. Wer vierundzwanzig Stunden überlebte, hatte gute Chancen, davonzukommen. Kinder und alte Leute wurden kaum krank, nur die Menschen im besten Alter – und unter denen wieder eher die Wohlhabenden.

Die Seuche verbreitete sich so schnell (in einem »Hui«, wie es in einer Quelle heißt) durch das ganze nördliche Europa; es hieß, wenn man die Leute reden hörte, der Englische Schweiß sei irgendwo anders ausgebrochen, dann war er auch schon da!

»Also schön«, unterbrach Matthäus die Schilderung, die Erasmus von Seitenstetten in immer größere Begeisterung zu versetzen schien, »das war eine furchtbare Sache, das verstehe ich – was war denn die Ursache?«

»Weiß kein Mensch.«

»Bitte …?«

»Na, das weiß niemand. Das is eines der großen Rätsel der Medizingeschichte. Der Englische Schweiß ist dann noch amal ausbrochen, fünfzehneinundfünfzig – und dann war Schluss! Aus, basta!«

In Matthäus' Kopf begann sich eine Idee zu formieren. »Du willst also deinen Vorfahren ausgraben, diesen Erasmus-Ferdinand …«

»Ferdinand-Erasmus.«

»Ist doch egal jetzt! Du gräbst ihn aus und entnimmst DNA-Proben, oder? Um die Natur der Seuche aufzuklären.«

»Na ja, so is der Plan.«

Matthäus nahm einen Schluck. Wenn er das berufliche Umfeld des Schulfreundes nicht so konsequent ausgeblendet hätte, hätte er den Schluss schon früher ziehen können. Aber eben, das tat er in solchen Fällen, nämlich, wenn ihm bestimmte Leute aus der Schule begegneten. Das Umfeld ausblenden. Also verdrängen, was sie jetzt waren, was sie taten, welche Posten sie innehatten. Zum Beispiel einen Lehrstuhl für die Geschichte der Heilkunde an der Universität Wien – oder war Seitenstetten erst Dozent? Das hatte Matthäus erfolgreich verdrängt. Jedenfalls – und das hatte er nicht verdrängen können – gehörte dazu eine halbmeterlange Liste von Veröffentlichungen in anerkannten Journalen … und so weiter und so fort. Wenn man das nun verglich mit der Karriere eines Gastwirts in einem Provinzgasthaus, von Wien so weit entfernt, wie es geographisch überhaupt möglich war – dann war die Verwendung des Wortes *Karriere* eine hinterfotzige Beleidigung. Nicht, dass einer seiner Schulkameraden sich je so geäußert hätte. Ihm gegenüber nicht. Aber untereinander »… schad, dass aus dem Matthäus nix Besseres geworden ist …« In dieser Art eben.

Dozent (oder Professor oder weiß der Geier, was) Erasmus von Seitenstetten schwieg, gönnte Matthäus eine Erholung. Aber der sagte nichts, nippte nur ab und zu an seinem Cognac und starrte auf die Inneneinrichtung des Raumes. Täfer. Achtzig Prozent der Innenflächen waren mit Holz verkleidet. Alles eigentlich bis auf die Fenster. Matthäus blickte sich um. Er versuchte, den Raum mit den Augen Seitenstettens zu sehen. Alles schäbig. Verwahrlost.

»Du fragst dich sicher, wieso ich ausgrechnet dich frag wegen der Sach. Das is ganz einfach: I kann niemand traun!«

»Sag mir eins und gib eine ehrliche Antwort: Kommt dir mein Interieur schäbig vor?«

»Dein … was?«

»Meine Möbel, das Täfer, die … die ganze Einrichtung.«

»Deine … Möbel … Du … sag amol, spinnst jetzt komplett, wie kommst'n auf so a Idee? Moment: Hast du leicht zum Saufen angfangt? A geh, Lumpi! Tu mir des net an! An Alkoholiker mit am Moralischen – des kann i net brauchen, bitte, bitte, net jetzt!«

»Nein, ich trinke nicht mehr, als mir guttut, glaube mir! Es ist nur … wenn ich unser beider Leben vergleiche: Du in einer anerkannten Stellung als Universitätsprofessor … dagegen ich …«

»Ah, do weht der Wind her! *Anerkannte Stellung* – in Österreich. Du bist a Christkind, Lumpi, waaßt des? Die Stellung, den Titel kann i mir in die Hoar schmiern … Finanziell is die österreichische Universität am Oarsch …«

»Nein, das mein ich nicht. Ich denk an deine persönliche … wie soll ich sagen … Reputation … Du musst doch andere Hilfskräfte haben als mich!«

»Naa, hob i net …«

»Assistenten?«

Seitenstetten lachte auf. »Jo, klar, Assistenten! Wie viel brauch ma denn zum Abkommandiern? A Dutzend fürs Erste? – I bin doch net die NASA! Was glaubst denn, was des für a Institut is? Mir ham zwei Zimmerln am End vom Gang, im einen hock i, im andern der Laska, der Pestfetzen, der zwidere, der mir alles zu Fleiß tut, wo's nur geht …«

»Der ist dein Assistent?«

»Jawohl. Und politisch vernetzt wia sonst was! A Ehrgeizling, a falscher Hund. Wann i den mitnimm, klaut er mir die Ergebnisse – i weiß no net, wie, aber auf das lauft's hinaus. Alles scho erlebt …«

»Also schön. Das Arbeitsklima in eurem schnuckeligen Institut lässt zu wünschen übrig. Studenten?«

»Studentinnen! Neunzig Prozent. Von die vierzehn Kascherln in der Vorlesung … Versteh mi richtig, die san scho in Ordnung, aber ungeeignet fürs Praktische. Die wissen alle net, wo bei aner Schaufel vorn und hintn is!«

In Matthäus' Kopf begann sich die Sachlage zu klären. Erasmus von Seitenstetten war offenbar doch auf ihn, den Kameraden aus Gymnasialtagen, angewiesen. Die Andeutungen über das Klima in Seitenstettens Uni-Institut hatte er aufgesaugt wie ein Schwamm. Diese Worte taten gut, eine Wärme, die nicht vom Cognac stammte, begann sich in ihm auszubreiten. Denn nichts ist tröstlicher als die Erkenntnis, dass Zeitgenossen, die man für uneinholbar überlegen hielt, das nicht sind. Er schenkte Erasmus von Seitenstetten, dem Schulfreund aus verarmtem Adel, Inhaber eines marginalisierten Orchideenfachlehrstuhls, Cognac nach. Der Ärmste konnte es brauchen. Den Cognac und die Hilfe des Schulkameraden. Matthäus war geneigt, diese Hilfe zu gewähren – ach was, *geneigt*: Er brannte darauf!

»Also schön«, sagte er, »ich helfe dir, aber unter der Bedingung, dass ich drei Freunde von mir anheuern darf.«

»Wenn's dich freut! Je mehr wir sind, desto schneller geht's Ausgraben …«

»Wieso eigentlich ausgraben? Er liegt doch in einer Gruft?«

»Ich weiß doch net, in was für an Zuaschtand die is …«

»Du warst noch gar nicht dort?«

»Dort schon, aber net drin …« Er nahm einen tiefen Schluck. »Es war zuagschperrt. Und allein …«

»Ach so, also erst Zugang verschaffen. Da brauchen wir Leute, die sich handwerklich auskennen! Innen müssen wir dann graben, vielleicht eine Grabplatte heben, dazu braucht man einen Flaschenzug, ein Stützgestell, was weiß denn ich. Ich weiß nicht einmal, wo man so was herkriegt. Aber Lothar Moosmann weiß es …«

»Des is a Professionist?«

»Sozusagen. Holzschnitzer. Madonnen, Krippenfiguren, solche Sachen.«

»So, so … Schnitzer …« In Seitenstettens Gesicht blühte der Zweifel. »Und die andern?«

»Franz-Josef Moosmann. Pensionierter Buchhalter, entspricht aber nicht dem Klischee.«

»Aha. Und wieso net?«

»Erstens ist er einen Meter neunzig, bärenstark, und zweitens hat er einen schönen Bariton und erfreut uns oft mit Arien, vor allem aus dem deutschen romantischen Fach.« Das mit dem *erfreuen* war ein wenig überzogen, aber Matthäus hielt ein bisschen Propaganda für gerechtfertigt. Für die gute Sache. Und das *war* eine gute Sache, kein Zweifel! Das letzte Mal hatten sie gemeinsam eine *schlechte* Sache verhindert und die Menschheit vor großem Leid bewahrt (die Menschheit wusste nichts davon, das war auch besser so); aber etwas *Gutes* war nicht daran gewesen. Gut im Sinne von: Erkenntnisgewinn, Fortschritt des Menschengeschlechtes, ein Schritt auf dem Wege zu lichten Höhen – in dem Sinn.

Er schlug Seitenstetten vor, sich am Abend mit den dreien zu treffen. Erasmus machte keinen Hehl aus seiner mangelnden Begeisterung, sagte aber zu. Als er gegangen war, rief Matthäus seine Freunde an. Alle sagten dem Treffen zu.

Sie trafen sich zum Essen in der »Blauen Traube«. Es gab Wiener Schnitzel mit Schlosskartoffeln. Matthäus Spielberger hatte Mathilde über das Ansinnen Seitenstettens informiert. Sie befürwortete den Plan, die Geheimnisse der Englischen Schweißkrankheit zu lüften, wie sie alles befürwortete, was die medizinische Wissenschaft voranbrachte; so entlegen konnte das Thema gar nicht sein. Mathilde Spielberger war sehr interessiert an Medizin und hätte sich über eine entsprechende Studienwahl der Tochter Angelika gefreut – aber besagte Angelika hatte sich eben für Kunstgeschichte entschieden, nach Mathildes nie laut geäußerter Meinung von allem brotlosen Zimt der brotloseste …

Von Seitenstetten schien dem Schnitzer Moosmann, dem pensionierten Buchhalter Blum und dem ebenfalls pensionierten Chemieprofessor Peratoner zu gefallen, was Matthäus an ihren Mienen ablesen konnte. Alle drei waren keine Meister der Zurückhaltung. Seitenstetten auch nicht.

»Das sind ja prächtige Burschen, wie's scheint, die du mir da mitbringst, Lumpi!« Sie hatten das Vorstellen und Händeschütteln eben hinter sich.

»Lumpi?«, fragte Lothar Moosmann.

»So hamma ihn in der Schule immer genannt«, erklärte Seitenstetten, »hat er euch das net gsagt?«

»Keinen Ton«, sagte Franz-Josef Blum. Matthäus, dem die Enthüllung nicht behagte, schob die Schar mit ausgebreiteten Armen ins Restaurant hinüber. »Zum Ecktisch!«, rief er. »Dort sind wir ungestört!«

»Jawohl, Lumpi!« Moosmann natürlich, der sich nie etwas verkneifen konnte.

»Na, so geht's nicht!«, protestierte Blum. »Wenn schon, dann Dr. Lumpi, so viel Zeit muss sein!« Dass die beiden mit Seitenstetten über diesen schalen Scherz in Gelächter ausbrachen, war unvermeidlich. Matthäus schwieg, jede Reaktion von seiner Seite würde die Szene nur verlängern. Schulbuben. Vierzig Jahre in zwei Sekunden verdampft. Er beneidete sie darum. Dass seine Freunde Seitenstetten sympathisch fanden, wunderte ihn nicht. Die urwienerische, baroneske Aura aus Verschrobenheit, Jovialität und leichter Trottelei – manche mochten das, andere nicht, dazwischen war nichts.

Sie setzten sich, Matthäus Spielberger erklärte, worum es ging. Die Reaktion der Freunde war so, wie er das erwartet hatte. Sie brannten vor Begeisterung. Moosmann wäre am liebsten Schnall und Fall zum Bahnhof gerannt und in den nächsten Zug nach Wien gestiegen. Seitenstetten hatte eine Karte des Wienerwaldes mitgebracht, die Kapelle und mögliche Zufahrtswege eingezeichnet. Lothar studierte die Eintragungen.

»Also schön«, sagte Lothar Moosmann, »fangen wir an: Wir können natürlich nicht einfach so zu der Kapelle hinmarschieren und dann die Spitzhacke schwingen …«

»Ich glaub's Ihnen ja, lieber Herr Moosmann, des is nämlich auch der Grund, wieso ich den Lumpi dabeihaben will. Genau so hab ich mir's nämlich ausdenkt, i geh hin, heb den Ferdinand-Erasmus aus seiner Gruft, zieh eahm a paar Zähnd für die DNA und verschwind wieder. Gleichzeitig weiß ich, dass des sicher net so gehen wird. Es geht nie so, wie ma sich's denkt. I komm nur net dahinter, wieso, verstehen S'? Wo is der Fehler?«

»Das kann jetzt noch keiner wissen, Herr Professor«, antwortete Lothar, den seit Menschengedenken niemand mehr mit »lieber Herr Moosmann« angesprochen hatte. Eigentlich sprach ihn selten jemand an, er hatte außerhalb der Gruppe aus der »Blauen Traube« keine Kontakte; solche versuchten sogar seine Kunden auf ein Minimum zu beschränken. Kommunikation per E-Mail war ein Segen. Es lag an seinem aufbrausenden Wesen. Die meisten Personen, die das erste Mal mit ihm zu tun hatten, beschrieben ihn als »klein«, aber »furchterregend«.

»Was Sie brauchen, Herr Professor, ist ein Praktiker. So jemanden wie mich. Wo ist der Fehler, wenn man einfach hingeht, fragen Sie … Ich sage Ihnen eins: überall. Buchstäblich jedes beschissene Detail kann der Grund sein, dass der ganze schöne Plan einfach den Bach runtergeht!« Er schlug mit der Faust auf den Tisch, seine Wangen hatten sich gerötet, die schwarzen Augen funkelten. Seitenstetten beobachtete ihn. Ein guter Mann, dieser Holzschnitzer. Leidenschaft. Leidenschaft war das Wichtigste bei so einem Vorhaben, Leidenschaft für eine Idee. Nicht für die eigene Karriere, wie beim Laska.

»Drum werden wir zuerst einen kalten Durchlauf machen«, fuhr Lothar fort. »Hinfahren, alles anschauen, mögliche Gefahrenquellen entdecken. Dann bleibt immer noch viel, was wir nicht gesehen haben, was also schiefgehen kann, aber das sollten nur Kleinigkeiten sein. Ich meine wirkliche Lappalien, die sich eben nicht zu einer verschissenen Katastrophe aufschaukeln! Die kriegen wir schon in den Griff. Improvisation. Ein gewisses Gleichgewicht, verstehen Sie, zwischen Planung und Improvisation. Das ist das Geheimnis jedes erfolgreichen Unternehmens.«

Dr. Lukas Peratoner schüttelte den Kopf, nur im Geiste natürlich. Woher wusste Lothar Moosmann etwas über Organisation? Nirgendwoher. Von Planung, dachte der Chemiker, hat der gute Lothar genauso viel Ahnung wie der Hahn vom Eierlegen. Nur bei der Improvisation, da ist er gut. Und schnell mit einem Hohlbeitel zur Hand, einem sehr spitzen Schnitzwerkzeug, das er im Ärmel seiner abgewetzten Lederjacke trägt. Ohne diesen Hohlbeitel – oder hieß es *Lochbeitel*? Peratoner konnte sich die korrekte Bezeichnung nicht merken – ohne dieses spitze Ding wäre das vergangene Abenteuer ganz anders verlaufen. Aber nicht so glimpflich für die vier aus der »Blauen Traube«, wie es dann der Fall war … Man konnte gegen Lothar Moosmann sagen, was man wollte, und hatte mit allem davon recht, aber im entscheidenden Moment war der Mann unverzichtbar. Deshalb durfte man halt den Kopf nur im Geist schütteln. Lothar war unheimlich sensibel …

Seitenstetten schienen die Ausführungen Lothar Moosmanns zu überzeugen. Hier hatte er den praktischen Verstand, der ihm selber abging. Er hing gleichsam an Lothars Lippen.

Der würde mit Blum und Matthäus die Kapelle aufsuchen und die naturräumlichen und sonstigen Gegebenheiten aufnehmen.

»Aufnehmen wörtlich«, sagte Franz-Josef Blum, der bis jetzt geschwiegen hatte, »ich habe eine Videokamera neuester Bauart. Wir tarnen uns als Vogelkundler. Swarowski-Gläser stehen zur Verfügung.«

»Ah so – dann sind Sie der Tarnexperte im Team?« Seitenstettens Stimme klang ein wenig spöttisch. Diesen Blum konnte er noch nicht richtig einordnen.

»Nein«, sagte Franz-Josef, »das mit der Tarnung ist jetzt nur Zufall. Ich hab halt viele Hobbys, da kann man das eine oder andere verwenden ...« Es klang verlegen.

»Er wird dir gleich seinen Atout demonstrieren!« Matthäus stand auf. »Franz-Josef, der Tisch«, sagte er dann.

»Meinst du wirklich ...?«

»Ja, du musst den Herrn Professor überzeugen, dass du nicht nur ein Abenteuertourist bist!«

Franz-Josef Blum packte den schweren Gasthaustisch mit ausgebreiteten Armen. Und hob ihn hoch. Etwa einen halben Meter. Franz-Josefs Gesicht zeigte nicht die Spur einer Rötung, blieb blass und teigig. Kein Zittern der Arme. Wenn er wollte, hätte er den Tisch hinaustragen, auf die Schulter nehmen und damit heimgehen können. Das tat er nun nicht, sondern stellte ihn so sanft wieder ab, dass keines der Gläser auf der Tischplatte in Gefahr geriet.

»Manchmal ergibt es sich«, sagte Lothar, »dass man einen wie den Franz-Josef braucht ... das kann sehr schnell gehen.«

»Er meint jemanden mit einer rohen, herkulischen Kraft«, sagte Dr. Peratoner, »der zum Beispiel ein Auto anheben kann. Oder einen Baumstamm zur Seite schieben.«

»Ich hab noch nie ein Auto hochgehoben«, sagte Franz-Josef Blum, »und auch keinen Baumstamm verschoben.«

»Ja, schon gut, es könnte aber sein, und dann ist es fein, wenn du in der Nähe bist!«

»Ich bin überzeugt«, sagte der Professor, dem der Schmäh abhandengekommen war.

»Ich bin kein Kraftlackel!« Franz-Josef schüttelte den Kopf wie bei leichtem Tremor, wodurch die ganze untere Gesichtshälfte hin und her wabbelte, besonders das Doppelkinn. Das sah sehr unvorteilhaft aus. »Marandjosef!«, murmelte Seitenstetten, dem das Leiden dieses Mannes mit einem Male klar wurde.

»Mein ganzes Streben gilt der Kunst!« Blum setzte sich wieder. »Dem Gesang, der Oper.«

Blum wollte aufstehen, Lothar hielt ihn am Arm fest. »Nicht hier, Franz-Josef, nicht jetzt.«

Leichte Röte breitete sich auf dem Gesicht des Schnitzers aus. Blum setzte sich wieder. »Ich wollte eigentlich Sänger werden, daraus ist aus finanziellen Gründen nichts geworden. Jetzt sing ich halt in einem Chor.«

»Stimmlage?«

»Bariton.«

»Ah ja … Also, mit'm Singen wird's bei dem Unternehmen nix werden, fürcht ich. Und dass Sie uns ka Auto aufheben müssn, des hoff ich! Aber es freut mich, dass Sie mit von der Partie san, Herr Blum!« Franz-Josef Blum verbeugte sich leicht im Sitzen. Als Einziger von den dreien, fand Seitenstetten, strahlte der Buchhalter jene Würde aus, die man bei manchen Menschen findet, die von einem Schicksalsschlag getroffen, aber nicht gebrochen wurden.

Sie beredeten noch die nächsten Schritte. Seitenstetten gab

sich einen Ruck, straffte das Rückgrat. Der gemütliche wienerische Akzent verschwand aus seiner Rede.

»Meine Herren, am besten fangen wir gleich an! Mit gleich meine ich morgen früh. Diese Eile hat einen bestimmten Grund. Ich bin leider nicht der Einzige, der die Englische Schweißkrankheit durch DNA-Proben eines Opfers aufklären will. Es gibt da einen Engländer, der Ausgrabungen auf einem Friedhof plant. Der Mann ist uns gegenüber im Vorteil …«

»Wieso?«, wollte Franz-Josef wissen.

»In England war die Schweißkrankheit viel weiter verbreitet. Die ersten Ausbrüche hatten sich sogar auf die Insel beschränkt. Bei den hohen Todesraten konnte man damals ganze Friedhöfe mit Schweißopfern füllen – wenn er also irgendwelche alten Dokumente gelesen hat, die auf so ein Massengrab hinweisen, findet er nicht ein Skelett, sondern ein paar Dutzend. Ich dagegen bin auf meinen Vorfahren Ferdinand-Erasmus angewiesen.«

»Wenn das in England so einfach ist, wieso hat er es dann nicht schon längst gemacht?«, fragte Lothar.

»Die Trägheit der Verhältnisse. Das Ganze ist ein Orchideenthema, darüber bin ich mir im Klaren. Die Krankheit kennt niemand, ausgestorben seit vierhundert Jahren, also, was soll's? So eine Grabung kostet Geld, das bekanntlich knapp ist. Da sind keine Schätze zu erwarten, keine Grabbeigaben aus Gold und Diamanten. Die Einschätzung war in England sicher so ähnlich wie bei uns. Ich sage: war, denn seit Richard III. ausgegraben und zweifelsfrei identifiziert wurde, ist die Sache eine andere. In England überschlagen sie sich vor Begeisterung. Meinem Konkurrenten wird das nicht entgangen sein. Wenn man nach über fünfhundert Jahren in lehmiger Erde aus einem Knochen genug DNA extrahieren kann, um sie mit der eines Nachfahren in siebzehnter Generation zu vergleichen, stehen die Chancen nicht schlecht, auch die DNA eines Erregers zu finden, an der damals jemand gestorben ist!«

»Aber der Richard ist doch nicht an der Schweiße gestorben!«, rief Peratoner.

»Natürlich nicht!«, Seitenstetten seufzte. »Dem haben sie ganz normal den Schädel eingeschlagen. Aber die Schweißkrankheit ist nach der Schlacht von Bosworth im Lager des Siegers, Henry Tudor, ausgebrochen. Und während ich die Erforschung der Schweißkrankheit plane, weise ich darauf hin, dass in der allgemeinen patriotischen Begeisterung für ein – sagen wir: verwandtes Thema – viel leichter Mittel aufzutreiben sind. Sie sehen also: Wir haben keine Zeit zu verlieren. Der zweite Platz heißt bei solchen Sachen gar nichts.«

»Apropos Mittel …«, sagte Franz-Josef.

Seitenstetten seufzte wieder. »Ja, das müssen wir erörtern. Ich kann jedem von Ihnen eine kleine Aufwandsentschädigung zahlen. Hundert Euro pro Tag. Mehr ist leider nicht drin. Ich bezahle das aus eigener Tasche, offizielle Quellen habe ich nicht angezapft, es nicht einmal versucht. Das Unternehmen ist geheim. Bis zum Erfolg. Bei Misserfolg wird es nie stattgefunden haben, verstehen Sie?«

»Warum denn?«, fragte Lothar.

»In Wien fliegen die Hackeln so tief, da macht's ihr euch hier keine Vorstellung! Mein Assistent hasst mich seit Jahren, weil … ah, eine elendslange Gschicht. Wenn der erfährt, was ich vorhab, haut er mir nur Knüppel in den Weg, aus purer Bosheit. Drum kann ich auch keine Studenten engagieren – am nächsten Tag weiß es die ganze Uni.«

»Schon gut!«, besänftigte Lothar Moosmann. »Hundert

Euro sind völlig okay. Ich schlage vor, wir fahren morgen mit dem Frühzug los!« Die anderen hatten keine Einwände.

*

Womit die vier nicht gerechnet hatten, war, dass es in Wien regnete. Denn in den zurückliegenden Jahrzehnten war es auch für den eingefleischtesten und mit Vorurteilen behafteten Vorarlberger eine klare Sache gewesen, die er voller Neid anerkennen musste: Das Wetter ist in Vorarlberg miserabel und in Wien prima. Lothar Moosmann erinnerte sich mehrerer Gelegenheiten, als er wegen Kundenkontakten nach Wien gereist war – mit einem Schirm, weil es in Dornbirn schon eine Woche schüttete. In Wien kam er sich auf dem Weg zum Hotel dann blöd vor, war er doch der einzige Mensch, der bei blauem Himmel und linder Luft einen Schirm bei sich trug – wie der prototypische Hinterwäldler aus einer Humoreske im 19. Jahrhundert. Mit dem Schirm kam er sich vor wie mit einer Rückenkraxe mit lebenden Hühnern. Mehrmals war er versucht gewesen, den Schirm beim Aussteigen zu »vergessen«, nur um nicht als Provinzdepp durch die Menschenmassen des Westbahnhofs laufen zu müssen.

Die Zeiten hatten sich geändert. Klimawandel. Inzwischen regnete es auch in Wien, oft war das Wetter in Vorarlberg trockener. Es gab in der Hauptstadt im Winter sogar eine geschlossene Schneedecke. Als sie ankamen, lag schon lang kein Schnee mehr, aber von der fliederduftdurchtränkten Wiener Frühlingsseligkeit war auch nichts zu spüren. Es herrschte jene Witterung, bei der man immer falsch angezogen ist. Entweder man friert oder man schwitzt.

»Das liegt an der hohen Luftfeuchtigkeit«, erklärte Peratoner auf dem Bahnsteig, »wie im Regenwald, nur kühler. Und wenn man die Jacke auszieht, verkühlt man sich. Ich würde auch die Knöpfe zulassen …«

»Ja, Herr Professor«, sagte Matthäus, der sich jetzt schon vorkam wie bei einem Schulausflug mit intensiver pädagogischer Betreuung. Seitenstetten, der echte Professor, eilte ihnen voraus und hatte die Bemerkung nicht gehört. Peratoner war beleidigt und schwieg. Matthäus nahm seine Jacke über den Arm und trotzte im Hemd nicht nur dem tückischen Wetter, sondern auch den Anweisungen des Expeditionsleiters. Soll er sich doch den Tod holen, dachte Lukas Peratoner, sagte aber nur: »Du bist infantil, Matthäus, weißt du das?«

»Mir ist heiß«, erwiderte der Wirt, »ich trau mich wetten, das Gefühl kennst du gar nicht.«

Was Lukas Peratoner darauf erwiderte, hörte Franz-Josef Blum nicht mehr, er hatte sich beim ersten Wortwechsel ein paar Schritte zurückfallen lassen, er konnte die Streitereien zwischen den beiden nicht ertragen, im Lärm des Menschenschwarms, in dem sie dem Ausgang zustrebten, ging das Gekeife der beiden unter. Zur Ablenkung summte er die Arie *A te o cara* aus der Bellini-Oper *Die Puritaner* vor sich hin, das erforderte seine ganze Aufmerksamkeit, weil die Arie auch gesummt sauschwer war. Am Taxistand wartete Seitenstetten auf sie. Man brauchte zwei Taxis. Im ersten fuhren der Professor und Matthäus mit Lothar, Dr. Peratoner und Franz-Josef folgten im zweiten.

Im Zug hatten sie sich kaum unterhalten, weil Lothar wie bei jeder Fahrt die meiste Zeit schlief, Matthäus wie ein Zombie zum Fernster hinausstierte, der Professor mit seinem Laptop arbeitete und Lukas sich etwas zum Lesen mitgenommen hatte. Sie schienen die Zeitverschwendung zu fürchten, die mit einer so langen Zugfahrt einherging, darum taten sie etwas Nützliches. Schlafen, Schreiben, Lesen, Stieren. Sich Unterhalten gehörte nicht zu den nützlichen Tätigkeiten. Franz-Josef war in den Speisewagen gegangen und hatte ein paar Bier getrunken. Ein englisches Touristenpaar gesetzten Alters nahm an seinem Tisch Platz und fragte, ob er diese oder jene Sehenswürdigkeit an der Strecke kenne. Natürlich kannte beziehungsweise erfand er sie. »What you can see here right side is Saint Pantaleon with its remarkable church from fourteenth century …« Irgendein Kaff auf der deutschen Strecke, der Zug fuhr so schnell, dass man die Stationsnamen am Bahnhof sowieso nicht lesen konnte. Größere Industriebetriebe an der Strecke versah er mit einer düsteren Vergangenheit – »… founded during world war two, a notorious nazi plant. For ammunition and poisonous gas, you know …« Das Paar aus London erschauerte und fotografierte fleißig durch die Scheibe des Speisewagenfensters. Ah, dachte Franz-Josef, da hab ich den richtigen Nerv getroffen. Er versäumte nicht, darauf hinzuweisen, dass es der Royal Air Force damals nicht gelungen sei, diese Fabriken zu zerstören, weshalb der Krieg auch so lang gedauert habe … Die Sache funktionierte. Er konnte sich nicht zurückhalten und erklärte bei der Fahrt durch den Bahnhof Enns: »That's the place Hitler was born. Alas …« Das Paar sprang auf, er fotografierte mit einer kleinen Kamera, sie mit dem Handy. Danach lag es nahe, an der Westbahnstrecke einen oder zwei KZ-Standorte zu identifizieren, aber Franz-Josef Blum erkannte, dass, was ihn da ritt, der Teufel selber war, verabschiedete sich von den beiden und kehrte, um nicht doch noch der Versuchung zu erliegen, ins Abteil zurück.

Das Taxi fuhr nach Süden, genau auf Schönbrunn zu, bog vor dem Schloss aber nach rechts ab und folgte dem Wienfluss.

Franz-Josef, durch seine Speisewagenfaxen aufgekratzt wie lange nicht, erlaubte sich den Spaß und fragte, ob das die Donau sei, erntete aber kein Gelächter, sondern nur die nüchterne Antwort Seitenstettens: »Nein, die Wien. Die Donau verläuft weiter östlich und führt viel mehr Wasser.« Franz-Josefs Stimmung sank, denn aus dieser Antwort konnte er schließen, dass der Professor die Frage ernst genommen hatte und ihn, Franz-Josef Blum, für einen dieser Provinzdeppen hielt, die offenbar nicht nur im Vorurteil der Hauptstädter vorkamen, sondern auch in Wirklichkeit. Anders war seine Reaktion nicht zu erklären. Franz-Josef war beleidigt und schwieg.

Die Gründerzeitvilla, in der Seitenstetten residierte, lag in Hietzing in der Auhofstraße und machte einen heruntergekommenen Eindruck. Zwar sah man nirgends an der schwärzlichen Fassade abblätternden Putz, aber die drei Vorarlberger hatten, als sie durch den verwilderten Vorgarten auf das Gebäude zugingen, das Gefühl, beim geringsten Anlass werde er es sich anders überlegen, der Putz nämlich, und quadratmeterweise herunterbrechen. Franz-Josef dachte, der Eindruck entstehe vielleicht nur durch den Gegensatz zu der prächtig renovierten weiß schimmernden Villa direkt daneben.

»Wer wohnt denn da?«, wollte er wissen.

»Da residiert das berühmte Verlagshaus Wirth & Kutschera«, erklärte Seitenstetten. Er schloss die Tür auf. Die vier sahen einander an, keiner sagte etwas. Das Verlagshaus Wirth & Kutschera war ihnen unbekannt. Provinzbanausen halt.

Matthäus Spielberger sah sich in seiner Erwartung, im Inneren des Gebäudes einen hochmütigen Butler vorzufinden, getäuscht. Im Vorraum der Villa herrschten eisige Kälte und jene Leere, die erst dem zweiten Blick auffällt. Keine Bilder, keine hochragenden Topfpflanzen und keine schwer zuordenbaren

Möbelstücke an den Wänden, deren eigentlicher Zweck darin bestand, jene Leere zu verhüllen, die Seitenstettens Heim dominierte. Es gab auch keinen Teppich, nicht das kleinste Stückchen Textil. Der Professor war sich des negativen Eindrucks bewusst.

»Jo, a bissl wia in ana U-Bahn-Station, net?«

Die Vorarlberger protestierten murmelnd, es sehe durchaus nicht aus wie in der U-Bahn. Seitenstetten winkte ab und ging voran in eine Wohnküche. Die war auch nicht stark möbliert, aber gegen die Vorhalle ein Hort heimeliger Gemütlichkeit. Der Raum wirkte kleiner, als er war. Das lag an den krautkopfgroßen Blumenmotiven der Tapete aus dem Jahre 1975; Lothar war begeistert, er hatte ein ähnliches Muster an den Wohnzimmerwänden, in demselben kränkelnden Blassgrün. Peratoner sog scharf die Luft ein und murmelte etwas Unverständliches. Der Professor behauptete, sie könnten ihre Besprechungen hier unten abhalten, weil es der gemütlichste Raum im ganzen Haus sei. Sie glaubten ihm das und nahmen am großen Küchentisch Platz. Seitenstetten entnahm einer Schublade eine Landkarte, die er auf dem Tisch ausbreitete. Sie konnten sich aber noch nicht einmal über die Himmelsrichtungen klar werden, weil die Dame des Hauses eintrat. Sie war größer als Seitenstetten, jünger und sozusagen blonder. Und sie verströmte Energie. Bevor ihr der Professor seine neuen Mitarbeiter vorstellen konnte, stellte sie sich selbst als Amalie von Seitenstetten vor, begrüßte erst ihren Mann mit Wangenkuss, dann die anderen mit Handschlag. Matthäus, Lothar, Franz-Josef und Peratoner murmelten ihre Namen, Lothar an der Verständlichkeitsgrenze, während Seitenstetten erklärte: »Meine Frau ist in meine Pläne eingeweiht, tatsächlich ist sie es, die mich darauf gebracht hat, den Matthäus zu kontaktieren.« Der Wiener Akzent war fast weg, die Dame hatte überhaupt keinen. »Ich schlage vor«, sagte sie, »ihr zieht in dein Arbeitszimmer um, wir brauchen ja die Küche. Essen um halb acht!« Seitenstetten faltete den Plan wieder zusammen. »Janine bringt euch Kaffee und Kuchen. In fünf Minuten, ist das recht?«

»Sehr recht!«, sagte Peratoner, die anderen drückten ihre Zustimmung mit beifälligem Gemurmel aus, Seitenstetten äußerte nichts, das war offenbar auch nicht notwendig, was Matthäus auffiel. Bestimmen in diesem Haus tat nicht der Hausherr, das war klar. Seitenstettens Arbeitszimmer erfüllte die Erwartungen des Provinzpublikums an eine hauptstädtisch-professorale Arbeitsstätte. Bücherregale bis an die Decke, abgewetzte Perser auf Eichenparkett, schwere Möbel aus dunklem Holz, alle mindestens hundert Jahre alt, auf dem Schreibtisch Papier in allen Erscheinungsformen vom Klebezettel bis zur gedruckten Dissertation. Der Professor breitete den Plan auf dem Fußboden aus. Das Ding war einen Meter breit und eineinhalb lang, eine Sonderanfertigung. Ehe sie sich in die Einzelheiten vertiefen konnten, servierte Janine, eine etwas verhuscht wirkende, blasse Französin, den versprochenen Kaffee. Und Kuchen. Matthäus erkannte einen Waldviertler Striezel mit drei verschiedenen Füllungen auf Wedgwood-Porzellan. Einen ähnlichen hatte er selbst beim letzten Wien-Besuch beim *Meinl am Graben* erstanden, leicht möglich, dass dieser auch von dort stammte.

»Sag einmal, Erasmus, bist du jetzt eigentlich reich oder arm? Der Eindruck in diesem Haus ist … widersprüchlich.«

»Des liegt daran, dass beides zutrifft. Reich und oarm. Haaßt: I bin oarm, die Amalie is reich …«

Sie setzten sich an einen Couchtisch in Ledersessel und widmeten sich der Jause. Seitenstetten erklärte die aus Teilansichten von *Google Earth* zusammengebaute Karte, die einen Ausschnitt des Wienerwaldes im Westen der Stadt zeigte. Die Flurnamen sagten den Vorarlbergern nichts, niemand von ihnen war jemals in dieser Gegend gewesen. Das *Schlössl*, wie es der Professor nannte, lag laut Plan ein paar Kilometer außerhalb der Stadtgrenze.

»Und die Kapelle?«, fragte Lothar.

»Hier.« Seitenstetten deutete auf eine Filzstiftmarkierung. Lothar maß mit Fingerbreiten nach und verglich mit der Legende am Kartenrand.

»Das sind ja fast zwei Kilometer! Wieso ist die Kapelle so weit weg vom Schloss?«

»Die woar jo scho früher durt – ghört zu an Kloster. Ruinen halt. Unterm Josef II. aufglassn worn und dann verfallen .... Die Leut aus der Umgebung ham das Material gestohlen und ihre Keuschen draus baut. Die Kapelle is eh das Einzige, was noch steht.«

»Diese Schraffierung rundherum, was bedeutet die?«, fragte Matthäus.

»Des is ausm Grundbuch übernommen. Und heißt Privatbesitz ...«

»Ja und?«

»Also – der schraffierte Bereich ghört aner Seitenlinie derer von Seitenstetten.« Der Professor schwieg.

»Seitenlinie? Davon hast du aber nichts gesagt ...«

»Ah so? Da war i vielleicht a bissl ungenau ...«

»Die Kapelle liegt aber auch auf dem schraffierten Bereich«, bemerkte Lothar.

»Ja, natürlich, das ghört alles zsamm ...« Matthäus erinnerte sich dunkel, dass sein Freund die Besitzverhältnisse vor ein paar Tagen anders dargestellt hatte. Aber er war sich nicht sicher. Irgendetwas stimmte nicht an der Geschichte.

»Und wem gehört das Ganze heute?«, fragte Franz-Josef.

»Der Seitenlinie …«

»Die heißen auch Seitenstetten?«

»Jo, natürlich, wie denn sonst?« Dem Professor war die Verärgerung anzuhören. Jetzt fiel Matthäus wieder ein, wo die Geschichte klemmte. »Moment! Du hast doch gesagt, die Familie hat das Schloss verspekuliert! Schon vor hundert Jahren!«

»Ja, des war so … *Unser* Zweig hat's verspe… hat sich bei aner finanziellen Transaktion übernommen … Des hängt zsamm mitm Bankrott von da Bodenkreditanstalt anno vieraßiebzg …«

Lothar wunderte sich. »Neunzehnvierundsiebzig war eine Bankpleite? War das nicht der Konsum?«

»*Achtzehnhundert*vierundsiebzig, Herrschaften! Is aber wurscht, des Schlössl is weg und die Kapelle auch … und übernommen hat's dann halt die Seitenlinie …«

»Also gehört es doch noch irgendwie zur selben Familie!«, rief Matthäus. »Wieso fragst du die nicht einfach wegen der Grabung?« Seitenstetten sprang auf. »Familie? Die sind nicht unsere Familie, die sind bloß a … a unbedeutende Seitenlinie halt!«, schrie er.

»Sagen Sie, Herr Professor, kann es sein, dass ihr nicht das beste Verhältnis zueinander habt?«, fragte Franz-Josef. Seitenstetten setzte sich wieder. »Net des beste Verhältnis? Des kann man sagen. Mir prozessiern …«

»Worum geht's?«, wollte Lothar wissen.

»Ah, des is a blöde Gschicht, Erbschaften, Grundstücke, so Sachen halt.«

»Wie lang geht das schon so?«

»Zwanzg Johr …« Seitenstettens Stimme war kaum zu vernehmen. Er sackte in seinem Sessel zusammen.

»Ihr seid also tief verfeindet, du und diese … Seitenlinie«, resümierte Matthäus. »Das heißt, wenn du die Besitzer fragst …«

»… reißt der Romuald die Kapelle ein, bevor das Bundesdenkmalamt auch nur *papp* sagen kann!« Die helle Stimme kam von der Tür, wo Amalie von Seitenstetten dem Gespräch zugehört hatte. Sie betrat den Raum. »Nur, um ihn zu ärgern.« Sie deutete auf ihren Mann. »Der Romuald lässt das Gelände umgraben und durch einen Betonbrecher durchlaufen – nur, damit nix übrig bleibt. Der Mann ist völlig irrational, der bebt vor Hass!«

Seitenstetten seufzte. Die anderen schwiegen eine Weile. Es war ihnen nicht angenehm, mit solchen Familieninterna konfrontiert zu sein.

»Na schön«, sagte Peratoner. »Dieser Seitenlinien-Romuald wäre also dagegen, wenn er von unserem Vorhaben wüsste. Ich frage mich nur, inwieweit uns das berührt …«

»Kann uns doch wurscht sein!«, rief Lothar Moosmann.

»Es freut mich, dass Sie das auch so sehen, meine Herren! Es ist nur so, dass Erasmus Bedenken hat …«

»Amalie, i bitt di!«, rief der.

»… wegen dem Zaun! Bitte, es hat doch keinen Zweck, das …«

»Was für ein Zaun?«, fragte Franz-Josef Blum.

»I wollt euch net erschrecken mit dem blöden Zaun …«

»Das war eine Schnapsidee, den Zaun den Herrschaften zu verschweigen, ich hab das gleich gesagt!«

»Bitte, auf die Gefahr, mich zu wiederholen: was für ein Zaun?«

»Um des Grundstück herum halt ...« Dem Professor war der Widerwille, dieses Thema zu erörtern, anzuhören. »Er hat an Zaun aufstelln lassen, vor a paar Wochen, des Gfraaßt, des hinige!«

»Warum?«, wollte Dr. Peratoner wissen.

»Das wissen wir nicht«, antwortete Amalie. »Eine seiner Launen vermutlich. Wissen Sie, der Mann ist komplett irrational, keinem vernünftigen Argument zugänglich.«

»Wenn da ein Zaun ist«, gab Lothar zu bedenken, »wird der vermutlich auch kontrolliert. Schöne Scheiße ...«

»Lothar, bitte!«, rief Peratoner, dem die Kraftausdrücke des Schnitzers peinlich waren.

»Der Herr Moosmann hat ganz recht«, sagte Amalie. »Erasmus hätte Ihnen von dem Zaun erzählen sollen! Man kann da nicht einfach ein Loch reinschneiden und hoffen, dass keiner was merkt ...«

»Wos hätt i mochn solln? Vo dem Zaun erzähln? Dann hättens mi do glei stehn lossn!«

»Von einem Zaun«, sagte Matthäus, »lassen sich Vorarlberger nicht ins Bockshorn jagen, oder?«

»Kommt auf den Scheißzaun an«, sagte Lothar. »Wie hoch, welches Material, weiß das jemand?«

Es stellte sich heraus, dass Seitenstetten es wusste. Er war dort gewesen, um die Lage zu sondieren, und hatte den Zaun entdeckt. Maschendraht, zwei Meter hoch. Nachgemessen. Auf einer Seite gab es ein Tor. Kameras hatte er keine entdeckt.

»Wir müssen dort rein und die Lage peilen«, sagte Lothar. »Also über den Zaun drüber, nicht durch ihn durch. Keine Drahtschere.«

»Mit einer Leiter?«, fragte Amalie.

»Nein, mit einem sogenannten Zauntritt. Das ist im Prinzip eine Art Deltaleiter mit zwei Armen, die sich in der Mitte über dem Zaun treffen. Dadurch kann man auf beiden Seiten hinauf und hinunter, ohne dass man eine Leiter hinüberzerren muss.«

»Aha. Und wo bekommt man so einen … Zauntritt?«

»Nirgends. Man baut sich einen.«

»Siehst du«, sagte Matthäus Spielberger, »ich hab dir ja gesagt, der Lothar ist der richtige Mann für so was. Dem fällt immer etwas ein!«

»Und der Herr Blum ist dann der Richtige, um das Ding hinzutragen?« Amalie ließ ihren Blick an Franz-Josef emporgleiten. Dem war diese Musterung nicht einmal unangenehm. Eben deshalb erschrak er vor sich selbst. Lothar Moosmann fragte, ob er sich einmal den Keller anschauen dürfe; ob eine Hütte für Gartengeräte vorhanden sei oder so etwas Ähnliches? Amalie führte ihn in den Keller, danach zu einem Anbau hinter dem Haus, wo das »Gartenzeug« aufbewahrt wurde. Amalie von Seitenstetten hatte – erstaunlicherweise, sie war doch eine Frau – an Gartenarbeit, -gestaltung, -verschönerung und so weiter kein Interesse. An Haushaltsführung übrigens auch nicht. Dafür hatte man die »Janine« und eine Köchin, für den Garten und alles Gröbere den »Herrn Josef« … Lothar wollte schon fragen, ob der nicht eher »Johann« heiße, verbiss es sich aber. Menschen, die in Klischees leben, verstehen keine spaßigen Bemerkungen über Klischees. Und wenn sie die doch verstehen, werden sie böse.

Keller und Gartengeräteanbau waren blitzblank in Schuss und aufgeräumt. Natürlich fand sich eine sogenannte Alu-Teleskopleiter passender Höhe, die man mit hauseigenen Mitteln in fünf Minuten zu einem Zauntritt umbauen konnte. Kein Problem für Lothar. Matthäus, Peratoner und Franz-

Josef Blum saßen derweil in Seitenstettens Arbeitszimmer und erörterten die weitere Vorgehensweise. Das heißt, Matthäus und Franz-Josef erörterten, der Chemiker konnte sich nicht konzentrieren, seine Gedanken schweiften in alle Richtungen, kehrten von dort aber mit großer Regelmäßigkeit zu Amalie zurück. Nicht, das er sie anziehend fand – oder doch, ja, ein bisschen, er war ja nicht aus Holz. Von ferne glich sie seiner geschiedenen Frau. Aus der Nähe eigentlich auch. Aber was ihn so beschäftigte, war nicht Erotik, sondern das Gefühl der Unruhe, die sie bei ihm auslöste. Sie ging ihm auf die Nerven. Lothar bastelte im Keller, dort war Amalie nicht, an der Besprechung nahm sie auch nicht teil. In den Tiefen des Hauses verschwunden. Wieso? Was machte sie jetzt? Dieses Fahrige, Unstete … er konnte das ums Verrecken nicht ausstehen, am wenigsten bei einer Frau. Dazu kam die Frage der Geheimhaltung. War sie überhaupt noch im Haus? Oder beim Friseur? Hör auf, befahl er sich, das sind doch Klischeevorstellungen! Ja, schön, die Frau, die beim Friseur alles ausplaudert, ist ein idiotisches Zerrbild, aber wo, bitte, ist sie dann? Warum ist das so wichtig? Du kennst die Dame doch erst eine Stunde – die kann alles Mögliche vorhaben, planen, durchführen … Eben, sagte er sich, das ist es ja. Alles Mögliche.

»Wir haben keine Zeit für lange Erkundungen«, sagte Franz-Josef. »Wir fahren dort hin, gehen rein, erledigen den Job und verschwinden wieder …«

»Aber wir wissen doch gar nicht, was uns dort erwartet!« Peratoner war mit Mühe ins Seitenstetten'sche Arbeitszimmer zurückgekehrt. Gerade noch rechtzeitig, wie er fand. Franz-Josef war, auch wenn man ihm das nicht ansah, Romantiker, der die Dinge am liebsten nach einer Operndramaturgie bewältigte. Das hieß im Idealfall Einheit des Ortes, der Zeit und der Handlung. Keine verwickelten Pläne, die sozusagen nur in langweiligen Rezitativen erklärt werden müssten, sondern rasche und deshalb rein gefühlsgesteuerte Entschlüsse, die man in einer großen Arie zum Vortrag brachte. Am besten mit einer Stretta wie Manrico im *Troubadour*. Zu den Waffen! Zu den Waffen! – Und nachher geht alles programmgemäß den Bach runter; Lukas Peratoner misstraute starken Gefühlen, opernhaft aufgeblasenen erst recht. Lothar war keine Hilfe, er ließ sich nur zu gern mitreißen, obwohl er nie ein Opernhaus betreten hatte. Matthäus Spielberger, der Wirt, der dieser kleinen Gruppe die nötige Erdung verlieh, schwieg. Er schien alles zu billigen.

Lothar kam mit der umgebauten Leiter herein. Er hatte zwei Verstrebungen entfernt, die das Aufstellen über den Zaun behindert hätten, und einen langen Riemen angebracht, der es erlaubte, den einen Arm der Leiter über die Zaunkrone auf die andere Seite hinunterzulassen, ohne einen Kran zu verwenden oder auf den Zaun hinaufzusteigen. Sehr sinnreich. Er zeigte Franz-Josef, wie er sich die Verwendung vorstellte, der probierte es im Arbeitszimmer Seitenstettens gleich aus – der Professor und Matthäus markierten mit einer gespannten Schnur die obere Zaunbegrenzung. Franz-Josef kam ins Schwitzen, besonders beim Zurückholen der Leiter, aber im großen Ganzen war der Versuch ein voller Erfolg, die Holme der Leiter berührten die Schnur nicht einmal. Auch Amalie, die während der Demonstration – keiner wusste, woher – wieder auftauchte, war voll des Lobes über alle Anwesenden. Lothar pries sie wegen seiner Erfindungsgabe und Handwerkskunst, den Chemiker wegen seiner Ruhe, Franz-Josef wegen seiner Kraft, den Wirt, weil er die drei, ihren Mann, weil er den Wirt ausgesucht hatte. Dann rief sie alle zum Abendessen.

Das Esszimmer war grün tapeziert, sonst kahl, die Möbel alt und abgenutzt. Ein großer Tisch, mehrere Thonet-Sessel. Lukas Peratoner spürte, wie der seine beim Hinsetzen wackelte, er beschloss, keine heftigen Bewegungen zu machen. Auf dem Tisch lag eine riesige, weiße Wachstuchdecke, die nicht in den Raum passte. Sogar Lothar wirkte irritiert, während er mit beiden Händen darüber strich. Peratoner erwartete etwas wie Gulaschsuppe oder Würstchen mit Kartoffelsalat, es gab aber zuerst Rindssuppe mit Schinkenschöberl und dann gefüllten Fasan mit Waldviertler Knödeln und Rotkraut und nachher Crème brulée. Die Suppe hatte Plachutta-Standard, die Schöberl hatte jemand erst vor kurzem hergestellt, aber nicht in einer Fabrik, und Lukas konnte sich nicht erinnern, wann er das letzte Mal etwas so Gutes gegessen hatte wie diesen Fasan. Die »Waldviertler Knödel« erkannte er am Geschmack als das, was in Deutschland »Thüringer Klöße« hieß, also aus gekochten *und* rohen Kartoffeln gemacht, was eine abschreckend umständliche Prozedur voraussetzt. Alle waren begeistert und lobten die Köchin in den höchsten Tönen, Amalie versprach, das Lob weiterzugeben. Matthäus wurde, je länger das Diner dauerte, immer unruhiger. Bei den letzten Bissen der besten Crème brulée, die er je gegessen hatte, dachte er: Was ist hier los? Was ist mit dieser Frau? Denn dass sie den Haushalt führt, ist klar, der gute Seitenstetten hat nichts zu melden. Bei der Einrichtung, beim Haus an sich, machen sie einen auf *verarmter Adel*, gegessen wird aber wie im Grandhotel – wie geht das zusammen, was soll das heißen, welche Botschaft wird hier transportiert?

Und wo war sie eigentlich die ganze Zeit? Haushalt? Quatsch. Und dass Amalie der Köchin geholfen hatte, verwarf er. Exzentrisch genug war sie ja, aber bei dieser Art Essen stört jeder Laie, da kann man nicht »mithelfen«, das war eine Sache für Profis. Sie aß auch mit Genuss, eine weitere Abweichung. Damen dieses Schlages sollten sich Sorgen um ihre Linie machen und nicht, Gott der Gerechte!, *zwei* Portionen Dessert zu sich nehmen. Aber was heißt schon *dieses Schlages*, welchen Schlages denn, bitte? Er hatte keine Ahnung, wie und wo er sie einordnen sollte, das Gefühl konnte er nicht leiden. Weil solche Personen prinzipiell unberechenbar sind. Im Sinne von: Man weiß nicht, was sie als Nächstes tun.

Vielleicht, beruhigte er sich, bin ich einfach zu sehr Provinzdepp ohne Einblick in die Wiener Gesellschaft. Vielleicht sind solche … Widersprüche hier ja gang und gäbe, fallen nicht weiter auf. Später, viel später würde er sich sagen, dass seine Unruhe bezüglich Amalie von Seitenstetten berechtigt gewesen war.

Was machen wir jetzt, nach dem Essen?, dachte Matthäus. Ganz einfach: Wir ziehen uns zurück. Weil man in einem solchen Haus nicht einfach schlafen geht, sondern *sich zurückzieht*. Wie zur Bestätigung seines Gedankens sagte Amalie: »Ich zeige Ihnen am besten Ihre Zimmer, damit Sie sich zurückziehen können, wann es Ihnen beliebt.«

»Ich glaube, mir beliebt es gleich jetzt«, sagte Lothar, »wir müssen morgen früh raus, wir sollten keine Zeit vergeuden.« Sie gingen hinter Amalie her.

Peratoner wunderte sich über den Schnitzer, von dem er wusste, dass er »Getue« nicht ausstehen konnte. Und Amalie hatte an diesem Tag schon mehr Getue produziert, als Lothar je toleriert hatte. Aber bis jetzt hielt er sich zurück; Lothar hatte, Lukas Peratoner befürchtete es, an der Familie von Seitenstetten einen Narren gefressen, an ihm sowieso, sonst wäre er gar nicht mitgefahren, aber auch an ihr. Die alles verkörperte, was Lothar sonst gegen den Strich ging. Warum blieb er so ruhig? Irgendetwas entging dem Dr. Peratoner, etwas Entscheidendes. Das konnte er nicht leiden, keinen Durchblick zu haben, es machte ihn nervös. Fehlte nur, dass auch die beiden anderen anfingen, sich komisch zu benehmen, aber der Buchhalter summte vor sich hin, wie immer. *A te o cara* aus den *Puritanern* von Bellini, eine für Franz-Josef unerreichbar hohe Tenorarie, idiotisch im Grunde, das machte er oft so. Lukas Peratoner war froh: Franz-Josef Blum im grünen Bereich.

Jeder bekam ein eigenes Zimmer, an Zimmern bestand in dem Kasten kein Mangel. Eingerichtet mit dem Nötigsten, und nur mit dem Nötigsten. Dr. Peratoner verabschiedete sich von Amalie und seinen Mitstreitern. Er sei müde und müsse sich hinlegen, sagte er. Das, so hoffte er, würde nächtliche Diskussionen über das Vorhaben des nächsten Tages vermeiden. Die Zimmer lagen nebeneinander im zweiten Stock. Er legte sich hin und schlief sofort ein. Wie immer in Wien, das, sei es wegen unbekannter elektrischer Felder, sei es wegen eines besonderen Mikroklimas, den Schlaf mehr förderte als jede Stadt in Vorarlberg.

Am nächsten Morgen gab es – Matthäus traute kaum seinen Augen – *Florentiner Eier* zum Frühstück. Einfach so. Dr. Peratoner war begeistert. »Das ist eine europäische Abart der *eggs benedict*«, erklärte er, »die sind mit Spinat statt Schinken.«

»Was ist das Weiße?«, fragte Franz-Josef Blum. Seine Stimme schwankte zwischen Interesse und Abscheu. Dr. Peratoner ärgerte sich über das Provinzlergehabe. »Das ist Sauce hollandaise, Herrgott noch mal!« Er probierte ein Löffelchen. »Und zwar selbergemachte, keine aus der Pappschachtel. Jetzt probier halt, das ist ein Frühstück, wie du's nur in den besten

Hotels kriegst, macht einen Haufen Arbeit, allein schon die pochierten Eier …«

Franz-Josef kostete eine kleine Ecke, sein Gesicht erhellte sich. »Das ist wirklich gut …«, murmelte er. Lothar hatte seine Portion schon zur Hälfte aufgegessen.

»Wenn einer jetzt vorschlägt«, sagte Matthäus, »ich sollte das auf die Speisekarte der ›Blauen Traube‹ setzen, so sage ich dazu: Tut mir leid!«

»Tut's euch net zruckhalten, es ist genug da!«, ermunterte sie Seitenstetten. Sie saßen zu fünft am Tisch, Amalie blieb abwesend; Peratoner bemerkte es und stellte fest, dass er heute besser damit zurechtkam als am Vortag. Er hätte sich ja nach der gnädigen Frau erkundigen können, fürchtete aber die Antwort, dass es der Professor auch nicht wusste. Das hätte Lukas wieder unruhig gemacht.

3

Dr. Lukas Peratoner und Matthäus Spielberger wären nicht nur unruhig gewesen, sondern entsetzt und verstört, hätten sie vom wahren Aufenthaltsort der Amalie von Seitenstetten gewusst. Der lag zum Zeitpunkt des Frühstücks gar nicht weit entfernt, nur etwa einen Kilometer in der Nähe des Küniglberges, wo bekanntlich der Österreichische Rundfunk residiert. Mit dem hatte Amalie aber nichts zu tun. Amalie hielt sich in einer Villa auf; auch daran hätten die beiden Vorarlberger noch nichts Schockierendes gefunden, sondern das, was sie an diesem Aufenthaltsort tat. Sie lag auf dem Rücken auf einem Bett und hatte die Arme um den Hals, ihre Beine um den Hintern geschlungen. Eines Mannes, der uns hier das erste Mal begegnet und Dr. Gerald Ambrosius heißt, seit zwei Jahren der Lover der Frau von Seitenstetten, mit diesem Posten aber nicht ausgefüllt. Und nein, damit ist nicht gemeint, dass Gerald doppelgleisig fährt, und abermals nein, Erasmus von Seitenstetten hatte keine Ahnung von den amourösen Verstrickungen seiner Frau. Amalie sah ihren Gerald als perfekten Liebhaber, und dieser sah in ihr die perfekte Freundin, obwohl sie acht Jahre älter war als er. Sie hatten sich auf einem Empfang jener Charity-Institution kennengelernt, für die Amalie tätig war – sehr tätig, das muss man sagen. Gerald Ambrosius entfachte in ihr ein Feuer, das sie längst erloschen geglaubt hatte. Erasmus von Seitenstetten konnte in diesem Punkt nicht mithalten.

Gerald Ambrosius profitierte von Amalies Freigebigkeit. Er hatte Medizin studiert, aber nie als Arzt praktiziert – mit einer Ausnahme: ein Monat als Urlaubsvertretung in Niederösterreich, wo es am flachsten ist. Ambrosius, der eigentlich Praktiker hatte werden wollen, machte eine tiefe Krise durch. Er würde, das wusste er, zwar noch einen zweiten Monat durchstehen und mit viel Glück einen dritten, aber dann würde er entweder sich selbst oder einen Patienten umbringen, das war noch nicht heraus, auf jeden Fall aber seinen Mittelstandseltern, die sich sein Studium zwar nicht gerade *vom Munde abgespart*, aber doch auf vieles verzichtet hatten, das Herz brechen. Also setzte er alle Hebel in Bewegung (manche Mittelstandsfamilien kennen eine erstaunliche Anzahl von Hebel-Bevollmächtigten aller Art) und ergatterte eine Assistentenstelle an der medizinischen Fakultät. Gerald Ambrosius war ein heller Kopf und stürzte sich mit Leidenschaft in sein neues Tätigkeitsfeld – getrieben von jenen Furien, wie sie nur die österreichische Provinz hervorbringt: alles besser, als dorthin zurückzukehren! Wie viele Hauptstädter, deren Vorfahren aus der Provinz stammen, litt Gerald Ambrosius unter einer Phobie vor dieser, der Provinz, und die Vorstellung, dort den Rest seines Lebens fristen zu müssen, erfüllte ihn mit Panik und unaussprechlicher Abscheu. Nein, da alles besser war als etwa Gemeindearzt in den abgelegeneren Teilen des, sagen wir, Waldviertels, war auch die Genetik besser, mit der er sich nun zu befassen hatte. Und die Sache, die ihn vor dem, sagen wir, Waldviertel, rettete, begann ihn wirklich zu interessieren, ein Glücksfall! Er stürzte sich in seine Arbeit und hatte das zusätzliche Glück, dass es sich bei seinem Vorgesetzten, Professor Amanshauser, um einen Kapazunder ersten Ranges in seinem Fach handelte, international bekannt und so weiter – und ein weiterer, schon fast unglaublicher Glücksfall war die Bekanntschaft mit Amalie von Seitenstetten. Man wird sich fragen: Was tut ein aufstrebender Uni-Assistent naturwissenschaftlicher Richtung auf einem Charity-Event? Interessiert ihn das? Nein, natürlich nicht, sein Interesse für Menschen beschränkt sich auf die, die a) tot sind und b) so gut erhaltene Röhrenknochen haben, dass man daraus nicht verunreinigte DNA extrahieren kann. An jenem Abend hatte er nur den Professor Amanshauser begleitet, der die Vorlieben seines Assistenten teilte, aber sozial gut vernetzt war und das zu nutzen wusste.

Es war Liebe auf den ersten Blick gewesen.

Gerald hatte bis dahin beim anderen Geschlecht wenig Anklang gefunden, weil er eigentlich nur über die Humangenetik sprechen konnte, nicht über Oper, Kultur und den ganzen Kokolores, und auch nicht über sich, was alles noch kein Unglück ist, wenn man zuhören kann, wenn andere (soll heißen: die gerade gegenübersitzende Frau) sprechen. Leider verfügte Gerald Ambrosius auch nicht über die Gabe des Zuhörens, die weit mehr verlangt als das Heucheln von Interesse. Amalie von Seitenstetten war trotz dieser Mängel, die ihr auffielen, sofort von Gerald eingenommen, weil er auf die nonverbalen, gewissermaßen kreatürlichen Avancen, die ihm Amalie machte, positiv, sofort und stark reagierte. Ohne viel Federlesens landeten sie noch am selben Abend im Bett. Der Sex mit Gerald war für Amalie überwältigend. Das hatte sie vorher nicht wissen können und einfach nur ihre Fühler ausgestreckt. Warum? Weil der Sex mit Erasmus von Seitenstetten … jedenfalls nicht überwältigend war und außerdem sehr selten. So viel dazu.

Die Verbindung zwischen Amalie und Gerald beruhte aber nicht nur auf sexueller Anziehung. Sie interessierte sich für sein Fachgebiet und fand nichts Anstößiges dabei, dass es dasselbe war wie das ihres Ehemannes. Und als ihre Tante Rosa verstorben und die kleine Villa in Hietzing frei geworden war (gehört hatte sie Amalie immer schon), da fand sie auch nichts dabei, den Gerald dort einziehen zu lassen und ihm ein tolles Labor einzurichten. Ihrem Mann sagte sie nichts davon. Er wusste nichts über Tante Rosa oder sonst jemanden der weitverzweigten Wiener Industriellenfamilie, der seine Amalie entstammte. (Der Name soll hier unerwähnt bleiben, um nicht die zahlreichen Mitglieder dieser Sippe, die im Gesellschaftsleben eine hervorragende Rolle spielt, in Verlegenheit zu bringen – mit den folgenden Ereignissen haben diese Leute, die durch die Bank sozial engagiert sind, nichts zu tun.)

Auf die Idee, die Konstellation könnte zu einem beruflichen Interessenkonflikt zwischen ihrem Mann und ihrem Liebhaber führen, ist Amalie nie gekommen. Sie liebte beide, in ihrem großen Herzen hatten beide Platz. Also unterstützte sie auch beide. Es verbot sich von selbst, ihrem Mann von den Forschungen des Liebhabers zu berichten, im umgekehrten Fall sah sie darin aber kein Problem. Im Gegenteil: Sie erklärte Gerald Ambrosius frank und frei, er dürfe sich ihrer Unterstützung nur so lang sicher sein, als er nicht auf dem Fachgebiet des Erasmus von Seitenstetten zu wildern anfinge. Das würde sie nämlich unterbinden! Gerald zeigte großes Verständnis, alles kein Problem, er sei gewissermaßen an die Veterinärwissenschaft ausgeliehen und befasse sich mit der Genetik des alpinen Rotwilds in Zusammenarbeit mit den österreichischen Jagdverbänden, da sei keine Kollision gegeben.

Das hatte er so gesagt und auch geglaubt. Und am Anfang hatte es auch gestimmt. Doch die Dinge verändern sich und bleiben nie, wie sie am Anfang waren. Wenn man Glück hat, verändern sie sich nur ein bisschen, wenn man Pech hat, ins Gegenteil. Zu dem Zeitpunkt, als sich Gerald nach einem überaus befriedigenden Geschlechtsverkehr in der kleinen Hietzinger Villa von Amalie von Seitenstetten herunterwälzte, ausgepumpt und schweißnass, wie es sich gehört – zu diesem Zeitpunkt an diesem verregneten Frühlingstag, da stimmte es nicht mehr, schon lang nicht mehr.

Er stand auf, um frischen Prosecco aus dem Kühlschrank zu holen. Der Boden knarrte unter seinen Füßen, das störte ihn, er hätte das alte Parkett bei der Renovierung am liebsten herausreißen lassen, aber da hatte Amalie ihr Veto eingelegt. Das Parkett zu entfernen wäre einem Sakrileg gleichgekommen, mindestens einer Kulturschande. Er hatte in diesem einen Punkt klein beigegeben, was umso leichter fiel, als er in jedem anderen Punkt seinen Willen durchsetzen konnte. Alles Gerümpel, das sich in sechs Jahrzehnten Tante Rosa angesammelt hatte, war entfernt und durch Mobiliar ersetzt worden, das er für modern und funktional hielt. Klare Formen, viel Holz, skandinavische Kühle und so weiter; im Grunde ebenso hässlich wie die rausgeschmissenen Möbelungetüme, nur anders. Ihm gefiel es so, Amalie ließ ihn gewähren. In der Küche setzte er sich an den Tisch und atmete tief durch. Sein Blick glitt über weiße Wände und glatte Flächen. Das beruhigte ihn. Er musste sich psychisch umorientieren. Wie immer nach dem Sex. Für Gerald, der keine besondere Beziehung zu seinem Inneren unterhielt, war das schwierig. Er musste nämlich eine Maske aufsetzen, bildlich gesprochen – was er selbst als »Psychoquargel« abqualifiziert hätte. Wahr war es doch. Die Maske des Liebhabers und Seelenfreundes. Während des Aktes trug er keine Maske, sondern zeigte das unverstellte Gesicht eines Satyrs, der moralfrei ein einziges Interesse verfolgt. In diesen Minuten war ihm das andere egal, dieses andere, das ihm wie eine schwere Last die Luft abdrückte.

Der Ehrgeiz.

Gerald Ambrosius litt darunter. Ich bin ein Schwein, dachte er, als er den Prosecco in die Gläser füllte. Ein Schwein, jawohl. Und es macht mir nichts aus. Warum fällt es mir dann ein? Komisch war das schon …

Ein Schwein war er, weil er seine Gönnerin betrog. Nicht mit einer anderen Frau, sondern auf diffizilere und verwerflichere Weise. Er brachte die Gläser mit dem Prosecco ans Bett. Sie tranken. Seine Erfahrungen waren bescheiden, er besaß kaum Vergleichsmöglichkeiten, aber das war ihm aufgefallen: dass sie nicht viele Worte über ihre Beziehung verlor. Ihm war das recht so.

Nach dem Glas zog sie sich an, küsste ihn und ging. Er war, wie immer, erleichtert, öffnete im Schlafzimmer die hohen Fenster und machte Durchzug. Er zog sich an und ging ins Labor hinunter. Dann rief er an. Es wurde abgehoben, es meldete sich niemand.

»Wie geht es uns heute?«, fragte er.

»Erstaunlich gut.« Richtige Codeantwort. Gut.

»Wie weit seid ihr?«

»Praktisch fertig. Der Tisch wird heute abgeholt. Über den Zustand kann ich nichts sagen, inwieweit wir renovieren müssen oder so … das wird man sehen.«

»Fein. Wann kann ich den Tisch sehen?«

»Heute Abend.«

»Schön. Alles Gute!« Gerald legte auf. Er atmete tief durch. Er kam sich bei dem Codegerede immer noch blöd vor, im Grunde war das pubertär. Geheimsprache, Geheimzeichen. Aber das Gegenüber hatte ihm die Sache mehrere Male erklärt: Er, Gerald, sitze ja weit vom Schuss, andere hätten es da nicht so bequem, die säßen in der Höhle des Löwen … Ja, ja. Meine Güte, er hatte tatsächlich gesagt, *in der Höhle des Löwen!* Dieser Hang zu pubertärer Melodramatik, widerlich. Aber man konnte sich die Mitarbeiter nicht aussuchen. Und eines stimmte ja auch: An jener Stelle konnte man nicht Klartext über die Sache reden, zu leicht schnappte jemand etwas auf, das nicht für seine Ohren bestimmt war.

Das schlimmere Problem würde sich ergeben, wenn die Sache gelaufen war. Und das erbracht hatte, was er sich wünschte. Denn dann würde alles herauskommen, sollte es ja auch, das war so Brauch in der Wissenschaft. Wie er das dann Amalie erklären sollte, wusste er nicht. Dafür war ihm keine Lösung eingefallen. Die gab es gar nicht. Am besten gleich ausziehen, still und heimlich, ohne großes Tamtam. Aus der Villa würde sie ihn sowieso hinausschmeißen, das wäre jedenfalls das, was er täte. Er hatte aber keine Wahl. Wissenschaft fordert Opfer.

Er sah sich im Labor um. Die Geräte musste er leider hierlassen. Wenn die Sache gut lief. Wenn sie schieflief, konnte er bleiben und die Geräte behalten. Und Amalie. Wie er es auch drehte und wendete: Eine totale Katastrophe stand in keinem Fall bevor. Bei jedem möglichen Ausgang des Geschehens gäbe es einen Trostpreis. Das war doch auch etwas!

Seine Stimmung hob sich. So betrachtet, durfte er dem Kommenden ruhig entgegensehen. Er war, fand er, gar nicht so schlecht dran. – Hätte sich Gerald Ambrosius mehr mit den Dingen des Lebens beschäftigt und weniger mit alten Knochen, wäre er misstrauisch geworden. Dann hätte er aus Erfahrung gewusst, dass es eine Lage, die, gleich, wie sie sich wendet, nur gut ausgehen kann, nicht gibt. Egal ist dabei, was die Logik sagt. Wem das Schicksal eine Win-win-Situation vorgaukelt, den will es verderben.

*

»Das klingt interessant.« Das klang neutral. Man konnte nicht abschätzen, ob er es wirklich so meinte. Ein eiskalter Hund, dachte Gerald Ambrosius, typisch Finanzmensch ... Stopp, ich darf mich jetzt nicht von meinen Vorurteilen bestimmen lassen, sonst hau ich noch alles zsamm ...

»Und da besteht kein Zweifel?« Der junge Baron schaute ihn jetzt direkt an, was er nur ganz am Anfang bei der Begrüßung getan hatte. Vielleicht hab ich jetzt erst seine volle Aufmerksamkeit, dachte Gerald, kann sein; ich bin ja auch kein Kunde oder Klient oder wie das heißt, sondern nur ein Wissenschaftstyp mit einem merkwürdigen Vorschlag.

Sie saßen im ersten Stock eines prächtigen Hauses in der Wiener Innenstadt. Eines jener Gebäude, an denen man oft eine Tafel findet, wo draufsteht, dass der Leibarzt von Maria Theresia da gewohnt hat oder ein berühmter Augustinerpater oder Ludwig Boltzmann. An dem betreffenden Haus war keine solche Tafel angebracht, hätte aber sein können. Hätte sogar sein können, dass sich die Besitzerfamilie geweigert hat, so eine Tafel anzubringen, weil diese Familie keinen Wert auf irgendeine Publizität legt und nicht wünscht, dass dieses Haus auf Touristenfotos auftaucht. Am besten auf gar keinen Fotos. Denn die Familie Wolfegg-Seitenstetten unterhielt in ihrem Gebäude eine Vermögensverwaltung, die mit dem Epitheton *exklusiv* wahrscheinlich noch unzureichend beschrieben ist, die wirklich reichen Leute sind bekanntlich unsichtbar, und ihre Vermögensverwaltungen sind zwar da und vor aller Augen, aber man nimmt sie nicht wahr. Was auch daran liegt, dass der einzige Hinweis auf die Existenz der Firma eine kleine Tafel mit einer nichtssagenden Bezeichnung ist, etwa wie *ABC-AG*. (Das ist nur ein Beispiel, die wirkliche Abkürzung sagt aber genauso wenig aus.) Niemand bringt die Familie Wolfegg-Seitenstetten mit dieser Firma in Verbindung. Man bringt diese Familie auch mit keinem anderen Unternehmen in Verbindung, mit keiner politischen Partei, mit keinen Skandal, keinem Schauspieler, keinem Sänger oder sonst einem Künstler, keinem Mäzen oder Museum – na ja, eigentlich mit gar nichts. Was schlicht daran liegt, dass die Familie solche Verbindungen schon seit hundert Jahren meidet. Drum ist auch der Name so wenig bekannt. Oder haben Sie schon einmal von Wolfegg-Seitenstetten gehört? – Na eben.

All dies war Gerald Ambrosius natürlich nicht bekannt. Er hatte den Namen von Amalie. Amalie redete gern. Über ihre Erfahrungen in Frankreich, ihre Familie, die Forschungen ihres Mannes … So war sie gesprächsweise auch auf die Todesumstände des Ferdinand-Erasmus im 16. Jahrhundert gekommen. Gerald Ambrosius erfuhr vom Englischen Schweiß, der Kapelle, der Feindschaft mit der Seitenlinie. Er hatte nicht nachgeforscht, nein, überhaupt nicht! Man kann über Gerald Ambrosius in dieser Sache eine Menge Negatives sagen, keine Frage, aber nicht, dass er sich intrigantenhaft in die Belange seiner Gönnerin gedrängt oder gemischt hätte. Dazu fehlte ihm jede Begabung. Er besaß zwar den brennenden Ehrgeiz, seine gesellschaftliche und finanzielle Stellung zu verbessern, aber nicht das dafür nötige Naturell. Wie eine Sprengladung – ohne Zünder. Nun aber hatte Amalie erst den Zünder eingeschraubt und dann betätigt – konnte sie sich wundern, wenn ihr danach alles um die Ohren flog? Sie hatte dem armen Jungen ja die ganze Geschichte direkt aufgedrängt, was hätte er machen sollen? Die Chance vorbeigehen lassen?

Gerald Ambrosius war kein skrupelloser Mensch. Im Gegenteil, er hatte gewaltige Skrupel, den Plan durchzuführen. Der Plan stammte von Amalie. Sie hatte ihn auf einem Silbertablett präsentiert, freilich ohne es zu wissen, das heißt, ihr war nicht klar, dass ihr Geplauder über das Schweiß-Opfer von 1529 und alles, was damit zusammenhing, ein *Plan* war. Ein Plan, ihren eigenen Ehemann zu hintergehen, ihm seine Idee und seinen wissenschaftlichen Erfolg zu rauben. Natürlich hatte Amalie das nicht so gesehen. Und sie hatte auch nicht absichtslos vor sich hin geplaudert, sondern einen bestimmten Zweck verfolgt.

»Weißt du«, sagte sie zu Gerald, als sie nebeneinander lagen, »weißt du, das sieht der Erasmus nicht richtig, das Detail am Schluss.«

»Welches Detail?« Gerald klang unwillig, wie junge Männer eben klingen, denen ihre verheirateten Geliebten Dinge über die betrogenen Ehemänner erzählen, denn die meisten jungen Männer sind von aufrechtem Charakter und wollen über die Ehemänner ihrer Geliebten nichts hören, nichts Negatives, nichts Positives, auch nichts Neutrales, überhaupt nichts. Dem Liebhaber solche Ehesachen zu erzählen, ist doch ein bisschen krank, oder? Amalie sah das nicht so.

»Erasmus sieht nicht ein, dass er bei dieser Exhumierung letzten Endes die Einwilligung von diesem Kerl braucht!«, sagte sie.

»Von wem?«

»Na, von dem Wolfegg-Seitenstetten, dem Kretin, von dem ich dir vorher erzählt hab!«

»Ah, der, ja, okay …« Gerald hatte bei der Schilderung der Verwandtschaftsverhältnisse der Zweige der Familien Wolfegg und Seitenstetten auf Durchzug geschaltet. Der, um den es ging, war der Geldmensch, dem die Kapelle gehörte, das hatte er sich gemerkt.

»Der wird mit Erasmus nicht einmal reden, verstehst du, die

haben seit Jahren kein Wort mehr gewechselt. Reden tun nur die Anwälte.«

»Dann wird der aber ziemlich sauer reagieren, wenn er draufkommt, dass dein Mann …«

»Das sag ich doch! Der gibt nie seine Einwilligung! Wenn ich das Erasmus vorhalte, heißt es nur: Ach was, wir schaffen vollendete Tatsachen! Er verdrängt das Thema.«

»Am Schluss muss er aber nachweisen, wo die DNA herstammt. Zweifelsfrei. Sonst hat das alles keinen Zweck. Es darf kein Zweifel bestehen …« In Gerald keimte ein Funken Interesse. Er legte den Arm um Amalie und zog sie etwas näher zu sich. »Er muss aufpassen, dass er sich da nicht in etwas verrennt! Was Datenerhebung angeht, sind die heutzutage verdammt kritisch bei den Journalen …«

»Es müsste halt jemand anderer fragen«, sagte sie.

»Wen fragen?«

»Den Finanzidioten. Jemand Unverdächtiger, den er nicht mit Erasmus in Verbindung bringt.«

»Aha. Und wer soll das sein?«

»Du.«

Danach war es eine Weile still. Jemand von weniger lauterem Charakter als Gerald Ambrosius hätte paranoid reagiert (weil böse Menschen von anderen immer annehmen, was sie selber tun) und hätte etwa gefolgert: Ach, daher weht der Wind! Ich soll benutzt werden – das ganze Verhältnis dient nur dazu, ihren Alten aus der Bredouille zu retten … Aber Gerald war kein solcher Mensch. Er sagte: »Dann musst du mich aber genauer informieren, wenn ich den Typ fragen soll. Wegen diesem Dokument und so … da muss ich firm sein, sonst merkt er doch gleich, dass er einen Strohmann vor sich hat.«

»Du würdest es also machen?«, rief sie.

»Na ja, warum nicht … dir scheint ja viel daran zu liegen …«

Sie schloss ihn in die Arme.

So war das gelaufen.

Und nun saß er nach einer längeren Rede vor dem Finanzmenschen Wolfegg-Seitenstetten und wartete auf dessen Antwort.

»Und woher haben Sie diese Unterlagen?«, fragte der Finanzmensch. »Über den Nachlass, meine ich.« Das war der Schwachpunkt von Amalies Plan gewesen, denn ihre gewundene Erklärung, wie der Dr. Ambrosius (Veterinär eigentlich) an Dokumente der weder verwandten noch verschwägerten Familie Seitenstetten herankommen sollte – diese Erklärung hatte er erstens nicht verstanden und zweitens sofort vergessen, weil er sie drittens gar nicht brauchte. Sie spielte in der kleinen Planabweichung, die einzufügen er sich die Freiheit genommen hatte, keine Rolle.

»Von Professor Seitenstetten«, sagte er also. »Ich kenn ihn von der Uni. Er hat mir davon erzählt. Die Todesursache steht angeblich auch auf der Grabplatte in der Kapelle.«

»Also hat er vor, dieses Grab zu öffnen?« Dazu runzelte der Finanzmensch die Stirn. Gemütsbewegung, dachte Gerald, die erste überhaupt, ich habe gewonnen!

»Es sieht so aus.«

»Ohne Erlaubnis einzuholen …«

»Direkt gesagt hat er das nicht, ich hab es aus dem Zusammenhang abgeleitet, er scheint mit Ihnen nicht sprechen zu wollen. Oder zu können …«

»So, so, scheint er!« Nach einer Pause fragte der Finanzmensch: »Und jetzt schickt er Sie vor?«

»Um Gottes willen, nein! Er weiß nicht, dass ich hier bin. Er würde mich in der Luft zerreißen – soll heißen, wenn er draufkommt, zerstört er meine Karriere. Die Mittel dazu hat er …«

»Dann wollen Sie die Sache selber durchziehen?«

»Genau! Sehen Sie: Seine Karriere ist sowieso zu Ende, ob da noch eine Veröffentlichung dazukommt, spielt keine Rolle. Für mich wäre das ein Start sondergleichen, ich könnte mir einen Namen machen. Also normalerweise zieht ein Professor so ein Projekt mit seinen Assistenten durch, die stehen dann mit auf dem Paper und kriegen so Reputation. Aber Professor Seitenstetten hat nur einen Assistenten. Und mit dem ist er zerstritten.« Die Sache selber durchzuziehen war die kleine Planänderung, die sich Gerald ausgedacht hatte. Sie lag sozusagen auf der Hand. Nur ein vollkommen träger Charakter oder ein sehr dummer wäre nicht darauf gekommen. Gerald war weder träge noch dumm; er bildete sich auch nichts ein auf die Idee. Man hatte sie ihm gleichsam auf einer silbernen Platte präsentiert – nicht zuzugreifen wäre einem unentschuldbaren Versäumnis gleichgekommen.

Der Finanzmensch lehnte sich zurück. »Ich schätze Ihre Offenheit, Herr Dr. Ambrosius. Aber ich sage: nein! Weder Sie noch mein entfernter Cousin werden dieses Grab öffnen …«

»Warum …?«

»Er nicht, weil ich ja nicht verblödet bin und einem Menschen, der mir seit vielen Jahren maßlos auf die Nerven geht, auch noch einen Gefallen tu, um seine wissenschaftliche Eitelkeit zu befriedigen!« Er sprach das *wissenschaftlich* aus, als ob es sich um eine abartige Hautkrankheit handelte. »Und Sie nicht«, fuhr er fort, »weil daraus ein weiterer Streit entstünde. Er würde nach Ihrer Veröffentlichung keine Ruhe geben, alles gerichtlich anfechten, die Presse aufscheuchen – und das Haus Wolfegg-Seitenstetten in die Medien zerren. So eine Publizität versuchen wir zu vermeiden. Also halten Sie sich fern von dieser Kapelle! – Und jetzt entschuldigen Sie mich.« Er stand auf und drückte einen Knopf. Es erschien keine Sekretärin, sondern ein junger Mann von südslawischem Aussehen mit der bekannten Security-Silhouette. Stehendes Rechteck in schwarzem Anzug, oben ein kleiner, rasierter Kugelkopf.

»Mirko, geleite den Besucher hinaus«, sagte der Finanzmensch. Gerald erhob sich. Hände wurden nicht geschüttelt. Eine halbe Minute später stand Gerald wieder auf der Straße. Er war ganz ruhig. Das hat nicht funktioniert, dachte er. Amalie hat recht. Ein Arschloch. Macht aber nichts, war ja nur ein Versuch, hätte die Sache vereinfacht. Man kann nicht alles haben.

Das Wichtigste ist trotz aller Schwierigkeiten erreicht, dachte Gerald Ambrosius. Ferdinand-Erasmus ist unser! Wie man das Ding mit der fehlenden Exhumierungserlaubnis dann schaukelt, würde sich weisen. Im schlimmsten Fall würde man es einfach zugeben, warum nicht? Handeln für die Wissenschaft, Grenzüberschreitung wegen welthistorischer Bedeutung … etwas würde sich finden. Im Erfolgsfall, dem Auffinden der DNA der Englischen Schweiße im verblichenen Baron aus dem 16. Jahrhundert. Sollten sie ihn dann doch anklagen wegen Besitzstörung oder Störung der Totenruhe oder wie das hieß … ein Platz auf den Titelseiten wäre ihm dennoch sicher. Und eine Stelle an einem renommierten Institut. Gehabt euch wohl, ihr Hirschknochen und Gamsgerippe!

Und wenn nichts herauskam? (Was man in der Naturwissenschaft immer als den wahrscheinlicheren Fall annehmen musste.) Dann würde man, ohne einen Ton zu verlauten, den alten Ferdinand-Erasmus verschwinden lassen. Außer Spesen nichts gewesen. Der gute Professor Seitenstetten hatte ja genau dieselbe Strategie gefahren. Erst handeln, dann fragen. Wer vorher fragt, kriegt vielleicht eine Antwort, die er nicht hören will. Wissenschaft geht vor! Nur Amalie verstand diese einfachen Zusammenhänge nicht. Er spürte beim Gedanken an Amalie ein leichtes Unbehagen. Diesen Verrat würde sie ihm nicht verzeihen können. Die kleine Villa, das Labor, war bei positivem Nachweis Englischer-Schweiß-DNA so gut wie dahin – alles für die Wissenschaft! Das Wasser schoss ihm in die Augen, als er an Amalie dachte. Aber was war die Alternative: die genetische Klärung der Verwandtschaftsverhältnisse österreichischen Rotwilds. Er konnte keine Hirschknochen mehr sehen.

*

Nach dem Frühstück brachen sie auf. In der Garage stand ein Nissan Navara Pick-up. Lothar war erfreut. »Ehrlich gesagt, das hätt ich nicht erwartet«, sagte er.

»Was? Dass ich a gscheits Auto fahr? Sie tun mich unterschätzn, Herr Moosmann!« Der Professor lachte.

»Na, na, scho a schöns Auto, klar, aber des isch o a ghörigs …«

Matthäus übersetzte die Bemerkung und erklärte dem Professor den semantischen Unterschied zwischen einem *schönen* und einem *gehörigen* Auto in Vorarlberg, während Lothar, Dr. Peratoner und Franz-Josef die modifizierte Teleskopleiter auf dem Dachträger befestigten. Sie war in eine Plane eingehüllt. Das mit der Leiter musste keiner wissen. Dann stiegen sie ein. Seitenstetten fuhr. Die erste Etappe der Fahrt in den Wienerwald verging mit munteren Reden. Das heißt, reden tat Matthäus, die anderen hörten zu oder simulierten das Zuhören. Er saß vorn neben seinem Schulfreund, die anderen hinten. Franz-Josef versuchte sich während der Fahrt zu orientieren, gab es aber bald auf. Wenn sie ohne mich losfahren, muss ich in der Waldeinsamkeit verhungern, dachte er. Was für eine idiotische Vorstellung – wieso sollten sie ihn zurücklassen? Er konnte gegen diese Gedanken nichts unternehmen, seit dem Tod seiner Frau überfielen ihn absurde Ängste, nur Musik half dagegen. Er begann, vor sich hin zu summen. Seitenstetten erkundigte sich nach der Melodie. O *muto asil del pianto*, sagte Franz-Josef, aus dem *Guglielmo Tell* von Rossini, natürlich viel zu hoch für ihn, aber trotzdem schön. Das sei wohl wahr, bestätigte der Professor; es war nicht klar, ob sich das auf *zu hoch* oder auf *schön* bezog.

Die letzten Kilometer legten sie auf einem Waldweg zurück, dessen Anfang ein unübersehbares Fahrverbotsschild markierte. Das Schild wurde nicht kommentiert. Sie hatten die Grenze des Legalen überschritten. Der Professor kannte sich aus, bog in einen bestimmten Holzbringungspfad ein, nichts weiter als eine unbefestigte Schneise im Wald. Tiefe Traktorspuren, weicher Boden. Sehr weicher Boden.

»Winde hamma?«, fragte Lothar.

»Sowieso.« Seitenstetten blieb ruhig, er fuhr den Weg nicht zum ersten Mal. Der Weg endete auf einer Lichtung. Sie stiegen aus und nahmen die Leiter herunter. Hundert Meter weiter kam der Zaun in Sicht. Die Leiter funktionierte als Zauntritt wie vorgesehen, Franz-Josef hatte keine Mühe mit dem Aufstellen und Abbauen. Sie ließen ihn am Zaun zurück, jemand musste ja auf die Leiter aufpassen.

Der Wald war eine »Buchenhalle«, wie es im Volkslied heißt, hohe, graue Stämme, rotbraunes Laub auf dem Boden, von oben lichtes Frühlingsgrün, das Lothar in gute Stimmung versetzte. Peratoner, der weniger naturverbunden war (eigentlich überhaupt nicht), beklagte den Mangel an Deckung.

»In diesem sogenannten Wald sieht man hundert Meter weit! Wie soll man sich da unbemerkt annähern?«

»Unbemerkt geht am Tag sowieso nicht«, sagte Matthäus.

»Aha. Geht nicht. Nur aus Interesse: Was sagen wir, wenn jemand kommt?«

»Grüß Gott.«

»Was? … Ja, ich meine, wenn er fragt, was wir hier zu suchen haben?«

»Wir begründen unser Hiersein mit menschlicher Neugier. – Wie weit ist es noch?«

»Zwahundert Meter. Hinter dem klan Hügel durt.« Hinter dem kleinen Hügel tauchte die Kapelle auf. Kleiner, als sie sich Matthäus vorgestellt hatte, und in deutlich schlechterem Zustand. Der Putz bröckelte in großen Placken von den Mauern. Darunter kamen rote Ziegel zum Vorschein, die Dachziegel waren schwarz, Flechten wahrscheinlich, dachte Matthäus. Dicke Mooslagen. Durch die kleinen Fenster neben der Tür war nichts zu erkennen. Blind vor Dreck. Die großen Seitenfenster lagen zu hoch. Es gab nur eine Tür, verschlossen. Lothar zog aus der Jacke ein Lederfutteral und aus diesem ein Bündel Dietriche, wie sie Matthäus das letzte Mal in einem Schwarzweißfilm gesehen hatte. Lothar Moosmann begann im Schlüsselloch herumzustochern. Er wird es nicht aufkriegen, ging durch Peratoners Kopf, garantiert nicht, und während er noch dabei ist, kommt jemand mit einem Gewehr und einem Hund. Unsagbar peinlich. Der braucht gar nicht zu fragen, was wir hier machen, man sieht es schon auf dreißig Meter. Wir brechen in eine Kapelle ein, das heißt, wir versuchen es, aber es gelingt uns nicht, natürlich nicht, es ist ja auch eine

Gaunerkomödie, wo die Gauner liebenswert sind und sehr beschränkt … Ein Klicken unterbrach seine Gedanken, Lothar drückte die Tür auf, die in den Angeln ächzte. »Das ist gut, das Geräusch«, erklärte Lothar, »es beweist, dass die Tür schon lang nicht aufgemacht wurde. Wenn sie sich leise dreht, ist sie geölt, das heißt, sie wird dauernd benutzt. Und wir sind am Arsch.« Der Kraftausdruck bewies, dass Lothar Moosmann, der nicht zu den Morgenmenschen gehörte, allmählich auf Betriebstemperatur kam.

»Am Oarsch? Wieso?«, wollte der Professor wissen. »Wie meinen S' denn des?«

»Weil dann unser Geheimnis keines mehr wäre«, erklärte Lothar. »Entweder wär schon jemand anderer in der Gruft vom … vom …«

»Ferdinand-Erasmus.«

»Wie auch immer. In dem Fall wäre Ihnen einer zuvorgekommen. Herr Professor. An Scheiß wär das!«

»Des können S' laut sogn!«

»Oder es würde gar nicht um Ihr Geheimnis gehen, sondern um etwas anderes. Zum Beispiel eignet sich so eine alte Kapelle als Drogenversteck, toter Briefkasten für Agenten, was weiß ich …«

»Jetzt hör aber auf!«, rief Peratoner, der in dieser Situation weder Drogenkuriere noch Agenten fürchtete, sondern einen Verwalter mit Hund. Seitenstetten hatte die Kapelle inzwischen betreten.

Sie war leer. Keine Bänke, kein Altar, keine Statuen. Im Licht der Taschenlampe traten an der Decke Stuckbänder, an den Wänden Lisenen hervor. Dazwischen zwei hochformatige Wandbilder.

»Schaun Sie sich das an!« Seitenstetten winkte die beiden

herein. Der Mann auf der linken Seite trug einen breitkrempigen Hut mit einer aufgesetzten Muschel, in der Hand hielt er einen langen Stab. Ihm zu Füßen saß ein weißer Hund.

»Ah, der Rochus!«, rief Lothar. »Aber als Gemälde eher wüascht …«

»Wie bitte?«, fragte der Professor.

»Schiach«, übersetzte Matthäus, »hässlich.«

»Ich meine«, sagte Lothar, »als Malerei eher scheiße. Schauen Sie sich das Gesicht an! Dutzendware, runtergehudelt. Keine Spur von Ausdruck …« Professor Seitenstetten zeigte sich beeindruckt. Lothars Einschätzung entsprach seiner eigenen. »Und den andern Kameraden, kennen S' den a?« Er ließ den Lichtkegel der Lampe auf die rechte Wand gleiten. »Den Rochus hätt i noch erraten, ober der do …« Das Bild zeigte einen Mönch in brauner Kutte, die Hand auf den Hals eines Tieres an seiner Seite gelegt.

»Noch a Hund?«

»Nein, das soll a Hirschkuh sein. Gemalt vom selben Vollkoffer, der den Rochus verbrochen hat. Isch übrigens der heilige Ägidius. Franzos ausm 8. Jahrhundert. Hat bei einer Jagd die Hirschkuh gerettet.«

»Sagn S' amol, woher wissen S' denn des alles? Sie ham do gsagt, Sie san Atheist?«

»Prinzipiell bin i Holzschnitzer. Da gehört es einfach dazu, dass man weiß, welcher Heilige für was zuständig ist. Und die Attribute und so … und was das andere betrifft: Mit dem historischen Personal bin i immer gut ausgekommen, i schnitz die Kameraden ja auch. Probleme hab i nur mit der Firmenleitung …«

»Interessant. Sonst ist es meistens umkehrt …«

Peratoner, der mit wachsender Ungeduld zugehört hatte,

hielt es nicht länger aus. »Eure Ausführungen zur Ikonographie des Ortes sind ja faszinierend, aber dieser Ort ist Privatbesitz, jeden Moment kann jemand auftauchen, ich schlage also vor, wir kümmern uns jetzt um den Verbleib von Ferdinand-Erasmus!«

Der Professor deutete auf eine Bodenplatte, nach barocker Manier dicht beschrieben von oben bis unten. Seitenstetten kniete nieder, beugte sich über die Schrift und begann vor sich hin zu murmeln. Matthäus sah ihm über die Schulter.

»Der übliche Schwulst … Jedenfalls ist es Ferdinand-Erasmus, der da drunter liegt. Das ist doch gut, oder?«

»Weniger guat is, dass ka Wort von da Schweißkrankheit do steht …« Der Professor richtete sich auf.

»Des glaub i sofort«, sagte Lothar Moosmann. »Das war doch eine Klosterkapelle?«

»No jo, von an sehr kleinen Kloster …«

»Und die Mönche waren finanziell abhängig von den Herren von Seitenstetten. Die konnten also nicht gut ›nein‹ sagen, wenn man den Patron hier begraben wollte – sozusagen weit vom Schuss, als Einzigen von der Familie …«

»Du meinst, es war … ihnen *peinlich*?«, fragte Dr. Peratoner.

»Do hom S' recht«, sagte der Professor. »Schon auch peinlich, aber des war eher a Vorsichtsmaßnahme, falls wos is …«

»Die Schweißkrankheit ist doch hochansteckend, oder?«, fragte Lothar.

»Ja, eh! Beim Begräbnis warn sicher nur die Klosterbrüder dabei. Die ham sich ja net wehrn können …«

»Sauerei! Typisch. Den armen Ferdinand möglichst unauffällig in der Einöde verscharren … und dann das Erbe aufteilen … Aber die Bilder passen auch dazu!«

»Wieso die Bilder?«, wollte Matthäus wissen.

»Der Ägidius und der Rochus sind für ganz verschiedene Probleme zuständig – anrufungstechnisch, meine ich. Das Gemeinsame hat alles mit Krankheiten zu tun. Beim Vieh oder beim Menschen. Und beide sind« – Lothar hob die Hand – »Pestpatrone!«

»Also ist die Seuche die … die Schnittmenge der Heiligenzuständigkeiten. Sozusagen.« Matthäus schien zufrieden. Seitenstetten beleuchtete noch einmal die Bilder. »Des mit die Heiligen hätt i net gwusst«, bekannte er. »Lumpi, des war die beste Idee seit langem …«

»Welche?«

»Dass i dich gfragt hab. Weil du solchene Kapazunder kennst wie den Meister Lothar!«

Bei diesen Worten errötete der Schnitzer, was durch die mangelhafte Beleuchtung den anderen beiden verborgen blieb. Seitenstetten hatte eine Fähigkeit genutzt, die manchen altgedienten österreichischen Universitätsprofessoren eigen ist: Durch eine winzige Variation der Stimme den *Meister Lothar* so zu intonieren, dass man nicht einen Klempnermeister assoziiert, sondern einen *Meister der Donauschule* heraushört, zum Beispiel. (Genauso gut können sie allerdings den Ausdruck *Nobelpreisträger* so verwenden, dass er klingt wie *Volltrottel.*)

»Jedenfalls ist das der richtige Ort. Wir müssen nur die Platte heben«, sagte der Schnitzer. »Also brauchen wir Stemmeisen, Hammer, einen Flaschenzug. Und ein Gerüst natürlich, ein Dreibein.«

Im Auto präsentierte der Professor eine Adressenliste von Baumärkten. Lothar Moosmann erklärte, was gebraucht wurde, Matthäus recherchierte mit Seitenstettens Tablet-PC, wo was lagernd war. Es stellte sich heraus, dass sie nur zwei Orte aufsuchen mussten, einen Baumarkt und ein Spezialgeschäft.

Sie erstanden einen sogenannten Dreibock aus Aluminium (Tragkraft tausend Kilo), einen Flaschenzug, Ketten, Haltebänder, eine Spitzhacke, zwei Stemmeisen, mehrere Balken (zwei Meter mal zehn mal fünfzehn Zentimeter), Meißel, Teflonhammer, sowie drei gelbe Warnwesten, Schutzhelme und Sicherheitsschuhe. Was in die Wagen gepackt wurde, bestimmte Lothar. Er hatte eine Liste im Kopf, die er abarbeitete. Einmal traute sich Seitenstetten zu fragen: »Schaufeln brauch ma nicht?«

»Die haben Sie daheim im Keller, drei Stück, das reicht.«

»Das ist aber teuer, das ganze Zeug ...«, bemerkte Matthäus. Der Professor zog einen prallen Briefumschlag aus der Manteltasche. »Langt scho!« Er grinste. »Die Amalie hat mi subventioniert, vastehst?« Matthäus brummelte zustimmend und studierte die Aufschrift eines Kübels mit Deckweiß. Sie warteten in der Farbenabteilung auf die anderen. Matthäus schämte sich für den Schulkameraden. Die gnädige Frau hatte dem Gatten also ein Büschel Scheine zugesteckt – da hast, kauf dir was Schönes! –, und der machte nicht einmal den Versuch, seine finanzielle Inferiorität zu kaschieren, ja, er schien sich noch damit zu brüsten! Oder bin ich zu konservativ?, dachte Matthäus. Ist das heutzutage üblich?

Sie kehrten in die Villa zurück, die wieder aufgetauchte Amalie hatte kochen lassen. Spargelcremesuppe, gefüllte Kalbsbrust mit selbstgemachten Erdäpfelkroketten und glasierten Karotten, danach Pudding. Bei Kaffee und Cognac besprachen sie die weitere Vorgehensweise. Amalie war dabei. Der Professor schlug vor, die Dunkelheit abzuwarten. Lothar war dagegen.

»Wenn's nach mir ginge, wären wir schon wieder dort! Rein, das Grab aufmachen, Proben nehmen und wieder raus. Wir brechen jetzt auf und bringen die Sache hinter uns!« Lothar Moosmann stand auf. Seitenstetten sagte: »I waaß net …«, erhob sich aber ebenfalls. Amalie sagte: »Bravo!« Damit war die Sache entschieden. Franz-Josef, Matthäus und Lukas fügten sich. Amalie hatte offenbar geahnt, wer sich durchsetzen würde, und drei Thermoskannen Kaffee und belegte Brote vorbereiten lassen. Sie packten den Proviant ein und fuhren los.

Während der Fahrt hatte Peratoner den Eindruck, halb Wien sei auf dem Weg in den Wienerwald. Jeder Ausflügler würde sich an einen mit Bauzeugs vollgeladenen Pick-up erinnern. Warum malen wir nicht gleich auf die Türen: Seitenstetten & Co. Gruftöffnung – Grabraub – Schatzsuche, dachte Peratoner. Er behielt den Gedanken für sich.

Das Wetter hatte umgeschlagen, der Himmel war bedeckt, es begann zu nieseln. Jetzt kamen ihnen Autos entgegen, die Leute brachen ihre Exkursionen ab, kehrten in die Stadt zurück.

»Ideal!«, freute sich Lothar Moosmann. »Scheißwetter wie meistens, wer kann, bleibt daheim, nur die bedauernswerten Vertreter der Arbeiterklasse fahren zu ihrer gefährlichen und unterbezahlten Schinderei!« Er lachte. »Kein Schwein sieht uns. Bautrottel, arme Hunde. Praktisch unsichtbar.«

»Wie meinst du das?«, wollte Matthäus wissen.

»Frag einen von den Deppen, die vorbeifahren, in einer Stunde, ob ihnen ein besonderes Auto aufgefallen ist! Da kriegst du keine vernünftige Antwort. Wir fallen in die Kategorie *Lastwagen* – keine richtigen Verkehrsteilnehmer, sondern Handwerker …«

»Jo, ja – versteh schon, arbeitende Menschen!« Den Professor schien das Argument zu amüsieren. Peratoner sagte nichts, Franz-Josef starrte zum Seitenfenster hinaus.

Sie hielten an derselben Stelle, wuchteten ihre Ausrüstung von der Ladefläche des Pick-up und schleppten sie zum Zaun. Der Zauntritt wurde aufgebaut, der Transport der Gerätschaft auf die andere Seite verlief problemlos.

»Was machen wir«, sagte Franz-Josef Blum, »wenn wir schnell wegmüssen? Das dauert doch mit der Leiter …«

»Du meinst, wenn ein Hund hinter uns her ist oder so?«

»Oder so … ja.«

»Das würde ich ihm nicht raten.« Lothar grinste, knöpfte seine hässliche, noch aus den siebziger Jahren des vergangenen Jahrhunderts stammende Kunstlederjacke auf und nahm einige Gegenstände heraus, die er in weniger als einer halben Minute zusammensetzte. Zu einem kurzen Gewehr mit langem Schalldämpfer. An den klopfte Seitenstetten mit dem Fingerknöchel. »Net aus Holz? Des wundert mi jetzt – i maan, bei an Holzbildhauer!« Er lachte, Lothar auch. Matthäus fand den Gegenstand weniger lustig. »Was ist das?«, fragte er.

»Eigentlich ein Rotwildregulator …« Der Professor lachte laut auf. »Der woar guat!« Peratoner schrie: »Bist du wahnsinnig? Du nimmst eine Schusswaffe mit? Was ist, wenn … wenn …«

»Wenn jemand kommt? Dann passiert gar nix, Herrgott noch amol! Das ist ja der Witz an der Sache. Es gibt keine blöden Fragen, kein Wegrennen, keine Handytelefonate. Dieses handliche Ding verhindert …«

»… unliebsame Entwicklungen, versteh scho!«, sagte der Professor.

»Na, des will i jetzt wirklich wissen! Die Meckerei vom Lukas geht mir auf die Nerven, ich kann so nicht arbeiten. Wenn ihr der Meinung seid, ich geh zu weit … oder so, dann sagt das jetzt. Dann hören wir sofort auf. Es ist noch nicht zu spät.

Bis jetzt haben wir noch nicht einmal eine Sachbeschädigung am Konto, wir können immer noch umkehren. Wenn wir aber weitermachen, dann so, wie ich das für richtig halte!« Er schaute in die Runde. Niemand sagte etwas. Auch Matthäus Spielberger nicht, der sich deswegen später bittere Vorwürfe machen würde. Warum hast du nichts gesagt, warum bist du nicht eingeschritten? Das würde er sich fragen. Und nie eine wirkliche Antwort finden. Natürlich gab es Erklärungen, alle lahm und schwächlich. Weil man schon so weit gekommen war. Weil sie schon so einen Haufen Geld ausgegeben hatten. Und weil er, Matthäus Spielberger persönlich, der gnädigen Frau nicht als der gegenübertreten wollte, der die Nerven weggeschmissen und alles abgeblasen hatte, der älteste Schulfreund ihres Mannes. Auf den, wenn es darauf ankam, dann eben doch kein Verlass war.

Sie nahmen ihr Gepäck und marschierten zur Kapelle. Wegen der Teleskopleiter mussten sie zweimal gehen. Schon nach Aufbau des Dreibocks in der Kapelle waren sie in Schweiß gebadet. Lothar Moosmann stellte fest, dass auch der Professor, so gut er konnte, mit anpackte und sich dabei nicht ungeschickt anstellte. Als das Hebegerüst stand, begann die harte Arbeit. Sie mussten den Mörtel rund um die Grabplatte entfernen. Mit Hammer und Meißel. Franz-Josef Blum stand währenddessen mit Lothars selbstgebautem Rotwildregulator draußen vor der Tür und passte auf. Der Schnitzer hatte ihm eine kurze Einweisung und Munition mitgegeben. 9 mm Parabellum. Trägt nicht weit, ist nur auf kurze Distanz wirksam. Zum Beispiel bei einem Reh, das zufällig im Scheinwerferkegel eines Autos auftaucht … Wildbraten im November, der nicht auf der Karte der »Blauen Traube« stand und von Mathilde Spielberger nur für die *Runde* zubereitet wurde. Zu der ihr Mann gehörte, die Tochter Angelika, neuerdings deren Verlobter Ramón und das Trio aus Holzschnitzer, pensioniertem Buchhalter und pensioniertem Chemielehrer. Der vermutlich als Einziger nicht wusste, woher der Rehbraten stammte.

Solang Lothar Moosmann mit dem Meißel zugange war, konnten die anderen nicht viel tun. Seitenstetten und Matthäus räumten die losgebrochenen Mörtelstücke aus dem Spalt, den Lothar zwischen Grabplatte und Kapellenboden eintiefte. Sie hatten Glück: Die Platte war nicht so dick wie befürchtet, nur fünf, sechs Zentimeter. Als er zwei Seiten geschafft hatte, gab Lothar Hammer und Meißel an Franz-Josef weiter und hielt nun an dessen Stelle Wache mit dem Gewehr. Alles blieb ruhig. Niemand war zu sehen.

Das Nieseln hatte sich zu kräftigem Landregen verstärkt, wenn es so schüttet, geht niemand einfach so im Wald spazieren. Da halten sich dann nur Leute auf, die das beruflich müssen. Und wenn jemand käme, Holzfäller, Naturliebhaber, Forstadjunkte, wer auch immer – dann würden sie nach der klassischen Frage »Was machen Sie denn da?« in das hässliche, kleine Loch auf der Vorderseite von Lothars *Rotwildregulator* blicken. Wie die Szene dann weiterging, konnte sich Matthäus nicht vorstellen. Alles verschwamm in einem, nun ja: rötlichen Nebel, aus dem da und dort Hirnmasse und Eingeweideteile herausspritzten. Und wenig später dann die kahlen Mauern der Strafanstalt Stein mit der Spezialabteilung für *geistig abnorme Rechtsbrecher*, wie das immer hieß. Dort würden sie verschwinden. Alle fünf. Für immer. Nein, nicht alle fünf. Erasmus von Seitenstetten würde ein von Amalie bezahlter Spitzenanwalt heraushauen und als Opfer der *Spielberger-Bande* darstellen … vom Schulfreund getäuscht und in wahnwitzige Verbrechen hineingezogen. Der Schnitzer war einfach verrückt, das würde der berühmte Vorarlberger Gerichtsgutachter Dr. Haller feststellen (und den Fall in seinem nächsten Buch behandeln); Franz-Josef war der depressive Mitläufer. Dr. Peratoner war der Intellektuelle, also der Amoralische per se, und der Wirt der Kopf, der sich den ganzen Wahnsinn ausgedacht hatte. So würden sie es hinbiegen, und so würde es in der Boulevardpresse stehen.

Matthäus wusste, dass es nicht so kommen würde. Irgendwo ganz tief in seinem Inneren wusste er das. Aber er konnte sich nicht von seinen wirren Phantasiebildern lösen, weil er nur herumstand und nichts zu tun hatte. Also nahm er einen Meißel und half seinem Schulfreund beim Ausräumen des Bohrmehls. Das wirkte. Je mehr er sich auf diese einfache Aufgabe konzentrierte, desto blasser wurden seine Angstvisionen, bis sie ganz verschwanden. Lothar war guter Dinge. Der Mörtel war nicht sehr hart. Niemand hatte auf die Uhr geschaut, aber alle waren sich später darin einig, dass sie die Platte in kurzer Zeit von ihrer Verankerung befreit hatten. Ein Brecheisen wurde auf der Seite unter die Grabplatte geklemmt und der lange Hebelarm nach unten gedrückt. Das Ding gab sofort nach, hob sich ein paar Zentimeter. Es gelang, einen Balken in den entstandenen Spalt zu schieben, die Platte auch auf der anderen Seite zu lockern und einen Tragriemen unten durchzuziehen. Das war ein bisschen kompliziert. Bei dem Vorgang steckte Lothars Arm bis zur Schulter unter der Marmorplatte; wenn der Balken nachgab oder sonst was Saublödes passierte, würde sie runterfallen und diesen Arm … Aber das hatte Matthäus schon nicht mehr gesehen.

Als sich der erste Spalt zu dem Raum unter der Grabplatte öffnete, war er aus der Kapelle gerannt. Er atmete tief durch, es nützte aber nichts. Er lief ein paar Meter weiter hinter einen

Baum und erbrach das Mittagessen. Davon hörte in der Kapelle niemand etwas, auch Franz-Josef Blum hatte seinen Posten verlassen, war hineingegangen. Das Gewehr hatte er in einer Ecke abgestellt. Aus der offenen Tür tönte das Kettengerassel des Flaschenzugs. Drinnen baumelte die Platte fest vertäut über dem schwarzen Loch, Lothar, Peratoner und Franz-Josef bugsierten sie zur Seite und legten sie ab. Der Professor leuchtete in die Gruft hinein.

»Der Sarg ist intakt!«, rief er. »Unglaublich ...« In der Erregung des Augenblicks verfiel er ins Hochdeutsche. Er ließ sich in die zwei Meter tiefe Gruft hinab, Lothar reichte ihm die Werkzeuge, Peratoner leuchtete den Grund der gemauerten Grube mit einer starken Lampe aus. Der Sargdeckel gab dem Stemmeisen sofort nach, flog zur Seite. Darunter Ferdinand-Erasmus von Seitenstetten. Eine geschlitzte schwarze Kniehose war in Resten erkennbar, schwarze Schuhe. Die Fingerknochen auf der Brust um ein kleines Kreuz gefaltet. Der Leichnam skelettiert, aber vollständig. Ein leichter Modergeruch lag in der Luft.

»Des is gar net so schlecht!«, rief Seitenstetten. »Hätt ich mir schlimmer vorgstellt ...«

Lothar wollte hinuntersteigen, aber der Professor wehrte ihn ab. Es sei besser, wenn die anderen die Kapelle während der Probenentnahme verließen, sagte er. Sicherer. Sie sollten am besten zum Auto gehen, er würde sie rufen, wenn er fertig war. Die drei trollten sich. Lothar war beleidigt. »Zum Auto! Hat er Angst, wir machen ihm den Fund streitig, oder was?«

»Nein«, sagte Lukas Peratoner, »er will nur sichergehen. Er bohrt schließlich die Knochen auf, oder? Da gibt es Staub noch und noch ...« Das klang lahm, er wusste es. Aufgewirbelter Knochenstaub war auch nicht der Grund, weshalb Seitenstetten sie zum Auto schickte. Es war ihnen nur keine bessere Erklärung eingefallen – dem Professor und dem Chemiker. Denn beide wussten, dass Matthäus seit Kindertagen unter der Horrorvorstellung litt, sich in der Nähe eines toten Körpers aufhalten zu müssen. Alles, was mit Toten zusammenhing, stieß ihn ab; es wurde ihm schlecht schon beim Gedanken daran. Man fragt sich nun, welcher Teufel den Wirt geritten hatte, einer Exhumierung beizuwohnen, und kann es, wie er selber, nur seiner massiven Verdrängungsleistung zuschreiben. Anders gesprochen: Er war vom Angebot Seitenstettens, von der Aussicht, am Ruhm des Entdeckers mit zu naschen, so geblendet, dass er die Begleitumstände völlig ausgeblendet hatte. Erst als die Zusage schon gegeben war, visualisierte er die Kapelle, das Grab, die Leiche und so weiter – und schaffte es gerade noch aufs Klo, wo er, von geradezu wütendem Erbrechen geschüttelt, geraume Zeit vor der Schüssel kauerte. Aber was hätte er machen sollen? Er tröstete sich dann mit dem Begriff *Gruft*, worunter er sich eine geräumige unterirdische Anlage vorstellte. So wie die *Kapuzinergruft*. Die hatte er zwar nie besucht und würde es auch nicht tun, aber in so eine Gruft müssen ja nicht alle hineintrampeln, nicht wahr? Es wird daher kaum auffallen, wenn sich einer am Eingang zurückhält und wartet, bis die anderen mit sorgsam verschlossenen weißen Styroporbehältern wieder auftauchen. Seitenstetten zerstörte diese Vorstellung. Sie müssten sich auf ein ausgemauertes Grab gefasst machen, hatte ihm der Schulfreund erklärt. Da hatte er dem Grabungsleiter seine Schwäche gestanden. Es sei nicht die Nähe des Toten oder des Todes, die ihm zu schaffen mache, sondern das *Grab* und alles, was damit zusammenhing. Der Moder, die Stofffetzen … Wenn der Betreffende erst einmal als sauber geputztes Skelett in einer Vitrine lag, hätte er mit diesem Anblick keine Schwierigkeiten. Seitenstetten war so feinsinnig, nicht zu fragen, warum er dann dem Unternehmen zugestimmt habe, das schien ihn nicht zu interessieren. Vielleicht nahm er irrationale Entscheidungen von Menschen einfach als gegeben an. Später konnte sich Matthäus nicht mehr erinnern, wer auf die Idee mit dem gefährlichen Knochenstaub gekommen war, er selber oder Seitenstetten. Jedenfalls erlaubte diese Ausrede dem Professor, *alle vier* zurückzuschicken – und dem Schulfreund so die Blamage zu ersparen. Nämlich zuzugeben, dass er sich vor Gräbern fürchtete. Natürlich war das pubertär, aber das fiel Matthäus erst viel später auf.

Als alles schon zu spät war.

Sie standen um das Auto herum und warteten. Früher, dachte Matthäus, hätten wir geraucht, alle vier. Er selber *Marlboro*, Franz-Josef *Hobby*, Lothar Selbergedrehtes und Lukas Peratoner Zigarillos. Diese Zeiten waren lang vorbei. Jetzt liefen sie ein bisschen um das Auto herum, ein paar Meter in den Wald hinein und wieder zurück. Ein Gespräch kam nicht auf. Weil wir nicht rauchen, dachte Matthäus. Wenn man raucht, steht man beieinander und unterhält sich. Man steht beieinander, weil nie alle vier im selben Moment ihre Zigarette anzünden; einer ist immer der Schnellste, der gibt den anderen Feuer. Wer grad Feuer gekriegt hat, rennt nicht weg, das wäre unhöflich; er bleibt stehen und wechselt ein paar Worte. Aber ohne das Rauchen gibt es auch keine damit verbundenen Rituale. Wir leben gesünder, dachte er, und länger wahrscheinlich auch. Nur einsamer.

Die Zeit verging. Aus der Kapelle war nichts zu hören. Lothar Moosmann sagte: »Scheiße, wieso dauert das so lang? Ich hab gedacht, man braucht nur ein paar Gramm Material für die DNA. Zersägt er ihn komplett, oder was?« Peratoner fiel keine Entgegnung ein. Franz-Josef Blum sagte: »Schauen wir nach …« Sie gingen zur Kapelle zurück. Die Tür stand offen, Matthäus ließ den anderen den Vortritt, folgte ihnen aber nicht. Die drei bemerkten das jedoch nicht, weil ihre Aufmerksamkeit durch bemerkenswerte Umstände absorbiert war.

Professor Erasmus von Seitenstetten war da. Er lag neben der Gruftöffnung auf dem Boden. Über dem Mund einen Streifen Isolierband und ebensolche, wie sich herausstellte, um die Handgelenke; die Füße an den Dreibock gefesselt. Auch mit Isolierband. Der zweite noch bemerkenswertere Umstand: Ferdinand-Erasmus von Seitenstetten war weg. In dem Sarg auf dem Grund der Gruft – nichts.

»Der Fluch der Mumie«, murmelte Lothar und schnitt den Professor los. Der versuchte, als die Hände frei waren, sich den Streifen vom Mund abzulösen, was nicht gelang, bis er ihn mit einem Ruck abriss und aufschrie. Er stützte sich an einem Dreibockfuß ab, schwankte aber in gefährlicher Nähe zur Grube, Lothar zog ihn in sichere Distanz. Seitenstetten setzte sich auf den Boden, lehnte an der Kapellenwand.

»Zwa Maskierte«, sagte er. Seine Stimme klang dünn und dumpf. »Mit Pistolen. Di ham net lang was erklärt. Niederprackt, gfesselt, zack, fertig!«

»Und der Leichnam?«

»Hams mitgnommen. In so an Blechkoffer …«

Matthäus steckte den Kopf zur Tür herein, dann wagte er zwei Schritte auf die Bodenöffnung zu. Grauenerregend der Blick auf den zerfallenen Sarg, aber nicht so grauenerregend, wie er befürchtet hatte. Es würgte ihn nur kurz. Die Leiche – und darauf schien es anzukommen – war weg. Er deutete hinunter.

»Wo ist …?«

»Er geht Bier holen und Döner für alle. – Herrgott, er ist geklaut worden!«, schrie der Schnitzer. »Der Graf ist geraubt worden!«

»Baron«, stöhnte Seitenstetten. »Nur a klaner Baron …«

»Während wir uns keine hundert Meter weiter die Beine in den Bauch stehen, wird er ausgeraubt! Verfluchte Scheiße, verfickte!« Lothar Moosmann stürmte hinaus. Was sollten sie jetzt tun? Mit dem Professor war nichts anzufangen, er lehnte bleich an der Wand, seine Hände zitterten. Ein Schock? Was tun?

»Bei Blässe Beine hochlagern«, sagte Franz-Josef Blum, »das weiß ich noch vom Erste-Hilfe-Kurs. Glaub ich wenigstens …« Sie legten den Professor auf den Boden, seine Beine auf Lothars Werkzeugkiste. Nach einer Zeit bedrückten Schweigens kehrte Lothar zurück, beruhigt hatte er sich nur ungenügend. »Wir sind ja solchene Trottel!«, schrie er und stiefelte in der Kapelle auf und ab. »Diese Kameraden haben dicke Fußspuren im Laub hinterlassen! Die haben sich gar keine Mühe gegeben, sich zu tarnen.«

»Bist du ihnen nach?«, fragte Peratoner.

»Allerdings. Und das ist überhaupt das Beste: Keine hundert Meter weiter haben sie die Beute ganz gemütlich ins Auto geladen, irgendein SUV, Breitspur, die Abdrücke sieht man deutlich …«

»Wie sind die denn reingefahren?«

Lothar lachte auf. »Durchs Tor, lieber Lukas, durch das Tor!« Mit den Händen zeichnete er zur Verdeutlichung ein Rechteck in die Luft. »Die hatten einen Bolzenschneider, ganz einfach, oder? Wenn man einmal darüber nachdenkt: Ein umzäuntes Gelände, ein verschlossenes Tor – da brauch ich halt ein Schneidwerkzeug für die Kette! Und keine dreimal verfickte Scheiß-Aluleiter!« Er trat zur Bekräftigung gegen ein Stützbein des Dreibocks, der gar nichts dafürkonnte und nur für die Alu-leiter herhalten musste, die draußen an der Kapelle lehnte. Die Leiter kann ja auch nichts dafür, dachte Peratoner. Laut fragte er: »Woher weißt du das mit dem Tor?«

»Ich bin hingelaufen.« Lothar wurde ruhiger. »Ist ja nicht weit. Das Tor stand offen. Für uns, versteht ihr? Um uns zu … zu … verhöhnen …« Seine Stimme wurde dünn und zittrig. Gleich fängt er an zu heulen, dachte Lukas Peratoner, ist das die Möglichkeit?

»Und was machen wir jetzt?«, fragte Franz-Josef.

»Wir nehmen die Verfolgung auf!«, rief Lothar. Die anderen schauten ihn an. »Nur Spaß«, beeilte er sich zu versichern. »Galgenhumor. Wir können gar nichts machen. Es gäbe Spuren, das schon, aber um die auszuwerten, braucht es die Polizei. Wird aber für Ärger sorgen, wenn wir dort auftauchen mit dem Spruch: Bitte, helfen Sie uns, wir haben eine Leiche entwendet, und jetzt haben uns ein paar andere Spitzbuben diese Leiche gestohlen!«

»Apropos Polizei«, sagte Franz-Josef. »Wenn die noch gemeiner sind, als wir annehmen, dann machen sie einen anonymen Anruf von wegen verdächtige Aktivitäten in diesem Wald, Vandalismus, Einbruch und so weiter!«

Sie entfernten sich vom Ort des Geschehens, so schnell sie ihre Grabräuberausrüstung zum Pick-up tragen konnten. Die Heimfahrt verlief in tiefem Schweigen.

4

Gerald Ambrosius war gehobener Stimmung. Ein codierter Anruf hatte ihn erreicht. Der *Tisch* sei geliefert worden und fertig zur *Politur*. Also stieg er ins Auto und fuhr los.

Die ursprüngliche und einfachste Idee hatte darin bestanden, den *Tisch* in die kleine Villa zu liefern, die Proben zu entnehmen (Politur!) und ihn dann still und heimlich wieder an den Ort zu verbringen, wo man ihn hergenommen hatte. Dieser Plan wurde gleich wieder verworfen, er war viel zu riskant. Was, wenn Amalie Lust verspürte, das Kellerlabor aufzusuchen? Die Anwesenheit des verblichenen Ferdinand-Erasmus von Seitenstetten an diesem Ort hätte man nicht erklären können.

Blieb die Variante, die Probennahme gleich an Ort und Stelle durchzuführen, unmittelbar nach dem Raub, was aber aus labor- und verbrechenstechnischen Gründen nicht optimal gewesen wäre. Man müsste Ausrüstung mitschleppen, Elektrobohrer und so weiter. Vor allem aber müsste man die fünf anderen Grabräuber in Schach halten – und zuverlässig daran hindern, im Anschluss selber Proben zu entnehmen, sonst würde ein unnötiger Wettlauf um die Veröffentlichung entstehen.

Die sterblichen Überreste des Ferdinand-Erasmus durften nicht in der Kapelle verbleiben! Schon aus diesem Grund brauchte man einen Ort der Zwischenablage für einwandfreie Probenentnahme und etwaige Lagerung, falls die ersten Proben kein eindeutiges Ergebnis zeitigen sollten. Mit diesem Ort hatte man nun gewisse Schwierigkeiten: Wo im Wiener Stadtgebiet konnte man ohne Aufsehen einen großen, schwarzen Sack ausladen? Man wird in aller Regel dabei gesehen. Man könnte die dunkelste Nacht abwarten, sich umsehen – nützen würde das nichts, irgendwer beobachtet einen immer, oder am Nachbarhaus ist eine Videoüberwachung installiert. Einen schwarzen Sack aus einem Auto auszuladen und in ein Haus hineinzutragen war keine gute Idee. Als Gerald über das Problem nachdachte, fielen ihm Beispiele aus der allgemeinen Kriminalgeschichte ein, die sein Dilemma beleuchteten. Hatte nicht vor Jahren ein Mörder sein Opfer noch in der Wohnung zerstückelt, um dann die Teile in unverdächtigen Kleinpaketen aus dem Haus zu schaffen? Dass er sie dann auf Müllcontainer verteilte, war weniger schlau, aber der erste Teil des Plans hatte funktioniert. Und hatte nicht vor kurzem eine Unternehmerin sich nicht anders zu helfen gewusst, als den ermordeten Geliebten im Keller ihres Hauses einzubetonieren? Schon an diesen Beispielen war ersichtlich, für wie unüberwindbar gewöhnliche Mörder das Problem des Transports einer unzerstückelten Leiche erachten; die Kinovariante der Auflösung in Säure scheint an mangelnden Chemiekenntnissen oder Beschaffungsproblemen oder an beidem zu scheitern. Für Gerald kamen all diese Verfahren sowieso nicht in Frage. Er musste für die Auswertung der Ergebnisse die Fiktion einer Probenentnahme direkt in der Gruft des Barons aufrechterhalten. Keine Entfernung von Ferdinand-Erasmus aus seiner Ruhestätte.

Wohin also? Der Professor tat sich da leicht: Der fuhr auf Amalies Grundstück und verfrachtete das Paket über den Lieferanteneingang in den Keller. Gerald jedoch blieb nur die Tarnung. Er hatte beim *Leiner* eine Kommode gekauft – eine zum Zusammenbauen. Das besorgten seine Helfer. In diesem

Möbel wurde Ferdinand-Erasmus transportiert. Wohin? In ein ganz normales ... mehrgeschossiges Wohnhaus. In Wien. Und nein, Straßennamen oder Bezirksnummern tun nichts zur Sache, die Gefahr ist gebannt, an jener Adresse sind auch nie besondere Vorkommnisse bekannt geworden, es braucht sich niemand jetzt noch zu ängstigen. Das wäre ja völlig kontraproduktiv. Das Haus könnte überall sein.

Es ist einfach ein Auto vorgefahren, ein SUV wahrscheinlich, es wurde eine Kommode ausgeladen und ins Haus getragen. Nein, nicht von der Straße aus, vom Hof aus. Wahrscheinlich vom Hof aus. Dann haben sie die Kommode in eine Wohnung transportiert. Dort hat ein Vorarlberger Student gewohnt.

Michael Scheidbach hat er geheißen. Beide, Vor- und Zuname, sind in Vorarlberg nicht selten, worauf wir uns an dieser Stelle gezwungen sehen hinzuweisen – dieser Michael Scheidbach hat natürlich nichts zu tun mit sonst einem Menschen dieses Namens aus dem Telefonbuch, er hat nur zu tun mit sich selbst, deshalb lassen wir ihn eben so heißen, wie er hieß, und ersparen uns, ihm einen ausgefallenen Namen umzuhängen. Die Gründe für diesen apologetischen Einschub wird die geneigte Leserin bald verstehen, spielt Michael Scheidbach doch im weiteren Verlauf der Ereignisse eine unrühmliche, um nicht zu sagen: verheerende Rolle.

Die Chronistenpflicht gebietet es, der Person des Scheidbach einige erklärende Worte zu widmen. Sonst wird nicht verständlich, wie in drei Teufels Namen er sich dazu hat überreden lassen können, bei einem so hirnverbrannten Unternehmen wie dem Diebstahl einer Leiche mitzutun. Denn er war der zweite Mann bei der Aktion in der Kapelle – der erste war, man wird es geahnt haben, Seitenstettens Assistent Laska.

Die beiden hatten beruflich nichts miteinander zu tun. Scheidbach studierte Geschichte und Philosophie, soll heißen, er schrieb an einer Dissertation über den Burgenbau im Vorarlberg des 13. Jahrhunderts, und dies tat er schon ziemlich lang. So lang, dass Unterstützung von zu Hause nicht mehr geleistet werden konnte, wie überhaupt das Verhältnis zum Elternhaus, wenn schon nicht als zerrüttet, so doch als abgekühlt bezeichnet werden musste. Schon seit Jahren. Michael Scheidbach brachte sich selber durch, er arbeitete als Aushilfskellner in einem vorstädtischen Gasthaus, was von Vorteil war, weil die abendliche Hauptarbeitszeit mit seinem Biorhythmus harmonierte. Er war ein typischer Nachtmensch. Die Sache hatte leider eine Kehrseite. Die Vormittage verschlief er arbeitsbedingt, an den Nachmittagen erholte er sich und widmete sich gesellschaftlichen Verpflichtungen. Da blieb wenig Zeit für die Dissertation, die deshalb nur schleppend voranging. Zu den Verpflichtungen gehörten ein Freundeskreis und Veronika, die Tochter des Hauses, in dem sich Michael verdingt hatte, langjährige und langmütige Freundin. Sie besaß ein stilles, sanftes Wesen, verheerend einerseits, weil er eine resolute Partnerin gebraucht hätte, die ihn durch periodische Hinterntritte vom Pfad des allmählichen Versandelns abgebracht hätte; und andererseits, weil Veronika zu jenen Frauen gehörte, deren Sanftmut, verständnisvolle Nachgiebigkeit und so weiter ohne große Vorwarnung ins Gegenteil umschlägt. Ihr Verhalten gleicht gewissen Vulkanen, zu deren Füßen größere Städte gegründet werden. Der Vesuv ist das bekannteste Beispiel. Der Druck in der Magmakammer steigt über Jahrhunderte an. Weil es sich um zähes, silikatisches Magma handelt, erfolgt die Druckentlastung in einem katastrophalen Ausbruch. Die Folge: Pompeji und Herculaneum. Dieser Ausbruch war im Falle Veronikas ein paar Wochen vor den geschilderten Ereignissen erfolgt. Der eine oder andere wird den Vergleich mit dem Untergang Pompejis für überzogen halten – aber Michael Scheidbach hätte den Blitztod im tausend Grad heißen pyroklastischen Strom der entsetzlichen Erfahrung vorgezogen, die ihm Veronika zuteilwerden ließ. Gedauert hatte diese *Aussprache*, wie sie es nannte, vielleicht eine halbe Stunde, angefühlt hatte sie sich wie ein ganzer Tag.

Sie gab ihm den Laufpass.

Das war noch das geringste Problem. Das Problem lag in ihren Begründungen. Ja, mehreren. Wir müssen das hier nicht alles ausbreiten, es genügt zu sagen, dass sie ihn demontierte. Total. Moralisch blieb nichts von ihm übrig. Vernachlässigung der Partnerin, Desinteresse an derselben, Desinteresse am beruflichen Fortkommen (mangelnder Studienerfolg). Und die Sauferei. Das alles auszuhalten sei sie nicht mehr gewillt und so weiter. Und aus. Ende.

Michael Scheidbach konnte sich später nicht erinnern, was er zu dieser *Aussprache* beigetragen hatte. Wahrscheinlich gar nichts. Was hätte er auch sagen sollen? So explizit, so vor einen hingestellt, stimmte ja alles. Man hätte sich nur über Graduelles unterhalten können, nicht über Grundsätzliches. Aber unterhalten wollte sich Veronika nicht mehr. Sie wollte ihn los sein. Da er ihre Nähe nicht mehr ertrug, kündigte er die Kellnerstelle bei ihrem Vater und versuchte, seinen Schock zu überwinden. Mit Alkohol. Denn, ja, man muss es zugeben, die Sauferei, die sie ihm vorwarf, die praktizierte er schon. Sie war wesentlicher Teil der erwähnten gesellschaftlichen Verpflichtungen. Er hatte einen großen Kreis von Trinkgenossen, die alle diesseits oder schon jenseits der unsichtbaren Grenze zum Alkoholismus herumlavierten. Mit denen traf er sich in verschiedenen Gasthäusern, vorwiegend im »Stuhlinger« und in der »Weißen Gans«. Mehr oder weniger regelmäßig. Von dort kannte er auch den Assistenten Laska, der in der Nähe wohnte. Eine sich über die dahineilenden Semester entwickelnde Bekanntschaft, Freundschaft kann man es nicht nennen, Trinker sind im Grunde immer allein. Als ihm Laska das Angebot machte, sagte er gleich zu. Das wird man erstaunlich finden, es erklärt sich aber aus dem Vorhergehenden. Äußerlich war dem Michael Scheidbach nichts anzumerken von der Trennung, doch in seinem Inneren ging etwas Ähnliches vor wie in einer Insektenlarve nach der Verpuppung. Man nennt es mit Recht *Metamorphose*. Ein Umbau des Organismus, sodass ein ganz anderes Wesen aus der Puppe schlüpft, die *Imago*, das fertige Insekt. Bei einem Insekt ist die Metamorphose offensichtlich und ein immer wieder gern beobachtetes »Wunder« in Naturdokus; bei Michael Scheidbach bezog sich die Umwandlung nur auf sein seelisch-geistiges Sein, nach außen blieb er, wie er war. Er war sich über diese Veränderung selbst im Klaren und stellte sie mit Erstaunen fest. Als der Trennungsschmerz nachließ, erfasste ihn dieses neue, nie gekannte Gefühl, eine Art Befreiung aus Bindungen. Aus allen Bindungen. Wenn er darüber nachdachte, kam er darauf, dass ihn wirklich alle kreuzweise … aber ohne Emotionen. Ohne Hass. So ein Abenteuer kam ihm da gerade recht.

Ein Abenteuer.

Zum desaströsen inneren Zustand gesellten sich nun noch die äußeren ökonomischen Fakten. Mit dem Aufgeben der Kellnerstellung hatte er seine einzige Einkommensquelle verloren. Und Schulden hatte er auch. Die Miete war fällig. Etwas musste geschehen. Laska bot ihm zweitausend Euro, die Hälfte sofort, die andere nach Beendigung der Aktion – wenn sie

Ferdinand-Erasmus wieder zurückgeschafft haben würden. Michael war damit einverstanden. Als sie dann in einem von einem Institutskollegen des Laska geliehenen SUV von der Kapelle an jene Scheidbach'sche Wohnadresse fuhren, im geräumigen Fond des Wagens den Ferdinand-Erasmus in der Kommode (Ahornfurnier), brachte Michael seinen Unmut, die finanziellen Abmachungen betreffend, zur Sprache. Die innere Erregung ließ den heimatlichen Dialekt hervortreten.

»Säg amol, bischt du jetzt total varruckt oder was?«

»Wieso, was meinst du?«

»Du hascht gseet, es handelt sich um a einfache Entwendung – a saublöds Wort übrigens – vo am Überfall war ka Red!«

»Überfall? Ach so … Horch zua, i konnt des doch net wissen, dass der Seitenstetten, der Trottel, solchene Schpompanadeln macht …«

»Was hät er gmacht?«

»Dass er si so zur Wehr setzt … so unvernünftig.«

»Was hätscht du denn gmacht, wenn dia andara ou dört gsi wärant – i dera Kapealla?«

Laska klopfte mit der Linken auf seine Jackentasche. »Pfefferspray. Und sonst no dies und das. I wor schon vorbereitet.«

»Jo, des glob i sofort! Aber i net, vaschtohscht? Du heasch mi do i epass ihizoga …«

»Wos hob i?«

»In ein Verbrechen hast du mich reingezogen, du Arschloch!« Viele Vorarlberger können, wenn sie sich sehr ärgern, in ein scharfes Hochdeutsch verfallen, das sich zumindest für Wiener Ohren anhört wie das von einem reinrassigen Piefke. Der Wechsel im Tonfall ist erschreckend; Laska hätte fast den Wagen verrissen.

»Ja, ein Verbrechen!«, bekräftigte Michael Scheidbach.

»Aber des wor do nur wegen die Umständ …«

»Macht nix, man kann über alles reden. Mit zweitausend Euro ist das natürlich nicht abgedeckt, das muss dir klar sein.«

»Was? Willst du mi leicht erpressen?«

»Viertausend. Und alles gleich, net einen Teil hinterher.«

»Okay, beruhige dich, Michael, bringen mir erst die Ladung in deine Wohnung.« Der Rest der Fahrt verlief in tiefem Schweigen. Der letzte Satz des Uni-Assistenten Laska war ein Fehler. »Beruhige dich, Michael …« Das klang so falsch, dass den vertrauensseligsten Tropf Argwohn befallen hätte. Und ein Tropf war Michael Scheidbach nicht. Laska hatte den Kumpan, seit sie sich kannten, immer als »Mike« angesprochen; der »Michael« verwies darauf, dass sich etwas Grundlegendes geändert hatte, wie dies oft zwischen Personen vorkommt, die eine außergewöhnliche Erfahrung teilen. Die muss kein Verbrechen sein, es gibt das auch bei überstandenen Gefahren. Etwas ist anders, als es vorher war, die Gemeinsamkeiten werden unbedeutend, etwas zerbricht. Bei gemeinsam begangenen Verbrechen geht es schneller. Michael Scheidbach wusste nach dem letzten Satz des Assistenten Laska, dass der ihn betrügen würde. Keine viertausend Euro, wahrscheinlich nicht einmal die zweitausend, die sie ausgemacht hatten.

Dem musste er vorbeugen.

Im Grunde war es ganz einfach. Es lag direkt auf der Hand.

*

Am nächsten Morgen erwachte Matthäus Spielberger mit Kopfschmerzen, als er versuchte, sich im Bett auf die andere Seite zu wälzen. Denn im selben Augenblick stieß ihm jemand ein Stück spitzes Eisen quer durch den Schädel. Die Verletzung, die das verursacht hätte, wäre augenblicklich tödlich gewesen, er starb aber nicht, es war ja auch nur eine metaphorische Lanzenspitze – bloß die Schmerzen, die sie verursachte, waren real. Er griff sich an den Kopf und stöhnte laut auf.

Er rappelte sich aus dem Bett, ohne den Kopf zu bewegen, denn wenn er das tat, würde er das Bewusstsein verlieren, eine verlockende Aussicht, er fürchtete nur die Sekunden, bis es so weit war. Im Badezimmer ließ er sich kaltes Wasser über den Kopf laufen, danach ging es etwas besser, wenigstens war ihm nicht schlecht. Weil der Alkohol so hochwertig gewesen war. Cognac. Sie hatten den ganzen Abend getrunken, um den Professor zu trösten. Der, dachte Matthäus, wird dasselbe behaupten. Dass er aus Solidarität mit seinen Gästen getrunken hat. Weil die doch alle am Boden zerstört waren nach der Blamage in der Kapelle. Sich austricksen zu lassen auf so primitive Art – das wog schwerer als der Verlust des Leichnams. Der würde wieder auftauchen, da war sich Seitenstetten sicher. Die Diebe – besser: ihre Auftraggeber – hatten nur dann etwas von den sterblichen Überresten des Ferdinand-Erasmus, wenn es ihnen gelang, daraus die DNA des *sudor anglicus* zu isolieren. Denn einen anderen Grund für den Raub des Toten konnte es nicht geben. Er wunderte sich nur, wie sie bei einer Veröffentlichung die Herkunft des Leichnams erklären wollten, und ohne diese Herkunft war jeder genetische oder mikrobielle Befund völlig nutzlos. Man musste wissen, dass Ferdinand-Erasmus an der Schweißkrankheit gestorben war, wenn man verdächtige DNA zuordnen wollte; und dazu musste man wissen und beweisen können, dass es sich bei dem Toten um Ferdinand-Erasmus von Seitenstetten handelte. Das wiederum wusste man nur, wenn man ihn aus *seinem* Grab entnommen hatte, auf dem eine Platte lag, in die das Wer und Wie in frühbarocker Ausführlichkeit eingemeißelt war. Eine Indizienkette also, bekannt aus der Kriminalistik; fehlte nur ein Glied, riss die Kette und alles blieb im Zweifel stecken wie ehedem.

»Wie wolltest eigentlich du dieses Problem lösen?«, wollte Peratoner wissen. »Die haben uns die Leiche geklaut, na schön, aber was, bitte, war bei denen anders als bei uns? Wir hatten doch dasselbe vor?« Seitenstetten antwortete nicht, sondern schenkte allen nach, dann antwortete er noch immer nicht, sondern tat so, als ob er die Frage nicht gehört hätte. Peratoner war zu dieser Zeit an diesem Ort (halb elf in Seitenstettens Studierzimmer) schon so benebelt, dass er zum Insistieren nicht mehr imstande war. Seine Mitstreiter hatten viel mehr getrunken, unter anderem auch Brüderschaft mit Seitenstetten, und waren nicht einmal mehr imstande, Peratoners Frage zu begreifen. Fünf Minuten später rutschte Lothar Moosmann vom Sofa und schlief auf dem Boden ein, Franz-Josef Blum zog sich in aufrechter Haltung zurück, ohne etwas zu sagen, beim Alkohol verließ ihn die Sprechfähigkeit immer als Ersten. Seitenstetten murmelte, er sei jetzt auch sehr müde, und verzog sich. Peratoner und Matthäus war nichts übriggeblieben, als ebenfalls zu Bett zu gehen.

Matthäus holte aus seiner Reisetasche eine flache Dose mit weißen Pillen, nahm zwei davon mit einem Glas Wasser und legte sich wieder hin, bis die Wirkung einsetzte. Als der Schmerz nachließ, stieg er ins Erdgeschoss hinunter. Er schwor auf diese Pillen. Keine Zubereitung exotischer Heilkräuter, sondern das gute, alte *Pyramidon*, seit Jahrzehnten nicht mehr hergestellt, aber nach seiner Ansicht von keinem Nachfolgeprodukt übertroffen, leistete es doch schon im berühmten Couplet von Gerhard Bronner dem *Gschupften Ferdl* gute Dienste bei der Bekämpfung des Kopfwehs nach der Schlägerei im Tanzlokal »Dumser« in Neulerchenfeld. Matthäus hatte das Medikament gehortet, weil es bei ihm besser wirkte als jede Alternative.

Lothar, Lukas und Franz-Josef saßen schon beim Frühstück. Sie schienen guter Dinge. An ihnen waren keine Spuren der letzten Nacht sichtbar, wie Matthäus neidvoll feststellte. Diese Schluckspechte vertrugen Alkohol besser als er, schon oft hatte er das zur Kenntnis nehmen müssen. Er setzte sich zu ihnen. Es gab Kaffee, Tee, Schinken, Wurst, drei Käsesorten, verschiedene Brote, Marmeladen, Fruchtsäfte – wie im Hotel, dachte er. Janine schwebte mit zwei Tellern Rührei heran, sie lächelte, murmelte französische Artigkeiten (Matthäus nahm an, dass es so etwas war) und verschwand mit der silbernen Kaffeekanne, die ihr Lothar gereicht hatte. Matthäus bekam Appetit, ein Novum nach einer Alkoholnacht, nur vom Zusehen, wie die drei anderen tafelten. Er schnitt eine Semmel durch und bestrich sie mit etwas Erdbeermarmelade. Nur nicht übertreiben. Die Marmelade war besser als jede, an die er sich erinnern konnte. Mit dem ersten Schluck Kaffee verschwanden die Reste von Kopfweh. Alles wieder im grünen Bereich. Bis auf einen kleinen Punkt …

»Wo sind denn unsere Gastgeber?«, fragte er.

»Im Bett«, sagte Lothar. »Amalie war hier, die musste in die Stadt, sie hat gesagt, der Erasmus schläft noch.« Lothar grinste. »Verträgt halt nix …«

»Und was machen wir jetzt? Ich meine, nach dem Frühstück?«

»Ich bin dafür, wir lassen ihn seinen Rausch ausschlafen«, sagte Dr. Peratoner, »das hat keinen Zweck, jemanden aufzuscheuchen, wenn er so beinander ist!«

»Nachher«, sagte Lothar, »können wir ja dann mit ihm besprechen, was wir noch tun können … wegen der Geschichte in der Kapelle.« Irgendetwas störte Matthäus an diesen eiligen Äußerungen, er wusste nur nicht, was. Es klang vernünftig, nichts war daran auszusetzen.

»Und inzwischen?«, fragte er. »Bis er sich erholt hat?«

»Schauen wir uns das schöne Wien an!«, rief Lothar.

»Ich bin auch dafür!«, sagte Franz-Josef. Das schöne Wien. Aha. Matthäus fiel nichts ein, was dagegen sprach, sich das *schöne Wien* anzuschauen. Die Bezeichnung hatte sogar für Lothar Moosmann, der zu sprachlichen Anachronismen neigte, etwas sehr Altvaterisches, wie aus einer Tourismusreklame der fünfziger Jahre. Vielleicht lag es auch nur daran, dass er seit seiner Jugend zu den Wien-Fans zählte. In der Jugend nämlich konstituiert sich das Wien-Bild der Heranwachsenden durch die Institution der *Wien-Fahrt*, an der die Schüler und Schülerinnen der meisten Schulen Österreichs teilnehmen.

Dr. Peratoner hatte in seiner aktiven Zeit als Gymnasialprofessor in Feldkirch oft als Aufsichtsperson an solchen Fahrten teilgenommen. Im Falle Vorarlbergs führte das Wien-Erlebnis zu einer Einteilung der Wien-Fahrenden in eine von nur zwei Klassen: in die der Wien-Fans und die der Wien-Hasser. Dazwischen gab es nichts. Die Fans waren immer in der Überzahl gewesen, die Hasser schon mit dem von zu Hause eingeimpften Vorurteil mitgefahren. Von den Fans hatten dann viele in Wien studiert und waren in der Regel dortgeblieben, sodass die Wien-Hasser, obwohl in der Minderheit, in der Heimat einen überproportionalen Einfluss auf die nächste Generation gewannen und das alte Vorurteil getreulich weitertrugen. Und die Fans, die in Wien blieben, führten zum *brain drain*, unter dem kein Bundesland mehr litt als Vorarlberg, was aber keine Rolle spielte, weil es den Vorarlbergern nicht auffiel. Sie schützt der Snobismus des Provinzlers, dachte Dr. Peratoner, der damit auf ein Gebiet geraten war, das er üblicherweise zu vermeiden suchte, weil ihn sonst Schwermut befiel. Nur schnell weg …

»Was wollt ihr euch anschauen?«, fragte er, um sich abzulenken.

»Das Kunsthistorische«, sagte Lothar, »was denn sonst?«

Peratoner nickte. Das Kunsthistorische also. Wieso das *schöne Wien* auf die Maße eines einzigen Museums zusammengeschnurrt war, fragte er nicht, er fürchtete sich vor der Antwort; es war ja auch egal, Hauptsache, sie kamen aus der Villa raus, deren Atmosphäre ihn bedrückte, da konnte das Essen noch so gut sein. Es lag, das wusste er, nicht an dem Haus, sondern an ihnen selbst, denn sie hatten versagt, kläglich versagt.

Sie fuhren mit der U4 bis zum Karlsplatz und gingen von dort zu Fuß zum Museum. Darin verloren sie sich. Man konnte mit Lothar Moosmann so eine Stätte nicht gemeinsam besuchen. Der blieb unziemlich lang vor Miniaturen stehen, durchquerte dafür ganze Säle im Geschwindschritt, ohne die Bilder an den Wänden zu beachten. Mit Franz-Josef Blum war es auch ein Kreuz. Der bewunderte alles, was da hing, ohne Rücksicht auf Epoche, Künstler oder Sujet. »Schau einmal, Lukas!«, lotste er Peratoner herbei, »das da! Phantastisch, oder?« Ja, natürlich, dachte Dr. Peratoner, ist es *phantastisch*, wenn man schon dieses seltsame Wort verwenden will, wäre es nicht *phantastisch*, dann hinge es nicht im Kunsthistorischen Museum. Die unterschiedslose Begeisterung Blums war ihm unheimlich, auch, dass der Buchhalter so aus sich herausging, lachte, in den Sälen herumgurkte wie ein Kind. Unheimlicher noch Kollege Moosmann, der entgegen seiner Gewohnheit überhaupt nichts sagte, jedenfalls nichts Lautes; Peratoner beobachtete aber, wie er die Lippen bewegte, als ob er mit sich selber reden würde. Oder betete er? Beide hatten sie nicht alle Tassen im Schrank, fand Peratoner, so führte man sich nicht in einem Museum auf. Es konnte natürlich sein, dass sie zur Kunst ein viel innigeres Verhältnis hatten als er selbst – dem Holzschnitzer gestand er diese Möglichkeit zu, wenn auch mit Widerwillen, aber dem Buchhalter?

Von den dreien verhielt sich Matthäus Spielberger am normalsten, er blieb bei Peratoner, ging mit ihm von Bild zu Bild, äußerte sich aber zu keinem, was Peratoner recht war. Matthäus war traurig und verbarg es. Angelika hätte jetzt hier sein sollen, sie hätte ihnen alles über die Bilder erzählen können; viel mehr, als in den Tonbandkästchen abzuhören war, die man am Eingang mieten konnte. Dann hätten sie etwas von ihrem teuren Studium gehabt. Aber sie war nicht da. Das deprimierte ihn.

Er verabschiedete sich von Peratoner (Kopfweh) und verließ das Museum. Gegen zwei traf er sich mit den anderen beim »Reinthaler« in der Gluckgasse wieder. In der hinteren Stube war ein Tisch frei, es gab Entenbraten. Matthäus wusste später nicht mehr, worüber sie sich beim »Reinthaler« unterhalten hatten, sicher über die Ente und das Glück, schon um zwei einen freien Tisch bekommen zu haben, wo der »Reinthaler« doch sonst immer gesteckt voll war … sicher noch über andere Dinge, aber sie fielen ihm nicht mehr ein.

Dieser Vormittag und das Mittagessen gehörten zu einer besonderen, einer guten Zeit des Gewöhnlichen, Normalen. Sie unterschied sich von der Zeit, die darauf folgen sollte, die Zäsur lag auf diesem Nachmittag – wie bei einem Kriegsausbruch. Alles davor Geschehene rückt in weite Ferne, wird dadurch unwirklich, märchenhaft. Eben *vor dem Krieg*. Was hatten sie denn schon Abenteuerliches erlebt? Einen Sarg ausgegraben, schön, das machen nicht alle Leute an ihren freien Wochenenden, wie Matthäus zugeben musste, andererseits hatte ein neues Säkulum begonnen, es war nicht mehr so beschaulich wie früher, als man von den Eindrücken einer Fahrt nach Innsbruck Monate zehren konnte. Die Menschen unternahmen heute die ungewöhnlichsten Dinge und überlebten die meisten davon. Sie durchquerten Wüsten, bestiegen kompanieweise Achttausender, fuhren mit dem Auto zum Südpol oder sprangen mit Spezialfallschirmen von Hochhäusern. Da war die illegale Exhumierung einer vierhundert Jahre alten Leiche nicht mehr so exklusiv.

Dann war sie ihnen gestohlen worden, die Leiche, na und, verrückte Wissenschaftler halt, klauen sich gegenseitig Mumien, ha, ha, lustig im Grunde, aber was Besonderes war das heute doch nicht mehr! Etwas für die Kuriositätenseite der Zeitung, wo früher die zweiköpfigen Kälber ihr mediales Dasein fristeten. Die gibt es auch nicht mehr, dachte Matthäus, entweder sind sie ausgestorben, oder sie schaffen es wegen Mediokrität nicht mehr in die Zeitung. Wer weiß, ob wir es geschafft hätten ... wenn es bekannt geworden wäre. Vor diesem Nachmittag.

Dass sie es *nach* diesem Nachmittag schaffen würden, bezweifelte er nicht. Mit einem kleinen bisschen Pech für alle Beteiligten sogar auf die erste Seite der Gazetten, dachte er, unter Balkenüberschriften. Auf die erste Seite *aller* Zeitungen. Es brauchte nur ein kleines bisschen Pech ...

Denn als sie gegen vier heimkamen, war Erasmus Seitenstetten krank.

So fing es an.

Janine empfing sie in der Eingangshalle. Sie war aufgeregt, auf Französisch, sodass sie nicht gleich mitbekamen, was eigentlich los war. Im ersten Stock begegnete ihnen Amalie und ein Herr, der sich nicht vorstellte, flüchtig grüßte und an den dreien vorbei die Treppe hinunterlief.

»Dr. Ambrosius«, erklärte Amalie. Sie war blass, sehr blass. Wie ein Betttuch, fiel Lothar ein. Da war etwas passiert.

»Wo ist der Erasmus?«, fragte er. Amalie war vorausgerannt und winkte ihnen, sie sollten folgen. Von diesem Augenblick an rannte sie immer, wenn sie sie zu Gesicht bekamen. Erasmus lag in seinem Schlafzimmer im Bett. Er hatte die Bettdecke weggestrampelt. Warum, dachte Matthäus, badet er im Schlafanzug? Und legt sich dann tropfnass ins Bett? Sie betrachteten ihn. Das Wasser, das seinen Körper bedeckte, stammte nicht aus der Badewanne, sondern aus ihm selber. Badewasser hätte nicht so gestunken. Obwohl das Fenster offen stand, war es kaum auszuhalten. Es stank nach Schweiß.

Erasmus Seitenstetten schwamm darin, er würde darin ertrinken. Der Schweiß strömte aus allen Poren.

Franz-Josef war der Erste, der reagierte. Er trat einen Schritt zurück und sagte: »Der Englische Schweiß.« Die Stimme klang leise, neutral. Eine (nicht besonders interessante) Feststellung.

»Blödsinn!«, rief Amalie, »es ist die Grippe, sagt Ambrosius. Fieber, Schüttelfrost, ganz normal. Er hat sich halt nicht impfen lassen. Wie immer!« Sie seufzte.

»Und warum schwitzt er so?«, fragte Lothar.

»Das gibt's halt manchmal«, erklärte sie, »das ist ganz normal ...«

»... sagt Dr. Ambrosius«, ergänzte Lukas Peratoner so leise, dass sie ihn nicht hören konnte. Peratoner ging auf den Flur hinaus. »Lassen wir ihn schlafen«, sagte er mit lauter Stimme,

»das ist sowieso das Beste.« Die anderen kamen nach. Sie gingen nach unten. Amalie entschuldigte sich, sie habe zu tun, eine Pflegerin müsse organisiert werden. Sie rannte hinaus, gleich darauf hörten sie einen Motor aufheulen.

»Was ist denn in die gefahren?« Lothar war aufgebracht. »Haut einfach ab und lässt ihn da oben liegen!«

»Die kommt schon wieder«, sagte Dr. Peratoner. »Machen kann man sowieso nichts mehr …«

»Wieso?«

»Weil Franz-Josef recht hat. Der Englische Schweiß. Schon das Komastadium. Schlechte Prognose …«

»Aber der Arzt hat doch gesagt …«

»… es ist die Grippe, ja, ja!« Dr. Peratoner lachte. »Habt ihr gesehen, wie schnell der die Treppe runter ist? Vielleicht einen Krankenwagen holen – hört ihr eine Sirene?« Er hielt die hohle Hand ans Ohr und wandte den Kopf hin und her. »Ich hör nichts. Apropos Arzt: Welcher Mediziner lässt einen Patienten in diesem Zustand einfach daheim im Bett liegen?«

»Einer, der weiß, dass der keine Grippe hat«, sagte Matthäus, »sondern was anderes …«

»So ist es. Etwas, vor dem man am besten flieht. Und zwar weit und schnell, *cite et forte*, wie es bei der Pest geheißen hat. Genau das sollten wir auch tun …«

»Moment!«, protestierte Lothar, »und was ist mit ihm?« Er deutete nach oben.

»Wenn er wach wird, erholt er sich auch«, erklärte Matthäus. »Kein Fieber, kein Garnix, nur allgemeine Schwäche. Wir sagen Janine, sie soll ihm dann eine Hühnerbrühe machen. Das ist der günstige Verlauf, wie er in den Dokumenten beschrieben wird, ich hab mich informiert …«

»Und wenn er nicht …«

»Dann wird er nicht mehr wach. Dann ist er tot. Das ist sowieso die wahrscheinlichere Variante …«

Lothar Moosmann passte die Richtung, in die sich die Situation entwickelte, überhaupt nicht. »Wir sollen also wegrennen? Ist es das, was du vorschlägst?«

»Das ist kein Vorschlag. Das ist das, was wir tun. Weil wir müssen. Eine tödliche Krankheit, die seit über vierhundert Jahren nicht mehr aufgetreten ist. Kein Mensch weiß was darüber …«

»Der Arzt ist weggerannt wie's Kind vom Dreck!«, unterbrach ihn Franz-Josef Blum. »In Panik, kann man sagen. Also, was willst du jetzt tun? Ihn selber behandeln? Nur zu! Vielleicht hilft ja schon ein Aspirin. Oder ein Antibiotikum. Probier's! Die haben hier sicher eine Hausapotheke …«

»Schon, aber wir müssen doch jemanden verständigen …«

»Wen denn?«, rief Dr. Peratoner, »das Gesundheitsamt? Und was sagen wir denen? Entschuldigung, wir haben da jemanden exhumiert, illegal natürlich, der ist an einer Seuche gestorben, und die ist jetzt scheint's wieder ausgebrochen, einen von uns hat's schon erwischt – wo, bitte, dürfen wir denn jetzt in Quarantäne?«

Lothar Moosmann blieb stumm. Franz-Josef sagte: »Packt eure Sachen. Wir hauen ab.«

Fünf Minuten später standen sie vor dem Haus. Das Taxi wurde als Transportmittel verworfen, die Spur wäre viel zu deutlich. Sie verließen das Seitenstetten'sche Anwesen einzeln im Fünfminutenabstand in verschiedene Richtungen. Lothar und Franz-Josef gingen zur U4-Station Hietzing, Dr. Peratoner und Matthäus wanderten ein Stück zurück zur Station Braunschweiggasse. Sie nahmen drei verschiedene Züge zum Karlsplatz und trafen einander erst am Westbahnhof wieder, wo sie den Zug nach Vorarlberg bestiegen. Alle in ein Abteil, das sei sicherer, meinte Dr. Peratoner, weil sie so nicht mit anderen Reisenden in Kontakt kamen, die sich vielleicht an sie erinnern würden. Tatsächlich blieben sie bis Dornbirn in ihrem Abteil allein.

Auf der Fahrt wurde nicht viel gesprochen. Jeder hing seinen Gedanken nach. Matthäus plagte das Gewissen. Er hatte seinen Schulfreund im Stich gelassen. So war es und nicht anders. Es gab für seine Handlungsweise eine Menge guter Gründe, die er wie ein Mantra auf der Fahrt nach Vorarlberg memorierte. Sie hätten Erasmus nicht helfen können. Niemand hätte das gekonnt. Der Arzt war weggelaufen. Warum? Weil er die Symptome erkannt, die Krankheit diagnostiziert hatte. Klinische Diagnose. Praktisch durch Angucken. Wie geht, bitte, die klinische Diagnose einer Krankheit, die seit fast fünfhundert Jahren ausgestorben ist? Wer das fertigbringt, kennt die Symptome aus der Literatur. Aber das ist nichts, was man zufällig irgendwo gelesen hat, kein Wissen, das in der *Millionenshow* abgefragt wird, kein Allgemeinwissen, nicht einmal sogenanntes *nutzloses Wissen*. Dieses Wissen findet nur, wer aktiv danach sucht. Und wer aktiv danach sucht, hat dazu einen Grund. Dieser Ambrosius wusste nicht nur, womit sich Erasmus von Seitenstetten angesteckt hatte, sondern auch, wo.

»Der Arzt«, sagte er laut, »steckt mit drin.«

»Ja, natürlich«, sagte Lothar. »Und in der Frau des Hauses steckt er auch …«

»Wie kommst du da drauf?«

»Also, bittschön, hast du nicht gesehen, wie die sich angeschaut haben? Der Hausarzt – von wegen! Dass der irgendwie medizinisch angehaucht ist, mag sein, Arzt war das keiner, da fress ich einen Besen …«

»Das Ganze geht uns ja auch nichts an«, mischte sich Franz-Josef Blum ein. »Hoff ich halt immer noch. Angehen tät's uns nur, wenn einer von uns krank wird. Glaub ich aber nicht, die Inkubationszeit ist zu kurz – es hätte uns schon erwischt, wenn wir den Professor als Vergleich nehmen. Er war ja auch in engem Kontakt mit der Leiche, wir nicht.«

»Also Mumienstaub, ich weiß nicht …«, sagte Dr. Peratoner, »lassen wir das einmal so stehen. In diesem Fall müssten aber die beiden Leichenräuber auch krank werden. Sie waren es schließlich, die den Ferdinand-Erasmus abtransportierten!«

»Wenn da etwas war, wird es sowieso bekannt, wir müssen nur das Internet durchforsten. Medizin-News, solche Sachen«, sagte Matthäus. »Oder es steht sogar in der Zeitung.«

»Ja«, sagte der Chemiker »das machen wir.«

Weiter wurde nicht darüber geredet.

Am nächsten Tag stand nichts über die Schweißkrankheit in der Zeitung. Alles Mögliche über die Krankheit des Euro und sonst allerlei, aber kein Wort über die Schweißkrankheit. Auch im Internet war nichts zu finden. Es wurden keine Personen vermisst und keine Leichen aufgefunden. Keine frischen und keine vierhundert Jahre alten. Am einfachsten wäre es gewesen, bei Seitenstettens in Wien anzurufen, aber das tat niemand. Das war ein Punkt, den sie später noch oft diskutieren würden: warum niemand angerufen hatte. Sie fanden keinen Grund. Dabei war der Grund offensichtlich wie bei jedem Anruf, der getätigt werden sollte, aber nicht wird. Schlichte Angst, etwas zu hören, was man nicht hören will. Muss gar nicht etwas Entsetzliches, Niederschmetterndes sein, es genügt: etwas Unangenehmes. Denn, so sagt uns das magische Denken, dem wir immer noch unterliegen: Solang ich es nicht weiß, ist es nicht passiert. Schlimm genug, wenn man *angerufen wird*. Wenn das nicht erfolgt, wird man sich seine Chancen nicht dadurch ruinieren, dass man *selber anruft.*

Deshalb tat es keiner.

Wenn die Welt so funktionieren würde, wie wir uns das als Kinder vorgestellt haben, wenn das Unterlassen bestimmter Handlungen oder das Ausführen anderer das Böse bannen könnte – dann hätte die von vier Individuen gleichzeitig angewandte Vermeidungstaktik Erfolg gehabt. Aber die Welt funktioniert nicht so. Manche sagen, sie funktioniert überhaupt nicht, andere behaupten, doch, sie funktioniere schon, aber nach Gottes unerforschlichem Ratschluss, eine dritte Gruppe schließlich ist der Ansicht, dass die Welt den Gesetzen des Zufalls gehorche, also dem Chaos verfallen sei. Nur die Anhänger des positiven Denkens haben sich die innere Einstellung der vierjährigen Kinder erhalten und glauben an die Macht der Magie. Und all diese Leute können, das ist das Verrückte, Beispiele für ihre Überzeugungen anführen! Ach, wir vergaßen die langweiligste philosophische Richtung, das Kausalitätsprinzip mit dem ganzen Anhang vernünftiger Annahmen. Dass nichts ohne Ursache passiert, dass die Logik gilt und die Statistik und so weiter – und leider müssen wir konstatieren, dass die Anhänger dieser Richtung (HTL-Absolventen, Bankbeamtinnen, Zuschauer von TV-Dokumentationen über das Weltall) – dass diese Leute im Falle Erasmus von Seitenstettens recht hatten. Wenn jemand die Symptome einer schweren Krankheit zeigt, die mit hoher Sterblichkeit einhergeht (beim Englischen Schweiß mit absurd hoher), dann stirbt der Bettreffende auch daran.

Die vier waren gerade in Dornbirn angekommen, da starb Erasmus von Seitenstetten in seiner Hietzinger Villa. Amalie stand an seinem Bett, sah an ihrem Mann keine Bewegung des

Brustkorbs, wusste, dass er tot war, und wusste, was nun zu tun war.

Sie verständigte den Hausarzt. Als der kam, war Erasmus schon erkaltet. Der Arzt stellte keine auffälligen Symptome fest bis auf die extreme Schweißabsonderung. Amalies Schilderung der Symptome einer schweren Grippe, unter der ihr Mann seit Tagen gelitten habe, ließ keinen Zweifel an einem natürlichen Tod aufkommen. Seitenstetten habe sich vor Jahren einer Bypassoperation unterziehen müssen, leider seinen Lebensstil nicht geändert, was fettes Essen und das Vermeiden von Sport betreffe, solche Personen sind natürliche Opfer der Influenza. Und ins Spital habe er nicht wollen, unter keinen Umständen.

Der Totenschein wurde ausgestellt, Erasmus von Seitenstetten nach den Bestimmungen seines Testaments kremiert, die Urne beigesetzt. Nach einer Woche war alles vorbei. Amalie verreiste nach Italien, Janine nahm sie mit.

Man wird sagen, das Verhalten der Ehefrau sei sehr ungewöhnlich. Das trifft zu, erklärt sich aber aus ihrer speziellen Lage. Amalie befand sich in einem Zustand der Panik, die mit kompletter Realitätsverweigerung einherging. Erasmus war an der Grippe verstorben, weil er nicht an der Schweißkrankheit verstorben sein durfte. Wäre die Schweißkrankheit publik geworden, hätte das öffentliche Interesse wie ein Orkan in Amalies Leben gewütet, es wäre alles herausgekommen. Die Medien hätten recherchiert und enthüllt, wer die Forschungen ihres Mannes bezahlt hatte. Apropos Geld: Bei diesen Nachforschungen hätte sich so nebenbei ergeben, woher dieses Geld stammte. Es war ja alles aktenkundig … Es wären die alten Geschichten über seltsame Firmenzusammenbrüche und Geldflüsse in Steueroasen wieder aufgewärmt worden – die man unter erheblichen Anstrengungen auf offiziellen wie weniger offiziellen Kanälen vor Jahren eingedämmt hatte. Die ganze Familie war daran beteiligt gewesen, eine Kompanie PR-Berater und Anwälte. Und Charity, Charity und noch einmal Charity. Was ihr alles kilometerweit zum Hals heraushing. Erasmus mit seiner Forschung war auch ein Versuch gewesen, mäzenatisch in die Wissenschaft zu entfliehen, um den niemals endenden Events zur Unterstützung jeder Art von Benachteiligung zu entgehen, unter der die Menschheit litt. (Amalie neigte zu Übertreibungen, sie hatte sich zu sehr gefordert.) Das mit der Wissenschaft funktioniert aber nur, wenn etwas Positives herauskommt, ein Erkenntnisgewinn. Etwa die Antwort auf die Frage: Was war der Englische Schweiß? Den Englischen Schweiß durch eine illegale Exhumierung in die Gegenwart zu holen war keine Empfehlung. Daran zu sterben erst recht nicht.

Ihre nachvollziehbare, wenn auch überstürzte Reaktion wäre anders ausgefallen, wenn ihre zweite Bezugsperson, Dr. Gerald Ambrosius, sich nur halbwegs normal verhalten hätte. Das tat er aber nicht. Den Englischen Schweiß an einem lebenden Menschen sehen und einen Schock erleiden – gut, das kann man verstehen. Auch, dass man dann erst einmal wegrennt. Weit und schnell sozusagen. Aber dann völlig abzutauchen, jede Kommunikation zu verweigern, sich unsichtbar zu machen – das erfordert, wenn man so will, schon ein gehöriges Maß an Schäbigkeit!

Gerald meldete sich nicht, sein Telefon hatte er abgeschaltet. Amalie von Seitenstetten entschuldigte das mit seinem empfindsamen Gemüt – er hatte einen Schock erlitten, der Ärmste … Es war auch keine gute Idee gewesen, ihn noch vor dem Hausarzt an das Sterbebett ihres Mannes zu rufen –

gut, zu jenem Zeitpunkt hatte sie ja nicht geahnt, dass es ein Sterbebett sein würde. Erasmus' Zustand hatte sie unüberlegt handeln lassen, im Nachhinein sah sie das ein. Gerald musste durch den Anblick des Kranken von einem Wirbelsturm von Schuldgefühlen erfasst worden sein. Deshalb seine Flucht vom Krankenbett des Mannes, den er schon so lang hinterging, deshalb sein Abtauchen, die Verweigerung jeder Kommunikation. Wahrscheinlich lag er betrunken zu Hause, eingerollt im Bett.

Sie fuhr zu der kleinen Villa.

Auf ihr Läuten öffnete niemand. Amalie schloss mit ihrem eigenen Schlüssel auf, rief nach Gerald, um ihn nicht zu erschrecken. Alles blieb still. Sie lief vom Keller bis zum Dachboden durchs ganze Haus. Das Ergebnis ließ sich in einem einzigen, traurigen Satz zusammenfassen: Der schöne Vogel Gerald war ausgeflogen. Im Kellerlabor machte alles einen aufgeräumten Eindruck, so sah es für sie aus, es stand wenigstens nichts herum, sie gab aber zu, dass ihr zur Beurteilung des Zustandes die Fachkenntnis fehlte. Für die praktische Durchführung von Wissenschaft hatte sie sich nie interessiert; es sollte doch genügen, wenn sie die teuren Spielzeuge alle bezahlt hatte! Es schien auch nichts zu fehlen, auf den Stellagen und Tischen gab es keine auffälligen Lücken, wie sie entstehen, wenn etwas entfernt wird, das lang dort gestanden ist, egal, ob ein Bücherregal oder ein DNA-Sequenzierer. Wie so einer aussah, wusste sie nicht, sie hatte jedenfalls für Gerald einen anschaffen lassen, an die Rechnung konnte sie sich erinnern.

Im ersten Stock, in den Wohnräumen des Gelehrten, gab es schon deutlichere Hinweise. Mehrere Kleidungsstücke fehlten, Hosen und zwei Anzüge, Wäsche und so weiter, sie hätte der Polizei sogar genaue Angaben machen können, denn auch diese Dinge hatte sie ihm alle persönlich gekauft. Ein Koffer war auch weg, der mittlere. Die Auswahl des Fehlenden ließ nicht auf Umsicht schließen. Gerald Ambrosius hatte sein Domizil nicht einfach verlassen, er war geflohen, Hals über Kopf. Sie setzte sich aufs Bett und begann zu weinen. Es waren die ersten Tränen seit langem. Jetzt wurde ihr alles zu viel. Sie brach zusammen.

Amalie blieb mehrere Stunden im Haus. Sie hatte sich aufs Bett gelegt und war in fast komatösen Schlaf gefallen. Als sie erwachte, war es draußen dunkel. Sie lief ins Badezimmer, wusch sich das Gesicht, zog die Lippen nach. Dann fuhr sie heim. Der extreme Pragmatismus, ein Erbe ihrer extrem erfolgreichen Familie, hatte sich durchgesetzt. Gerald war weg. Warum? Das blieb unklar, es gab für seine Flucht keinen Grund. Jedenfalls keinen, von dem sie wusste. Aber ja: All seine Gründe kannte sie nicht, das war möglich. Im Augenblick ließ sich nichts tun. Sie musste in Ruhe darüber nachdenken. In Ruhe und lang, nicht so zwischendurch. Das brachte nichts, wie sie von ihrem Vater gelernt hatte. Nachdenken zwischen Alltäglichkeiten führte nur zu oberflächlichen Schlussfolgerungen, also zu falschen, und damit zu falschen Entscheidungen. Das konnte sie sich nicht leisten.

*

Sie trafen sich in einem Wirtshaus in der Nähe der Wohnung des Assistenten Laska. Gerald hatte ihn angerufen und in dieses Wirtshaus bestellt. Da sie ihre telefonische Kommunikation auf Codesätze beschränkten, hatte Laska keine Gelegenheit, seine Neuigkeit mitzuteilen. Denn für diese Neuigkeit gab es keinen Codesatz im Repertoire. Und für die Neuigkeit, die Gerald mitzuteilen hatte, auch nicht.

Sie saßen draußen im Garten. Der war schütter besetzt, er lag im Schatten, und so warm war es auch wieder nicht, dass sich alles ins Freie gedrängt hätte. Laska und Ambrosius war das nur recht, so mussten sie ihre Stimmen nicht auf verschwörerisches Flüstern dimmen. Sie hätten sich zum vertraulichen Gespräch natürlich auch in einem Park treffen können, wo ihnen nur noch professionelle Ermittler mit *long-range*-Mikros oder Lippenlesern hätten folgen können, aber auf die Idee kamen sie nicht, denn in einem Park gibt es nichts zu trinken. Keinen Alkohol. Und Alkohol brauchten sie jetzt in größeren Mengen, alle beide; Ambrosius, der das Trinken nicht so gewohnt war, fürchtete, die Mengen, die er brauchte, gar nicht runterzubringen. Er bestellte erst einmal ein Viertel Grünen Veltliner, dann noch eins. Laska trank Bier, wie immer.

»Du zuerst«, sagte Gerald.

»Der Scheidbach ist weg.«

»Wie – weg?«

»Weg. Ausgeflogen. In der Wohnung meldet er sich nicht, am Handy auch nicht.«

»Seit wann?«

»Seit gestern. Es lief alles nach Plan, wir haben … die Kommode zu ihm raufgetragen, dann bin ich heim. Heute wollt ich besprechen, wie wir das mit der Probennahme machen. Kein Scheidbach am Telefon. Ich bin hingefahren. Er macht nicht auf.«

»Er macht nicht auf, so, so …« Dr. Gerald Ambrosius sank in sich zusammen, die Farbe wich aus seinem Gesicht. Laska war beunruhigt. Mit leisen Worten bestätigte ihm Gerald, dass er dafür allen Grund hatte. Dass Seitenstetten an der Englischen Schweißkrankheit gestorben sei. Jetzt wurde Laska blass.

»Aus dem Grab?«

»Nein, wo denkst du hin! Er ist einem teuflischen Anschlag der Al Qaida zum Opfer gefallen. – Herrgott! Natürlich hat er sich bei dem Grab angesteckt, wo denn sonst!«

»Ich spür aber nichts. Wenn das so schnell geht, müsst ich das doch merken, oder?«

»Allerdings«, sagte Gerald. »Die Seuche ist hochinfektiös, aber hundert Prozent gab und gibt es nie bei solchen Sachen …«

»Dann hätt ich Glück gehabt!«

»Du schon …« Sie schauten sich an. »Du meinst, der Scheidbach …«

»Das würde vieles erklären …«

»Scheiße!«

Eine Weile sprach niemand. Dann fragte Laska: »Was machen wir jetzt?«

»Nachschauen, was sonst?«

»Wir sollen bei ihm einbrechen und …«

»Nicht wir. Du. Du musst dort rein …«

»Warum ich?«

»Ganz einfach. Wie es scheint, bist du immun. Bei mir ist das fraglich, ich hatte ja noch keinen Kontakt mit dem guten Ferdinand-Erasmus.«

Nach einer Weile sagte Laska: »Ich geh da nicht rein.«

»Es bleibt dir aber nichts anderes übrig! Einer muss nachschauen. Wie es aussieht, bist du der Einzige, der das gefahrlos tun kann.«

»Und dann? Angenommen, ich finde den Typ todkrank oder schon tot in seiner Wohnung liegen – in einer Schweißlache. Was machen wir dann?«

»Dann nimmst du die Leiche …«

»Den Scheidbach?«

»Blödsinn! Den Ferdinand-Erasmus natürlich. Den nimmst

du raus, anschließend verständigen wir die Behörden, anonym natürlich. Du bringst die Leiche an einen sicheren Ort und entnimmst die Proben.«

»Wie? Alles ich allein?«

»Du allein? Natürlich nicht! Entschuldige, ich hab nicht gewusst, dass du jemanden kennst, der auch immun ist.« Gerald Ambrosius blickte sich im Gastgarten um. »Wer ist es? Der ältere Herr dort drüben? Das Pärchen beim Eingang?«

»Schon gut, hör auf, ich hab verstanden!«

»Mein Plan«, fuhr Gerald fort, »garantiert uns einen Wissensgewinn – wir haben die Chance, den Erreger zu isolieren! Das dürfte nicht schwer sein, wenn die Leiche nach über vierhundert Jahren noch so infektiös ist. Und nebenbei: Wir können nicht nur den Erreger finden, wir müssen das auch! Stell dir vor, was passiert, wenn wir gar nichts tun … Scheidbach fängt an zu riechen, die Hausparteien beschweren sich, es kommt die Polizei, öffnet die Wohnung. Ich meine die normale Polizei in ihren Uniformen … keine Spezialanzüge, nicht einmal Mundschutz. Was wird dann passieren? Wenn es so geht wie im 16. Jahrhundert, stirbt die halbe Bevölkerung innerhalb von vierzehn Tagen.«

»Ja, schon gut, hör auf mit den Horrorgschichten!«

»Ich will damit nur sagen: Wir können nicht weglaufen wie's Kind vom Dreck. Wir sind Wissenschaftler!«

Laska sagte nichts mehr.

Das Betreten des bewussten Mietshauses war kein Problem, die Tür zum Hof stand offen, weil im Erdgeschoss und Keller ein Installateur untergebracht war; es herrschte also ständiges Kommen und Gehen und Lärm. Von den anderen Wohnparteien war am Vormittag niemand zu Hause, alles Berufstätige. Gerald Ambrosius trug eine abgewetzte Aktentasche, aus der er eine Kladde zog, als sie das Haus betreten hatten, Laska hatte nichts in der Hand, nur ein Brecheisen im Jackett. Vor der Tür des Michael Scheidbach gab es keine Verzögerungen, in weniger als einer Minute waren sie drin.

Mancher wird sich wundern, dass der Einbruch, beziehungsweise seine technische Seite, bei den Überlegungen der beiden Akademiker keine Rolle spielte. Als ob sie so etwas jeden Tag machen würden. Nun hatte es in Laskas Vergangenheit Zeiten gegeben, als auch Wohlmeinende auf seine Zukunft keinen Cent gewettet hätten. Mit sechzehn gehörte er zu einer Jugendbande, die sich mit Einbrüchen in Lebensmittelgeschäfte, diverse Elektronikläden und unbefugtes Inbetriebnehmen geknackter Autos unterhielt. Ausgangspunkt dieser Entwicklung war bei Laska die Scheidung der Eltern in Zusammenhang mit verzögerter, dann aber umso heftiger durchschlagender Pubertät. Laska hatte Glück. Er war intelligenter als seine Kameraden und stammte aus einem besseren Haus. Seinem Vater gelang es, ihn aus diesem Umfeld herauszueisen – er schickte ihn per Schüleraustausch nach England, bevor die Straftaten weitere Kreise zogen. Laska erkannte zur rechten Zeit, dass er für eine kriminelle Karriere nicht wirklich geeignet war. Laska huschte in die Scheidbach'sche Wohnung, Gerald Ambrosius verdrückte sich, ehe die ersten Schwaden potentiell infektiösen Miasmas aus dem Türspalt waberten. Er betrat ein Vorstadtcafé in einer Querstraße. Das hatten sie als Treffpunkt ausgemacht. Er hatte eben Platz genommen und einen Verlängerten bestellt, als Laska zur Tür hereinstürzte. Er war blass.

»So schlimm?«, fragte Gerald.

»Wie man's nimmt …«

»Ist er tot?«

»Wer?«

»Der Scheidbach, Herrgott noch mal!«

»Keine Ahnung. Kann sein, dass es ihn erwischt hat, kann sein, auch nicht. Ich kann's nicht sagen. Er ist nämlich nicht da …«

»Was?!«

»Ja, eben. Der gute Ferdinand-Erasmus übrigens auch nicht. Die Wohnung ist, was das betrifft, leer. Ich hab mich nur kurz umgeschaut. Von seinen Sachen scheint nichts zu fehlen, die Kommode ist auch da. Sieht nicht aus, als ob er verreist wäre …«

Gerald sagte nichts. Er musste diese Neuigkeit erst einmal verdauen. »Der gottverdammte Gsiberger hat uns beschissen!«, brach es dann aus ihm heraus. Laska legte ihm die Hand auf den Arm; er fürchtete, Gerald Ambrosius würde aufspringen, die Kaffeetasse an die Wand schmeißen und einen Brüll- und Tobauftritt hinlegen. Andere Gäste schauten schon her.

»Reiß dich zsamm«, sagte er mit leiser Stimme, »und hol erst einmal Luft, um Gottes willen! Du siehst ja aus …«

Gerald atmete ein paar Mal tief durch. Seine Hand, mit der er die Tasse zum Mund führte, zitterte noch, sonst schien er ruhig. Seine Stimme zitterte auch. »Der will uns erpressen, du wirst es sehen …«

»Mit der Leiche?«

»Was denn sonst? Der hat sie irgendwo versteckt und ist abgetaucht! Jetzt lässt er uns dunsten, dann meldet er sich. Und will Geld.«

»Dann warten wir das einfach ab, sonst können wir eh nix tun …«

»Ja, abwarten! Prima Idee. Und inzwischen …« Er rang nach Luft.

»Was soll inzwischen sein?«, fragte Laska, dem das hysterische Getue seines Gegenübers auf die Nerven ging.

»Was sein soll?«, Gerald keuchte, »na, zum Beispiel eine kleine Epidemie, der – ich lass mich nicht lumpen – dreißig Prozent der Bevölkerung zum Opfer fallen, wie wär denn das?«

»Von welcher Bevölkerung?«

»Timbuktu. – Von Wien, du Trottel! Die größte Seuche nach der Pest von dreizehnachtundvierzig!«

»Woher weißt du, dass sie in Wien ausbricht?«

Gerald sagte nichts. Daran hatte er noch nicht gedacht. Dass der verfluchte Scheidbach die Leiche woanders hingebracht haben könnte. Nicht gerade Timbuktu, aber sonst käme vieles in Frage.

»Du weißt es eben nicht«, Laska blieb kalt, »du weißt nicht einmal, ob überhaupt was ausbricht. Gut, den Prof hat es erwischt, aber mich nicht. Und den Scheidbach auch nicht. Vielleicht ist das Ganze nicht so gefährlich, vielleicht war der Seitenstetten vorgeschädigt, Herzgeschichten, Blutdruck, ich weiß es nicht, und du weißt es auch nicht. Du nervst nur sinnlos. Hör damit auf, das bringt nichts! – Wenn du dich auf solche Sachen einlässt – auf kriminelle Sachen, damit wir uns richtig verstehen –, dann musst du gefasst sein, dass es Probleme gibt. Die gibt es nämlich immer bei solchen Gschichten.« Laska rief den Ober und bestellte ein Bier. Gerald Ambrosius sagte nichts mehr. Er war in seinem Stuhl zusammengesunken.

»Bringen S' dem Herrn an Obstler!«, rief Laska dem Ober nach. Er betrachtete Gerald Ambrosius, der auf die Tischplatte starrte. Ein Theoretiker, dachte er. Gut beim Tüfteln. Herumprobieren. Solang nichts echt ist, real. Ein Trockenschwimmer. Schmeiß ihn ins Wasser, und er fuchtelt nur wild herum. Bis er untergeht. Laska kannte solche Leute aus seiner Jugend. Sie brachten sich in Schwierigkeiten, sobald sie mit dem wirklichen Leben konfrontiert waren. Und sie brachten auch ihre Umgebung in Schwierigkeiten, die Leute um sie herum, die nicht so waren, aber mitgerissen wurden, wenn sie nicht aufpassten wie die Haftelmacher. Laska beschloss, sehr gut aufzupassen. Und sich von Gerald Ambrosius zu lösen, sobald das möglich war.

Es wurde nicht mehr viel geredet. Gerald Ambrosius ließ sich beruhigen; nach außen hin sah es wenigstens so aus. Er trank seinen Schnaps, zahlte und verabschiedete sich. »Ich muss mich hinlegen«, murmelte er beim Aufstehen, »ich bin erschöpft irgendwie …« Laska nickte nur. Der wird den Teufel tun und sich hinlegen, dachte er, obwohl das zweifellos das Beste für ihn wäre. Stattdessen wird er irgendeinen Blödsinn machen, etwas Panisches, Unüberlegtes. Aber dagegen kann ich nichts tun.

Der schmerzlich vermisste Michael Scheidbach befand sich zu diesem Zeitpunkt schon weit westlich von Wien, in einem alten Lada Taiga, den ihm ein Schulfreund vor Jahren günstig überlassen hatte. Das Auto trug auf beiden Seiten noch die Aufschrift *Gas Wasser Solar*, darunter stand *Hermann Mathis* mit einer Handynummer. Scheidbach hatte die Ausgabe gescheut, den Wagen lackieren zu lassen, es ging ja auch so. Hinten lag eine Menge Gerümpel, angesammelt im Laufe der Jahre, wie es bei Menschen wie Michael Scheidbach der Fall ist – ihre Keller und Dachböden, so sie welche ihr Eigen nennen, sehen genauso aus wie die Rücksitze ihrer Autos. Vollgemüllt. Das kam ihm jetzt zupass, das längliche Packpapierpaket unter alten Malerabdeckfolien fiel in so einem Auto nicht auf. Ein Risiko war es trotzdem, darüber gab er sich keiner Täuschung hin. Eine Routinekontrolle durch einen Polizisten, der nur ein wenig schlechter gelaunt war als der Durchschnitt, würde ihn auffliegen lassen. Um unliebsame Zwischenfälle zu vermeiden, kontrollierte er Ausstattung und Fahrtüchtigkeit des Autos. Blinker, Scheinwerfer, Reifendruck, Rettungsweste und so weiter. Als ihm nichts mehr einfiel, fuhr er los.

Es war eine lange Fahrt über Bundesstraßen; er vermied die Autobahn. Mit Ferdinand-Erasmus heimzufahren, nach Vorarlberg, war aufs erste Anschauen eine Schnapsidee; illegale Transportgüter wie ein vierhundert Jahre altes gestohlenes Skelett sollte man so wenig wie möglich auf öffentlichen Straßen befördern. Auf keinen Fall siebenhundert Kilometer weit. Aber Michael Scheidbach wusste nicht, wo er sonst damit hinsollte. Seine Bekannten (*Freunde* hatte er sowieso keine) waren alle eigentlich Bekannte von Veronika, und die Kumpane aus dem »Stuhlinger« konnte er auch nicht fragen. Er wusste von ihnen nur ihre langweiligen Ehe- und Berufsgeschichten, die sie im Lauf der Jahre Dutzende Male mit nur geringen Variationen von sich gaben, aber er wusste nicht, wer von ihnen zum Beispiel ein Schrebergartenhaus besaß oder ein Sommerhäuschen, an der Donau oder so. Solche Dinge wurden in diesen Kreisen nicht erörtert. Und sonst kannte er niemanden. Er hatte einfach keinen Zugriff auf einen geeigneten Lagerraum. Das Haus, in dem er wohnte, kam nicht in Frage, den Keller belegte der Installateur, der Dachboden war vollgestellt und bot zwar Verstecke, war aber viel zu offensichtlich. Dort würde Laska nachschauen.

Er konnte die Knochen von Ferdinand-Erasmus in Wien nirgends so unterbringen, dass er jederzeit und ohne Gefahr Zugriff darauf hatte. In Vorarlberg verhielt sich die Sache anders. Dort hatte Michael sogar die Möglichkeit, den alten Baron von Seitenstetten standesgemäß unterzubringen, außerdem gefahrlos in Bezug auf zufällige Entdeckungen, neugierige Blicke und Ähnliches. Dieser absolut sichere Ort hatte den einzigen Nachteil, dass er am anderen Ende des Landes lag. Wenn er ihn nutzen wollte, musste er eben dorthin fahren. Kurze Zeit trug er sich mit dem Gedanken, Ferdinand-Erasmus mit einer Spedition zu verschicken, zusammengelegt und platzsparend verstaut hätte er in einem unauffälligen Karton Platz gehabt – es blieb nur das Problem der Adresse. Er konnte so ein Paket nicht an seine heimatliche Adresse schicken. Seine Eltern würden das Paket aufmachen. Das kam nicht in Frage.

In Vorarlberg gibt es rund zweihundert mittelalterliche Ruinen, was bei einem so kleinen Land doch erstaunen mag; man muss allerdings dazusagen, dass da wirklich jeder Mauerrest, sofern er nur zwanzig Zentimeter aus dem Boden ragt, mitgezählt ist. Nur ein kleiner Teil ist der Öffentlichkeit bekannt, denn die meisten erheben sich zwar mehr als zwanzig Zentimeter, aber eben auch nur wenige Meter über den Erdboden. Die Bäume rundum sind höher und diese Burgenreste daher unsichtbar. Einige wenige beherrschen die Landschaft und zieren die Ansichtskarten, das sind die Geschlechterburgen von entsprechend pompöser Bauart. Daneben existieren sogenannte Dienstmannenburgen, die im Hochmittelalter an strategisch bedeutsamen Orten errichtet und eben mit den *Dienstmannen* der großen Adelsgeschlechter besetzt wurden, um einen Pass zu sichern, eine Straße, eine Brücke – oder einfach, um den Nachbarn zu ärgern. Mit diesen Nachbarn war man in aller Regel verwandt und daher zerstritten. Die Dienstmannen oder *Ministerialen* waren ursprünglich unfreie Bedienstete eines Hochadligen, Abtes oder Bischofs und mit der Verwaltung eines bestimmten Gebietes betraut. Verwaltung heißt hier: Eintreiben von Naturalabgaben und Steuern.

Durch diese Tätigkeit glichen sie sich in ihrer Lebensweise an den Adel an und wurden im 12. Jahrhundert sogar lehensfähig, gehörten also dem niederen Adel an. Ursprünglich stammten diese Dienstmannen aus dem hörigen Bauernstand. Michael Scheidbach hatte diese Ministerialengeschichte schon als Kind immer fasziniert. Was allerdings bei jedem Buben der Fall gewesen wäre, dessen Onkel eine Burg sein Eigen nannte. Sie hieß Frastafeders und war eine Dienstmannenburg des Vorarlberger Hochmittelalters. Mit Adel hatte das allerdings nichts zu tun. Die Dienstmannen erhoben sich zwar über den Bauernstand, aber nach oben war noch sehr viel Luft. Sie schafften den gesellschaftlichen Aufstieg nicht und hinterließen deshalb keine Spur in den Archiven. So auch die Ministerialen der Grafen von Werdenberg-Sargans, in deren Auftrag irgendwann im 13. Jahrhundert Frastafeders erbaut wurde, um ihren Gebietsanspruch gegen die Feldkircher Linie zu unterstreichen, sprich: die Verwandten zu ärgern. Michael hatte sich oft gefragt, wo die strategische Bedeutung dieser Burg gelegen haben mochte, sie lag in der Höhe und erlaubte einen guten Blick in den Walgau, das war aber schon alles. Die Straße verlief relativ weit entfernt, auch sonst war nichts Wichtiges in der Nähe. Zweifel über den strategischen Nutzen schienen auch die Herren von Werdenberg-Sargans befallen zu haben; die Burg wurde mehrmals verpfändet, endlich verkauft und wiederverkauft, bis sie auf verschlungenen und nicht rekonstruierbaren Wegen im 19. Jahrhundert in die Hände der Scheidbachs fiel, Landwirte im nahen Frastanz. Der gegenwärtige Besitzer war Anton Scheidbach, Michaels Onkel. Michael hatte als Kind bei der Burg im Wald gespielt und war durch diese Erlebnisse geprägt worden; sein Interesse für das Mittelalter stammte aus dieser Zeit, die Wahl der Studienrichtung war vorgezeichnet.

Burg ist ein großes Wort. In der Familie Scheidbach hieß die Anlage so und bei den Vorarlberger Burgensachverständigen auch, denn diese Leute sind von Lokalpatriotismus erfüllt und würden ein auf Vorarlberger Boden befindliches Bauwerk niemals abqualifizieren, aber der Fremde, der Frastafeders zum ersten Mal zu Gesicht bekommt, wird sich nicht des Gedankens erwehren können: Burg? Welche Burg? Das ist doch nur ein Turm … womit dieser Fremde recht hat. Die Burg Frastafeders bestand aus einem drei Stock hohen Turm mit einer Mauer rundherum. Die Mauer war an einigen Stellen eingebrochen, bis auf einen kniehohen Rest abgebröckelt, dort durch massiven Holzzaun ersetzt. Die hölzernen Nebengebäude, deren die Burg einige beherbergt haben musste, waren alle verschwunden. Einen Graben gab es nicht, daher auch keine Zugbrücke, ebenso fehlten die bekannten Accessoires einer Burg wie Pecherker, Wehrgänge, Zinnen und so weiter. Frastafeders mangelte es an jeder Art Burgromantik. Auch, weil Michaels Onkel sich bei der Ausbesserung schadhafter oder der Ergänzung fehlender Stellen nur von praktischen Überlegungen hatte leiten lassen. Das seit Jahrhunderten fehlende Tor in der Außenmauer hatte er durch eines aus Aluminium ersetzt. Im Turm selber gab es schon seit dem 19. Jahrhundert eine zweiflügelige Tür im Erdgeschoss, die den Verteidigungszweck des Bauwerks ad absurdum führte; keinen Bergfried aus dem Mittelalter konnte man ebenerdig betreten, der einzige Eingang lag im ersten Stock, Zugang über eine einziehbare Leiter. Wenn man den Turm als Lagerraum verwenden wollte, war das sehr unpraktisch und wurde in fast allen Fällen durch Türeinbau korrigiert. Anton Scheidbach lagerte im Erdgeschoss des Turms seinen Holzspalter, die Mostpresse und die gesamte Ausrüstung zum Schnapsbrennen, es war ziemlich eng. Strom lieferte ein

Dieselaggregat. Man wird sich fragen, wieso er diese Apparaturen, die auf Elektrizität angewiesen waren, nicht auf seinem Hof belassen hatte – und darauf nur ein Achselzucken als Antwort erhalten, wie die vielen anderen, die den Anton Scheidbach das schon gefragt hatten. Er war eben so, und es gefiel ihm so. Wenn er das Außentor schloss, hatte er in seiner Burg göttliche Ruhe.

Es gab einen steilen, nur mit Geländewagen befahrbaren Weg zur Burg Frastafeders, soll heißen: mit echten Geländewagen, also Vierradantrieb, Untersetzung, Differentialsperren, nicht mit schick getrimmten SUVs. Mit denen konnte man es versuchen, aber nur bei trockenem Wetter und ohne Garantie. Michael Scheidbach hatte als Besitzer eines *Lada Taiga* keine Probleme mit der Zufahrt, verfügt dieser Wagen aus robuster russischer Produktion doch über die Fähigkeit, in steilen, schneeglatten Spitzkehren *trotz* eingelegter Untersetzung das Mitteldifferential zu *ent*sperren und dieserart sich eben doch noch um die Kurve zu drehen, wo zehnmal teurere Protzautos ihr Getriebe bis zum Stillstand verwinden – oder eben bei Verzicht auf die Untersetzung abrutschen würden. Michael pries diese Eigenschaft seiner Russenschüssel oft und gern. Weil die meisten Menschen aber nur eine wolkige Vorstellung davon haben, was eine *Untersetzung* sein könnte, und gar keine, was ein *Differential* macht, erntete er bei seinen Zuhörern nur Langeweile oder Ärger. So hatte ihm Veronika unter Androhung der Beischlafverweigerung verboten, in ihrer Anwesenheit über die Differentialsperre des Lada Taiga zu sprechen, weil sie es schon gefühlte zweihundertmal gehört und nicht einen Funken Interesse dafür aufgebracht hatte. Aber mit Veronika war ja jetzt Schluss …

Michael Scheidbach besaß das Vertrauen seines Onkels und

einen Schlüssel zu Frastafeders. Obwohl er von der langen Fahrt erschöpft war, machte er keine Pause, sondern fuhr auf die Burg. Es war dunkel, als er dort ankam. Er öffnete das Tor, stellte den Lada im Hof ab und schloss das Tor wieder. Dann sperrte er den Turm auf.

Bezüglich der oberen Geschosse, die bisher noch nicht erwähnt wurden, genügt es zu sagen, dass Michaels Onkel zu den Sammlern gehörte. Das sind die Menschen, die nichts wegwerfen, was je in ihren Besitz gelangt ist. Für jemanden, der drei Stockwerke von jeweils sechs mal sieben Meter Grundfläche zur Verfügung hat, ist das unwiderstehlich. Onkel Antons Frau duldete die Marotte, sofern ihr Haus nicht mit unnützem »Glump« vollgestellt wird – das ist exakt dasselbe, was der Innerösterreicher *Glumpert* nennt. Schon die Aufzählung von Oberbegriffen dieser Gegenstände würde eine Seite füllen, die schriftliche Fixierung aller Scheidbach'schen Artefakte einen Katalog. Mit einem Wort: Frastafeders war von oben bis unten mit Zeug vollgestellt, -gehängt und -geräumt. Einen Sack mit alten Knochen würde dort nur finden, wer weiß, wo er ihn versteckt hat. Dass der Onkel den Sack per Zufall entdeckte, war wenig wahrscheinlich, auch wenn er oft vom »Ufrumma« sprach, vom Aufräumen also. Das sagte er schon viele Jahre, den Worten waren keine Taten gefolgt. Dazu hätte schlicht die Zeit gefehlt, selbst, wenn es Anton Scheidbach ernst gemeint hätte. Was er nicht tat. Die schiere Masse an Gerümpel ließ jeden davor zurückschrecken. Anton Scheidbach war Nebenerwerbslandwirt, im Hauptberuf als Maschinenschlosser betreute der den örtlichen Maschinenring, da gab es keine Zeit für nicht unbedingt Nötiges. Manchmal zerhackte er einen alten Stuhl zu Brennholz, aber schon beim zweiten verließ ihn die Lust. Das alles konnte warten.

Als Aufbewahrungsort für Ferdinand-Erasmus von Seitenstetten war die Burg Frastafeders ideal. Niemand würde hier nach den Überresten des Barons suchen. Nicht heute und nicht morgen oder nächste Woche. Nicht einmal in hundert Jahren, dachte Michael Scheidbach. Nicht einmal in hundert Jahren. Denn der Onkel hatte keine Kinder, als Erbe war schon lange Michael vorgesehen, der den Turm, wie er Onkel Anton versprochen hatte, dereinst sichten und »zu einem Museum« ausbauen würde. Ja, sicher … Ferdinand-Erasmus war hier gut aufgehoben.

Gegen diese Einschätzung der Lage konnte man kaum etwas vorbringen – wenn es denn nur darum gegangen wäre, die alten Knochen für lange Zeit verschwinden zu lassen wie gewisse Gemälde, die nach zweihundert Jahren in »Privatbesitz« wieder »auftauchen«. Aber darum ging es ja nicht. Michael hatte kein Interesse am Besitz der Knochen. Er wollte nur das Interesse anderer an diesem Besitz ausnutzen. Und zwar so, dass es sich rentierte, richtig rentierte.

Er blieb zwei Tage bei seinen Eltern in Frastanz. Über die ist wenig zu sagen. Der Vater Scheidbach hatte eine leitende Stellung in einem Vorarlberger Unternehmen (welches, spielt keine Rolle), die Mutter war Hausfrau. Das Verhältnis zum Sohn war, wenn man es ungeschönt sagte, nicht vorhanden. Die Studienwahl des Sohnes hatte nicht den Beifall der Eltern gefunden, drum bezahlten sie es auch nicht. Michael war ein erwachsener Mann, hieß es, und müsse selber wissen, was er mache. Die glücklich verheiratete Tochter mit ihren Kindern (Bub und Mädel, sehr herzig!) befriedigte emotionale Bedürfnisse der Scheidbachs mehr, als Michael es je gekonnt hätte. Angesichts dieser familiären Verhältnisse mag es erstaunen, wie wenig emotional aufgeladen die seltenen Besuche des

Ältesten im Hause Scheidbach verliefen. Es gab keine Streitereien, auch kein wütendes Schweigen; alle Beteiligten hatten sich mit der Situation abgefunden. Vater Scheidbach war im Grunde überzeugt, dass der Sohn sein Studium doch irgendwie nach langen Jahren zu irgendeinem Abschluss bringen und dann eine Stelle mit lächerlicher Bezahlung bei einer Wiener Behörde annehmen würde – denn wo lag sonst die Berechtigung des *Wasserkopfs* Wien, wenn nicht in der Aufnahme von Akademikern, die man sonst nirgends gebrauchen konnte? Die Tochter hatte es dagegen richtig gemacht und einen Abteilungsleiter geheiratet. Mit Michael hatte man sich arrangiert.

Michael rief Laska an. Er sei bestohlen worden, sagte er, ja, der Ferdinand-Erasmus sei weg, einfach weg! Er habe überall gesucht, im ganzen Haus, Dachboden, Keller, an einen blöden Streich gedacht, aber – nichts. Da sei er in Panik verfallen, ins Auto gestiegen und heimgefahren. Und jetzt wisse er nicht, was er tun solle. Laska nahm das ruhig auf. Michael solle sich beruhigen und doch einfach wieder nach Wien kommen, sagte er, dann würden sie gemeinsam überlegen, was jetzt zu tun sei. Michael versprach es.

Laska legte auf. Er saß in seinem Labor im Institut; Gerald Ambrosius war auch da. In seiner kleinen Zimmer-Küche-Kabinett-Wohnung in Hernals hielt er es nicht lang aus. Dort hatte er vor seiner Bekanntschaft mit Amalie von Seitenstetten als Student gewohnt, dort wohnte er jetzt wieder. Sie wusste nichts von der Adresse. Die Wohnung war schäbig, er wäre nie auf die Idee gekommen, sie dorthin mitzunehmen. Und sie war nie auf die Idee gekommen, sein Domizil kennenlernen zu wollen; ihr wäre das wie ein Sozialporno vorgekommen. Sie hatten sich in Hotels getroffen, später in der kleinen Villa. Und noch später überhaupt nur noch dort, weil er ja dort wohnte … Es war alles so einfach gewesen, so bequem. Jetzt hatte ihn die eigene Ruhmsucht auf ein früheres Lebensstadium zurückgeworfen. Er fühlte sich verlassen und als Versager. Laska fiel alles leichter. Er hatte nie die Freuden des gehobenen Lebensstils kennengelernt, er war geblieben, wo er immer gewesen war. Relativ weit unten.

»Er führt uns natürlich an der Nase herum, der Pestfetzen, der elendige! Bestohlen ist er worden, sagt er. Sicher! Weil die Einbrecher heutzutage sich auf Studentenbuden spezialisiert haben – und dort auf alte Knochen …«

»Warum erfindet er dann so was?«, fragte Gerald.

»Weil er ein Trottel ist. Er glaubt, dass wir das glauben! Dann kann er ganz normal in Wien herumspazieren und den Ahnungslosen spielen. Er muss uns nicht aus dem Weg gehen, verstehst du?«

»Ich glaube schon: Nach ein paar Tagen wird er dann …«

»… von den Dieben kontaktiert, genau! Er ist sozusagen nur der unschuldige Mittelsmann, der die Anweisungen weitergibt, die Modalitäten der Geldübergabe und so weiter.«

»Also schön. Was machen wir?«

Laska zog die Schublade seines Schreibtischs auf. Unter einem Papierwust kramte er einen länglichen Gegenstand hervor.

Gerald Ambrosius wich zurück. »Damit? Du willst ihn …?«

Laska tätschelte mit dem Totschläger ganz sanft seine linke Handfläche. »Du hast es erfasst«, sagte er, »damit werd ich ihm die Scheiße rausprügeln, dem Gfraßt. Methodisch, verstehst du?« Ambrosius nickte. Er blickte seinen Kumpan mit anderen Augen an als bisher. Es war nun alles klar. Dieser Laska hatte darauf gewartet, wahrscheinlich schon sehr lang, einem anderen Menschen die Scheiße rausprügeln zu können. Das war sein geheimer Wunsch und Wille gewesen, tief versteckt unter dicken Schichten Bildung, akademischer Karriere und Kulturmüll. Laska ging, fiel Gerald ein, in die Oper. Regelmäßig. Ein Verdi-Fan. Aber ja, was war daran seltsam? Warum sollten die KZ-Sadisten ausgestorben sein? Die waren ja auch kulturell interessiert gewesen, ein paar wenigstens. Opernfreunde, Liebhaber klassischer Musik.

Sie warteten auf einen Anruf von Michael Scheidbach. Aber es kam keiner. An sein Handy ging er nicht. Sie begannen Vorarlberg-affine Seiten des Internets zu durchforsten. Nach Unfällen, Zwischenfällen in Ambulanzen … das war schon eine ziemliche Verzweiflungsaktion. Sie kauften die *Vorarlberger Nachrichten* und studierten die Todesanzeigen; Laska hatte sich erinnert, dass die Vorarlberger auf diese Weise zuverlässig erfahren, wer wann gestorben ist. Scheidbach selber hatte ihm das einmal erzählt. »Warum wollen die Leute wissen, wer gestorben ist?«, hatte er gefragt. Michael Scheidbach hatte darauf keine schlüssige Antwort geben können. Er war schon zu lang in der Großstadt und spezifisch ländlichen Gewohnheiten entfremdet. Keine Todesanzeige betraf einen Michael Scheidbach. Nebenbei bemerkt, auch keinen anderen Scheidbach im fraglichen Zeitraum. Sie übten sich in Geduld und warteten noch zwei Tage. Nichts.

»Trotzdem«, sagte Gerald Ambrosius. »Es hat ihn erwischt. Trotz Schutzanzug.« Er saß mit Laska im Wohnschlafzimmer seiner Studentenwohnung in Hernals und trank Rotwein. Er saß auf der Couch, Laska am Tisch. Laska trank natürlich auch, er vertrug aber mehr. Durch die beiden schmalen Fenster fiel nur wenig Licht. So lag eine trübe Atmosphäre über dem Raum, als ob es schon seit Tagen regnete. Er hat den Moralischen, dachte Laska, das hat uns noch gefehlt, er suhlt sich darin, wie beschissen alles ist, wie schief es läuft … als ob das was nützen würde.

»Hör zu«, sagte Laska, »ich hab mir nicht nur die Todesanzeigen angesehen, sondern die ganze Zeitung. Und zur Sicherheit auch die Internetseiten von Radio Vorarlberg. Kein Hinweis. Kein Sterbenswort über Michael Scheidbach. Wenn aber in Gsiberg jemand vermisst wird, steht es einen Tag später in der Zeitung. Sogar, was er angehabt hat, wo er zuletzt gesehen wurde und so weiter.«

»Mich würd keiner vermissen …«

»Wie auch! Du lebst in der Großstadt, ohne Anhang, ohne Verwandte. Dort draußen ist das anders. Die sind alle viel mehr … eingebunden.« Was für ein Schwachsinn!, dachte er. »Glaub mir, dem Scheidbach ist gar nichts passiert. Der hat nicht die Englische Schweißkrankheit, basta! Vergiss es! Wenn er sich nicht meldet, dann deshalb, weil er sich nicht melden will. Und warum? Weil er mit anderen … Leuten redet, so ist das nämlich!« Er nahm einen tiefen Schluck von dem Zweigelt, der gar nicht einmal so schlecht war.

»Mit welchen Leuten?«, wollte Gerald Ambrosius wissen.

»Na, mit Geldleuten halt, was denn sonst. Mit Leuten, die Geld haben. Das ist der springende Punkt … Der Scheidbach ist ein Arsch, aber blöd ist der nicht. Wir hätten ihn nie mit der Leiche allein lassen dürfen.«

Gerald Ambrosius begannen gewisse Dinge zu dämmern. Er konnte ein Gefühl der Hochachtung für Laska nicht unterdrücken – da sieht man es wieder einmal: Das Kriminelle erfordert nicht nur die berühmte kriminelle Energie, sondern eine gewisse Art der Intelligenz, eine Gerissenheit, die den meisten Menschen abgeht. Ihm selbst zum Beispiel. Er wäre auch irgendwann draufgekommen, aber erst nach Wochen, dass Michael Scheidbach, der *Pestfetzen*, auf die Idee gekommen war, die Leiche an jemand anderen zu verkaufen.

»Was machen wir jetzt?«, fragte er.

»*Wir* machen gar nichts. *Du* machst was.«

»Ich? Wieso? Was meinst du?«

»Du gehst zur Amalie.«

»Bist du verrückt? Ich hab doch jeden Kontakt abgebrochen, die wird stinksauer sein!«

»Letzteres mag sein, darauf kommt es aber nicht an. Du musst dich mit ihr aussöhnen, da führt kein Weg dran vorbei …«

»Warum?«

»Weil wir über Amalie an diese Kasperl herankommen – diese anderen Gsiberger, die dem Erasmus bei der Gruftöffnung geholfen haben. Die waren doch mit dem verehrten, verblichenen Professor in Kontakt. Sind im selben Auto heimgefahren und so weiter. Also haben sie sich wahrscheinlich angesteckt.«

»Für die gilt aber dasselbe wie für den Scheidbach, sogar mal vier – wenn bei denen was ausgebrochen wär, gäb's garantiert was im Internet …«

»Eben! Mit vier Infizierten wäre in Gsiberg das Ding schon als Seuche ausgebrochen. Davon hätten wir erfahren. Was schließen wir also daraus?«

Gerald Ambrosius war verwirrt, seine Denkvorgänge verlangsamt. Er verstand immer weniger, worauf Laska hinauswollte. Außerdem missfiel ihm dieser Lehrertonfall … das hatte er schon in der Schule nicht leiden können. Er sagte gar nichts. Laska, der ihn erwartungsvoll ansah, schien enttäuscht.

»Man kann eigentlich nur zwei Schlüsse ziehen«, setzte er fort. »Entweder ist diese Schweißkrankheit weit weniger aggressiv, als wir angenommen haben, und der gute Professor Seitenstetten hat einfach Pech gehabt. Oder …«

»Da bin ich jetzt aber gespannt.«

»Oder die Latenzzeit ist länger. Kann ja eine Woche sein, oder ein Monat.«

»Wart mal: Das würde heißen, die sind alle angesteckt, die vier Gsiberger … die Amalie eher nicht …«

»Warum?«

»Die hat kaum Kontakt zum Professor. Ich weiß, dass die sich seit Jahren aus dem Weg gehen. Bei gemeinsamen Mahlzeiten sitzt er am einen Ende des Tisches, sie am anderen …«

»Na und?«

»Der Tisch ist sechs Meter lang.«

»Eine lange Latenzzeit würde auch die historischen Berichte erklären. Der wahnsinnig schnelle Ausbruch der Seuche …«

»Verstehe. Weil die alle schon infiziert waren, in einer Stadt zum Beispiel, und dann die Sache bei allen fast gleichzeitig ausgebrochen ist. Wenn es kein Primärstadium gibt, merkt vorher keiner was.«

»Inzwischen«, sagte Laska, »ist der Erreger durch Handel und Wandel schon in die nächste Siedlung getragen worden, hat sich ausgebreitet, Latenzzeit – neuer Ausbruch.«

Eine Weile herrschte Schweigen. Laska ließ Ambrosius Zeit, die nötigen Dinge zu folgern. Er hatte das schon hinter sich. Gerald Ambrosius war bald so weit.

»Deine Theorie mit der langen Latenz hat einen Vorteil«, sagte Laska. »Niemand von uns ist angesteckt. Nur die vier aus Vorarlberg, die aber garantiert. Drum brauchen wir ja ihre Blutproben. Und isolieren müssen wir sie auch.«

»Wenn deine Theorie stimmt …«

»Willst du's drauf ankommen lassen? Eine hübsche kleine

Massenseuche in Europa – mit einer Mortalität bis gegen hundert Prozent?«

»Lässt sich schwer sagen, wenn man nicht weiß, was für eine Krankheit das ist. Was ist der Erreger? Ein Virus, ein Bazillus? Vielleicht eine Dauerform … Sporen … Wir wissen es nicht …«

»Ja, eben! Aber das kriegen wir heraus! Also: Du gehst als Erstes zu Amalie, entschuldigst dich … oder wart … Ich geh hin!«

»Wieso?«

»Ich als dein alter Freund konnte es nicht mehr mit ansehen, wie sehr du dich quälst wegen deiner … deiner Kurzschlussreaktion, genau, das ist der richtige Begriff! Kurzschlussreaktion durch den Schock, als du gesehen hast, wie der arme Erasmus da in seinem Schweiß liegt, du hast nicht mehr klar denken können – alles in dir war nur noch auf Flucht geschaltet, fort, fort, nur fort aus diesem Haus, aus dem alten Leben! Erst nach und nach bist du wieder zur Besinnung gekommen – nach tagelanger Trinkerei in deiner alten Wohnung, wo du dich verkrochen hast wie in einer Höhle. Aus dem Zustand kommt man nicht mehr heraus, bis einem ein Gutmeinender hilft.«

»Und der bist du, der Gutmeinende?«

»Selbstverständlich! Das bring ich, du wirst sehen. Ich rühre ihr Herz! Wenn sie bereit ist, dir zu verzeihen, wovon ich überzeugt bin, tauchst du mit einem Riesengebinde auf …«

»Gebinde? Was für ein Gebinde?«

»BLUMEN, du Trottel, konzentrier dich gefälligst! Du weißt hoffentlich, was sie mag und was nicht?«

»Wart, das hab ich mir aufgeschrieben!« Gerald zog einen zusammengefalteten Zettel aus dem Portemonnaie. »Rosen …

gern auch gelbe, rote natürlich … Aber, was steht da? Ah ja, nicht dauernd … Tulpen mag sie, Fresien … aber keine Nelken … Was sind denn Fresien?«

»Frag im Laden, meine Güte! – Weiter im Plan: Du versöhnst dich und kriegst heraus, wer diese Gsiberger waren, die dem Erasmus geholfen haben. Sobald du das weißt, fahren wir hin und knöpfen sie uns vor.«

»Was soll das heißen?«

»Blutproben. Wir entnehmen ihnen Blutproben, was denn sonst?«

»Und wenn sie nicht wollen?«

»Überreden wir sie.« Gerald dachte an den Totschläger in Laskas Jackett. Laska sah ihn an und schien zu wissen, woran Gerald dachte. »Genau«, sagte Laska. Danach sagte er nichts mehr. Er ging ins Institut und tätigte einen Kondolenzanruf.

5

Michael Scheidbach saß in einem Lokal namens »Goggalori«, in einem sogenannten *Szenelokal* in der Feldkircher Innenstadt. Was gleich die Frage aufwirft: Was für eine Szene soll denn das sein? Gibt es überhaupt eine *Szene* in Vorarlberg?

Unter Szene soll hier eine lockere Ansammlung irgendwie kulturaffiner Personen verstanden werden, also Leute, die selber etwas Kulturelles machen oder in Medien darüber berichten. Malen, Schreiben, Musizieren, Performen, was auch immer. Solche Menschen trafen sich im »Goggalori«. Das Lokal war etwa so groß wie eine Zweizimmerwohnung und an den meisten Abenden voll. Warum saß Michael Scheidbach hier? Weil er schon als Gymnasiast hier gesessen war. Damals hieß es noch »Café Moritz« und wurde untertags von Schülern frequentiert, die aus irgendwelchen Gründen nicht am Unterricht teilnahmen. Als die Gäste jener Tage sich im Leben eingerichtet hatten, kamen diejenigen, die etwas mit Kultur zu tun hatten, wieder an die alte Versammlungsstätte, die einer von ihnen, Konrad Mangold, zum »Goggalori« umgebaut hatte. Zuerst war es eine Kellerbühne, in die Mangold, ein sogenannter *Kulturveranstalter*, viel Geld und Herzblut investiert hatte. Später kam er dahinter, dass in Feldkirch kein Bedarf an noch einem Kellertheater bestand. Es gab schon eines. Das »Goggalori« eignete sich besser als Ort, wo sich die Leute *nach* dem Kulturgenuss treffen konnten, als Lokal mit kleiner Karte. Nach dem Abbruch der Bühne und Erweiterung des Gastraums lief es zufriedenstellend. Michael Scheidbach trieb die Nostalgie an diesen Ort, der trotz der zweimaligen Restaurierung noch die Aura des früheren Kaffeehauses ausdünstete. Man konnte sie wahrnehmen, die Aura, wenn man sich ein bisschen Mühe gab. Aber an diesem Abend gab es noch einen weiteren Grund für seine Anwesenheit: Angelika würde kommen und ihr spanischer Freund, Ramón oder so ähnlich. Mit Angelika war er ins Gymnasium gegangen, sie hatten dann beide in Wien studiert, sie Kunstgeschichte, er Geschichte und Philosophie; sie war längst fertig, hing aber ohne Job im Dornbirner Gasthaus ihrer Eltern fest. Sie befand sich also ontologisch immer noch auf derselben Stufe wie er selbst, während die meisten Studiengenossinnen und -genossen längst in ein nicht unbedingt besseres, auf jeden Fall aber anderes Fach des Seins gewechselt hatten; das durch drei Merkmale gekennzeichnet war: Job, Heirat, Kinder. Nicht unbedingt in dieser Reihenfolge, und es mussten nicht alle drei zutreffen, mindestens aber zwei. Nur auf zwei aus seiner Maturaklasse traf keines der drei Kriterien zu: Die eine Person war er selbst, die andere Angelika Spielberger.

Er hatte sie angerufen, sobald er seine Sachen verstaut und mit den Eltern den Minimaldialog absolviert hatte, der erwartet wurde. Studienfortschritt, Gesundheit, Beziehungsstatus. Nur bei der Gesundheit log er nicht, es wurde aber auch keine Wahrheit mehr erwartet, er musste nur das diffuse Gefühl vermitteln, dass ihm keine existentiellen Katastrophen drohten, dann waren die Eltern zufrieden. Zu genau wollten sie von seinem Leben nichts mehr wissen.

Er rief Angelika jedes Mal an, wenn er in Vorarlberg war. Sie verabredeten sich dann im »Goggalori«, um zu trinken und über alte Zeiten zu plaudern. Michael Scheidbach hatte oft das Gefühl, ihr sei an diesen Treffen noch mehr gelegen als ihm, was ihn nicht erstaunte. Zwischen diesen Begegnungen war er in Wien, sie in Dornbirn. Das erklärte alles. Als sie aber von ihrem Freund erzählte, befiel ihn Beklommenheit. Nicht, dass ein Freund an Angelikas Seite etwas Neues darstellen würde. So einen hatte sie immer dabeigehabt. Immer einen anderen; das musste man zugeben. Er hatte vermieden, diese Herrschaften zusammenzuzählen, er versuchte den Gedanken zu verdrängen, es ging nicht, also schön: Die gute Angelika war, was das betraf, ganz schön herumgekommen. Wer einen flüchtigen Blick auf sie warf, konnte sich auch nicht vorstellen, dass sie auch nur in einem einzigen Fall abserviert worden wäre, das ging gedanklich gar nicht, ebenso gut hätte man versuchen können, sich den vierdimensionalen Raum vorzustellen. Dieses Prachtweib! Also hatte sie all diese Männer … Er bewunderte sie dafür. Zwischen ihr und ihm hatte es erotisch nie gefunkt. Sie befand sich in der Kategorie *unerreichbar*, Schluss, aus.

Ihre Freunde hatten ihn nie gestört, weil keiner von ihnen Angelika etwas zu bedeuten schien. Diesen Eindruck hatten sie gemacht.

Sobald sie zu dritt am Tisch im »Goggalori« saßen und zu reden begannen, umschloss Angelika und Michael eine unsichtbare Blase – der jeweilige Dritte blieb draußen. Auch wenn er sich am Gespräch beteiligte, hatte er keinen Anteil an der Beschwörung der Vergangenheit. Zusammen erinnerten sie sich an Einzelheiten, die einem allein nie mehr eingefallen wären – und all dies wurde in der Erzählung so lebendig, dass die Zeit ausgelöscht schien, als ob dies alles *erst gestern* geschehen wäre. Dieses *Gestern* ist der Tag der Erinnerung, weil alle Erinnerungen hineinpassen. Alles, was geschehen ist in Jahrzehnten, passt da hinein. Wenn es erzählt wird. Das ist die Voraussetzung. Das »als ob es erst gestern gewesen wäre« stellt sich nur ein, wenn die Erzählung aus einem anderen Munde kommt, einem anderen Gedächtnis. Nur dann wird sie wahr. So – und nicht anders – ist es gewesen. Und so wird es immer gewesen sein. Bis an unseren letzten Tag.

So etwas gibt man nicht gern auf. Michael Scheidbach hatte Angst vor der Begegnung, weil sich Angelika schon am Telefon anders angehört hatte, als sie von ihrem Freund sprach. Er konnte nicht sagen, worin dieses *anders* bestand, aber es war da und bedeutete Gefahr: des sich Verheiratens, des Kinderkriegens, des keine Zeit mehr Habens – vor allem keine Zeit für heruntergekommene Schulfreunde. Dann wäre er nicht nur allein, dann würden seine Erinnerungen auch ihren Wert verlieren, nicht etwa *verblassen*, wie man oft sagt: Verblassen tun Tapeten und Fotos. Erinnerungen, die man nicht teilen kann, sind wie Einbildungen. Dann sind die Menschen und Dinge, die Gefühle und Ereignisse, die sie darstellen, *niemals wahr gewesen.*

Diese Ängste wurden aber zerstreut, und zwar buchstäblich innerhalb der ersten fünf Minuten nach Eintreffen der beiden angstvoll Erwarteten. Michael stand auf, als sie auf ihn zutraten, Angelika und ihr Ramón, kam hinter dem Tisch hervor, seine Blicke schweiften von ihr zu ihm, wieder zurück, er wusste nicht, wie die Begrüßung ausfallen sollte, was angemessen wäre, und zögerte mit allem. Sagte nichts, rührte sich nicht. Bis sie ihn umarmte, auf die Wange küsste, links und rechts, ihren Freund vorstellte.

»Das ist Ramón Rodriguez Villafuerte«, sagte sie.

»Encantado«, sagte Michael Scheidbach, der mehrere Semester Spanisch an der Uni belegt hatte. Er sprach es leidlich und verstand ziemlich viel, wenn nicht zu schnell gesprochen wurde. Man setzte sich, Michael erkundigte sich auf Spanisch nach dem Befinden der beiden, es wurde, als sei das ganz natürlich, auch weiterhin spanisch gesprochen. Michael bemerkte in Ramóns Gesicht eine Veränderung. Hatte Ramón Rodriguez Villafuerte beim Eintreten noch die höflich verschlossene Miene des Kastiliers zur Schau gestellt, so begann er nun zu strahlen. Ein leichtes, kaum sichtbares Lächeln, ein Glanz der Augen, ein Wohlgefallen, das er am Schulfreund seiner Angebeteten empfand.

Sie waren sich vom ersten Augenblick an sympathisch, Ramón und Michael. So war es einfach, so etwas gibt es. Michael Scheidbach empfand keine Antipathie gegen Ramón, hegte keinen Neid wegen Angelika, im Gegenteil. Dieser Spanier erschien ihm geradezu als Idealpartner für sie. Wie kam das? Das kam einfach vom Alkohol. Viele grenzwertige und Vollalkoholiker sind nicht die Scheusale, die man sich vorstellt, sondern von einer tiefen, die ganze Menschheit umfassenden Empathie erfüllt. Manche von ihnen behaupten sogar, sie tränken eben dieses Gefühls wegen. Das ist natürlich Blödsinn, sie trinken, weil sie süchtig sind nach Äthylalkohol, aber der Teil mit der allumfassenden Menschenliebe und so weiter – der Teil hat schon was für sich. Man hört nichts Ähnliches von Metamphetamin-Abhängigen. Wo auch immer die Gründe liegen, Michael Scheidbach gehörte zur »Ich und das All sind eins!«-Fraktion.

Es wurde geredet und getrunken. Und viel erzählt. Hauptsächlich von Michael. Da kam dann alles zur Sprache. Der Krach mit Veronika, das Angebot des Assistenten Laska, der Raub des Skeletts. Dann das Negative: dass Laska und sein Hintermann ihn hinausdrängen wollten, mit einem Bettel abspeisen, dass er sich das aber nicht hatte gefallen lassen. Für Angelika war es eine Abenteuergeschichte. Sie lachte oft während der Wendungen und Windungen der Erzählung, sie lachte aus vollem Hals, es unterhielt sie. Ramón lächelte und stellte Zwischenfragen.

Es wurde viel getrunken. Zur Hauptsache von Michael Scheidbach. Er redete viel, ließ aber auch die anderen reden. Erst Ramón auf Spanisch, später gingen sie dann aufs Deutsche über, und Angelika bestritt die Unterhaltung. Angelika erzählte, wie sie Ramón kennengelernt hatte, was sie zusammen unternahmen, man kam auf Filme und Theater, Kultur im Allgemeinen; Michael hörte zu, hing an ihren Lippen, obwohl ihn Kultur das Jahr über nicht interessierte, aber wenn es von ihr kam, war es wie Weihnachten. Ramón, der nur maßvoll trank, bemerkte, dass die interessantesten Ereignisse des letzten halben Jahres nicht mitgeteilt wurden. Die im Gamperdonatal mit den Herren Büchel und Lässer und wie sie noch alle hießen. Davon erzählte seine Angelika kein Sterbenswort. *No decia ni pio* – keinen Pieps gab sie von sich. Auch nicht von Dr. Peratoner, Moosmann und Blum.

Gegen eins zahlten sie und verabschiedeten sich unter vielen Umarmungen und gegenseitigen Versicherungen baldiger Kontaktaufnahme. Auf dem Weg zum Auto fragte Ramón: »Warum hast du ihm nichts erzählt von der Geschichte letztes Jahr?«

»Welche Geschichte?«

»Gamperdonatal, *el aserradero*!«

»Was meinst du?«

»Diese *molina de sierra* … wie sagt man, die Mühle für Säge …«

»Die Sägemühle? Ach, ich bin froh, wenn ich nichts mehr davon hör! Außerdem geht ihn das nichts an, und ich will das vergessen, möglichst schnell …«

»Aber er hat uns erzählt von diesem Skelett. Wie hieß er … Seiten… Seiten…«

»Seitenstetten. Aber das kannst du doch nicht vergleichen! Das ist doch mehr ein Studentenulk!«

»Que?«

Der restliche Fußmarsch zum Parkplatz bei der Vorarlberger Wirtschaftskammer verging mit interkulturellen Debatten über den Begriff *Ulk*, was jeweils im Deutschen und Spanischen darunter zu verstehen sei. Sie wurden sich nicht einig, das wusste aber nur Ramón. Dass sie sich nicht einig wurden. Für ihn war der Raub einer Leiche aus einer Gruft kein Ulk, wie immer man dieses Wort definieren und wie weit man es begrifflich auch dehnen mochte. Es war ein Frevel und in jedem zivilisierten Staat eine Straftat, sicher auch in Österreich, Wissenschaft hin oder her. Er begriff nicht, warum sie das nicht einsah, und verstand nicht, wie sie im Gespräch leichthin darüber hinwegtändeln konnte. Aber er konnte das ihr gegenüber nicht zur Sprache bringen, wortwörtlich, weil seine Deutschkenntnisse nicht dazu ausreichten, dessen war er sich sicher, und ihre Spanischkenntnisse auch nicht; dessen war er sich eben nicht sicher. Sie behauptete es einfach. Um Auseinandersetzungen zu vermeiden, nahm er an. Da er sich deutsch nicht gut genug ausdrücken konnte und sie nicht auf Spanisch, ließen sie es einfach sein und redeten von anderen, unstrittigen Dingen. Tatsächlich hatten sie sich noch nie ernsthaft gestritten. Ramón empfand bei diesem Zustand, sosehr er ihn anfangs geschätzt hatte, leichtes Unbehagen. Irgendwie war das nicht natürlich. Streit, dachte er, gehört zu einer Beziehung dazu, wenn er fehlt, ist einer der beiden ein Idiot, wie sein Vater immer gesagt hatte. Ramón hielt sich nicht für idiotisch und seine Angelika erst recht nicht. Was also war los? Wenn nie gestritten wurde, käme es auch nie zu einer Trennung – wie sollte das Thema auch angesprochen werden? Unter dieser Voraussetzung wäre mangelnde Beherrschung der Muttersprache des Partners ein unfehlbares Mittel zur Aufrechterhaltung einer Ehe ... Ganz konnte das aber auch nicht stimmen, denn sein Kommilitone Alejandro, der vor zwei Jahren eine Engländerin geheiratet hatte, war schon wieder geschieden. Man müsste im Internet nach einschlägigen Statistiken suchen, das Thema hatte sicher schon jemand erforscht ...

Als Softwareingenieur war Ramón ein methodischer Mensch, der auftretende Probleme nicht einfach beiseiteließ, bis sie veralten, vergessen werden oder sonst wie Relevanz verlieren. So machen es viele Menschen, die Methode funktioniert besser, als man annehmen sollte, aber Ramóns tägliche Arbeit bestand darin, Probleme zu lösen, von denen kein einziges sich irgendwie verflüchtigen würde. Also ging er auch jetzt methodisch vor. Bei komplizierten zwischenmenschlichen Problemen half natürlich kein Informatikwissen, das war ihm klar, er war ja kein weltfremder Nerd.

Er redete fast nichts auf der Heimfahrt, was Angelika nicht weiter auffiel, weil sie Schulgeschichten zum Besten gab, denen Ramón nur mit halbem Ohr lauschte. Ihr fiel seine geistige Abwesenheit nicht auf, in Dornbirn begann sie die Nachwirkungen des Alkohols zu spüren, wurde müde und schweigsam. In seiner Bregenzer Wohnung fiel sie ins Bett und schlief sofort ein. Er zog sich mit einer Flasche Mineralwasser auf den Balkon zurück und dachte nach. Unter ihm lag Bregenz, dahinter der Bodensee, schimmernd im Mondlicht. Schöne Lage im achten Stock eines Hochhauses an der Bundesstraße, die sich von hier sanft zur Stadt absenkte. Seine Gedanken gingen im Kreis, er kam nicht weiter.

Und schuld war dieser Scheidbach. Der hatte mit seinem Gerede alles aufgewühlt. Zweifel. Ja, Zweifel an Angelika. Denn Scheidbach war der lebende Beweis, dass er sie gar nicht kannte. Oder mindestens große Bereiche ihres Lebens, ihrer Person. Was, bitte, hatte seine Angelika mit diesem Typ zu tun? Das war doch ein *vago*, ein Nichtsnutz, ein Faulenzer. Sein Studium ließ er schleifen ... Das könnte Ramón alles gleich sein – aber hatte sie nicht gesagt, dieser Typ sei der einzige aus ihrer Klasse, mit dem sie Kontakt hatte, mit dem sie »sich austauschen konnte«? Die Wendung hatte er nicht gekannt und im Lexikon nachschlagen müssen. Gemeint war wohl so etwas wie *intercambio de opiniones*. Meinungsaustausch ... Das half ihm auch nicht weiter. Um Meinungen auszutauschen, hatte sie doch ihn, oder nicht? Aber die Übersetzung traf es sowieso nicht; was sie dann ausgetauscht hatten, waren Geschichten, keine Meinungen, sehr einseitig noch dazu, das meiste kam von Scheidbach, nicht von Angelika. Das schien sie aber nicht zu stören, sie hatte ihm zugehört. Auf eine Art ... Ramón hörte sie nie so zu. So fasziniert. Dabei war alles, was der von sich gab, Geschwätz. Uninteressant. Bis auf diese Leichenraubgeschichte natürlich. Gerade die schien Angelika aber wenig zu beeindrucken, ein Scherz, ein Jux *mas o menos*. Wieso verhielt sie sich so? Das konnte doch nicht sein!

Je länger Ramón über den Abend nachdachte, desto unruhiger wurde er. Diese Seite an Angelika war ihm bis jetzt nicht aufgefallen. Und er mochte sie nicht, diese Seite. Er verstand nicht, was da in ihr vorging. Er konnte ihr nicht vorwerfen, dass sie ihm etwas verschwiegen hätte; bis zu diesem Abend war sie offen und ehrlich gewesen – ja, und an dem Abend selber ja auch! Sie machte keinen Hehl aus ihrer Begeisterung für den Nichtsnutz Michael Scheidbach, sie hatte sogar darauf bestanden, dass Ramón den Schuldfreund kennenlernen sollte. Und dann … Oder liegt das alles nur an mir?, dachte Ramón. Bin ich paranoid, ist das alles harmlos? Aber, bei allen Heiligen, was ist daran harmlos, wenn man eine vierhundert Jahre alte Leiche aus ihrer Gruft raubt, um die Erreger einer ausgestorbenen Krankheit daraus zu extrahieren? Was war denn – siedend heiß kam es ihm in den Sinn – wenn diese Erreger überdauert hatten? Der *Fluch der Mumie* fiel ihm ein und vieles andere. Er ging ins Wohnzimmer und setzte sich an den Computer. – Nach einer halben Stunde der Recherche war er nicht beruhigt, im Gegenteil. Über diese Englische Schweißkrankheit wusste man wenig, in den Artikeln fanden sich Theorien, Vermutungen, nichts Konkretes. In einer Zeit allgemeiner DNS-Euphorie, da immer mehr Organismen, seien sie ausgestorben oder nicht, genetisch analysiert wurden, lag es nahe, auch einer ausgestorbenen Krankheit auf die Spur kommen zu wollen; Ramón war als IT-Experte der Naturwissenschaft so nahe, dass er dieses Bestreben einsah. Was er nicht einsah, war die Art und Weise, wie diese Verrückten in Wien an das Untersuchungsmaterial kommen wollten. Durch Grabschändung, Leichenraub, und ohne alle Sicherheitsmaßnahmen. Als man Proben einer im Permafrost beerdigten Indianerin entnahm, die im Jahre 1918 an der berüchtigten Spanischen Grippe verstorben war, galt die höchste amerikanische Sicherheitsstufe zur Abwehr biologischer Gefahren – es hätte ja sein können, dass der aufgetaute Virus noch aktiv war und eine Seuche über die Menschheit brachte, gegen die niemand mehr die geringsten Abwehrkräfte hatte. Und dieser Scheidbach stahl die Überreste eines Menschen, der an einer unbekannten Krankheit gestorben war – einfach so, ohne Schutzmaßnahmen? Sie wussten ja nicht einmal, ob sie einem Virus auf der

Spur waren oder etwas anderem! Etwas, das vielleicht Sporen bildete, Dauerformen, jahrhundertelang virulent, tödlich wirksam, sobald sie nur aus der Gruft an die frische Luft kamen. Und was war, bitte, mit der Inkubationszeit? Die schien den Aufzeichnungen zufolge eher kurz zu sein – wenn man sich die Sache aber genau durchlas, musste man zugeben, dass sich aus den vierhundert Jahre alten Beschreibungen nicht ablesen ließ, wie viel Zeit zwischen Ansteckung und Ausbruch der Krankheit vergangen war. Einfach deshalb, weil man nicht wusste, wie die Ansteckung erfolgte. Durch Tröpfcheninfektion von Mensch zu Mensch, durch Berührung mit dem abgesonderten Schweiß oder durch irgendwelche Parasiten über Zwischenwirte wie bei der Pest. Es konnte ja sein, stellte er sich vor, dass diese Schweißkrankheit sich in ganz kurzer Zeit symptomlos in einer Gemeinde ausbreitete und dann nach einer Latenzzeit mit einem Mal bei allen fast gleichzeitig ausbrach …

Ramón wehrte sich dagegen, aber es nützte nichts, sein jahrelang trainierter Programmiererverstand konnte nicht von logischen Folgerungen abgebracht werden: Wenn die ungünstige Variante der Wirklichkeit entsprach, dann konnte der Idiot Scheidbach schon infiziert gewesen sein, als er noch mit Ramón und Angelika in diesem Lokal hockte. Und er konnte sie beide angesteckt haben. Angelika und ihn selber.

Ramón brach der Schweiß aus. So fängt es an, schoss es ihm durch den Kopf. Wir sterben alle beide. Innerhalb von ein paar Stunden … Er versuchte sich zu beruhigen, es gelang ihm nicht. Er rannte ins Schlafzimmer, weckte die Freundin, überschüttete sie mit seinen Befürchtungen, sobald sie es geschafft hatte, die verquollenen Augen aufzumachen. Sie war nicht erbaut über die Störung und verstand nicht das Geringste von seiner in schnellem Spanisch vorgebrachten Rede, die sich um halb drei Uhr früh an ein immer noch durch Alkohol beeinträchtigtes Gehirn richtete. Außerdem wurde ihr schlecht, sie wälzte sich aus dem Bett und torkelte aufs Klo, das sie gerade noch rechtzeitig erreichte. Er hinterher. Hielt ihr den Kopf, betätigte die Spülung, geleitete sie in die kleine Küche. Er machte Kaffee. Und erzählte alles noch einmal.

Wer sich eben erbrochen hat, will in aller Regel nichts über scheußliche Symptome einer unheimlichen Krankheit hören. Überhaupt nichts über Symptome welcher Krankheit auch immer. Angelika Spielberger blieb, sagen wir, abweisend.

Am nächsten Morgen war sie so schwer verkatert, dass er den Gedanken, die Scheidbach-Sache zur Sprache zu bringen, verwarf. »Bring mich heim«, bat sie. Und er verstand: *Heim* hieß das Gasthaus der Eltern in Dornbirn, die »Blaue Traube«. Ihm gab das einen Stich. Bis jetzt hatte er angenommen, ihr *Heim* sei die gemeinsame Wohnung in Bregenz. Offenbar nur, solang es ihr gutging … Sie klagte über Kopfweh, Halsweh, Rückenweh und weitere, weniger klare Beschwerden.

»Leg dich wieder hin«, sagte er, »ich mach dir einen Magentee.« Sie war einverstanden. Der Magentee hatte sich als wirksames Mittel bei allen Unpässlichkeiten des Verdauungstraktes erwiesen. Wie ist das möglich, dachte sie, dass ich noch so zu bin? Ich hab doch nur … Sie ließ den Abend Revue passieren und kam dann doch auf eine bestimmte Menge. Eine erschreckende Menge. Geschieht mir recht … Schuld ist nur der Scheidbach, der Trottel. Jedes Mal dasselbe … Ramón, der Gute, hatte recht. In dem Zustand konnte sie sich daheim nicht blicken lassen. Der gute Ramón. So feinfühlig und besorgt um sie. Sie lächelte ihm zu und wankte wieder ins Bett. Er machte ihr den Magentee und beobachtete, am Bett sitzend, wie sie in kleinen Schlucken trank. Einen Plastikeimer hatte er bereitgestellt, falls der Tee zu unerwünschten Konvulsionen führen sollte. So genau wusste man das vorher nie. Nach ein paar Minuten sagte sie, es gehe ihr so weit gut, sie sei nur müde. Er legte ihr die Hand auf die Stirn, sie griff danach und streichelte sie. Er sorgte sich, das rührte sie, sie schloss die Augen und dämmerte weg.

Ja, er sorgte sich. Aber nicht so allgemein, wie sie annahm, sondern sehr speziell. Die Berührung ihrer Stirn war keine Liebkosung gewesen, sondern eine Temperaturkontrolle. Die Stirn war feucht gewesen und kühl. Feucht, nicht nass. Nein, sie schwitzte nicht, hatte auch in der Nacht nicht geschwitzt, jedenfalls nicht übermäßig. Aber vielleicht kam das ja noch … denn, bitte, was soll denn das heißen: Kopfweh, Halsweh, Rückenweh, der ganze Körper tut weh irgendwie … Wann ist denn so etwas der Fall? Richtig: bei einer Grippe. Oder einer anderen Krankheit, die mit *grippeähnlichen Symptomen* anfängt, wie es im Internet geheißen hatte. Grippeähnliche Symptome. Gute Nacht! Ja, schon klar, es *musste* nicht das sein, was er befürchtete. Aber es *konnte* das sein. Ja, genau das. Von diesem unsäglichen Scheidbach auf seine Angelika übertragen. Er verließ das Schlafzimmer, zog die Tür zu und rief an. Er hatte Glück, Fernando war nicht im Dienst, ging ans Telefon. Ramón erzählte alles. Alles, was er am Vorabend erfahren hatte.

»Fieber?«, fragte Fernando.

»Ich hab nicht gemessen, um sie nicht zu beunruhigen, aber die Stirn ist kühl. Sie schwitzt auch nicht besonders.«

Eine Weile sagte Fernando nichts, Ramón hörte nur Tastaturgeklimper.

»Ferndiagnosen sind schwierig, aber es sieht nicht nach dieser Schweißkrankheit aus. Sie müsste Fieber haben und stark schwitzen …«

»Ja, ja, das weiß ich doch! Aber es könnte doch noch kommen!«

»Wie viel hat sie denn getrunken?«

»Fast eine Flasche Wein. Und dann noch zwei Metaxa.«

»Erbrochen?«

»Ja, einmal.«

»Diese Deutschen! Sonst so supergenau … wehe, wenn sie anfangen zu trinken …«

»Sie ist Österreicherin.«

»Das macht doch keinen Unterschied. Kommt das öfter vor, dass sie so …«

»Nein, wo denkst du hin! Es ist das erste Mal! Und es lag nur an diesem Schulfreund Scheidbach, das ist sicher …«

Das Gespräch verlagerte sich wieder auf den vergangenen Abend und die Kapriolen Scheidbachs mit seiner Leiche. Ramón spürte, wie in seinem wehen Inneren sich milde Ruhe ausbreitete. So war es immer, wenn er mit seinem älteren Bruder sprach. Der war Internist in einem Madrider Krankenhaus. Fernando hatte Ramón bei seinen Auswanderungsplänen gegen die Eltern unterstützt und seinen Werdegang in Österreich verfolgt. Er wäre selber gern ausgewandert, denn mit der Anstellung in Madrid war er nicht zufrieden. Aber er zögerte. Fernando war verheiratet, hatte zwei Kinder, Maria leistete passiven Widerstand gegen seine Pläne. Es war ja auch nicht leicht, mit der ganzen Familie das Land zu verlassen; dass er nur selber ging, kam nicht in Frage, Maria hatte kein Interesse an einem Ehemann auf Zeit, das hatte sie unmissverständlich klargemacht. Mas muss diese familiäre Struktur bei Dr. Fernando Rodriguez Villafuerte erwähnen, weil sie die Handlungen des Arztes erklärt, wenigstens zum Teil – eigentlich nicht das, was er tat, sondern das, was er sagte.

Leider müssen wir feststellen, dass sich in der ganzen Weltgeschichte kaum ein Exempel finden lässt, durch das die alte Spruchweisheit, wonach Reden Silber sei, Schweigen aber Gold, glänzender bestätigt wurde als im Falle dieses Madrider Arztes und seiner unseligen Neigung, alles auszusprechen, was ihn bewegte. Was ihn bewegte, war das Fortkommen seines jüngeren Bruders Ramón im fernen Vorarlberg (schon das Wort widersetzte sich mit seiner Konsonantenhäufung der lateinischen Zunge). Ihn interessierten nun nicht die Erfolge Ramóns, sondern die Schwierigkeiten und Widerstände, die der in der Fremde erfuhr. Man darf darin keine platte Eifersucht auf den jüngeren Bruder sehen. Vielmehr war es so: Alles Negative, was Ramón berichtete, bestätigte seinen Entschluss, doch daheimgeblieben zu sein. Obwohl es der Entschluss seiner Frau Maria gewesen war. Aber für die sachlichen Fragen spielte das keine Rolle. Er liebte seinen Bruder und gönnte ihm alles Gute, es störte ihn nur, dass er selbst so gar nicht reüssierte. Zum Beispiel fuhr er einen acht Jahre alten Seat ... Bei der allgemeinen wirtschaftlichen Lage in Spanien konnte er noch von Glück sagen, dass er in jenem Spital einen relativ sicheren Posten hatte; wobei die Frage, ob es im Spanischen eine ähnliche Weisheit gibt wie die hier passende, berühmte von Torbergs *Tante Jolesch*: »Behüt uns der liebe Gott vor allem, was noch a Glück is!«

Fernando gelang es, seinen Bruder zu beruhigen. Der würde das Telefongespräch Angelika gegenüber nicht erwähnen. Am Abend nicht, als sie aus dem Bett kam und wieder ansprechbar war, und auch später nicht. Aus einem Instinkt heraus schwieg er. Es sollte sich bald herausstellen, dass am besten gewesen wäre, wenn er überhaupt geschwiegen und seinen Bruder nicht angerufen hätte.

Für die wieder erstarkte Angelika war der vergangene Abend kein Thema mehr. Als er vorsichtig die Rede darauf brachte, winkte sie ab.

»Es war ein Fehler, ich geb es zu!«

»Was für ein Fehler?«

»Da hinzugehen in dieses Lokal. Und den Scheidbach zu treffen. Das bringt nichts ...« Ramóns Herz machte einen Freudensprung.

»Na ja, er war doch ... ganz nett ... interessant.«

»Du brauchst ihn nicht zu verteidigen! Das ist ein verdammter Loser, weiter nichts. Hätte mir schon vor Jahren klar sein müssen ... Dieser Quatsch, mit dem er sich jetzt beschäftigt, Exhumierungen, DNA-Analyse – was geht ihn das an? Als Historiker, der er angeblich werden will? Der soll lieber schauen, dass er mit dem Studium fertig wird. Aber es ist typisch ...«

»Wie meinst du das?«

»Leute wie Scheidbach fangen an, sich mit allem möglichen, abseitigen Blödsinn zu befassen, nur als Ausrede, warum sie nicht weitermachen. Kurz bevor sie dann endgültig alles hinschmeißen ... Bringst du mich nach Dornbirn? Ich muss wieder aushelfen.«

»Natürlich.«

Auf der kurzen Fahrt ins elterliche Gasthaus wurde über das kommende Wochenende gesprochen. Er war nicht ganz bei der Sache. Er hätte sich ohrfeigen können wegen seines Anrufs bei Fernando. Weder zeigte Angelika Anzeichen einer Krankheit, schon gar nicht einer unbekannten, noch zeigte sie Interesse an Michael Scheidbach. Es war überhaupt nichts passiert. Er hatte überreagiert. Er würde die Scheidbachsache jetzt abschließen und nie mehr erwähnen.

Das von Angelika erwähnte *Aushelfen* war ein in der Familie

Spielberger gebräuchlicher Euphemismus. Tatsächlich konnte von aushelfen keine Rede sein; sie arbeitete bei ihren Eltern, schwarz natürlich, gegen Kost, Logis und so viel Taschengeld, wie ihre Mutter Mathilde eben lockermachen konnte. Mathilde Spielberger organisierte den Betrieb der »Blauen Traube« einschließlich der Küche, Matthäus Spielberger sorgte für den Nachschub an Betriebsmitteln und kümmerte sich um die Gäste, das Wirtshaus hatte seine Frau geerbt. Es stand in vierter Generation unter weiblicher Führung. Man sagte auch nicht, »gehen wir in die ›Blaue Traube‹«, sondern »gehen wir zur Lecherin«; Familienname der Urgroßmutter, »Lecher«, der sich auf ihre Nachfahrinnen übertragen hatte, unabhängig davon, mit wem sie verheiratet waren. Angelika hatte keine Lust, die fünfte »Lecherin« in Folge zu werden. Wenn sie aber nicht bald einen Job fand, stand ihr genau das bevor. Es war der Schatten, der über ihrem Leben lag, die Aussicht, bis ins Pensionsalter Schnitzel mit Pommes frites, *Käsknöpfle* und ein halbes Dutzend ähnlich deftiger Vorarlberger Leibgerichte zubereiten zu müssen. Und was heißt, bitte, Pensionsalter? Ihre Mutter bewegte sich darauf zu, unausgesetzt arbeitend, und machte keine Anstalten, kürzerzutreten. Das ging auch gar nicht, die »Blaue Traube« war ein *Familienwirtshaus*, das heißt, es wird hauptsächlich von Familien aufgesucht und unter gnadenloser Selbstausbeutung von einer Familie betrieben.

Der einzige Lichtblick für Angelika waren die Freunde ihres Vaters, Dr. Lukas Peratoner, Franz-Josef Blum und Lothar Moosmann, der eine Akademiker, die beiden anderen künstlerisch tätig, Moosmann als Holzschnitzer, Blum als Bariton. Also gut, Hobbybariton. Das war doch ein anderes Niveau … und interessant war es auch. Der Abend im »Goggalori« hatte sie erschreckt. Nicht wegen Scheidbachs wilden Geschichten, sondern wegen Scheidbach selbst. Das mit dem Skelett war sowieso Studentenquatsch; der gute Michael hätte in seinem Semester längst über solchen Blödsinn hinaus sein sollen. So hatte sie es Ramón dargestellt. Nur verschwiegen, dass sie am nächsten Tag in Michael Scheidbach ihre eigene, bedrohliche Zukunft erkannt hatte, den Entwurf eines möglichen Schicksals der Dr. Angelika Spielberger. Der Doktortitel, den sie hatte und Scheidbach nicht, nützte nichts. Das war ihr durch das Erlebnis im »Goggalori« klar geworden. Sie würde nicht auf dieselbe Art abrutschen wie Scheidbach, natürlich nicht, sie würde keine Adligen aus dem 16. Jahrhundert exhumieren und schon gar nicht illegal – aber es gab ja genügend andere Gelegenheiten, vom Pfad des gesunden Verhaltens abzuweichen. Trinken war ein passender Anfang für alle weiteren Abstürze. Das wollte und würde sie vermeiden.

*

Von Alkoholikern gibt es zwei Sorten: Die einen werden überschätzt, die anderen unterschätzt. Die *Überschätzten* sind die sozial noch halbwegs Angepassten, die sich unter dem milden Stigma »er trinkt halt gern« durchschummeln, so lang es geht. Die *Unterschätzten* fallen in der Öffentlichkeit weniger auf, obwohl die Zeichen des Alkoholismus bei ihnen deutlicher ausgeprägt sind – sie werden ausgegrenzt oder ziehen sich aus sozialen Zusammenhängen zurück. Zu dieser Gruppe gehörte Michael Scheidbach. Er hatte Kontakt zu den Säufern in seinen beiden Stammlokalen, aber weder einen Beruf noch andere Verpflichtungen, die ihn mit vielen Menschen in Kontakt gebracht hätten. Er konnte seiner Neigung, dem Trinken, in einem Umfeld nachgehen, das daran gewöhnt war. Hätte ihn dort aber jemand beobachtet, so hätte dieser Beobachter keine zehn Cent auf Michael Scheidbach gesetzt, warum auch? Ein verbummelter Student, dem Trunk ergeben, und natürlich verblödet. Denn, das weiß jeder, Alkohol führt zum geistigen Abbau. Bei jedem Rausch gehen Tausende Hirnzellen drauf und so weiter … Ebendas ist mit *unterschätzt* gemeint. Michael Scheidbach war nicht so verblödet, wie er nach allgemeiner Ansicht sein sollte, er war in ganz guter Verfassung – besser jedenfalls als ein Amtsrat (nur ein Beispiel), der von der Gesellschaft viel höher eingeschätzt wurde – weil er doch die Kur in Kalksburg hinter sich hatte. Dass er im Büro schon wieder diverse Fläschchen versteckt hatte und ab vier Uhr nachmittags nicht mehr ansprechbar war, wusste seine Sekretärin, aber sonst niemand. *Überschätzt* halt.

Als Michael Scheidbach nach dem Abend mit Angelika und Ramón erwachte, brummte zwar sein Schädel, aber das war normal. Er trank einen Kaffee und war voller Tatendrang. Als Erstes fuhr er vom Elternhaus nach Frastanz, um dem Onkel seine Aufwartung zu machen; es wurde, wie üblich, der ganz hervorragende Most serviert, den der Onkel selber herstellte (Birnen und Äpfel halb/halb), alles von eigenen Obstbäumen. Er gehe ein paar Tage auf die Burg Frastafeders, sagte Michael. Zum Lernen. Der Onkel nickte. Michael tuckerte mit seinem Lada den Weg zur Burg hinauf. Dort schloss er sich ein, stieg in den dritten Stock und rief an.

Die Sekretärin am Institut konnte nach seiner Frage ein Schluchzen gerade noch unterdrücken. Der Herr Professor Seitenstetten sei doch verstorben! Ja, ganz plötzlich. Michael Scheidbach zeigte gebührendes Entsetzen ob dieser Nachricht. Er, René Stangeler, sei erst vor kurzem aus der Schweiz nach Österreich zurückgekehrt, habe nichts von dem Todesfall mitbekommen, wann denn die Beerdigung sei? – Aber die war doch schon letzte Woche! – Oje, wie peinlich, er versteht gar nicht, wieso ihn niemand benachrichtigt hat. – Ja, da sei er nicht der Einzige, der sich das frage, es sei alles sehr schnell über die Bühne gegangen … – Schnell? Inwiefern? – Was er nun erfuhr, ließ Michael Scheidbach erst staunen, dann begann er sich zu fürchten. Aber nur ein bisschen. Alkoholiker seines Zuschnitts haben zum Tod eine andere Beziehung als normale Menschen. Er ist ihnen immer nahe, und sie wissen das auch.

Der Professor von Seitenstetten ist kremiert worden, man stelle sich das vor, das sei in der Familie nicht üblich gewesen, natürlich nicht; aber damit sei es ja noch nicht zu Ende, die Beisetzung fand im Geheimen statt, anders könne man es nicht nennen, geschrieben haben sie in der Anzeige in der *Wiener Zeitung* »in aller Stille«, aber was soll denn das heißen, was ist das für eine Art, wenn man, wie sie, siebzehn Jahre für einen so bedeutenden Wissenschaftler arbeitet und von seinem Tod aus der Zeitung erfahren muss? Und sie sei nicht allein mit ihrem Ärger; zahlreichen Anrufern habe sie die seltsamen Umstände schon mitteilen müssen, das Befremden sei allgemein! Aber es hänge eben alles an der Gnädigen Frau, die habe das so verfügt, kein Mensch wurde informiert, auch der Dr. Laska sei völlig perplex gewesen … Der Assistent? – Ja, ebender! Moment, unterbrach Michael den Redestrom der Sekretärin. Wann genau sei denn der Todesfall eingetreten? – Am 16. Juni, hat man gesagt, aber sicher sei sie sich nicht, wie überhaupt nichts sicher ist an der ganzen Affäre. – Vielleicht, fügte sie hinzu, hat er sich umgebracht. Obwohl: Anzeichen habe es keine gegeben, ihr sei nichts aufgefallen.

Er bedaure das alles sehr, beteuerte »Stangeler«, sie möge

ihm doch die Privatnummer der Seitenstettens geben, damit er wenigstens der Witwe kondolieren könne. – Er erhielt die Nummer ohne weiteres.

Es meldete sich eine Dame mit französischem Akzent. Er gab sich auch hier als René Stangeler aus. Er wollte die Frau von Seitenstetten sprechen. Janine stelle ihn durch.

»Lassen Sie mich erst mein Beileid aussprechen. Zu Ihrem Verlust …«

»Danke«, sagte sie, »es kam alles so schnell. Eine Grippe … und sein schwaches Herz.«

»Der Herr Professor ist an einer Grippe gestorben?«

»Ja, ganz plötzlich, wie gesagt …« Es wurde Zeit, einen Zahn zuzulegen.

»Es war aber schon eine sehr spezielle Grippe, oder? Eine mit starkem Schwitzen!« Auf der anderen Seite blieb es still. Nicht einmal Atmen war zu hören.

»Baronin?«

»Was wissen Sie über die Krankheit meines Mannes?« Die Stimme hatte sich geschärft.

»Mehr als mir lieb ist. Genau wie Sie, Gnädigste. Ich bin da in etwas hineingeraten und möchte wieder raus. Verstehen Sie?«

»Da müssen Sie schon deutlicher werden, Herr …«

»Stangeler, René Stangeler. Sehen Sie, man hat mich gebeten, das heißt – warum soll ich es nicht sagen? – ein Ihnen wohlbekannter Herr hat mich gebeten, ein paar Gegenstände aufzubewahren, die dem Herrn Professor gehört haben. Diese Gegenstände wiederum hat der Herr Professor …«

»Schon gut, verstehe! Und dieser … Herr hat Sie beauftragt, diese Sachen …«

»… zu verwahren, genau!«

»Und dann hat er sie abgeholt?« Jetzt konnte man einen gewissen Unmut heraushören. Nein. Einen lodernden Zorn.

»Ja, das wollte er, aber inzwischen wurde bei mir eingebrochen, und diese … Gegenstände wurden geraubt.«

Sie begann zu lachen. Das irritierte ihn. Sie lachte lang und herzhaft. Mit diesem Gespräch lief etwas schief, das war klar. Aber er hatte keinen anderen Text als den vorbereiteten. Es blieb nichts übrig, als ihn abzuspulen. Sie hatte sich wieder beruhigt.

»Jetzt hat mich jemand kontaktiert«, setzte er fort, »behauptet, er hat diese Gegenstände und will sie zurückgeben. Gegen einen Finderlohn natürlich.«

»Ah so! Das hab ich mir gedacht. Finderlohn. Nun ja, das hört sich doch vernünftig an …«

»Ja? Wissen Sie, gnädige Frau, ich seh das eigentlich auch so. Man kann es natürlich anders nennen, man kann lauter hässliche Bezeichnungen dafür finden, aber was ändert das an den gegebenen Umständen?«

»Nichts, Herr Stangeler, nichts. Sie haben recht. Es ist der einzige Ausweg.«

»Ach ja?« Mit Mühe unterdrückte er einen Triumphschrei.

»Natürlich! Wenn Ihnen an diesen Gegenständen etwas liegt, dann zahlen Sie halt den Finderlohn!«

»Was … ich?«

»Ja. Wer denn sonst?«

»Aber … also es sind doch … ich meine, der Herr Professor von Seitenstetten hat doch …«

»Ach so! Sie meinen, ich soll zahlen? Sehen Sie, der arme Erasmus liegt in seiner Urne und hat kein Interesse mehr an irgendwelchen *Gegenständen*. Und ich hab auch keins. Vielleicht hat ja dieser Herr, dessen Namen wir nicht mehr erwähnen müssen, Interesse. Das könnte ich mir vorstellen … ja, das hat der ganz sicher. – Hören Sie, Herr Stangeler, wenn Sie ihn sehen sollten, richten Sie ihm doch bitte etwas von mir aus: Er soll sich diese Gegenstände, wenn er sie wieder beschafft hat, in den Arsch schieben, alle nacheinander, der Schweinehund, der verlogene!« Sie begann zu weinen. Michael Scheidbach war mit der Gesprächssituation überfordert. Er begriff, was los war, er begriff alles, aber er wusste nicht, wie er darauf reagieren sollte. Also blieb er still.

»Tut mir leid«, sagte sie nach einer Weile. »Ich bin von Herrn Ambrosius sehr enttäuscht.«

»Verstehe …«

»Nein, das tun Sie nicht. Aber ich mache Ihnen das nicht zum Vorwurf. Diese Dinge sind sehr kompliziert.« Michael Scheidbach erkannte: Das war eine Situation, in der sich eine manipulative, wie durch Naturgesetz herrschende Person herausredete und ihn als einen Deppen dastehen ließ. Das machte ihn wütend. Das letzte Mal war er auf diese Art von Veronika zum Schweigen gebracht worden. Es würde ihm nicht noch einmal passieren. Der Fehler – mit einem Mal ging ihm das auf – hatte darin gelegen, nach Argumenten zu suchen. Aussichtslos, wenn man keine hat. Also schob er ein anderes Gesprächsmodul ein und schaltete um. Er staunte selber, wie leicht das ging.

»Hören Sie, Frau Seitenstetten, wenn Sie nichts zahlen wollen, dann sag ich denen einfach, sie sollen die verschwundenen Gegenstände an eine Zeitung schicken – mit einer Beschreibung, wo sie herkommen, wer daran beteiligt war und so weiter. Dann wird Ihr verstorbener Gatte noch postum berühmt …«

»Glauben Sie vielleicht, das schreckt mich? Lächerlich …«

»Lassen Sie mich ausreden! Es geht ja nicht um diese Gegenstände allein, sondern darum, was an ihnen hängt und von ihnen … sagen wir: ausdünstet. Verstehen Sie?«

»Fahren Sie fort.«

»Der Professor, Ihr Gatte, ist nicht an der Grippe gestorben, Sie wissen das, ich weiß es, und andere wissen es auch oder werden es bald wissen. Mit dem Grippemärchen beweisen sie nur Ihre Mitwisserschaft. Sie waren über die Sache informiert und daran beteiligt …«

»Das können Sie nicht beweisen …«

»Das muss ich doch gar nicht! Wenn die Seuche ausbricht, wird alle Welt wissen wollen, wo sie herkommt. Dann sag ich es einfach! Sie sollten auch an Ihre Zukunft denken, Baronin. Wenn herauskommt, dass Sie die Englische Schweißkrankheit ausgelöst haben, kommen Sie vor Gericht! Ich weiß, das kann sich hinziehen – aber gesellschaftlich sind Sie erledigt. Und Ihre Charity-Aktivitäten können Sie sich malen!«

Frau von Seitenstetten sagte nichts. Ein Hochgefühl durchflutete die dunkle Seele des Michael Scheidbach. Er wusste, dass er gewonnen hatte. Was er da von sich gab, war ihm beim Reden eingefallen. Wie viele Alkoholiker verfügte er über die Gabe, die Schwächen anderer Menschen zu erkennen. Die eigenen aber auch. Das ist nicht angenehm, deshalb trinken sie ja. Der Rausch breitet über alle Fehler, die eigenen und fremden, einen Gazeschleier, unter dem alles in barmherziger Unschärfe verschwimmt. Wenn sie nüchtern werden, ist die Gabe wieder da, die Sinne geschärft. Darum sind Alkoholiker beim Ausnüchtern oft so ekelhaft.

Frau von Seitenstetten war vom Einfall Scheidbachs nicht so beeindruckt wie er selbst. Sie hatte in ihrem Leben viele Verhandlungen geführt. Mit Menschen, die viel unangenehmer waren als sie selber. Dieser Stangeler war kein Profi, der Schock über den Verrat Geralds hatte sie für ein paar Minuten aus dem Gleichgewicht gebracht, das war nun vorbei.

Mit allem, was Stangeler androhte, hatte er recht. Ihre Reputation wäre vernichtet, wenn die Seuche zum Ausbruch käme. Und das brachte sie auf eine Idee.

»Herr Stangeler«, fragte sie, »wie viel wollen Sie denn?«

»Zwanzigtausend«, sagte er schnell und fiel damit auf ihre Formulierung herein. *Diebe, die ihn kontaktiert hatten*, waren damit als Fiktion entlarvt. Die gab es nicht, die Knochen des Barons aus dem 16. Jahrhundert – diese Knochen verwahrte er selbst. Er hatte sich verraten, aber das war ihm egal. Sie lachte.

»Herr Stangeler, seien Sie mir nicht bös, aber das kommt mir ein bisschen … wie soll ich sagen … mickrig vor.«

»Was …?«

»An Ihrer Stelle würd ich eine Null anhängen. Und vorn eine Drei hinschreiben statt der Zwei …«

»Wollen Sie mich verarschen?«

»Aber nichts liegt mir ferner! Mir ist nur eben etwas eingfallen – als Sie Ihre kleine Erpressung loslassen haben wegen der Charity und so. Wissen S', Erpressung hat überall so eine schlechte Presse, dass sie sich im Fall des Falles rentieren sollt. Richtig rentieren, mein ich. Zwanzigtausend! Das ist doch lächerlich!«

Er sagte nichts. Er wusste einfach nicht, wie er sie einschätzen sollte. Vielleicht war sie ja verrückt … Oder es war ein Witz, wie ihn reiche Leute machen; ein Witz von der Art, die von unreichen Leuten nicht verstanden wird.

»Mir ist jemand eingefallen«, erklärte sie. »Dass es da jemanden gibt, dem noch viel mehr daran liegt, mit diesen Gegenständen nicht in Zusammenhang gebracht zu werden, als mir. Und zwar unabhängig davon, ob nun eine Seuche ausbricht oder nicht. Den sollten wir fragen.«

»Warum wir?«

»Lassen Sie es mich so sagen. Von mir kriegen Sie keine zwanzigtausend Euro. Auch keine zwanzig Euro. Zwei Euro, wenn S' als Bettler mein Mitleid erregen. Ich bin kein Unmensch. Man liest ja jetzt so oft von diesen organisierten Bettlerbanden. Mir sind noch keine begegnet ...«

»In der U-Bahn.« Das rutschte ihm heraus.

»Ah, das hab ich gar nicht gwusst! Ich bin ja noch nie U-Bahn gfahren ... Wie dem auch sei: Von mir gibt's nix. Sie können natürlich Ihre Drohung wahrmachen und die Sache einem Schmierblatt erzählen. Ich weiß net, was die für so a Gschicht zahlen, ein paar hundert Euro vielleicht ...«

»Oder?«

»Oder Sie überlassen alles Weitere mir.«

»Und das wäre?«

»Ich kontaktier die Person, die zahlen wird. Dreihunderttausend? Sagen wir: zweihunderttausend. Man soll net gierig sein. Die Gier ist eine Todsünde, hat mein armer Mann immer gsagt. Ja, das hat er gsagt ...«

Am Brechen ihrer Stimme erkannte er, dass sie von Erinnerungen überwältigt wurde. Die Pause nutzte er zum Überlegen. Dann fragte er: »Und was soll ich dafür tun?«

Er hörte ein Schneuzen, dann sagte sie: »Es freut mich, dass Sie mitdenken. Sie können wirklich etwas für mich tun, Herr Stangeler. Einen Gefallen.«

»Etwas Illegales.«

»Bitte, was heißt illegal? Ich bin kein Advokat. Und grad Sie werden doch jetzt nicht den Zimperlichen herauskehren?«

»Das war kein Vorwurf, Baronin, nur eine Feststellung. Und

nein, zimperlich bin ich nicht. Welcher Art sollte denn dieser Gefallen sein?«

»Das weiß ich noch nicht genau …«

»Lassen Sie mich raten: Es hängt mit diesem speziellen Herrn zusammen, dessen Namen wir nicht erwähnen müssen?«

»Ich denk mir etwas aus. Und jetzt sagen Sie mir, wie ich Sie erreichen kann.« Er gab ihr die Mobilnummer und verabschiedete sich mit höflichen Worten. Sie versprach, in zwei Tagen, höchstens drei, wieder anzurufen. Wenn er bis dahin nichts von ihr höre, stehe es ihm ja frei, mit seinem Sack voller Gegenstände zu einer Zeitungsredaktion zu laufen. Bevor sie auflegen konnte, sagte er: »Einen Rat noch, Baronin! Wenn Sie mit dieser Person verhandeln, die … äh … mehr bezahlen soll …«

»Ja, was ist damit?«

»Sagen Sie nicht, dass René Stangeler angerufen hat. Das ist eine Romanfigur. Aus der *Strudlhofstiege* von Heimito von Doderer.«

»Sie heißen gar nicht Stangeler? Ich hab sowieso nicht angenommen, dass der Name echt ist. Also ist es eh wurscht, oder nicht?«

Er wusste nicht, was er sagen sollte. Klar: Sie begriff nicht, worum es ging. Sie legte auf. René Stangeler sagte ihr nichts, ebenso wenig die *Strudlhofstiege* und Doderer. Sie hatte diese Namen nie gehört. Das hatte er schon am Beginn des Gesprächs begriffen, sie hätte sonst auf *René Stangeler* irgendwie reagiert. Spöttisch oder so. Warum hatte er überhaupt diesen Namen genannt? Um eine Verbindung zwischen ihnen herzustellen, eine Gesprächsbasis. Der österreichische Bildungskanon war diese Basis, hätte sie sein sollen. Ja, das hatte er geglaubt, dass man sich nicht einfach so über einen Sack alter Knochen unterhalten konnte, den erst ihr Ehemann und dann er, Michael Scheidbach, gestohlen hatte. Immerhin ein Student im Endstadium und ein Universitätsprofessor. Warum hatte er aber dann am Schluss die Sache mit Stangeler aufgeklärt? Sie sollte sich nicht blamieren, wenn sie diesem Jemand gegenüber erwähnte, ein René Stangeler sei im Besitz der gestohlenen Gebeine – und dieser Jemand lachen und sie fragen würde, was daran so lustig sei, und dann herauskäme, dass sie nichts von der *Strudlhofstiege* wusste und nichts von Doderer. Überhaupt nichts. Dann würde dieser andere sich seinen Teil denken, sie wäre dann, ohne es zu merken, beim Verhandeln in einer schlechteren Position. Das war Spintisiererei. Wie kam er nur auf solche Ideen, wieso beschäftigte er sich im Rahmen einer schlichten Erpressergeschichte mit den Konventionen des österreichischen Adels, den es – das kam ja noch dazu! – gesetzlich gar nicht gab?

Weil er die allgemeine Verbindung suchte, von allem zu allem. Weil er es nicht ertrug, dass Bereiche des Lebens und der Gesellschaft unabhängig voneinander existieren konnten. Die Baronin Seitenstetten ohne die österreichische Literatur. Ohne Kenntnis der Regierungsdaten Maria Theresias, ohne zu wissen, wer das Belvedere erbaut hatte. All diese Dinge wusste er, ein Ozean an Wissen. Wenn aber all dies nicht einmal von einer Baronin Seitenstetten gewusst werden musste, dann mussten es von niemandem gewusst werden, und sein Wissen war sinnlos. Dann war aber seine Existenz sinnlos. Denn die Existenz ist die Summe dessen, was einer getan hat. Er hatte auf der einen Seite Wissen angehäuft – und auf der anderen Seite Jahre in Gasthäusern verblödelt. Das galt sowieso nichts. Wenn das Wissen auch nichts galt, hatte er umsonst gelebt. – Nach dieser

Erkenntnis trank er ein Bier, das er sich auf den Turm mitgenommen hatte. Es schmeckte nicht. Zu warm.

*

Dr. Fernando Rodriguez Villafuerte liebte die Geselligkeit in den Bars, wo er sich gern mit Kollegen traf. Dort wurde viel geredet, mäßig getrunken, man labte sich an *tapas* und Geschichten. Die allgemeine wirtschaftliche Lage der Iberischen Halbinsel brachte mit sich, dass diese Geschichten sich auch um die Vor- und Nachteile des Auswanderns drehten. Fernando vertrat bei solchen Gesprächen immer einen strikt nationalspanischen Standpunkt, *españa una, españa grande* und so weiter, und das hieß: zu Hause bleiben! Die Geschichten, die er zur Stützung seiner Weltanschauung beitragen konnte, stammten von seinem Bruder und waren sein Alleinstellungsmerkmal in seiner Lieblingsbar; denn dort hatte noch niemand einen Verwandten in Mitteleuropa. Natürlich erzählte er, was er von Ramón erfuhr, nicht eins zu eins weiter, sondern unterzog das Gehörte einer redaktionellen Bearbeitung, sodass das Exilland seines Bruders nicht allzu positiv herauskam. Das war schwierig für Fernando, sein Großvater hatte Primo de Rivera gekannt, den Diktator vor der Republik, die ganze Sippe war auf Seiten Francos gewesen, und Fernando selber … nun ja, das *Cara al Sol* konnte er mitsingen, wenn es darauf ankam, die Parteihymne der spanischen Faschisten. Alle Strophen. Mit diesem Hintergrund konnte er Deutschland oder Österreich nicht gut als Hort alles Bösen darstellen; als gestandener Kommunist hätte er sich leichter getan. Er spürte die Spannung der Ambivalenz in sich, sobald die Rede aufs Auswandern der Jungen kam. Einerseits war er stolz auf den kleinen Bruder, der es geschafft hatte, dort oben Fuß zu fassen, andererseits war es doch eine Tragödie, wenn Spanien die Blüte seiner Jugend verlor. Aber auf die tumben *alemanos* zu schimpfen, widerstrebte ihm im Grunde seines Herzens; ein Onkel war bei der *divisón azul* gefallen, der Freiwilligentruppe, die auf deutscher Seite gegen den Kommunismus gekämpft hatte. War es nicht Verrat, wenn man die Deutschen herabsetzte? Und das hätte er ja tun müssen: als Argument fürs Hierbleiben.

Der Ausweg lag darin, in den Bardebatten die Mentalitätsunterschiede herauszustellen. Die sind einfach anders als wir; nicht, dass man etwas gegen die Leute sagen könnte, aber ehrlich: Komisch sind die schon. Manche sogar verrückt. Aber keiner kann etwas dafür! Da kam eine Geschichte wie die von Michael Scheidbach gerade recht.

Eine Geschichte von Leichenraub ist gruselig, eignet sich schon deshalb zum Erzählen, gleichzeitig mangelt ihr die fahle Düsternis eines *wirklichen* Verbrechens – und wenn ein Akademiker mit dem für spanische Zungen fast unaussprechlichen Namen *Seitenstetten* vorkommt, erfüllt sie, die Geschichte, das Klischee vom verrückten Professor aufs Beste. Weil die Geschichte so gut war, wurde sie weitererzählt. Dr. Villafuertes Erzählung erfreute sich in jener Madrider Bar einer gewissen Beliebtheit, was ihr eine Verbreitung in anderen Bars sicherte. Und weil die Geschichte so gut war, erzählte sie Dr. Villafuerte mehrmals. Aus den Bars wanderte sie in Wohnungen und Arbeitsstätten, sie breitete sich aus wie ein Virus.

Alois Praxner hatte für Geschichten nicht viel übrig, weil sein Gehirn ausreichend mit Problemen anderer Art befasst war. Logistischen und legistischen. Aber diese Geschichte hatte ein besonderes Merkmal: keinen Schluss. Das bot die Möglichkeit, sich einen eigenen Schluss auszudenken, eine Variante, wie diese Sache weitergehen könnte – und eine Variante barg in sich die Lösung aller Probleme, denen sich Alois gegenübersah, die Lösung an sich, die Mutter aller Lösungen sozusagen. Alois Praxner war auch nicht auf Kunde aus zweiter oder dritter Hand angewiesen, er saß als Stammgast oft halbe Tage in jener Bar, die auch Dr. Villafuerte besuchte, und bekam schon die zweite Version der Geschichte mit.

Als er sie hörte, kam ihm eine Idee, ein Schwindel erfasste ihn, der Raum begann sich zu drehen, einen Moment nur, aber lang genug. Lang genug für ein *Zeichen*. Alois Praxner hatte es sehr mit *Zeichen*. Sie bestimmten sein Leben, seit er mit sechzehn die Schule abgebrochen hatte. Ein Zeichen (über das er nie sprach) hatte ihn zum wahren Glauben geführt, weitere Zeichen nach Spanien und zur *Gemeinschaft der Tatkräftigen*, der er nun angehörte. Er nannte sich jetzt natürlich nicht mehr *Alois*, sondern *Achmed*. Die *Gemeinschaft der Tatkräftigen* bestand ausschließlich aus Konvertiten verschiedener europäischer Länder; ihr Fernziel bestand in der Errichtung eines Kalifats. So weit war alles klar; problematisch war nur, wie dieses Ziel erreicht werden könnte. In der aktuellen Situation der Welt und des Glaubens sah die *Gemeinschaft der Tatkräftigen* ihr Arbeitsfeld im Untergrund. Gemeint war aber nicht die Wühlarbeit illegal lebender Revolutionäre oder Kämpfer; die Taten der *Tatkräftigen* sollten vielmehr aus der Mitte der Gesellschaft heraus geplant und durchgeführt werden – aus jener Mitte eben, der die Konvertiten entstammten. Sie trugen keine Bärte oder lange Nachthemden, sie befolgten die Gesetze der Konspiration, unterhielten sich am Telefon nur über private Alltäglichkeiten oder ihren Beruf – sie übten alle einen aus. Sie hatten ganz normale Freunde und Bekannte in der ganz normalen Welt und bereiteten sich methodisch auf Aktionen vor. So methodisch, dass sie bis jetzt noch keine einzige Aktion durchgeführt hatten.

Man mag darüber lachen, sollte aber bedenken, dass der asymmetrische Krieg umso erfolgreicher geführt werden kann, je asymmetrischer er angelegt ist. Das heißt hier: Wenn man nicht einmal weiß, dass der Feind existiert, ist sein Erfolg praktisch garantiert. Allerdings nur bei der ersten Aktion. Aus diesem Grund sollte die erste Aktion idealerweise so beschaffen sein, dass weitere Aktionen unnötig sind, weil der Krieg bereits gewonnen ist. Das heißt, der Gegner muss durch diese eine Aktion so erschüttert und demoralisiert werden, dass er ohne weitere Gegenwehr zusammenbricht. Das Modell dafür ist die Atombombe. Die in Manhattan gezündet wird. Alle Welt wartet auf diese Bombe. Im Kino war sie schon, man kann darin eine Art »Lehrvideo« sehen: Schaut, Terroristen aller Länder und Religionen, so würde sich das abspielen, ihr müsst euch nur eine Bombe beschaffen … kommt schon, so schwer kann das doch nicht sein, Bauanleitungen gibt's im Internet, waffenfähiges Material besorgt man sich von korrupten Ostblockwissenschaftlern. Bei denen ist so viel Plutonium weggekommen, dass es für zehn Bomben reichen würde, jedes Kind weiß das – warum kommt ihr nicht endlich in die Gänge, wo liegt das Problem?

Auch Alois, nun Achmed, kannte solche Filme. Er sah sie als Teil einer raffinierten Verschwörung zur Abwehr der Glaubenskämpfer. Gerade weil solche Filme einen atomaren Anschlag beschworen, konnte man davon ausgehen, dass ebender, der Anschlag dieser besonderen Art, nicht ausgeführt wurde – weil die Abwehrmaßnahmen zu massiv und zu wirksam waren. Durch das Vorbild aus amerikanischen Medien würden Kämpfer, die sich die Sache nicht sorgfältig genug überlegt hatten, auf eben diese verhängnisvolle Fährte gelockt. Sie würden versuchen, mit einem Riesenaufwand an Menschen und Geld sich eine Atombombe zu beschaffen, und dabei scheitern.

Nein, nein, diese Bombengeschichten führten erst in die Irre, dann ins Verderben, Achmed wusste das schon lang. Seit er nach Spanien gekommen war. Er kannte das Land aus jenen Jahren, als er noch Alois hieß und mit seinen Eltern an die Costa Brava gefahren war. Es hatte ihm gefallen, und jetzt lebte er dort als Dolmetscher für deutsche Geschäftsleute. Und als »Berater«. Das heißt, er kannte die Leute, mit denen ein Ausländer reden sollte, wenn er etwas erreichen wollte. Denn Ausländer gab es natürlich, EU hin oder her. Seinen Glauben verbarg er. Er bewohnte in einem Vorort ein winziges Apartment. Allein. Er hatte kein Bedürfnis nach menschlicher Nähe, weshalb seine Beziehungen zu Frauen flüchtig blieben. Sein ganzes Interesse galt dem Dschihad. Die Art und Weise, wie dieser gegenwärtig organisiert war, missfiel ihm. Immer mehr kam er zur Überzeugung, der sogenannte radikale Islam sei nichts anderes als die durchtriebene Ausnutzung einer religiösen Strömung durch den Westen; ein Verdacht, der ihm schon lang vor 9/11 eingefallen war. Der Einsturz der Türme ließ ihn die lang geahnte Wahrheit dann wie von einem Blitz erleuchtet sehen: alles abgekartetes Spiel, aber eben nicht so, wie sich das westliche und östliche Verschwörungstheoretiker in ihrer Naivität vorstellten. Die Türme wurden nicht vom Geheimdienst gesprengt – gleichwohl hatten die Zweifler mit ihrer Grundüberzeugung recht: Amerika steckte dahinter, und hinter Amerika steckten die Juden. Auf raffinierte Weise hatten die Feinde Gottes es fertiggebracht, fromme Menschen zu diesen Taten zu verführen. Natürlich, um einen Kreuzzug gegen die wahre Religion zu beginnen. Mit dem Endziel, alle Muslime auszulöschen und Zion zur Weltherrschaft zu verhelfen. So dachte Achmed/Alois. Das mit der jüdischen Weltherrschaft stammte – man wird es ahnen – noch aus der Alois-Epoche seines Lebens, genauer aus den Erzählungen, eher: Weltdeutungen seines Großonkels Gernot, seinerzeit Mitglied der Waffen-SS und zu allen Zeiten strammer Antisemit.

Achmeds Schlüsse waren einfach. Erstens hatte es keinen Zweck, mit terroristischen Aktionen gegen die Feinde des Glaubens vorzugehen, weil das nur deren Absichten entsprach. Zweitens hieß das aber nicht, dass man gar nichts tun konnte. Achmed lehnte nur *Aktionen* ab, Mehrzahl; die eine und einzige *Aktion*, die durchzuführen sich allein lohnte, musste gründlich geplant werden – jene Aktion, die der Feind nicht voraussehen und nicht ausnutzen konnte, jene Aktion, die ihm einen tödlichen Schlag versetzen und weiteres Handeln überflüssig machen würde. Aber welche Aktion sollte das sein? Wie konnte ein Einzelner etwas erfinden, das allen amerikanischen Denkfabriken nicht eingefallen war – Institutionen, die doch dazu gegründet worden waren, die Rechtgläubigen zu vernichten und die Weltherrschaft der Juden vorzubereiten?

Das war allerdings – drittens – sinnlos. Sinnlos aber nur ohne die Hilfe Gottes. *Mit* seiner Hilfe war es wiederum kein Problem. Achmed war sich bewusst, dass die Richtigkeit und die Wahrheit seiner Schlüsse von einem einzigen Umstand, einem singulären Ereignis abhingen: ob ihn eine göttliche Eingebung erleuchtete oder aber nicht. Er betete jeden Tag darum. Sein Glaube wurde auf eine harte Probe gestellt. Jahrelang.

Als er dann von der seltsamen Geschichte hörte, erkannte er sie sofort … Diese Erkenntnis war wie ein Blitz im Bewusstsein, die Bar verschwamm vor seinen Augen, er hielt sich am Tisch fest, weil ihn Schwindel erfasste. Er schloss die Augen, atmete tief durch. Tränen traten ihm in die Augen. Er stand auf und ging hinaus in den Madrider Abend. Flüsternd, im Gehen, begann er Gott zu preisen, während ihm die Tränen über die Wangen liefen. Entgegenkommende wichen ihm aus. Er nahm es nicht wahr.

Er wusste nun, was zu tun war.

Mit Dr. Fernando Villafuerte bekannt zu werden war einfach. Der saß am nächsten Tag mit zwei Kollegen in der Bar. Achmed setzte sich an den Tisch und sprach den Arzt auf die Geschichte an, die er gehört hatte. Sein deutscher Akzent verriet ihn sofort, aber das hatte Achmed einkalkuliert.

»Ich frage deshalb, weil bei uns zu Hause eine ganz ähnliche Geschichte passiert ist«, erklärte er, »da hab ich mir gedacht, das hat vielleicht damit zu tun …«

»Eine illegale Exhumierung?«

»Ja, in Heilbronn … Ich bin von dort, ich heiße übrigens Günther.« Er gab Dr. Villafuerte die Hand.

»Nein«, sagte der, »die Sache, von der mir mein Bruder erzählt hat, ist in Österreich passiert, in Bregenz …«

»Ach so, dann ist das was anderes … Ich bin aber schon einmal in der Gegend gewesen, am Bodensee.«

»Ziemlich großer See soll das sein …«

»Ich kenne eigentlich nur Konstanz.«

»Was ist das für eine Geschichte in Heil… wie heißt das?«

»Heilbronn. Also, das war schon komisch …« Achmed bestellte erst eine Runde, dann erzählte er eine spannende Geschichte über eine Exhumierung in einem Dorf in der Nähe von Heilbronn. Er kannte kein Dorf in der Nähe von Heilbronn, er kannte nicht einmal Heilbronn selber, er war da nur einmal mit dem Zug durchgefahren, und die Ereignisse, die er erzählte, waren genauso fiktiv wie das bewusste Dorf. Er erfand sie allerdings nicht, sondern benutzte eine Fernsehdoku über ein Dorf in Siebenbürgen, die er vor ein paar Monaten gesehen hatte. Es ging darin um Vampiraberglauben, natürlich, worum denn sonst; Dorfbewohner hatten einen kürzlich verstorbenen Vampir ausgegraben, sein Herz entnommen, verbrannt und die Asche mit Most vermischt dem schon lang hinsiechenden Vampiropfer zu trinken gegeben, einer jungen Frau mit unklaren, aber heftigen Beschwerden. Die Sache sei natürlich vertuscht worden, weil man für das Ansehen Deutschlands im Ausland fürchtete. Dr. Villafuerte gab seinem Erstaunen darüber Ausdruck, dass solche Sachen in Deutschland möglich seien, das wäre doch eine moderne Industrienation, worauf Achmed erwiderte, aus der Nähe betrachtet sehe das alles nicht so toll aus, besonders auf dem Land herrsche ein Klima der Enge und Bigotterie, vor allem im Süden des Landes, weshalb er selber auch weggegangen sei, er habe es nicht mehr ausgehalten …

Es wurden weitere Getränke und *tapas* bestellt, die Rede kam auf die familiären Umstände, die bei Achmed ebenso erfunden waren wie die Heilbronner Störung der Totenruhe. Er erfuhr, dass der Bruder des Doktors als Softwarespezialist bei einer Firma in Bregenz arbeitete. Der Abend verging unter angenehmem Geplauder, die Fälle Heilbronn und Scheidbach kamen nicht mehr zur Sprache.

Zwei Tage später saß er in einem Flieger der Iberia nach München. Von dort nahm er einen Zug Richtung Zürich. Viel Recherche war nicht nötig gewesen; Dr. Fernando Villafuerte hatte ein gutes Gedächtnis für Namen, die er auch nannte. So kannte Achmed die Herren Seitenstetten, Ambrosius, Laska und Scheidbach. Allerdings nur die Namen, wo sie zu finden wären, wusste er nicht. Aber das war auch nicht nötig: Sein Ansatzpunkt war Ramón Villafuerte. Den galt es als Erstes aufzuspüren. Von dort käme er dann über die Freundin, deren Namen er leider nicht kannte, an Scheidbach. Mancher wird sich fragen: Wieso der Umweg über Bruder und Freundin, warum nicht gleich Scheidbach kontaktieren? Das hatte Achmed natürlich als Erstes versucht, aber bei der Nummernrecherche im Internet feststellen müssen, dass es im österreichischen Bundesland Vorarlberg eine beklagenswerte Vielzahl an Trägern dieses Namens gab, nämlich neunundsechzig. Ohne Einschränkung durch Wohnort oder Vornamen war das sinnlos. Die sogenannte *Burg*, wo Scheidbach die geraubte Leiche versteckt hielt, hatte der Arzt auch nicht genannt, in Vorarlberg gab es, wie Achmed aus dem Internet erfuhr, eine Vielzahl an Burgen – war eine Ruine gemeint oder eine besser erhaltene? In diesem Punkt war Villafuerte vage geblieben.

Deutlich seltener als die Scheidbachs waren die Softwarefirmen in Vorarlberg, in Bregenz gab es nur zehn, wie er in seinem Hotelzimmer über das Internet feststellte. Die rief er der Reihe nach an und fragte nach Ramón Villafuerte. Schon bei der vierten Adresse hatte er Glück. Ramón wurde ans Telefon gerufen. Telefon war für den Spanier purer Stress. Er verstand die Leute nicht. Sie nuschelten schlimmer als die Andalusier, die meisten im Dialekt – jedenfalls hörte es sich für ihn wie Dialekt an, auch wenn Angelika behauptete, die Vorarlberger sprächen Hochdeutsch.

Achmed hatte auf Deutsch nach Ramón gefragt, als der sich dann mit leicht zittriger Stimme meldete, sprach er ihn auf Spanisch an. Das machte Ramón den Anrufer vom ersten Moment an, noch bevor er ihn zu Gesicht bekommen hatte, sympathisch. So erklärte es sich Ramón Villafuerte selber, viel später, als schon ein Haufen anderer Dinge passiert waren, die besser nicht hätten passieren sollen. Dass seine Bekanntschaft mit Alois Praxner schon durch dessen erstes »Hola!« eine Richtung nahm, die alles Weitere unausweichlich werden ließ.

Denn Achmed nannte sich natürlich nicht »Achmed« und auch nicht »Miguel« oder so, sondern Alois Praxner – er wusste, dass er seinen deutschen (genauer: fränkischen) Akzent auch noch nach fünfzig Jahren Spanien nicht verbergen konnte und also beim ersten Satz als Deutscher identifiziert würde. Besser, er gab es gleich zu. Er habe, erzählte er, Ramóns Bruder kennengelernt, diesen exzellenten Arzt, und solle Grüße ausrichten!

Sie verabredeten sich in einem Gasthaus in der Nähe. Kurz nach sechs. Alois war Ramón auch beim ersten Treffen sympathisch, als dieser, der bereits auf ihn wartete, bei seinem Eintreten aufsprang und mit breitem Lächeln auf ihn zukam. Praxner konnte zwar das rasante Hauptstädterspanisch nicht so schnell sprechen wie die echten Madrilenos, aber er verstand es und bewies das durch intelligente Zwischenfragen. Ramón konnte und durfte sein Herz ausschütten. Dafür zuständig wäre eigentlich *cara Angelika* gewesen, es gab dabei allerdings qualitative Unterschiede. Nicht alles, was ihn bewegte (oder ihm auf die Nerven ging), war für Angelikas Ohren geeignet, hätte es dort doch wie Gejammer eines verwöhnten Kindes geklungen. Es waren ja auch keine Sachen, die ihm das Leben ernsthaft verbitterten, sondern solche, die um die Hälfte leichter zu ertragen sind, wenn man sie nur einmal aussprechen, einem mitfühlenden Gegenüber erzählen konnte: das Klima. Die ständige Kälte. Das Essen. Der Biowahnsinn, die hysterische Furcht vor Fett – was war denn falsch daran, eine Hartwurst in Olivenöl herauszubraten? Der Geruch nach erhitztem Käse, von dem ihm schlecht wurde. *Turrón* gab es auch nirgends, jedenfalls keinen vernünftigen, und *jamón serrano* nur zu Phantasiepreisen. Von all dem ging die Welt nicht unter, natürlich nicht, er stritt sich nur manchmal mit Angelika über solche Alltäglichkeiten. Sie versöhnten sich auch wieder, das war nicht das Problem, nur ...

Alois Praxner beeilte sich zu versichern, er verstehe ihn vollkommen, ihm sei es umgekehrt in Spanien genauso ergangen, am Anfang, freilich habe Ramón recht mit seiner Kritik, über das Klima bräuchten sie nicht zu reden, das sähen die Österreicher und die Deutschen ja selber ein, darum würden sie ja in Armeekorpsstärke nach Süden fahren, und das Essen, nun ja ... Später wusste Ramón nicht mehr, was er alles erzählt hatte, es fiel ihm nur auf, dass sogar in seiner eigenen Erinnerung er selber es war, der das Gespräch bestritten hatte, Alois hatte nur gefragt und gefragt und wieder gefragt, er hatte wirkliches Interesse gezeigt.

Darin war Achmed gut, im Zeigen von »wirklichem Interesse«. Ein Naturtalent. Es brauchte nicht immer Gewalt und Drohungen, um an Informationen zu kommen, das war ein Punkt, den seine Brüder nicht einsehen wollten. Er erfuhr alles, ohne jemandem das Messer an den Hals zu legen. Freundschaftlich, bei einem Glas. Dabei störte nicht einmal die Tatsache, dass er keinen Alkohol trank. Wegen einer Unverträglichkeit, aha. Kein Thema. Und er merkte sich alles. Wie Angelika hieß, woher sie stammte, dasselbe über Michael Scheidbach und seinen Onkel, dessen Burg, wo sie war, und so weiter. Ramón hatte noch viel mehr erzählt, am meisten über seine Kollegen, das war im gegenwärtigen Zusammenhang belanglos, aber Achmed ließ sich nichts anmerken. Bei keinem Wort, das der Spanier von sich gab, erlahmte sein Interesse, er filterte intern und nicht für alle so sichtbar, wie es bei den meisten Menschen ist, denen man dann die Langeweile am Gesicht ablesen kann.

Sie bestellten sich etwas zu essen, Achmed lud seine Quelle ein. Dann verabschiedete er sich, er müsse weiter, sagte er, geschäftlich nach Tirol. Immobilienentwicklung. Ramón wünschte ihm Glück. Er fühlte sich wohl wie lange nicht. Daheim erzählte er Angelika von seiner Bekanntschaft, und Angelika erzählte von ihrem Tag, der ebenfalls positiv verlaufen war, sie sahen ein bisschen fern und gingen dann zu Bett.

Alois Praxner wurde nicht mehr erwähnt. Er geriet in Vergessenheit wie eine angenehme Zugbekanntschaft, die man nie wiedersieht. Bei Alois/Achmed geriet hingegen niemand in Vergessenheit, nicht Ramón, nicht Angelika, nicht die Familie Spielberger und erst recht nicht Michael Scheidbach. Im Hotel identifizierte er die Burg Frastafeders und alles, was dazugehörte, mit *Google Earth*. Wie man hinkam, wie man wegkam, wenn der Hinweg nicht mehr gangbar sein sollte.

Am nächsten Tag mietete er einen Opel Astra und begann, Vorarlberg zu erkunden, das heißt, einen kleinen Teil davon.

Er hatte nicht viel Zeit, die galt es zu nutzen.

6

Er schaut nach nichts aus, dachte Amalie von Seitenstetten. Sie saß ihm gegenüber in einer Fensternische im »Griensteidl«. Er hatte ein Gesicht, das man sofort wieder vergaß. Der allgemeine Eindruck: blassblond, ein wenig teigig. Einer jener mittelalten Männer, von denen man früher gesagt hätte, ihnen würde mehr frische Luft guttun. Heute sagt man das nicht mehr, weil Leute dieses Schlages sowieso jede Woche golfen sind. Aber bei manchen bewirkt die Sonne keinen besseren Teint, sie hat es gleichsam aufgegeben. So ein Mensch war Oskar von Wolfegg-Seitenstetten.

»Also, was meinst du?«, fragte sie.

»Ich soll dreihunderttausend Euro für alte Knochen bezahlen?«

»Nicht für irgendwelche alten Knochen, sondern für die deines Vorfahren, der an der Englischen Schweißkrankheit gestorben ist.«

»Apropos – der arme Erasmus hat uns ja auch verlassen. Mein Beileid … Ich konnte nicht zur Beerdigung kommen, leider. Ich war in Dubai.« Das konnte sogar stimmen. Oskar ist sicher viel unterwegs, um andere Leute zu bescheißen, dachte sie. Von der Profession des Verwandten verstand sie nichts, hegte dafür aber jene tief eingewurzelte, aufrichtige Verachtung, die wirklich alte Familien allen entgegenbringen, die mit nichts anderem umgehen als mit Geld. Im Gegensatz zu dem, was Michael Scheidbach glaubte, stammte Amalie aus einer noch viel älteren Familie als der Professor.

»Verzeih, wenn ich nicht so schnell mitkomm«, sagte Oskar. »Also erst stiehlt dein Mann – Gott hab ihn selig – diese Knochen aus der Kapelle auf meinem Grundstück. Dann stehlen ihm Unbekannte diese Knochen und verlangen jetzt ein absurdes Lösegeld. Von mir! Hab ich das richtig zusammengefasst?«

Sie antwortete nicht gleich, runzelte die Stirn. Er nannte ein Hektare großes Waldgebiet ein *Grundstück*. Das war ein *Wald*, oder eine *Jagd*, allgemein ein *Besitz*. Aber kein Grundstück. Ein Grundstück war etwas aus den Immobilienseiten der Zeitungen; eine Fläche für die Einfamilienhäuschen der Mittelständler. Die Wortwahl verriet schon den Parvenü, der er war.

»Vielleicht hab ich ja nicht alles ganz richtig verstanden«, setzte er fort, »vor allem nicht, was ich damit eigentlich zu tun habe. Dein Mann ist in die Kapelle eingebrochen, dein Mann hat gestohlen, dein Mann ist dann wiederum bestohlen worden, also …«

»Ich wollte von der ganzen Sache von vornherein nichts wissen«, unterbrach sie ihn, »aber mit Erasmus war ja nicht zu reden, er hatte nichts anderes mehr im Kopf als sein Projekt. Diese alten Knochen! – Das alles hätten wir uns erspart, wenn du nicht so ein selbstgefälliger Trottel wärst …«

»Wieso denn ich?«

»Hattest du nicht Besuch von einem Dr. Ambrosius?«

»Natürlich. Du hast ihn ja geschickt. Sollte mir die Erlaubnis zu dieser Exhumierung abluchsen …«

»Ja, das hab ich ihm erzählt …«

»Na und?«

»Ich hab natürlich nicht angenommen, dass du zustimmst. Sondern irgendwelche Maßnahmen ergreifst, die das Unternehmen unmöglich machen. Wachen aufstellen, elektronische Sicherung der Kapelle, was weiß denn ich. Was jemand tun würde, dem etwas an der Unversehrtheit seines Besitzes liegt! Aber da hab ich mir wohl Illusionen gemacht …«

Oskar von Wolfegg-Seitenstetten grinste. Man sah das Grinsen nur, wenn man genau hinschaute. »Du hast also deinen Mann hintergangen?«, fragte er.

»Ich habe nur versucht, ihn vor einer großen Dummheit zu bewahren, die seinen wissenschaftlichen Ruf zerstören würde. Einbruch, Störung der Totenruhe und so weiter, bestenfalls wär er noch als verrückter Wissenschaftler aus dem Theater herausgekommen!«

»Du hättest mich doch einfach anrufen können.«

»Und ihm damit in den Rücken fallen, ja, versteh schon! Oskar, schau, ich weiß, du hast das nie verstanden und wirst es nie verstehen – aber es gibt bei allen Dingen eine Form, eine Art und Weise, wie man sie tut. Oder eben nicht tut … Ich habe so gehandelt, dass ich danach noch in den Spiegel schauen konnte. Nur genützt hat es nichts …«

»Dein Ambrosius hat nicht in deinem Sinn agiert. Tut mir leid für dich, aber er wollte die Leiche selber auswerten …«

»Ja, ja, bla, bla, glaubst du, das weiß ich nicht? Mein Gott, ist das alles ermüdend!« Sie begann sich mit der Speisekarte Luft zuzufächeln. Oskars kaum merkliches Grinsen war nun ganz verschwunden. Er war enttäuscht.

»Hat mir dieser Stangeler erzählt«, sagte sie, »die ganze Geschichte.«

»Wer?«

»Der mich angerufen hat. Ein René Stangeler.«

Er lachte laut auf. Sie blieb ernst. »Ja, das hat er auch gesagt, dass du dich auf meine Kosten amüsieren würdest, wenn ich nicht weiß, dass dieser Stangeler eine Romanfigur ist. Er kennt dich gar nicht, weiß aber, wie du reagieren wirst. Unfassbar. Ihr seid alle so vorhersehbar …«

»René Stangeler ist eine Figur aus der *Strudlhofstiege*, das Alter Ego des Autors …«

»Meine Güte, und du glaubst wirklich, ich fühl mich blamiert, wenn ich diese Schwarte nicht gelesen habe?«

»Immerhin von Heimito von Doderer, einer der berühmtesten …«

»Ja, ja, soll sein! Meine Familie hat schon für die Babenberger gekämpft, da war von einem Doderer noch lang ka Red. Auch nicht von einem Seitenstetten«, fügte sie mit einem Lächeln hinzu, »und erst recht nicht, entschuldige schon« – das Lächeln wurde breiter – »von einem Wolfegg!«

»Was glaubt ihr bloß alle, wer ihr seid …«, setzte sie in leisem Ton hinzu. Es klang traurig.

»Jedenfalls niemand, der einem Spinner dreihunderttausend Euro bezahlt. Im Übrigen habe ich den guten Dr. Ambrosius sehr wohl verstanden und Maßnahmen getroffen.«

»Ah so? Und welche?«

Er antwortete nicht, zog nur ein Notebook aus seiner Aktentasche, schaltete ein und drehte es so, dass Amalie Seitenstetten den Bildschirm sehen konnte. Das Innere einer Kapelle, von der Altarseite aus einiger Höhe gefilmt. Am Boden in der Mitte ein offenes Grab, daneben der Steindeckel unter einem Stahldreibein. Neben der Grube lagen die Überreste des Ferdinand-Erasmus von Seitenstetten; nur von ihm konnten sie sein, denn daneben kniete ihr Gatte, Professor von Seitenstetten, und war dabei, die Gebeine des fernen Vorfahren in eine Art Leichensack einzupacken. Dann ging die Tür im Hintergrund auf, zwei vermummte Gestalten stürzten herein, einer mit Pistole, der andere mit einem Knüppel bewaffnet. »Ganz ruhig, Herr Professor«, sagte der eine, »kein Widerstand, dann passiert auch nichts!«

»Laska, Sie verdammter Schweinehund!«, rief der Professor und wollte sich auf den Vermummten stürzen. Der andere, der bisher nichts gesagt hatte, drosch ihm den Knüppel in die Kniekehlen, Seitenstetten brach zusammen. »Laska, Laska …«, jammerte er.

»Ja, Laska«, sagte der, »der gute, dumme Laska! Der sich alles gefallen lässt, aber damit ist es jetzt vorbei …« Der andere Vermummte begann den Professor mit Kabelbindern zu fesseln. »Nach ihren Freunden rufen würd ich nicht, Herr Professor«, sagte Laska, »mein Freund ist eh schon nervös … Wenn er dann noch, wie jetzt, einen Knüppel zur Hand hat – dann kann alles Mögliche passieren.«

»Was haben Sie denn mit den Gebeinen vor?«, fragte von Seitenstetten.

»Verkaufen. Es gibt jemanden, der einen guten Preis dafür bezahlt. Es sind auch noch andere an der Schweißkrankheit interessiert, Herr Professor. Aber das Geld spielt nicht die Hauptrolle, da haben Sie schon recht. Es ging mir mehr um die Revanche …«

»Schalt das ab!«, befahl Amalie. Oskar drehte den Bildschirm zu sich und beendete die Vorführung.

»Dieser Laska ist wirklich übel drauf! Es kam dann noch eine ganze Litanei: Der Erasmus soll ruhig zur Polizei gehen und ihn anzeigen, dann gibt es einen Skandal, er freut sich schon richtig drauf, dann kommt alles heraus …«

»Was denn?«

»Ach, lauter so Institutsgezänk, ich hab kaum was verstanden, hat mich auch nicht interessiert. Dein Erasmus hat offenbar Forschungsergebnisse von diesem Laska als eigene ausgegeben und so weiter …«

»Der Erasmus hätt nie so was gmacht!«

»Von mir aus! Der Laska bildet sich das halt ein. Da hat sich jahrelang aufgestauter Hass Bahn gebrochen. Versteh ich gut …«

»Wie meinst das jetzt?«

»Na, deswegen hab ich doch die Kameras versteckt und die ganze Aktion gefilmt! Danach hätt ich ihn auffliegen lassen. Mit allem, was dazugehört. Staatsanwalt, Medien, und so weiter halt. Schad, dass er vorher gestorben ist. Danach war's irgendwie witzlos …« Oskar von Wolfegg-Seitenstetten sah traurig aus.

Amalie sagte nichts. Es hatte ihr buchstäblich die Sprache verschlagen. Dann sagte sie: »Du hast ihn ins offene Messer rennen lassen?«

Er grinste nur. Ihr wurde klar, dass sie einen Fehler begangen hatte. Sie hätte ihren Mann ohne Wenn und Aber unterstützen sollen, statt diesen Kretin vor ihm zu warnen … nein, nicht unterstützen sollen, denn bei dem Unternehmen ist er ja gestorben … Was aber dann? Was hätte sie dann machen sollen? Ihm seinen Knochenbohrer verstecken? Das Auto zu Schrott fahren, anonym die Polizei verständigen? Jetzt im Nachhinein zumindest sollte klar sein, was die richtige Handlungsweise gewesen wäre; hinterher sei man klüger, hieß es doch. Nein, falsch, das gilt nicht immer. Sie zum Beispiel wusste auch jetzt – so *hinterher*, wie man nur *hinterher* sein konnte – wusste nicht einmal jetzt, was sie hätte machen sollen. Amalie beschloss, von nun an zu tun, was ihre Vorfahren seit den Zeiten der Babenberger getan hatten: improvisieren.

»So wie du grinsen sollte man nur, wenn man alle Informationen hat«, sagte sie, »sonst vergeht es einem gleich wieder …«

»Ah so. Und welche Info fehlt mir jetzt noch, wenn ich fragen darf?«

»Erasmus ist an der Schweißkrankheit gestorben …«

»An der Grippe, hat es doch geheißen!«

»Ja, das hab ich gesagt, um Aufsehen zu vermeiden. Der alte Dr. Hausner hat das mit dem Totenschein geregelt. Das schwache Herz, die ungesunde Lebensweise, da kann so a Grippe schon böse Folgen haben …«

»Warum hast du ihn dann einäschern lassen?« Er war laut geworden. Laut für seine Verhältnisse. Im vollbesetzten »Griensteidl« fiel sein Ausbruch nicht auf. Nur Amalie fiel er auf.

»Ich wollt halt keine Komplikationen mit dem ganzen DNA-Zeugs, Exhumierung, die Schmieranten von der Presse … keine DNA, kein Beweis, keine Affäre …«

»DNA? Was redest du dauernd von DNA? Und wieso Exhumieren, wieso sollte man das machen?«

»Sag einmal, kann es sein, dass du a bissl beschränkt bist? Der Erasmus hat das ein paar Mal angedeutet, aber ich hab gedacht, er übertreibt halt, weil er dich nicht mag …« Sie beugte sich vor. »Er hat sich an dem Gerippe aus deiner Kapelle angesteckt und ist daran gestorben.« Sie betonte jedes Wort, wie man es machen würde, wenn man einem Fünfjährigen etwas erklären muss, das seinen Erfahrungshorizont übersteigt. »Drum verlangt ja der Stangeler so viel. Der hat den Braten gerochen …«

»Blödsinn! Alte Knochen … Na gut, die sind irgendwie infiziert mit dieser komischen Krankheit, wen schert das schon?«

Sie seufzte. Vielleicht war er ja nicht gerade unterbelichtet, aber schwer von Begriff allemal.

»*Mon cher cousin*, er wird, wenn du nicht zahlst, diese Knochen unter die Leute bringen. Fein zermahlen, was weiß ich, und das Pulverl im AKH verstreuen. Oder halt einfach nur in der U-Bahn. Wie diese Sekte in Tokio vor zwanzig Jahren.«

»Das gäbe doch … äh … ziemlich viele Opfer?«

»Davon dürfen wir ausgehen. Und dann, in der ersten Seuchenwelle sozusagen, teilt er der Welt mit, wer da dran schuld ist. Nämlich du.«

Oskar wollte etwas erwidern, aus dem halb geöffneten Mund kam aber keine Gegenrede, sondern nur ein kaum vernehmbarer Seufzer. Offenbar hatte er, noch beim Formulieren dessen, was er sagen wollte, begriffen, worum es ging, wodurch das, was er sagen wollte, unerheblich wurde und ungesagt blieb. Oskar war nicht redselig. Er sagte wenig und hörte nicht gern zu, wenn andere etwas sagten. Die merkten das und hielten ihn für arrogant oder langweilig. In Oskars Metier wurde zwar auch gesprochen, aber hochkonzentriert. Alles, was dort gesagt wurde, hatte Bedeutung, die Redundanz lag bei null; etwa wie beim *Ansagen* im Tarock. Alles, was gesagt wurde, veränderte die Zukunft, bewegte Summen, die der Normalbürger aus der Zeitung kennt, sich aber nicht vorstellen kann.

Nun gehörte Amalie zu den gemäßigten Vielrednern. Diese glauben, wenn der Gegner in einer Auseinandersetzung aufhört zu reden, habe er kapituliert. Das ist richtig, sofern der Gegner selber zu den Vielrednern gehört. Falsch, wenn er, wie Oskar, nicht dazu gehört. Das Schweigen solcher Leute markiert den Beginn ihres Handelns. Das ist furchtbar in den meisten Fällen.

»Ich werde nicht zahlen«, sagte Oskar.

»Aber er wird dich bloßstellen«, warf sie ein. Hatte er nicht verstanden, worum es ging? »Ich hab immer gedacht, bei deinem Gschäft kommt's doch drauf an, dass nix in der Zeitung steht?«

»Ja, ja … Er wird mich nicht bloßstellen, liebe Cousine. Glaub ich nicht …« Er legte einen Schein auf die Untertasse und erhob sich. »Termin. Muss gehen.«

Amalie von Seitenstetten war klüger als der Durchschnitt gemäßigter Vielrednerinnen. Und sie war gut organisiert. Also rief sie an.

»Frau Professor?«, staunte Laska. »Was verschafft mir die Ehre?«

Sie erklärte, was ihm die Ehre ihres Anrufs verschaffte. Er unterbrach sie nicht mit Zwischenfragen. Nach dem Gespräch tat er, was sie vorgeschlagen hatte.

*

Der Anruf im Institut ergab, der Dr. Laska sei auf Urlaub. Oskar hatte nichts anderes erwartet. Urlaub war auch eine normale Reaktion, wenn der Chef gestorben ist, da wird erst einmal der ausstehende Urlaub konsumiert, was denn sonst? Nein? Oskar hatte keine Ahnung von der seelischen Befindlichkeit von Untergebenen, weil er nie einer gewesen war. Er schickte Mirko zur Wohnung Laskas; die Adresse stammte aus einer Datenbank, auf die Mirko irgendwie Zugriff hatte, Details interessierten Oskar nicht. Mirko traf keinen Laska an der Wohnadresse an, einem Mietshaus im 17. Bezirk, Recherchen bei den Nachbarn ergaben, dass Laska am Tag zuvor auf Urlaub gefahren sei, nach Antalya.

»Ist es nicht ein bisschen früh für Antalya?«, fragte Oskar, der nie dort gewesen war. Schon, um nicht den hunderttausend Laskas dieser Welt zu begegnen.

»Es ist eine Lüge, Chef«, sagte Mirko. »Der war in Panik und hat den Nachbarn einfach das Erste erzählt, was ihm eingefallen ist.«

»Na schön. Der Laska ist also untergetaucht?«

»So sieht es aus.«

»Wir haben nicht die Zeit, zu warten, bis er wieder auftaucht. Du gehst zu diesem Ambrosius. Der muss auch wissen, wer der dritte Typ auf dem Video ist.«

Mirko tat, wie ihm geheißen. Gerald Ambrosius war an seinem Arbeitsplatz und versuchte, mit lange fälligen Büroarbeiten seine innere Unruhe zu besänftigen. Er kam sich isoliert vor. Und er war es auch – in dem Sinn, dass seine Kommunikationsversuche der letzten Tage fehlgeschlagen waren. Laskas Handy war ebenso abgeschaltet wie das von Scheidbach. Sie meldeten sich nicht, er konnte auch keine Nachricht hinterlassen. Amalie anzurufen wagte er nicht.

Dann kam Mirko herein. Er trug eine beige Bundfaltenhose und eine schwarze Windjacke, die passten weder zusammen noch zu seinem kahlen Kugelkopf.

»Sind Sie Gerald Ambrosius?«

»Ja. Wie sind Sie hier reingekommen? Der Bereich ist doch gesperrt ...«

»Ich hab mir Zutritt verschafft.«

Vor Geralds geistigem Auge erschien für einen Moment das Bild der Institutssekretärin Karin Mödlhammer in einer kreisförmigen Blutlache von circa einem Meter Durchmesser liegend; allein der Ausdruck *Zutritt verschafft* evozierte diese Vorstellung, weil er von Mirko gebraucht wurde. Bei jedem anderen hätte man an eine verdeckte Operation gedacht, geklauten Code oder Nachschlüssel, bei Mirko war überschießende Gewalt die einzige Assoziation. So war das halt bei Mirko. In

Wahrheit war er gar nicht so. Statt also Ambrosius zur Einleitung erst einmal das Nasenbein zu brechen, beschränkte sich Mirko auf besitzergreifendes Platznehmen auf einer Ecke von Geralds Schreibtisch, wie das Bürokollegen der guten Sorte oder joviale Vorgesetzte zu tun pflegen – allerdings nur in amerikanischen Filmkomödien der sechziger Jahre des vergangenen Jahrhunderts. Mirko liebte diese Filme.

»Sind Sie vertraut mit den Konflikten im alten Jugoslawien?«, fragte er.

»Nicht im Detail …«, sagte Gerald mit zitternder Stimme.

»Ich meine nicht die politischen Sachen«, sagte Mirko, »eher die praktischen Auswirkungen auf Gefangene und so …«

Gerald beteuerte, dass ihm auch darüber detailliertes Wissen fehle, worauf ihn Mirko mit den entsprechenden Informationen versorgte. Während seiner Schilderungen wich das Blut aus Geralds Gesicht, das erst blass, dann tatsächlich leicht grün wurde. Es konnte kein Zweifel daran bestehen, dass solche Einzelheiten nur jemand erzählen konnte, der dabei gewesen war; erzählen nämlich mit jenem gleichsam schmatzenden Behagen, zu dem nur echte Sadisten fähig sind. Tenor des Ganzen: Die Taten der *Manson family* müsste man im Vergleich als Lausbübereien einordnen.

»Warum erzählen Sie mir das?«, fragte Gerald.

Mirko lachte. »Es erspart uns einiges, wenn wir von vornherein wissen, wer wir sind. Mir spart es Zeit, und Ihnen spart es … das wissen Sie ja.«

»Sie kommen wegen der Knochen? Die hat uns der Scheidbach geklaut. Michael Scheidbach heißt er. Der ist damit abgehauen.«

»Ja, und jetzt verlangt er dreihunderttausend Euro von meinem Chef.«

»So ein Depp!«

»Sie sagen es. Wieso haben Sie den angestellt? Der ist doch nicht normal …«

»Das war nicht ich, das war der Laska.«

»Der ist auch verschwunden.«

»Dann stecken die unter einer Decke!«

»Sieht so aus. Sieht auch so aus, als ob Sie der einzige ehrliche Mensch wären!« Mirko lächelte, Gerald unterließ es zu lächeln, weil die vorgebliche Entspannung der Atmosphäre die Vorphase eines atavistischen Gewaltausbruchs sein kann; man kennt das aus dem Kino. Bevor der Verhörführer zudrischt, tut er scheißfreundlich. Bei Mirko war es nicht so, Gott sei Dank!

»Bevor wir weiterreden«, sagte Gerald, »möchte ich etwas erklären.«

»Nur zu!«

»Ihr Chef, der Herr Wolfegg-Seitenstetten …«

»*Von* Wolfegg-Seitenstetten.«

»Selbstredend, Entschuldigung … also, er hat verboten, dass dieses Grab geöffnet wird. Aber der Professor war nicht davon abzubringen. Hat die Amalie gesagt, seine Frau.«

»Ihnen, Herr Ambrosius, hat sie das gesagt?«

»Ja, wir sind, das heißt, wir waren, sozusagen …«

»Ja, ich verstehe.«

»Sie hat mich gebeten, ob ich nicht diesen Raub, wenn schon nicht verhindern, so doch seine Folgen … äh … neutralisieren könnte. Durch einen zweiten Raub. Wenn das gelungen wäre, hätten wir die Überreste ohne irgendein Aufsehen zurückgegeben …«

Mirkos Gesicht blieb ausdruckslos. Aber meines, dachte Gerald, bleibt das auch. Wichtig war, jetzt nicht weiterzureden, bis sich Mirko geäußert hatte. Wer an dieser Stelle weiterredete, bewies damit, dass er log. Mirko sagte: »Und dann ist alles aus dem Ruder gelaufen. Die beiden haben Sie hintergangen, der Laska und der Scheidbach.«

»Das Blöde ist«, sagte Gerald, »dass sie jetzt glaubt, *ich* habe *sie* betrogen, also nicht im sexuellen Sinn, Sie verstehen schon … und ich kann nicht beweisen, dass es nicht so ist!«

»Also halten wir fest: Der Professor wollte den Chef betrügen, dann wollte seine Frau diesen Betrug verhindern und mit Ihrer Hilfe ihren Mann betrügen – nicht sexuell. Dann haben die beiden Helfer Sie betrogen, den guten Dr. Ambrosius, und sind mit der Leiche abgehauen.«

»Vom Laska weiß ich das nicht positiv.«

»Aber ich. Worauf ich hinauswill: drei ineinander verschränkte Betrüge … sagt man so?«

»Ich glaub, es heißt Betrügereien …«

»Egal. Drei Betrüge wegen einem Sack voll alter Knochen! Seid ihr alle verrückt oder was? Ehrlich, ich versteh das nicht … Da ist doch nichts mehr vorhanden, alles zu Staub zerfallen! Und deswegen macht ihr so einen Aufstand und legt euch mit dem Chef an!«

Er weiß es nicht, dachte Gerald. Er spricht wie einer, der es nicht weiß. Dass Professor Seitenstetten an der Englischen Schweiße gestorben ist. Das hat ihm sein Chef nicht erzählt. Weil diese Information den Eifer Mirkos, die Knochen zu finden, dämpfen würde. Oder weiß der Wolfegg-Seitenstetten es auch nicht? Doch, er weiß es, Amalie hat es ihm erzählt. Drum hat er ja den Mirko geschickt. Aber der weiß es nicht. Das wird man ausnutzen müssen.

»Jetzt suchen Sie die Adresse von diesem Scheidbach raus«, befahl Mirko. Gerald versuchte sich zu erinnern, was Laska alles über seinen Kumpan erzählt hatte, es fiel ihm nichts ein, das musste es auch nicht, er hatte ja seine Notizbücher. Schwarze Moleskinebände, in denen er seit vielen Jahren in winziger Schrift alles Mögliche notierte; Telefonnummern, Adressen, Aussprüche von Kollegen, Literaturstellen, Rohmaterial für Veröffentlichungen. Es handelte sich um eine wenig bekannte, aber unter Naturwissenschaftlern verbreitete Notiersucht, die vom Zwang, Laborjournale zu führen, herrührt. Da Ambrosius noch zur nicht volldigitalen Generation gehörte (sein erster Computer war zum Beispiel der seltene *Jupiter Ace* mit der Implementation der exotischen Programmiersprache *Forth* gewesen), war er das Schreiben mit der Hand noch gewohnt und darin geübt. Nach einigem Blättern fand er auch den richtigen Band und den Eintrag über Michael Scheidbach. Die Festnetznummer der Eltern, die seines Onkels, den Hinweis auf die Burg Frastafeders.

»Der Onkel hat dort Gerümpel angesammelt«, erklärte Gerald. »Wenn also tatsächlich der Scheidbach die Knochen gestohlen hat, wäre das ein Ort, den man sich anschauen müsste.«

»Wir beschaffen uns die alten Knochen«, sagte Mirko, »und bringen sie zurück. Der Chef entscheidet, was mit dem Scheidbach passiert.« Mich hat er nicht erwähnt, dachte Gerald Ambrosius. Heißt das, die Entscheidung, was mit mir passiert, ist schon gefallen, oder heißt es, diese Entscheidung bleibt Mirko überlassen? Und hängt davon ab, wie nützlich ich bei der Wiederbeschaffung bin? Er wagte nicht, nachzufragen. Mirko erhob sich. »Wir müssen uns beeilen.«

»Sie sagen *wir*. Das klingt beunruhigend …«

»Ach so, das hatte ich vergessen. Sie, Herr Dr. Ambrosius, werden mich begleiten.«

»Wohin denn?«

»Na, zum Scheidbach, nach Vorarlberg!« Mirko schüttelte über so viel Begriffsstutzigkeit den Kopf.

»Ich nehme an, meine Meinung dazu ist … unerheblich?«, fragte Gerald.

»Das haben Sie schön ausgedrückt. Man merkt halt gleich: ein Studierter! Ja, unerheblich, das stimmt.«

»Dann wüsste ich aber gern, was ich dort machen soll. Ich meine, meine Überredungskünste sind doch nicht so gut wie Ihre, Herr ….«

»Mirko. Nennen Sie mich einfach Mirko. Was das Überreden betrifft – das haben Sie recht, das mach im Zweifelsfall ich, Sie sollen nur die Knochen überprüfen. Der Chef muss sicher sein, dass der Typ die Sachen wirklich hat und nicht so ein Schwindler ist, der die Situation ausnutzt … wie sagt man …«

»Trittbrettfahrer …«

»Ja, genau! Er zeigt Ihnen die Knochen. Dann schlag ich zu!« Er ließ zur Bekräftigung die Faust auf den Schreibtisch knallen. Es klang wie eine Tür, die zugeschlagen wird. Wenn er sich ein bisschen Mühe gibt, zerlegt er den Schreibtisch mit bloßen Fäusten, dachte Gerald. Um sich von dem Bild abzulenken, fragte er: »Wann brechen wir auf?«

»Jetzt.«

»Jetzt sofort? Ich kann hier nicht so einfach weg …«

»Doch. Sie werden krank. Ganz plötzlich. Eine Lebensmittelvergiftung, glaube ich. – Also los, kommen Sie, wir haben nicht den ganzen Tag Zeit …« Mirko wandte sich zur Tür, Gerald Ambrosius folgte ihm. Wie ein Hund, fiel ihm ein. Aber wenigstens war er der Mühsal enthoben, sich auszudenken, was er jetzt tun sollte. Darin war er nämlich nicht gut. Im Ausdenken. Gut, dass Mirko aufgetaucht war und sagte, wo es langging.

Es war wie eine Befreiung. Schön, er musste gegen seinen Willen nach Vorarlberg fahren. Aber nicht in den Jemen oder an den Oberlauf des Amazonas. So schlimm konnte Vorarlberg nicht sein, das würde er überleben. Als er so hinter Mirko durch die Institutskorridore dem Ausgang zuschritt, konnte er wieder denken, wie er es gewohnt war. Frei schweifend, nicht eng auf ein Problem konzentriert. Bei diesem freien, ziellosen Denken fiel ihm auf: Der hohe »Finderlohn« von dreihunderttausend Euro ließ darauf schließen, dass Scheidbach wusste, was mit den Knochen des alten Erasmus los war. Für Mirko war das einfach eine große Zahl, wie sie von Amateuren in ähnlichen Fällen genannt wird. Die reden halt so, schon um sich Mut zu machen. Phantasten.

Für Wolfegg-Seitenstetten bedeutete diese Erpressung eine ernste Gefahr. Sonst hätte er Mirko nicht geschickt. Er hatte wohl gesagt: »Tu, was nötig ist«, und das hatte Mirko getan, aber für Wolfegg-Seitenstetten barg die Entführung eines Uni-Assistenten große Risiken. Wenn irgendwas davon rauskam, war er geschäftlich erledigt. Wenn er sich entschlossen hatte, Mirko zu schicken, die Sache mit mirkospezifischen Methoden zu bereinigen, dann nur, weil nichts anderes übrigblieb. Der Hut brannte. Das hieß: Scheidbach drohte mit der Verbreitung der Seuche. Aber woher wusste der gute Michael Scheidbach, wie gefährlich die sterblichen Überreste des Ferdinand-Erasmus waren? Als der Professor daran gestorben war, hatte Scheidbach den Sack mit den Knochen schon an sich gebracht. Es musste ihn jemand informiert haben. Laska? Wenn er Scheidbach vom Tod des Professors erzählt hatte, dann waren die beiden Komplizen. Warum hätte er dann das Theater mit dem Einbruch in Scheidbachs Wohnung aufführen sollen? Na ja, um ihn, Gerald Ambrosius, zu täuschen – als Ablenkungsmanöver. Das konnte sein. Genauso denkbar war, dass eine andere Person den Scheidbach über die Krankheit informiert hatte.

Amalie.

Das passte auch zusammen. Laska sei untergetaucht, hatte Mirko gesagt. Also hatte er versucht, ihn aufzutreiben. Aber Laska war ihm einen Schritt voraus gewesen. Warum? Weil ihn jemand gewarnt hatte. Amalie. Aber warum? Sie kannte Laska nicht einmal… Jetzt fiel es ihm ein. Den Laska kannte sie nicht, aber den Ambrosius. Wenn Laska nicht verfügbar war, würde sich Mirko an den nächsten Verschwörer wenden. An Gerald Ambrosius.

Die Erkenntnis traf ihn so unvermittelt, dass er nach Luft schnappte. »Was haben Sie?«, fragte Mirko. »Machen Sie keine Geschichten, von wegen, mir ist nicht gut oder so – sonst sorg ich dafür, dass ihnen wirklich nicht gut ist, glauben Sie mir …« Gerald schüttelte den Kopf. »Ich hab nichts«, sagte er, »alles in Ordnung.«

Vor dem Institut stiegen sie in einen dunkelblauen Audi Q7, im Fond saß Oskar von Wolfegg-Seitenstetten.

»Grüß Sie Gott, Herr Dr. Ambrosius!«, sagte er. Freundlich, fast schon leutselig. Der Banker lächelte sogar. Gerald brummte einen Gruß. Mirko stieg vorn ein und fuhr sofort los. Gesprochen wurde nichts, bis sie auf der Westautobahn waren.

»Sie fahren allen Ernstes höchstpersönlich nach Vorarlberg?«, fragte Gerald.

»Was ist daran ungewöhnlich?«

»Nun, ich dachte… ich hab nicht gedacht, dass Sie die Sache so ernst nehmen …«

»Ihre Amalie hat mich ganz schön unter Druck gesetzt, mein Lieber!« Das *Ihre* betonte er, es sollte wohl anzüglich klingen, klang aber nur komisch. »Der Tod meines Vetters hat sie mehr mitgenommen, als ich ihr zugetraut hätte. Er war ein vollendeter Trottel, ich weiß nicht, was sie an ihm gefunden hat …«

Ah so, dachte Gerald, da ist nicht nur ein uralter Familienzwist, sondern auch eine deutlich jüngere Eifersucht. Offenbar hatte der gute Oskar einst selbst ein Auge auf Amalie geworfen – die aber hat den Mann der Wissenschaft dem schnöden Krämer vorgezogen. Geralds Stimmung hob sich, obwohl er gerade gegen seinen Willen in einem Audi Q7 in Richtung Westösterreich unterwegs war.

»Ihre Reaktion liegt wohl an den tragischen Umständen beim Hinscheiden des Professors.« Das ölige Pathos rutschte ihm einfach heraus, Gerald konnte nichts dafür.

»Welche Umstände meinen Sie?«

»Die Schweißseuche. Darum hat sie ihn ja verbrennen lassen.« Mirko schaltete einen Gang herunter, um einen Lastwagen zu überholen; der Wagen bockte, Gerald und der Banker wurden leicht nach vorn gedrückt, was in einem Siebener-Audi nur passiert, wenn der Mann am Steuer nicht Auto fahren kann. Oder aber sehr erschrocken ist. Zum Beispiel. »Entschuldigung!«, rief Mirko und beschleunigte. Oskar von Wolfegg-Seitenstetten lächelte Gerald zu, schüttelte den Kopf. *Diese Jugos*! sollte das wohl heißen, ungestüm, immer noch ein bisschen … Balkan. Kein Gefühl für deutsche Spitzentechnik. Gerald staunte. Dieser Banker war schwerreich, weil er gerissen war, schlau und was nicht alles – wie konnte er dann aber seinen Adlatus so fundamental falsch einschätzen? Warum hatte er ihm nicht klipp und klar gesagt, worum es sich bei dieser Exkursion handeln würde? Nicht um die Heimholung alter Knochen, sondern *infektiöser* alter Knochen. Apropos *alte*

Knochen: War nicht der Balkan ein Hort des Vampirglaubens – das Böse, das von Toten ausgeht? Gerald Ambrosius erinnerte sich an eine Fernsehdokumentation, in der das erwähnt worden war. Vampire auf das rumänische Transsylvanien zu beschränken war ein Fehler – leicht möglich, dass der ultraharte Mirko da eine wunde Stelle hatte; fragen konnte er ihn freilich nicht. Die Balkanvampire sind auch keine lasziv-romantischen Gestalten, die ihre Opfer zu Untoten machen, sondern Dämonen. Die bringen einfach Leute um, fertig.

Mirkos Chef schien nicht aufzufallen, dass Mirko einen wunden Punkt hatte. Wahrscheinlich mache ich mir, dachte Gerald, in der einen Stunde, die ich diesen Mirko kenne, mehr Gedanken um ihn als Banker Oskar in vielen Jahren.

»Mirko hat mir erzählt, ich soll die Knochen prüfen«, sagte Gerald, »glauben Sie denn, sie sind nicht echt?«

»Glauben?« Der Banker lachte. »Sehen Sie, Dr. Ambrosius, in meinem Metier ist es mit dem Glauben so eine Sache: Es gibt zu viel davon. Es ist geradezu durchtränkt von Glauben. Alle glauben irgendwas. Mit tiefer Überzeugung. Dass dieses Derivat ein großer Renner wird und jenes nicht. Dass sie diesen Kunden betrügen können, aber nicht jenen. Und so weiter. Die Medien faseln immer vom *Finanzkasino*. Weil sie eben keine Ahnung haben. Ich bitte Sie: Wer *glaubt* in einem Kasino, dass jetzt die Dreizehn kommt? Oder die Zwölf? Die Spieler hoffen das, manche mit letzter Verzweiflung, weil sie pleite sind, wenn die Dreizehn nicht kommt. Die einzigen Menschen, die dort an etwas glauben, sind die Systemspieler. Die glauben an ihr System. Aber die werden eliminiert. Nein, der Hort des Glaubens ist die Finanzwelt. Wie die Kirche früher ...«

»Und Sie, Baron, glauben Sie auch ...?«

»Aber nein, Sie verstehen das falsch! Ich lebe von der Differenz zwischen dem, was die Menge *glaubt*, und dem, was ich *weiß*. Das ist nämlich nicht dasselbe …«

»Ich glaube, ich hab's jetzt begriffen – ungefähr …«

»Dann werden Sie auch einsehen, dass ich mich im Falle Scheidbachs nicht aufs Glauben verlassen kann. Also brauche ich jemanden, der nichts glaubt, für den nur Wissen zählt. Sie glauben doch nichts, Dr. Ambrosius? Ich meine – gar nichts. Als Wissenschaftler?« Gerald konnte nichts anderes tun, als dies zu bestätigen. Er fühlte sich geschmeichelt. Trotz der Entführung. Dieser Wolfegg-Seitenstetten war gerissener, als er gedacht hatte.

Der Baron lehnte sich zurück und schloss die Augen. Gerald tat dasselbe. Der Audi glitt auf der Westautobahn dahin wie auf Schienen. Bald war er eingeschlafen.

*

Angeblich wird ja die Rachsucht einer betrogenen Frau von nichts und niemandem übertroffen. Amalie von Seitenstetten hätte diesen Satz als lächerliches frauenfeindliches Klischee bezeichnet – früher. Jetzt musste sie sich eingestehen, dass er in ihrem Fall wohl zutraf; sie erschrak vor sich selbst. Sie hatte, daran konnte kein Zweifel bestehen, ihren verräterischen Liebhaber an einen bösen Feind verraten. Ihr fiel nun auf, wie merkwürdig ihr Verhalten Außenstehenden vorkommen musste. Gerald Ambrosius hatte sie nicht in dem landläufigen, sexuellen, Sinn betrogen. Das hätte sie auch gestört, sehr sogar, aber eben: gestört. Und nicht mit jener eiskalten Wut erfüllt, die aus einem verborgenen Winkel ihrer Seele hervorbrach, so stark, dass sie noch jetzt, Tage später, nach Luft schnappte wie bei einem Asthmaanfall. Er hatte die Treue gebrochen, die Treue zur Herrin, der er alles verdankte, sein Lehen sozusagen – er hatte den Lehenseid gebrochen. Natürlich hatte er so einen Eid nie geschworen, nicht im wörtlichen Sinn, sie lebten nicht mehr im 13. Jahrhundert – andererseits taten sie das doch, wenigstens sie lebte noch dort. Wenn er das nicht wusste, war er selber schuld. Er hätte sie besser kennen sollen. Er hätte ihr beistehen müssen mit *Rat und Tat*. Nicht nur hatte er das nicht getan, sondern ihre Pläne hintertrieben, sich gegen sie gestellt. Was bleibt denn da anderes übrig als der Tod?

Sie hatte versucht, ihn zu erreichen, nicht selber natürlich, sondern über einen Strohmann, ihren Sekretär bei der Charity-Organisation, der ihr ergeben war. Dr. Gerald Ambrosius war unerreichbar. Man hatte ihn in Begleitung eines Mannes von schwer merkbarem Äußeren das Institut verlassen sehen und seither nicht mehr. Sein Handy war tot, leicht möglich, dass dies auch schon für ihn galt. Die Baronin Seitenstetten lebte nun aber nicht nur im 13. Jahrhundert und im 21., sondern zum Teil auch im 18.; Erbteil ihrer Familie – die Exaltiertheit, durch die sie in der Wiener Gesellschaft auffiel, war eine Folge dieser Epochen-Multiplizität, von der die Leute nichts ahnten. Sie wussten nicht, mit welcher Baronin sie es jeweils zu tun hatten, mit der aus dem Mittelalter, der aus dem Barock oder der modernen.

Das 18. Jahrhundert bescherte Europa den aufgeklärten Absolutismus und der Baronin, wenn sie sich in jenem Modus befand, Gewissensbisse. Die Fürstin musste sich um alles kümmern, um jeden Dreck gewissermaßen, also auch um den unglückseligen Wicht, der versucht hatte, sie zu erpressen. Was hatte der haben wollen? Zwanzigtausend Euro, man glaubt es nicht! Wenn bei einem ihrer Wohltätigkeitsdinner diese Summe herauskäme, wüsste sie, dass sie gesellschaftlich erledigt wäre, eine absolut unakzeptable Zahl, eine Beleidigung. Aber der arme Tropf wusste es halt nicht besser. Dieser Mensch, der sich Stangeler nannte (warum auch immer), *gehörte* nicht zu ihr, das nicht, er könnte ihr völlig egal sein, andererseits war er durch den Verrat des Gerald Ambrosius in Versuchung geführt und in seine missliche Lage gebracht worden, also war sie verantwortlich. Sie musste ihn warnen und rief an.

Sie schlug jenen Tonfall an, mit dem sie das unausweichlich gewordene Entlassungsgespräch einer Hausangestellten zu führen pflegte – um es, ihrer grundhumanistischen Überzeugung folgend, so amikal wie irgend möglich verlaufen zu lassen; Tadel milde formulierend, die harte Tatsache des Hinausschmisses als unglückliches Zusammentreffen widriger Umstände darstellend.

»Nein, Herr Stangeler«, sagte sie in freundlich-bestimmtem Ton ins Telefon, »mit dem Herrn, den ich für Sie kontaktiert hab – mit dem wird es nichts.«

»Er will nicht zahlen?«

»Keine zweihunderttausend, keine hunderttausend, nicht einmal zweitausend. Keinen Cent. Es tut mir leid, er hat sich völlig irrational verhalten, hat die Contenance verloren ...«

Michael Scheidbach sagte nichts. Um ihn herum schien alles zusammenzubrechen, obwohl der Bergfried der Frastafeders, in dem er sich aufhielt, so unerschütterlich stand wie all die sechshundert Jahre davor. Was sollte er jetzt tun? Seine bonbonrosa ausgemalte Zukunft im relativen Reichtum einer ergaunerten sechsstelligen Summe verflüchtigte sich wie ein Traum. Nicht einmal zweihunderttausend Euro, schoss es ihm durch den Kopf. Nicht einmal das ... Was ist das überhaupt für eine geschissene Erpressung, zweihunderttausend? So selbstbeschränkt … ein kleinbürgerlicher Mini-Erpresser, der halt grad so viel braucht, um das dreimal verschissene Eigenheim abzuzahlen! Jeder Kerl von Format hätte eine Million verlangt … Er begann schwer zu atmen.

»Leider ist die Sache damit noch nicht vom Tisch«, setzte die Baronin fort, »dieser Herr ist fuchsteufelswild wegen der Gschicht, ich hab ihn so überhaupt noch nie erlebt … Deutsch und deutlich gsagt: Der geht über Leichen. Und ich mein das nicht metaphorisch, verstehn S'? Das ist ein ganz gefährliches Subjekt mit Verbindungen nach – *Südosteuropa*. Mehr brauch ich, glaub ich, nicht sagen …«

»Südosteuropa? Sie meinen – Balkanmafia und so?«

»Das hab ich nicht gsagt, das sagen jetzt Sie. Aber Sie dürfen Ihre Schlüsse ziehen. Ich rate Ihnen nur eins: Geben Sie dem … was immer er von Ihnen will …«

»Ich denk doch gar nicht dran!«

»Na dann: viel Glück, Herr Stangeler …«

»Ich heiße nicht so, das hab ich Ihnen doch gesagt, der Stangeler ist aus der *Strudlhofstiege* …«

»Ja, eben, das mein ich doch!«

»Was?«

»Sie verzetteln sich da mit der *Strudlhofstiege* und haben ganz andere Probleme! Überhaupt seh ich nicht ein, wie man über eine Stiege einen Roman schreiben kann …«

»Der Roman ist gar nicht über die Stiege …«

»Wie auch immer, kontaktieren Sie ihn, ich geb Ihnen jetzt eine Nummer, haben S' was zum Schreiben?«

»Schon, aber was soll das bringen? Er will ja eh nicht zahlen …«

»Na, will er net, Sie Christkind! Was er aber sicher will, ist Rache, verstehn S'? Der ist net so lieb wie ich, der will Sie abstrafen! Hören Sie, Sie sagen einfach, diese … diese Gegenstände sind an einem Ort, wo er sie sicher findet, teilen ihm diesen Ort mit und sagen, dass alles die Idee vom – Sie wissen schon, von wem war, und von seinem Adlatus, Sie sind da nur am Rand hineingeraten, als kleines Radl gwissermaßen. Und die Erpressung – da sagen S' halt in Gottes Namen, war meine Idee! Vielleicht genügt ihm das. Ich mein, ohne dass er Ihnen seinen Knochenbrecher schickt …«

Sie gab eine Mobiltelefonnummer durch, er schrieb mit wie ein Automat. Er wollte sie noch etwas fragen, aber sie hatte aufgelegt. Auf einen neuen Anruf reagierte sie nicht. Er hätte nicht nur eine Sache von ihr wissen wollen, sondern einen ganzen Haufen Dinge, die ihm unklar waren. Wer war dieser Wüterich, der angeblich kochend vor Rachsucht hinter ihm her war? Und warum warnte die Baronin Seitenstetten den kleinen Michael Scheidbach, der immerhin versucht hatte, sie zu erpressen, vor dem Ungeheuer? Viel eher sollte man doch eine Teufelei von ihrer Seite annehmen.

Er rief die Nummer an.

»Ja?« Kein Name.

»Man hat mir geraten, ich soll hier anrufen …«

»Wer spricht?«

»Scheidbach.«

»Und wer hat geraten?« Jetzt war der Akzent klar, das harte »r«, Südosteuropa …

»Die … äh … die Frau Baronin … Seitenstetten.« Das war alles ganz schlecht, *Balkanmafia, Balkanmafia* trommelte durch seinen Kopf.

Am anderen Ende der Verbindung Gemurmel, dann eine andere Stimme. »Ihnen ist klar, Herr Scheidbach, dass Sie etwas haben, das mir gehört?«

»Äh, ja, das war mir aber nicht so klar, weil wir ja eigentlich nur etwas entwendet haben, was davor jemand anderer entwendet tat, und diese Kapelle, also, dass die jemandem gehört …«

»… hat Sie überrascht, nicht wahr?« Die Stimme voller Hohn, aber das war wie bei manchen Prüfern, das hatte eine paradoxe Wirkung auf Michael Scheidbach; Einschüchterung funktionierte bei ihm nicht so, wie es erwartet wurde, sondern motivierte ihn.

»Ich hab wegen der Sache nur einen Haufen Unannehmlichkeiten gehabt«, fuhr er fort und kultivierte den Tonfall rechtschaffener Weinerlichkeit, wie ihn Alkoholiker draufhaben, wenn sie sich rechtfertigen müssen. Das müssen sie unentwegt.

»Und da haben Sie beschlossen, es mit einer Erpressung zu versuchen – wegen Ihrer Unannehmlichkeiten!«

Leute, die das nicht können, sollten nicht versuchen, sarkastisch zu werden, dachte Michael Scheidbach, das kommt falsch daher und bewirkt nur Betretenheit beim Zuhörer, sonst nichts.

»Ich hab gar nichts beschlossen, das war doch sie!«, rief er ins Telefon.

»Wer – sie?«

»Die Baronin Seitenstetten …«

»Die hat gesagt, Sie sollen zweihunderttausend von mir verlangen?«

»Was? Zweihunderttausend? Ja, ist denn die … Davon war nie die Rede! Zwanzigtausend, hab ich gesagt, wegen meiner Auslagen und als Finderlohn gewissermaßen …«

Gemurmel am anderen Ende, dann wieder die Stimme des Wolfegg-Seitenstetten. »Hören Sie jetzt genau zu: Sie geben die Knochen zurück. Und zwar alle, haben Sie das verstanden?«

»Ja, kein Problem …«

»Wir werden uns melden.«

Das Gespräch wurde beendet.

Michael Scheidbach atmete auf. Er holte sich ein Bier aus dem Kühlschrank und trank es im Stehen halb aus. Dann setzte er sich in den grünen Lehnsessel und begann nachzudenken.

Er saß im dritten Stock des Turmes, im obersten. Ein paar Meter über ihm liefen die massiven Dachbalken über den quadratischen Raum, dicht nebeneinander, angeblich alles aus Edelkastanie, die im Mittelalter im Raum Feldkirch heimisch gewesen war. Das Gebälk in der Schattenburg war auch aus diesem Holz. In der Mitte jeder Wand gab es eine Schießscharte, jetzt mit kleinen Fenstern verschlossen, die der Onkel eigens dafür angefertigt hatte.

Die würden also ihr sogenanntes Eigentum zurückfordern. Und ihm anschließend die Scheiße rausprügeln, das hatte die Baronin nicht so formuliert, aber sinngemäß angekündigt. Schwere Misshandlungen durch Balkansadisten. Denn, nicht wahr: Dass ihm im Falle der Rückgabe der gestohlenen Knochen nichts passieren würde – das hatte dieser komische Baron nicht erwähnt. Nicht, dass der ihm nicht den Buckel voll lügen würde – aber er hatte nichts davon gesagt. Hatte sich also nicht einmal die Mühe gemacht, ihn anzulügen … Oder war sein Schweigen anders zu interpretieren? Du gibst die Knochen zurück, damit ist die Sache erledigt, kein weiteres Wort?

Michael Scheidbach war sich nicht sicher. Was sollte er tun? Er konnte in dem grünen Sessel sitzen bleiben, bis sie unten die Tür aufbrechen würden. Die war zwar aus Eichenholz, aber modern, heutigen Bruchwerkzeugen würde sie keinen Widerstand bieten. Er musste seinen Bergfried verlassen und etwas unternehmen, damit es zu einem Türaufbrechen gar nicht käme. Er brauchte Rat. Von Angelika Spielberger? Sie fiel ihm als Erstes ein, aber nein … das war nicht ihre Sache, damit konnte er sie nicht belasten, es herrschte Krieg, Männersache.

Er erinnerte sich einer Person, die er aufsuchen und fragen konnte. Ein Schulfreund natürlich. Menschen vom Naturell des Michael Scheidbach lernen die wichtigsten Bezugspersonen ihres Lebens in den Schulen kennen, die sie besuchen, diese eine Person kannte er aus dem Gymnasium.

Fritz Brandner hatte einen unüberbietbaren Vorteil: Er würde seinen Schulkameraden Michael Scheidbach nicht abwimmeln können, wenn der seinen Ratschlag brauchte. Er war von Berufs wegen zum Ratschlagen verpflichtet; nicht durch einen Psychologenehrenkodex oder Ähnliches, sondern durch einen weit älteren Eid.

Fritz Brandner war katholischer Priester.

Der Einzige aus Michaels Klasse, der einen geistlichen Beruf ergriffen hatte. Großbäuerlicher Abkunft, zur letzten Generation jener Priester gehörend, die mit dieser speziellen Berufswahl den Herzenswunsch ihrer Mutter erfüllen. Priesterseminar, Weihe, Landpfarrer in Tisis, einer Gemeinde an der Grenze zu Liechtenstein, wegen des allgemeinen Priestermangels auch noch für ein paar Nachbargemeinden zuständig. Michael wusste das mit Tisis. Die Nummer des Pfarrers lieferte das Internet. Pfarrvikar Mag. Fritz Brandner wunderte sich nicht, von Michael Scheidbach zu hören. »Komm doch einfach her!«, sagte er. Michael tat, wie ihm geheißen. Er ließ jede Vorsicht fahren, sperrte das Erdgeschosstor auf, nicht ohne sich mit dem Nachtsichtgerät vergewissert zu haben, dass draußen niemand lauerte, öffnete auch das Außentor, fuhr mit dem Lada Taiga hinaus, schloss das Tor wieder und fuhr von Frastanz nach Tisis; nicht durch das nahe Feldkirch, er nahm die

Straße über einen der Hügel, die Feldkirch umschließen, und näherte sich der Gemeinde Tisis von der Seite der Grenze. Auf sein Läuten am Pfarrhaus öffnete aber nicht Pfarrvikar Brandner, sondern ein ihm unbekannter, etwas älterer Mann von traurigem Aussehen. Er trug einen farbbespritzten Overall. Von hinten tönte die durchdringende, von allen als zu hoch empfundene Stimme Fritz Brandners. »Komm rein! Komm rein, das ist der Scholz, er hilft mir beim Renovieren!«

Michael Scheidbach trat ein. Der vornamenlose »Scholz« sagte nichts, ging ins Wohnzimmer des Pfarrers voraus, der saß an einem großen Schreibtisch, hinter dem er hervorsprang wie ein hechelnder Hund, sobald der Gast den Raum betreten hatte. Das übertriebene, leicht hysterische Betragen kannte Michael Scheidbach noch von der Schule her, er gab dem Schulfreund die Hand, der rief: »Scholz, bring doch den guten Cognac, das müssen wir feiern!« Scholz verschwand irgendwohin, wahrscheinlich in die Küche, Michael setzte sich und musterte sein Gegenüber und den Raum. Fritz Brandner hatte sich seit dem letzten Klassentreffen nicht sehr verändert. Schlank und rank, schwarze Hosen, schwarzes T-Shirt, blonde Wuschelfrisur, die auftoupiert aussah, was bei einem Geistlichen eher befremdlich wäre, dachte Michael, aber wahrscheinlich sah das nur so aus, aufgetürmt von der Begeisterung, die vom Kopf des Trägers nach allen Richtungen physisch abstrahlte. *Begeisterung* war das Wort, das Fritz Brandner am besten beschrieb, in der Unterstufe hatte er sich für Leichtathletik begeistert, sogar irgendwas bei den Jugendlandesmeisterschaften gewonnen, später für Existenzphilosophie und sehr spät, schon in der Maturaklasse, für Jesus. Dabei war er dann geblieben. Der Umgang mit Fritz Brandner fiel nicht allen Menschen leicht, das lag nicht etwa an dem, was er sagte (er machte nie Bekehrungsversuche oder so), sondern an der Art, *wie* er sprach. Die alltäglichsten Bemerkungen hatten bei ihm den Beiklang geoffenbarten Wissens; hinter seinen Sätzen standen Rufzeichen, sein Gesicht leuchtete, nein, nicht sein Gesicht, sein *Antlitz*, Leute wie er hatten ein *Antlitz*. Denn er war von der Liebe Jesu erfüllt und verströmte sie als ungerichtete Energie in die Umgebung. Wie die Störsender im Kalten Krieg, mit denen die Russen die *Voice of America* unhörbar machen wollten, klar, es war im Gegensatz zu den Russensendern die Liebe Jesu, aber das konnte manchen Leuten dennoch auf die Nerven gehen. Michael war daran gewöhnt.

»Sag, mein Lieber, wie ist es dir ergangen? Erzähl uns doch, was dich zu uns führt!« Auf so eine Einleitung müsste man mit »Wohlan!« oder »Nun, denn!« antworten, und wenn dieser Scholz nicht dabei gewesen wäre, hätte es Michael genauso gemacht; Fritz Brandner konnte man stundenlang durch den Kakao ziehen, ohne dass der es merkte, das machte aber nur Spaß innerhalb der *peer group*. Fremde verdarben den Spaß an der Sache. Also verzichtete Michael Scheidbach auf eine gestelzte Antwort und erzählte einfach. Einfach alles. Wie der Assistent Laska auf ihn zugekommen war, um ihn für den merkwürdigen Überfall abzuwerben. Einem Räuber seine Beute abjagen, und, ja, über vierhundert Jahre alte Knochen! Hatte man jemals so etwas gehört! Der Pfarrer hatte nicht, Scholz auch nicht.

Inzwischen wurde der »gute Cognac« serviert, Brandner trank in Maßen, Scholz hielt sich zurück, Michael nicht. Das Reden fiel ihm nun leichter. Die Emotionen kamen hoch, am Schluss stand er kurz davor, in Tränen auszubrechen, als er den Verlauf des Telefonates mit Wolfegg-Seitenstetten schilderte. Als er diesen Namen nannte, blickte Scholz auf.

»Kennst du den?«, fragte Brandner.

»Flüchtig«, sagte Scholz. »Offiziell ein Investmentbanker. In Wahrheit ein Geschäftemacher, ein übler Kerl.«

»Scholz hat in seinem früheren Leben in merkwürdigen Kreisen verkehrt!«, rief Brandner und schenkte nach, »bis er den Ruf des Herrn vernommen hat und umgekehrt ist!«

»Und der Ruf des Herrn hat dich ins Pfarrhaus Tisis geführt?«, wollte Michael wissen.

»Wie du siehst. Seine Wege und seine Absichten sind unerforschlich, aber eine Absicht könnte man vielleicht unterstellen: Hier bist du mir begegnet …«

»Und das ist gut für mich?«

»Ich glaube schon«, sagte Scholz. Seine Stimme war leise, aber fest. »Denn nun kann ich dich warnen. Ich sag nur eins: Leg dich nicht mit diesem Wolfegg an! Das würde übel ausgehen …«

Michael Scheidbach seufzte. Dann sagte er: »Wenn der liebe Gott mich warnen wollte, hätte er sich, mit Verlaub, nicht so viel Zeit lassen sollen. Dasselbe wie du hat mir schon eine Dame gesagt, die den Wolfegg auch kennt, und sie hat es mir, genau wie du, zu spät gesagt! Ich hab mich schon mit dem Typ angelegt, Warnungen nützen mir nichts mehr!«

»Gemach!«, rief der Pfarrer, »oft erscheint uns das Wirken des Herrn unverständlich, erst im weiteren Verlauf der Ereignisse stellt sich heraus, dass er alles wohlgeordnet hat – wie es im Lied heißt … der große Dinge tut an uns und allen Enden …« Mit dem Zitieren dieser Zeilen war er ins Singen geraten, Scholz fiel ein, sein veritabler Bass unterstütze die etwas blecherne Tenorstimme des Pfarrers.

»… der uns von Mutterleib und Kindesbeinen an
Unzählig viel zu gut und itzund hat getan.«

Wie die meisten Menschen der Moderne schätzte Michael die Äußerung religiöser Empfindungen nicht sehr, er ließ sie über sich ergehen, wenn es sich nicht vermeiden ließ. Aber an diesem Abend empfand er im Wohnzimmer des Pfarrers, in dem Sammelsurium aus Ikea- und Stilmöbeln, in dem großen Raum, den die Stimmen dieser merkwürdigen Menschen durchhallten, ein Gefühl des Trostes, wie es ihn noch nie angekommen war. Er hätte sogar mitgesungen, kannte aber den Text nicht, das schien aber nichts auszumachen. Die beiden sangen einfach weiter, die zweite und die dritte Strophe, Fritz Brandner strahlte sogar beim Singen übers ganze Gesicht, Scholz zeigte kein Strahlen (das ist nicht jedem gegeben), aber eine Miene ernster Würde. Michael Scheidbach summte laut mit, die Melodie kannte er natürlich, der Choral von Leuthen, 1757, Siebenjähriger Krieg, das wusste er auch als Mediävist, aber darum ging es jetzt nicht. Die Anspannung fiel von ihm ab, er sackte in seinem Sessel zusammen, als ob man im Inneren Haltedrähte gekappt hätte.

Als der Gesang verstummt war, breitete sich Stille im Zimmer des Pfarrhauses aus; es war nicht die Stille der Frastafeders, hinter deren Mauern man nicht einmal den Wind hörte, hier war das anders, der Straßenlärm der B191, der Liechtensteiner Straße, drang gedämpft herein. Aber das machte nichts. Nach langem Schweigen sagte der Pfarrer ohne den üblichen »Jubilate«-Ton: »Du gibst die Knochen einfach zurück. Wenn du diesen Leuten nicht begegnen willst, dann hinterleg das Zeug doch einfach an einem bestimmten Ort, wo sie es abholen können …«

»Und du selber tauchst unter«, fiel Scholz ein, »und wartest, bis Gras über die Sache gewachsen ist.«

»Untertauchen? Wo denn?«, fragte Michael Scheidbach.

»Da findet unser lieber Scholz etwas, nicht wahr?«, sagte der Pfarrer, »er ist ein Mann von vielen Talenten!«

Scholz wehrte das Lob mit halbherziger Handbewegung ab, nur aus Bescheidenheit, kam es Michael vor; als ob die Abwehr des Kompliments der reinen Konvention folgte. Wer könnte das Offensichtliche, allen Bekannte bestreiten? Scholz *war* ein Mann von vielen Talenten. Der Pfarrer hatte wahr gesprochen, aber wie es bei wahr sprechenden Menschen häufig vorkommt, wusste er nicht, *wie* wahr. Denn die meisten Talente dieses Mannes, der sich Scholz nannte, hatte Pfarrer Brandner noch gar nicht entdeckt, und die Wohlmeinendsten, die den Scholz etwas besser kannten, hätten dem Pfarrer gewünscht, dass dies so bleiben möge.

Es fing schon damit an, dass er nicht Scholz hieß. Sein Name war Rudolf Büchel, er war ein gebürtiger Schweizer aus dem Grenzgebiet zu Österreich, von guter Herkunft, aber leider dem Spielteufel verfallen, was ihn in große Schwierigkeiten gebracht hatte. Um die zu überwinden, war ihm ehedem ein Plan eingefallen, dessen Durchführung allerdings auf grandiose Weise schiefgegangen war und nicht nur ihm selbst, sondern, man darf sagen: allen Erdenbewohnern noch größere Kalamitäten bescherte hätte, wovon allerdings sie, die Erdenbewohner, zu ihrem Glück nichts mitbekamen.* Scholz, den wir ab nun bei seinem wahren Namen Rudolf Büchel nennen wollen, hatte dem Pfarrer Brandner, als er vor Monaten aufgetaucht war, eine gereinigte Fassung seiner Lebensgeschichte zu Gehör gebracht, also das mit der Spielsucht gebeichtet, die daraus resultierenden Kalamitäten aber weggelassen. *Wie geht denn das?*, wird mancher fragen, das ist doch schwierig, so eine

* Näheres im Roman *Tod auf der Tageskarte*, Deuticke, 2014.

gleichsam differenzierte Erinnerung, wie leicht kann man sich verplaudern … Ja, das sollte man meinen, aber in Tat und Wahrheit ist die Fähigkeit, die eigene Vergangenheit in einem eben nicht totalen, sondern auf raffinierte Weise partiell erhellten Dunkel zu lassen, in Mitteleuropa weit verbreitet, und zwar schon seit 1945. Sie wird von den Eltern durch eine Art unbewusstes Lehren an die Kinder weitergegeben. Die solcherart erzeugten Vergangenheitskonstrukte zerbrechen, wenn jemand nachfragt. Richtig nachfragt, nicht nur pro forma. Dann muss gelogen werden, das widerspruchsfreie Lügen ist aber eine schwere Kunst, die in Spionageschulen gelernt wird, normale Zeitgenossen können das nicht. Pfarrer Brandner hätte also nur richtig fragen müssen, das hat er aber nicht getan, weil das richtige, das inquisitorische Fragen in der katholischen Kirche heute nicht mehr so populär ist wie in früheren Zeiten. Pfarrer Brandner wusste aus persönlichen Erfahrungen, dass die sogenannte *reine* Wahrheit in die *reine* Verzweiflung führt, sein Job bestand aber darin, die Menschen aus der Verzweiflung *heraus*zuführen, und zwar mit buchstäblich allen Mitteln! Wenn er also nicht nachfragte und nachbohrte, lag das an seiner Berufsauffassung und nicht an der Naivität, die Landpfarrern von Unwissenden oft unterstellt wird.

Er hatte bald erkannt, dass »Scholz« auch das Talent besaß, Geld aufzutreiben. Woher? Nun ja, durch Legate. Wie er das anstellte, blieb sein Geheimnis. Durch dieses segensreiche Wirken war es nicht nur möglich geworden, dringende Reparaturen in der Kirche ohne bürokratischen Aufwand zu bewerkstelligen, sondern auch eine ganze Heilige Familie als Altarschmuck zu bestellen. Wo? Natürlich bei dem weit über die Grenzen Vorarlbergs hinaus geschätzten Dornbirner Holzschnitzer Lothar Moosmann …

Büchel und Michael Scheidbach traten aus dem Pfarrhaus in die Nacht. Wind hatte sich erhoben, der böig aus unterschiedlichen Richtungen blies, als könne er sich nicht recht entscheiden, wo er hinwollte. Büchel legte den Arm um Michaels Schultern. »Komm mit, ich muss dir etwas zeigen!« Er schloss ein Auto auf. »Ist dem Pfarrer seins«, erklärte er. »Steig ein.« Michael tat, wie ihm geheißen, sagte nichts, wartete auf Erklärungen. Er hatte jetzt diese Ruhe, nach dem Gespräch mit dem Pfarrer-Schulfreund, nach dem Abendessen. Geräucherte Würste mit Salzkartoffeln und Sauerkraut. Daran konnte es nicht liegen, das Kraut war ein wenig zu sauer gewesen, die Würste auch keine kulinarische Offenbarung, dennoch fühlte sich Michael nicht einfach satt, sondern gelabt. Vielleicht, ging es ihm durch den Kopf, bin ich katholischer, als ich dachte, und anfällig für … ja, wofür? Für die geistliche Atmosphäre, das Fluidum im Pfarrhaus? Er kam nicht dazu, über diese Dinge nachzudenken, denn Rudolf Büchel begann nun, ihm seine Sicht der Lage zu erläutern.

»Um diese Knochen«, sagte er, »ist ein Griss – ich glaube, das darf man sagen.«

»Wieso? Nur der Wolfegg will sie unbedingt haben.«

»Nein, das ist nicht richtig. Diese Baronin will sie genauso, sie hat es dich nur nicht so merken lassen. Das war schlau von ihr, den Wolfegg vorzuschicken …«

»Versteh ich nicht. Wenn er sie hat, hat sie sie nicht, ist doch logisch!«

»Du musst schon ein bisschen um die Ecke denken. Deine reizenden Bekannten wollen beide die Knochen verschwinden lassen. Am besten wäre es, wenn das der jeweils andere täte, denn dann hat man selber den größeren Abstand – je weiter man von den Gebeinen entfernt ist, desto besser. Inzwischen weiß das der Wolfegg auch, aber eben zu spät. Er ist ihr in die Falle gegangen. Jetzt hat er sie am Hals, die Knochen, meine ich. Und dich. Aber das war ja klar …«

»Was war klar?«

»Dass er diesen Zug von der Baronin nicht voraussieht. Er ist ein Spieler. Aber ein schlechter …« Michael brauchte einige Zeit, um diese Neuigkeit zu verdauen.

»Lieferst du mich an ihn aus!«

»Wie kommst du da drauf? Jemanden kennen heißt nicht, ihn zu mögen. Meistens heißt es das Gegenteil …« Er versank in Schweigen. Sie waren jetzt auf einer Landstraße, die aus dem Ort hinausführte. Die Häuser links und rechts wurden spärlicher.

»Wohin fahren wir?«, wollte Michael Scheidbach wissen.

»Zur alten Kirche. Du weißt sicher, es gibt hier zwei.«

»Natürlich. Und was gibt es an der alten Tisner Kirche?«

»Knochen«, sagte Rudolf Büchel. »Eine Menge Knochen.« Er bog auf den Kirchhof ein. Kein Mond am wolkenverhangenen Himmel und keine Sterne. »Im Handschuhfach ist eine Taschenlampe«, sagte Büchel. Er selber holte eine aus dem Seitenfach der Fahrertür und stieg aus. Michael nahm die Lampe und trat neben ihn. Der Schweizer hielt den Lichtkegel seiner Lampe am Boden und ging zu einer Tür an der Rückseite der Kirche. Er sperrte auf. Nichts knarrte, geölte Angeln, dachte Michael, hier wird darauf geachtet, dass alles in Schuss ist.

Büchel stieg eine steile Steintreppe hinab, Michael folgte ihm. Sie kamen in einen Raum mit Gewölbedecke. Wie groß er war, hätte sich mit den Lampen erkunden lassen, aber die Abmessungen interessierten niemanden, der das Gelass zum ersten Mal betrat. Michael sog Luft zwischen den Zähnen ein.

Rundum lagen Knochen. In Regalen. Armknochen, Beinknochen. Und Schädel, besonders viele Schädel. Ein Ossarium, ein sogenannter *Karner*.

»Hier liegt die Lösung unserer Probleme«, sagte Rudolf Büchel. Er klang heiter.

»Da versteh ich gleich zwei Sachen nicht«, sagte Michael. »Wieso sollen diese Gebeine eine Lösung sein, und warum sind es unsere Probleme? Ich hab eins, ein Problem nämlich, nicht du!«

»Doch! Ich auch. Es ist das Problem, wie ich mich an diesem verfluchten Arschloch rächen kann!«

»An Wolfegg?«

»Exakt.«

»Was hat er denn …?«

»Ich möchte darüber nicht reden. Er hat sich sehr … unfair verhalten. Mir gegenüber. Vor längerer Zeit. Jetzt kann ich es ihm heimzahlen …«

»Mit alten Knochen?«

»Ich werde ihn treffen, wo er es am meisten spürt. Beim Geld.« Michael Scheidbach verstand gar nichts mehr. Er setzte sich auf einen alten Stuhl, dessen Anwesenheit in diesem Ambiente etwas Bizarres hatte. Kam jemand hierher, um auf dem Stuhl sitzend sich in der Betrachtung vermoderter Gebeine zu verlieren?

»Wolfegg wird zahlen«, erklärte Büchel. »Für ein paar von diesen Knochen hier. Erst viel später wird er draufkommen, dass es die falschen sind.«

»Gratuliere zu deinem Plan! Er wird also erst mich umbringen, dann dich!«

»Er wird nichts dergleichen tun. Und dich betrifft die Sache gar nicht. Nicht *du* übergibst ihm die Gebeine, sondern *ich*. Mit den echten Knochen kannst du dann machen, was du willst. Ich empfehle einen Verkauf an die Frau Baronin. Ich bin dir gern bei den Verhandlungen behilflich.« Michael Scheidbach dachte nach. Es kam aber nichts dabei heraus, seine Gedanken gingen im Kreis.

»Ich muss darüber nachdenken«, sagte er.

»Dein gutes Recht, deine Umsicht ehrt dich! Nachdenken kannst aber später auch noch, jetzt suchen wir ein paar Knochen aus – wo wir schon einmal hier sind. Du kannst es dir ja immer noch anders überlegen. Was brauchen wir denn?« Michael hatte die Liste im Kopf. Die Gebeine entnahm Büchel den Regalen mit sicherem Griff. Er kannte sich hier aus. Michael sagte, was er brauchte. Denken tat er nicht mehr. Er reagierte rein mechanisch. Wenn Charaktere wie Rudolf Büchel und Michael Scheidbach aufeinandertreffen, geht es immer so aus. Der eine setzt seinen Willen durch, der andere vergisst, dass er je so etwas wie einen freien Willen hatte.

Sie hatten bald alles beieinander. So viel war es gar nicht. Die großen Röhrenkochen, das Becken, ein paar Teile von der Wirbelsäule und der Schädel. Und ein paar Rippen. Wie viele genau, hatte Michael vergessen.

»Wie viele Rippen hat der Mensch eigentlich?«, wollte Rudolf Büchel wissen.

»Ich habe keine Ahnung … zwölf?«

»Egal. Wir nehmen zwei Dutzend für jede Seite, dann haben wir alle Größen. Ist ja genug da.« Er hatte recht. Man konnte sich bedienen wie in einem gut sortierten Baumarkt. Michael wunderte sich nicht, dass der Schweizer schon einen Jutesack mitgebracht hatte, in dem das Material verstaut wurde.

Sie verließen den Karner mit ihrer Beute und fuhren ins Pfarrhaus zurück.

»Wo soll ich jetzt hin?«, fragte Michael. Er war müde.

»Das ist allerdings noch ein kleines Problem …«

»Wieso? Der Brandner hat gesagt, du hast sicher was für mich!«

»Hochwürden Brandner setzt großes Vertrauen in mich, ich weiß. Ehrlich gesagt, übertreibt er dabei … Wo wohnst du denn jetzt? Bei den Eltern?«

»Nein, in einer Burg …«

»Was?«

Michael kam nicht umhin, die Geschichte der Burg Frastafeders und die Verbindung derselben zu seiner Familie darzustellen; er wählte eine Kurzfassung, Büchel war dennoch beeindruckt. »Das will ich sehen«, sagte er, »fahren wir hin! Du voraus, ich mit dem Pfarrerauto hinterher. Ich sag nur noch dem Brandner Bescheid …«

»Das mit den Knochen?«

»Blödsinn! Ich sag, wir haben verschiedene Unterkünfte inspiziert, nichts Gescheites dabei, daher: weitere Suche!« Er wartete keine Antwort ab und betrat das Pfarrhaus. Nach drei Minuten kam er wieder. Es sei alles in Ordnung, keine Einwände von Seiten Hochwürden Brandners. Michael Scheidbach bestieg seinen Lada Taiga und fuhr los. Das tat er ungern: andere Autos irgendwohin lotsen; meist ging es schief, er hatte dafür kein Geschick, die Gelotsten verloren ihn aus den lächerlichsten Gründen, sosehr er auch immer versuchte, ebendies zu vermeiden, dann gab es Vorwürfe im Verlauf langer Handytelefonate, vergiftete Atmosphäre.

Aber an diesem Abend war es anders. Er blickte kein einziges Mal in den Rückspiegel. Hinter ihm fuhr dieser Scholz, das wusste er, um den brauchte er sich nicht zu kümmern, kein Problem, Scholz würde sich nicht abhängen lassen. Der war fähig. Nicht wie sein Onkel Franz, den er auf der Fahrt zu einer

Familienfeier zweimal verloren hatte. Zwischen Frastanz und Dornbirn, unglaublich … Am Fuß des Burgbergs hielt er an. Büchel war hinter ihm, wie erwartet.

»Du musst umsteigen«, erklärte Michael, »es ist sonst zu steil.« Sie setzten die Fahrt über die letzten Kehren im Lada fort. Es folgte die Prozedur des Ankommens, die Umkehrung des Abfahrens. Anhalten vor dem Tor, Tor aufmachen, hineinfahren, Tor zumachen, Tor im Turm aufschließen, hineingehen, Tor zuschließen, über die Leitern in den obersten Stock aufsteigen. Büchel schnaufte, als sie angekommen waren. Er blickte sich um, ging von einem Fensterchen zum nächsten.

»Hast du Lebensmittel hier?«, fragte er.

»Für Wochen. Zu trinken auch.«

»Dann versteh ich nicht, warum du dir wegen diesem Wolfegg Sorgen machst! Du wohnst in einer Burg, Herrgott! Das ist doch ideal – du bist hier unangreifbar.«

»Die könnten das Tor aufsprengen …«

»Stimmt. Dann rufst du einfach die Polizei. Handynetz geht doch?«

»Ja. Aber bis die da sind …«

»Hör zu: Diese Leitern, die kann man doch hochziehen, oder?«

»Sicher. Jede einzelne …«

»Also, was wollen sie machen? Sie können nicht zu dir hinauf. Außerdem bin ich auch noch in der Nähe …«

»Wie meinst du das?«

Rudolf Büchel erklärte es ihm.

*

Oskar von Wolfegg-Seitenstetten erkannte die Stimme am Telefon sofort. Er würde diese Stimme sogar unter anderen heraushören, unter Dutzenden anderen in einem vollbesetzten Lokal. Das lag nicht daran, dass er diesen Menschen lang hätte reden hören. Sie hatten vielleicht eine halbe Stunde miteinander gesprochen, und dabei hatte er selbst die meiste Zeit geredet. Es lag auch nicht daran, dass die Stimme des Rudolf Büchel so markant gewesen wäre, markant war nicht einmal der leichte Schweizer Akzent. Markant war auch nicht, was er gesagt hatte, sondern wie. Er hatte Oskar gedroht. Damals. Wegen eines Investments von lächerlichen fünfzigtausend Euro. Das natürlich schiefgelaufen war. So etwas kommt vor. Es kommt häufiger vor, als die Klienten glauben, und ist eine der grundlegenden Tatsachen bei dieser Art von Geschäften: dass man alles verlieren kann. Oder, wenn schon nicht alles, einen ganzen Haufen Geld. Aber wegen fünfzigtausend so einen Aufstand zu machen wie dieser Büchel, das hatte noch niemand gewagt – so mit ihm zu sprechen, mit Oskar von Wolfegg-Seitenstetten. Und jetzt redete er schon wieder so.

»Pass auf, Arschloch«, sagte Rudolf Büchel, »in dieser Knochensache bin ich derjenige, mit dem du reden darfst, nicht der Scheidbach. Ich vertrete seine Interessen. Der Sack kostet hunderttausend.«

»Bist du verrückt?« Das war aus Oskar herausgeschossen, eher er nachdenken konnte. So viele Dinge wusste er nicht. Wie kam Scheidbach an diesen Büchel? Gar nicht natürlich. Die Sache war genau umgekehrt. Büchel hatte den Studenten vorgeschoben. Wenn sich das aber so verhielt, wie glaubhaft waren dann die anderen Personen in dieser Affäre? Die Baronin und dieser Dr. Ambrosius, alles Marionetten. Sogar der verblichene Professor selbst hätte unter derselben Decke stecken können, ach was – hatte unter dieser Decke gesteckt! Bis zu dem Unfall … Oskar konnte sehr schnell denken, wenn er unter Druck stand. Sein geschäftlicher Erfolg beruhte auf dieser Fähigkeit. Das Ganze war von Anfang an eine Verschwörung gewesen, um ihn, den verhassten Finanzmann, zu diskreditieren. Mit einer Epidemie, ausgelöst durch die Knochen eines Vorfahren – die Englische Schweißkrankheit: Wie praktisch, dass keiner weiß, was die eigentlich war! Konnte jeder mutierte Virus sein, in irgendeinem asiatischen Genlabor zusammengebastelt – aber behaupten würde man, er stamme aus der Gruft des alten Grafen Erasmus, aus der Gruft, die wem gehörte? Ach ja, dem Wolfegg-Seitenstetten, dem undurchsichtigen Finanzgenie. Und wer hat die Exhumierung durchgeführt? Der Vetter des Besitzers … Nur leider würde die Sache schiefgehen, eine Seuche ausbrechen und auf die Firma Wolfegg-Seitenstetten Schadenersatzansprüche in Milliardenhöhe zukommen. Ganze Kompanien von Anwälten diverser Prozessfinanzierer würden sich auf ihn stürzen wie Hyänen auf ein fettes Aas. Er würde nicht bezahlen, was denen einfiel, aber jahrelang prozessieren und finanziell bluten – das würde er müssen. Und Reputation verlieren. Bei den meisten seiner Geschäfte kam es darauf an, dass nichts in der Zeitung stand oder im Fernsehen kam; weder, worum es ging, noch, wer daran beteiligt war. Nichts, gar nichts. Darauf legten seine Geschäftspartner größten Wert.

Rudolf Büchel am anderen Ende der Leitung schwieg. Er hörte keine Unterbrechung, er hörte Oskar atmen, also war der noch dran und dachte nach. Das war gut, denn es hieß, er hatte ihn kalt erwischt. Statt mit dem harmlosen Knaben musste Oskar nun mit ihm verhandeln, mit Rudolf Büchel. Das konnte für den Finanzier nur ein Schock sein. An diese

Sache damals, als sie sich das erste Mal begegnet waren, dachte Rudolf nicht gern zurück, er verdrängte die Erinnerung, so gut es ging, wenn sie sich doch meldete, erfasste ihn eine höllische Wut, die ihn, wie er wusste, unvorsichtig werden ließ. Das konnte er sich in seiner Lage nicht leisten.

»Sieh es einfach so«, sagte er nach langer Pause, »du bist mir was schuldig. Von damals, du weißt schon. Die Hunderttausend sind sowieso nur symbolisch. Ich bin ein rationaler Mensch, ich will niemanden vernichten oder solchen Quatsch. Aber ich verlange Respekt! Den hast du vermissen lassen …« Schweigen. Dann fragte Oskar: »Was schlägst du vor?«

»Du bringst das Geld zu dieser Burg, du weißt ja schon, welche, oder?«

»Ja.«

»Du kommst zu Fuß den Berg rauf. Du allein. Ich will keinen Mirko sehen und keinen Lazlo und wie deine Typen noch alle heißen. Seh ich einen Einzigen von denen, ist die Sache gestorben!«

»Ich zahl keinen Cent für etwas, von dem ihr nur behauptet, ihr habt es! Ich muss es sehen. Das heißt, ein Experte muss es sehen, jemand, der sich auskennt und mir bestätigt, es sind die echten Knochen.«

»Na gut, dann bring diesen Experten mit! Und das Geld …«

»Moment: Über das Geld reden wir, wenn mein Spezialist die Ware gesehen hat. Ich renn nicht mit so einer großen Summe durch den Wald …«

Über diesen Punkt entwickelte sich ein Hin und Her, bis Rudolf Büchel unter Bekundung großen Widerwillens zustimmte, dass beim ersten Kontakt noch kein Geld im Spiel sein würde. Sie verabredeten einen Termin bei der Burg Frastafeders.

Hätte ein Außenstehender diesem Gespräch zuhören können, wäre ihm aufgefallen: Das war eine seltsam verschwommene Abmachung. Konkret nur Zeit und Ort des Treffens und dass die Knochen des alten Erasmus von Seitenstetten überprüft werden würden, aber nichts über die Modalitäten des Austauschs von Ware und Geld, noch nicht einmal über die Höhe des Betrags. Als ob sich die beiden auf einem Basar befänden und die am Ende gezahlte Summe sowieso nur das Ergebnis langen Feilschens sein könne. Die wechselseitigen Sicherungsmaßnahmen der Geldübergabe oder -überweisung hatten sie mit keinem Wort erwähnt, als sei solches nicht nötig – gleichsam unter Ehrenmännern, vertrauenswürdigen Kaufleuten. Das merkwürdige Desinteresse am Ende der Transaktion war ähnlich begründet wie das Desinteresse der Herren Atta und Genossen am Landevorgang bei ihrem Flugkurs vor dem 11. September: Sie würden ja nicht *lege artis* landen müssen, sondern ganz anders, was man aber nicht vorher üben konnte. Ebenso bei der Abmachung Büchel-Wolfegg. An einen regulären Kaufakt im Sinne eines Tauschs Geld gegen Ware glaubten sie beide nicht – aber daran, dass der jeweils andere daran glaubte. Auf Grund ihrer gemeinsamen Erfahrungen hielten beide das Gegenüber für einen Gauner, aber gleichzeitig für einen Trottel, der beim letzten Mal einfach Glück gehabt hatte.

Wolfegg-Seitenstetten glaubte nicht an einen Kauf, weil er nicht vorhatte, einen müden Cent für diese Knochen zu bezahlen, die ihm ohnehin gehörten; darum hatte er auch gar nicht angefangen, über den Kaufpreis zu streiten. Büchel war aus seiner Sicht ein kleiner Betrüger mit beschränktem Horizont, beim Begriff *hunderttausend* setzte bei dem die schwach entwickelte Denkfähigkeit aus. Wolfegg würde die Knochen an sich bringen, das heißt, nicht er selbst, sondern Mirko und der gute Dr. Ambrosius würden das für ihn erledigen. Je nach Sachlage, ob zum Beispiel der Halbdepp Büchel anwesend war oder nur dieser Volldepp Scheidbach, würde es eine mehr oder weniger massive Bestrafungsaktion geben – da ließ sich der Baron alle Möglichkeiten offen. Ganz ohne Strafe würde es nicht gehen, schon aus Gründen der Generalprävention: Man konnte einen Wolfegg-Seitenstetten zwar bestehlen, aber eben nur einmal.

Rudolf Büchel hatte eine symmetrische Sicht der Dinge: Als die Rede Wolfeggs auf einen Spezialisten gekommen war, der die Knochen überprüfen würde, zerstob die Vorstellung von den Hunderttausend wie ein Traum. Für Büchel, den Spieler, war das aber ein gewohnter Vorgang. Man musste in diesem Metier blitzschnell auf geänderte Parameter reagieren; den meisten Menschen fällt das schwer, einer der Gründe, warum sie beim Spiel verlieren. Der echte Spieler hat mehrere Varianten der Zukunft parat, darin war Rudolf Büchel wirklich gut. Die Idee, dem Baron die falschen Knochen anzuhängen, war gestrichen und damit auch die Erpressung. Das war sowieso nur eine Möglichkeit gewesen. Wie Rot, wenn auch Schwarz kommen kann, oder Pair, wenn es auch Impair gibt. Man kann nicht damit rechnen, es ist alles nur Wahrscheinlichkeit. Es verkomplizierte das Prozedere, machte die Sache aber nicht unmöglich. Es gab ja immer noch die Baronin von Seitenstetten, die Witwe, die nach den Erzählungen Michael Scheidbachs auch ein Interesse an jenen Knochen hatte. Sie würde keine Hunderttausend zahlen, aber vielleicht dreißigtausend. Und sie hatte keinen Spezialisten zur Überprüfung der Ware. Er rief Michael Scheidbach an. Der war froh, die Stimme seines neuen Verbündeten zu hören. Büchel wollte sich am Telefon aber nicht über den Stand seiner Verhandlungen auslassen. Er kündigte nur seinen Besuch auf der Burg an. Michael Scheidbach erwartete ihn schon im Hof. Büchel gefiel das nicht. Nachlässiges Verhalten.

»Was machst du, wenn jetzt außer mir auch noch dieser Baron mit seinem Jugototschläger hier reinkommt?«

»Wieso sollte er dabei sein?«

»Weil er mich mit vorgehaltener Pistole gezwungen hat, den Anruf bei dir zu machen …«

»Hat er aber nicht, oder? Lass uns raufgehen.«

Darauf fiel Rudolf Büchel nichts mehr ein. Scheidbach war für konspiratives Leben nicht geeignet, das war sicher. Als Partner für irgendeine Unternehmung hätte er ihn nie ausgesucht. Gleichzeitig tat er ihm leid. Der junge Mann hatte keine Ahnung von den Härten des Lebens – ein Studium zu verbummeln gehörte nämlich nicht dazu. Wolfegg würde Michael Scheidbach mit Haut und Haar verschlingen und halbverdaut wieder auswürgen, bildlich gesprochen. Die Vorstellung störte Büchel, er wusste bloß nicht, warum. Irgendetwas an dem Studenten hatte ihn für sich eingenommen.

»Was zahlt er?«, fragte Michael.

»Hör zu«, sagte Büchel, »die Sache hat eine Wendung genommen …«

»Er weigert sich also. Hab ich mir gleich gedacht. Hätte er gezahlt, dann hätt ich auch einmal Glück gehabt. Aber das ist nicht möglich. Aus einem Grund, den ich nicht kenne, ist das nicht möglich. Dass ich Glück habe, mein ich …« Er sank in seinen Lehnstuhl, warf den Kopf in den Nacken und starrte an die Decke. Büchel seufzte. Sofortige Resignation beim ersten Widerstand, gepaart mit Selbstmitleid. Normalerweise eine Kombination, die ihn, wenn er sie bei einem Menschen feststellte, auf dem Absatz kehrtmachen ließ. Aber hier hielt ihn etwas zurück. Es ging nicht so sehr um seinen Anteil, der sich zu verflüchtigen drohte, es war noch etwas anderes. Er setzte sich.

»Hör zu«, sagte er, »ich hab schon viele wie dich getroffen, prima Material, fähige Burschen. Es ist nichts aus ihnen geworden. Weißt du, warum?«

Michael Scheidbach blickte ihn aus trüben Augen an. Die Formulierung *prima Material* hatte sein Interesse geweckt. Er konnte sich nicht erinnern, jemals von irgendjemandem als *prima* eingestuft worden zu sein. Er schüttelte den Kopf.

»Weil sie alle aufgegeben haben«, setzte Büchel fort, »an den unterschiedlichsten Stellen …«

»Was für Stellen …?«

»Die einen früher, manche ganz am Anfang, andere später, einige kurz vor dem Schluss. Spielt aber keine Rolle, das *wann*. Sie hätten überhaupt nicht aufgeben sollen. Nicht am Anfang, nicht in der Mitte, nicht am Schluss. Ich meine damit nicht Sieg oder Tod und solchen Scheiß, sondern das beharrliche Weitermachen, verstehst du?«

Michael Scheidbach nickte. »Weitermachen also«, sagte er, »gut und schön. Wie sieht das aus, konkret?«

»Wolfegg wird nicht zahlen. Er wird im Gegenteil versuchen, an die Knochen heranzukommen. Wenn das passiert, kriegt er sie. Oder der, den er schickt.«

»Ich soll sie einfach so …?«

»Nicht du. Ich! Du hast damit gar nichts zu tun, du bleibst außen vor. Verhandlungen und Übergabe überlässt du mir, das ist gesünder für dich, glaub mir …«

»Also gut. Du gibst dem Wolfegg die Knochen. Dann sind sie weg!«

»Es bleibt uns nichts anderes übrig. Wolfegg hat diesen

Ambrosius auf seiner Seite, der kennt die echten Gebeine. Macht aber nix. Wir haben ja immer noch die anderen, die verkaufen wir der Frau Baronin!« Michael Scheidbach nickte wieder. »Also schön, wenn du meinst …«

»Ich werde inzwischen den Kontakt herstellen. Ich ruf sie an und sag, sie soll herkommen.«

»Was, hierher?«

»Warum denn nicht? Das ist am einfachsten. Die Ware bleibt hier im Schutz der Burg. Außerdem bin ich auch noch da. Ich muss nur noch einmal kurz weg. Die Sache mit dem Pfarrer klären und … ein paar Vorbereitungen treffen …«

»Verstehe. Das ist die Nummer von der Baronin.« Er gab Büchel einen Zettel. Der verabschiedete sich. »Ruf mich an, wenn sich etwas tut, versprich mir das!«

Michael versprach es. Büchel verschwand in der Treppenluke. Beim Runtersteigen grinste er die ganze Zeit.

Er ging den Hohlweg hinunter und suchte als Erstes ein Versteck für das Auto. Es durfte nicht zu weit von der Abzweigung entfernt sein, die den Hang zur Burg hinaufführte, aber auch nicht in unmittelbarer Nähe, sodass ihn jeder Fahrer, der denselben Weg nahm, entdecken konnte. Er fand zwanzig Meter nach der Einmündung des Hohlwegs einen alten Hochstand am Waldrand. Etwas entfernt hatte man das Unterholz am Wegrand für eine Ausweiche entfernt. Hier konnte der Jäger sein Auto abstellen. Rudolf Büchel fuhr so ein Jägerauto, einen grünen Nissan Terrano, acht Jahre alt, hundertdreißigtausend Kilometer. Dieses Auto würde an dieser Stelle niemandem auffallen – außer dem echten Jäger, der sein eigenes Gefährt abstellen wollte. Aber das Risiko musste er eingehen.

7

Michael Scheidbach fühlte sich unwohl. Ihm war heiß. Die Schultern taten weh, der Nacken, der Kopf. Er saß im Hof der Burg Frastafeders auf einem Campingstuhl aus den sechziger Jahren. Er stammte aus dem Fundus des Onkels, der saß immer beim Schnapsbrennen darauf. Michael hatte ihn aus dem Turm geholt und in der Sonne aufgestellt. Dann war er eingedöst. Jetzt war die Sonne hinter den Tannenwipfeln verschwunden, Michael saß im Schatten, dennoch fühlte er diese Hitze im ganzen Körper, am stärksten im Kopf. Ich bin krank, dachte er. Eine Erkältung. Aber es war keine Erkältung. Da schwankt nicht der Boden, wenn man aufsteht. Wie jetzt. Der Campingstuhl stand dicht an der Turmmauer, er konnte sich abstützen, er wäre sonst hingefallen. Er rief seine Mutter an. Erklärte, er würde im Turm übernachten. Damit er gleich am Morgen mit dem Lernen anfangen konnte. Es war nicht klar, ob sie ihm glaubte; er durfte jedenfalls nicht zugeben, dass er krank war. Mit Krankheit konnte seine Mutter nicht umgehen, sein Vater noch weniger. Komplizierte biographische Gründe, die er nie richtig durchschaut hatte; irgendwas mit seinen Großeltern, die seine Mutter gepflegt hatte. Er konnte sich an die Leute nicht erinnern, sie waren gestorben, als er noch sehr klein war. Seine Mutter ertrug viel, aber keine Geschichten von wegen: Ich bin krank, hilf mir! Also hatte er seine Maladien selber auskuriert, gleichsam unter Ausschluss der Öffentlichkeit, er verbarg sie auch vor anderen Leuten. Er hatte sowieso nur Erkältungen (selten) oder einen Kater (häufiger). Dann nahm er zwei Mexalen. Oder Aspirin, oder Thomapyrin. Was halt da war.

Und jetzt war leider gar nichts da. In seinem Turm. Da musste er nicht suchen. Es gab unter dem Gerümpel keine Medikamente. Schon, weil sein Onkel auf Naturheilmittel schwor und alle »Apparatemedizin« ablehnte. Pillen gehörten auch zur Apparatemedizin. Das war auch der Grund, warum er seinen Onkel nicht bitten konnte, ihm ein verschreibungsfreies Fiebermittel zu besorgen, denn das Einzige, was er dann bekäme, wäre eine Kanne mit einem Kräutersud von abscheulichem Geschmack und exemplarischer Wirkungslosigkeit. Und selber holen konnte er sich das Zeug auch nicht. Er fühlte sich so schwach, dass er sich die steile Zufahrt nicht mehr zutraute. Aufwärts wär es noch gegangen, abwärts nicht.

Er musste sich zuerst einmal hinlegen, er hatte das starke Bedürfnis, sich hinzulegen, im Liegen würde es ihm besser gehen, das wusste er. Auf der Treppe erfasste ihn ein Schüttelfrost, wie er ihn noch nie erlebt hatte. Er umklammerte den Handlauf. Die Beine zitterten, die Arme, eine Art Krampf, der ihn in Wellen überlief. Er musste auf jeder Stufe eine Pause einlegen. Im ersten Stock torkelte er auf das Campingbett zu und ließ sich der Länge nach darauf fallen. Er schlief sofort ein. Als er wieder erwachte, ging es ihm nicht besser. Er hatte Fieber und konnte nicht mehr schlafen. Er hatte bei Fieber noch nie schlafen können, das war unangenehmer als die Krankheit selbst. Es gab in dem Turm kein Fieberthermometer, er konnte nur schätzen. Fieber, aber nicht extrem hoch, der Schüttelfrost war vorbei, er konnte sich aufsetzen, ein bisschen herumlaufen, wenn er sich irgendwo festhielt. Also objektiv besser als beim Heraufsteigen. Subjektiv aber schlechter, viel schlechter.

Denn er hatte Angst.

Er war nicht von der Außenwelt abgeschlossen. Das Handy hatte Saft, es gab ein Netz, er konnte anrufen, wen immer er wollte. Er hatte Angst vor etwas Unbekanntem. In diesem Turm. Die Einrichtung regte die Phantasie an; in dem Gerümpel konnte sich allerhand verstecken, jedes denkbare Monster bis zur Größe eines kleinen Dinosauriers hätte Platz gehabt. Solche Monster gab es nicht, er glaubte das auch keine Sekunde, dennoch hatte er Angst. Er zitterte, nicht so stark wie bei Schüttelfrost. Er zitterte vor Angst.

Mit der Zeit sah er ein, dass es die Angst war, zu sterben. Diese Angst war ihm ganz neu. Er bemühte sich, klar zu denken. Todesangst war irrational, man starb nicht so schnell an einem Fieber. Außer Gliederschmerzen und Fieber gab es aber keine Symptome. Was sollte das also schon sein? Grippe natürlich. Er musste etwas unternehmen, er musste jemanden anrufen. Er überlegte, seinen neu gewonnenen Freund Scholz anzurufen, verwarf das aber. Was würde das für einen Eindruck machen, wenn jemand, der an der Umsetzung hochfliegender Pläne beteiligt wurde, schon wegen einer simplen Erkältung schlappmachte? Das ging nicht.

Er rief Angelika Spielberger an.

Er schilderte die Lage und bat sie, ihm Medikamente zu bringen. Mexalen, wenn sie welches hatte, aber jedes andere Grippemittel wäre genauso recht, nur schnell müsste es gehen … Sie versprach, ihm zu helfen.

»Pass aber auf«, sagte er, »die Zufahrt ist wahnsinnig steil, da kommst du mit einem normalen Auto nicht rauf …«

»Ich frag meinen Vater, der hat eins mit Vierradantrieb.«

»Nein, du verstehst das nicht! Du kannst hier nicht rauffahren, wenn du's nicht gewohnt bist, du bleibst stecken oder landest im Wald. Versprich mir, dass du den Wagen unten stehen lässt und läufst!«

»Ja, ja … Erst muss ich einmal hinfinden. Ich beeil mich!« Sie beendete das Gespräch. Für einen Moment bedauerte sie ihre Hilfszusage, verachtete sich aber gleich dafür. Michael steckte in Schwierigkeiten, wer sonst sollte ihm helfen, wenn nicht sie? Über seine Familie war sie orientiert, die Eltern zu verständigen wäre einer Katastrophe gleichgekommen. Hysterische Anfälle der Mutter, Rettungsautos, die im Wald stecken blieben, Feuerwehreinsatz, Hubschrauber, ein Bericht in *Vorarlberg heute*. Scheidbachs Mutter war nicht normal, das wusste sie von Schulzeiten her, und der Vater unterstützte sie beim Verrückt-Sein. Ihre eigenen Eltern waren dagegen Muster an Rationalität, sie konnte sich glücklich schätzen … dachte sie.

Matthäus Spielberger saß mit seinen Kumpanen am Stammtisch. Wie fast jeden Abend. Er trank kaum etwas; das böse Wort über die Wirte, die selber ihre besten Gäste seien, traf auf ihn nicht zu. Angelika musste mit ihm reden, weil sie sein Auto brauchte; mit der Schaltung im Suzuki Vitara kam sie sowieso nicht klar, sie hoffte, ihr Vater würde sie zur Burg fahren. Dass Moosmann, Blum und Dr. Peratoner dabeisaßen, spielte keine Rolle, die gehörten, seit sie denken konnte, zur Umgebung ihres Vaters. Sie mochte sie alle und wurde von ihnen geschätzt und verehrt. Besonders vom Holzschnitzer Moosmann. Der sah sie als Erster beim Hereinkommen und machte, wie üblich, ein bisschen Theater, sprang auf, zog einen virtuellen Musketierhut und verbeugte sich mit vollendetem Kratzfuß.

»Papa, ich brauch das Auto«, sagte sie und lächelte Lothar Moosmann zu. Matthäus Spielberger, der mit dem Rücken zur Küchentür saß, drehte sich nach seiner Tochter um.

»Warum den Vitara? Ist dein Auto kaputt?«

»Nein, ich muss aber nach Frastanz auf einen steilen Hügel, da komm ich mit meinem nicht rauf. Und es wär mir sowieso lieber, wenn du fährst …« Sie trat an den Tisch und nahm neben ihrem Vater Platz. Lothar Moosmann setzte sich wieder. »Ich könnte dich auch fahren, falls dein Papa keine Zeit hat! Mit dem Landy komm ich überall rauf.«

»Das ist fein, danke. Ein Landrover ist doch noch mehr Geländeauto als der Vitara, oder?« Lothar nickte. Angelika Spielberger stand wieder auf. »Können wir?«

»Was, jetzt?«

»Ja, dem Michael geht's schlecht, der braucht dringend ein Fiebermittel …«

»Welcher Michael?«, fragte Matthäus. »Und was macht er auf einem steilen Hügel bei Frastanz?« Sie erklärte, wer Michael Scheidbach war, und dass er auf der Burg Frastafeders wohne. Momentan. Die Züge ihres Vaters verfinsterten sich. Sehr alte Erinnerungen an die Gymnasialzeiten seiner Tochter kamen hoch; Erinnerungen an blöde Streiche mit ihrem Gefolge unausweichlicher Schwierigkeiten, Erinnerungen an die Teilverwicklung seiner Tochter in die Scheidbach'schen Aktivitäten. Er hätte gut darauf verzichten können, den Namen Michael Scheidbach je wieder zu hören.

»Warum ist der überhaupt hier? Ich dachte, der studiert in Wien. Oder ist er vielleicht endlich fertig?«

»Noch nicht«, erklärte sie, »er ist auf der Burg, weil er ein wenig aus der Schusslinie muss …«

»Welche Schusslinie, was redest du denn da?« Bei Matthäus Spielberger läuteten die Alarmglocken. Dieses beschönigende Herumgerede erkannte er auch wieder – so hatte es sich vor zehn Jahren angehört, wenn sie ihre Verwicklungen in Scheidbach'sche Ideen kaschieren wollte. Sie seufzte laut. Sie erinnerte sich nun auch, gleichsam von der anderen Seite, an dieselben Dialoge. Geendet hatte es immer damit, dass sie mit der Wahrheit herausgerückt war. Es wäre darauf angekommen, die Dinge besser darzustellen, als sie waren, aber dafür hatte sie kein Talent. Und geradeheraus lügen konnte sie überhaupt nicht. Einen Unterschied gab es nun aber zu früheren Zeiten: Sie war älter und vernünftiger geworden. Also ließ sie ihre nutzlosen Ausreden sein, ehe die Situation eskalierte, und sagte gleich, was los war.

»Er ist da in eine blöde Sache hineingeraten, um ein bisschen Geld dazuzuverdienen, man hat ihn betrogen, er hat darauf reagiert, und jetzt ist er halt krank geworden …«

Die Formulierung kam ihr selbst bedrohlich vor, ihr Vater reagierte auch erwartungsgemäß. »Krank geworden? Was hat er denn?«

»Ach, eine Art Grippe, Fieber, Kopfweh, er braucht einfach ein paar Medikamente …« Bei den Worten *eine Art Grippe* ging ein Ruck durch die drei Kumpane, die mit am Tisch saßen und bis jetzt nur zugehört hatten. Angelika glaubte sogar, unterdrücktes Stöhnen zu vernehmen, aber das bildete sie sich vielleicht ein. Keine Einbildung war das erstaunlicherweise erwachte Interesse am Wohlergehen des Michael Scheidbach, den keiner von ihnen, soviel sie wusste, persönlich kannte.

»Was war das für eine Sache, in die er hineingeraten ist?«, wollte Peratoner wissen. Er sah sie nicht an bei dieser Frage, das war ungewöhnlich.

»Ach, er hat da mit ein paar anderen in Wien eine Ausgrabung gemacht, das war nicht ganz legal, soviel ich verstanden habe, und ist nicht korrekt bezahlt worden, die haben sich gestritten …«

»Was wurde denn ausgegraben?«, fragte Lothar Moosmann. Er hatte sich halb aufgerichtet und starrte sie an. Franz-Josef Blum starrte nicht sie an, sondern wie Peratoner auf die Tischplatte, aber sein Doppelkinn zitterte, was bei ihm auf heftige seelische Erregung schließen ließ.

»Knochen«, sagte sie, »alte Knochen.«

Lothar setzte sich wieder, Franz-Josef Blum schlug die Hände vors Gesicht, und Peratoner sog die Luft ein wie jemand, der es nach unfreiwilligem Aufenthalt unter Wasser im letzten Moment an die Oberfläche geschafft hat.

»So, so«, sagte Matthäus so leise, dass sie ihn kaum verstand, »alte Knochen. Aus einer Kapelle?«

»Ja, irgendwo im Wienerwald … Die wollten DNA extrahieren wegen einer Krankheit, die ausgestorben ist, ziemlich komisch das Ganze …«

Franz-Josef Blum fing an zu lachen. Es klang wie Gemecker. Wenn er sang, war es besser.

»Die Englische Schweißkrankheit«, sagte Peratoner, »es handelt sich um die Englische Schweißkrankheit.« Das nützt doch nichts, dachte sie, den Namen zu wiederholen, den hab ich verstanden; das ist doch keine Erklärung. Wenn er das im Unterricht auch so gemacht hat, glaub ich gern, dass er ein schlechter Lehrer gewesen ist. Das hat er einmal gesagt: Ich war ein schlechter Lehrer.

Aber in den Jahren der Pension musste er sich didaktisch verbessert haben, denn er fügte hinzu: »Die Englische Schweißkrankheit, die jetzt in Frastanz ausgebrochen ist.« Und mit einem Mal verstand Angelika Spielberger, wie die Sache stand. Sie wurde blass.

»Er hat nicht gesagt, dass er schwitzt«, sagte sie. Es klang verzagt.

Matthäus Spielberger fiel sein Traum ein. Den hatte er seit der Rückfahrt von Wien verdrängt. Man glaubt es kaum, aber so war es. Natürlich nicht in einem Rutsch, aber Tag für Tag hatten sich die Zeitabschnitte, da er nicht an seinen Traum dachte, verlängert. Weil: Es war ja nichts passiert. Ihm selber, Lothar, Lukas und Franz-Josef. Seiner Familie sowieso nicht. Sodass die ursprüngliche Annahme: *Diese Träume müssen kein Unheil bedeuten* aufrechterhalten werden konnte. Wenn man von Erasmus absah. Also sah man halt davon ab. Das heißt, alle Beteiligten sahen von Erasmus ab, alle vier plus Mathilde, der er das Ableben des Schulfreundes nicht verhehlen konnte. Da die vier Ausgräber gesund wirkten und auch in den folgenden Tagen nicht den kleinsten Anflug einer simplen Erkältung zeigten, ließ sie sich beruhigen. Die *Sache* ging niemanden etwas an. Vielleicht war Erasmus von Seitenstetten auch tatsächlich an der Influenza gestorben, wegen seinem schwachen Herz und so weiter …

Dieses gedankliche Konstrukt zerstob nun in einer Explosionswolke. Es blieb nichts davon übrig.

»Was ist denn hier los? Ist jemand gestorben?«, Mathilde war aus der Küche an den Stammtisch gekommen.

»Nein«, sagte Dr. Peratoner, »es kann aber sein, dass es bald so weit ist.«

»Jedenfalls steckt Michael in der Klemme«, sagte Angelika, »wir können nicht einfach hier herumsitzen, davon wird er nicht gesund.«

»Er wird überhaupt nicht mehr gesund.« Lothar Moosmann trank sein Bier aus. »Diese Seuche hatte eine Todesrate von neunzig Prozent oder so. Stimmt doch?« Dr. Peratoner nickte. »Da hilft auch kein … Was will er haben?«

»Mexalen. Ein Grippemittel«, sagte Angelika.

»… kein Mexalen«, fuhr Lothar Moosmann fort.

»Woher willst du das wissen?« Lukas Peratoners Denkvorgänge erreichten wieder die übliche Geschwindigkeit. »Vor vierhundert Jahren hat es kein Acetaminophenol gegeben. Es hat überhaupt keine wirksamen Medikamente gegeben …« Lothar wollte etwas einwenden, aber Peratoner wehrte ab. »Ja, ja, Heilkräuter, Naturheilverfahren, weise Frauen – Leute, seien wir doch ehrlich, das ist doch alles Larifari! Es hat nicht geholfen! Nichts davon. Wenn sich dieser Scheidbach also mit einem Grippemittel behandeln will, sollten wir ihm das ermöglichen. Es kann ja sein, dass es wirkt. Es kann sein, dass eine einzige Tablette wirkt!« Er blickte sich in der Runde um. Seine Augen leuchteten, alle starrten ihn an. Er hatte es wieder einmal erreicht. Eine Idee in die Welt zu setzen, eine Idee, gegen die niemand etwas vorbringen konnte, weil sie unmittelbar einsichtig war, weil jeder verstand, worum es ging. Eine Idee, die jedem hätte einfallen können. Die aber nur ihm eingefallen war.

Matthäus Spielberger erlebte ein Déjà-vu – das lief nun genau so, wie es schon mehrere Male gelaufen war: Er geriet in eine Lage, in die er nicht hatte geraten wollte, und schuld daran waren seine Freunde und/oder Mitglieder seiner Familie. Im aktuellen Fall wollte er weder auf die Burg Frastafeders fahren, um dem unsympathischen Michael Scheidbach Medikamente zu bringen, noch wollte er, dass dies irgendjemand aus seinem Umfeld tat – und doch würde er binnen kurzem in seinem Auto sitzen und zu diesem dreimal vermaledeiten Turm nach Frastanz fahren und sich einer tödlichen Gefahr aussetzen. Die Diskussion wogte um ihn herum, er hörte nicht mehr zu, Lukas Peratoner redete die meiste Zeit, der Schnitzer Moosmann unterbrach ihn mit seiner üblichen wütenden Stimme, der Ex-Buchhalter Blum mit bedächtig-baritonaler, die Frauen redeten auch noch dazwischen, dabei konnten sie sich das alles sparen: Es würde ausgehen, wie es in diesem Wirtshaus Brauch geworden war, sie würden auf die Frastafeders fahren, mitten in der Nacht, und es bestand nicht einmal die Chance, sich zu verirren wie früher, denn heute hatte man GPS. Er nicht, aber Moosmann. Hätten nicht die Appenzeller 1405 auch diese Burg verbrennen können wie etliche andere im Walgau? Dann wäre sie heute wie diese anderen eine Ruine und würde weder einen Michael Scheidbach noch gestohlene Knochen beherbergen, sondern der wäre bei seinen Eltern untergekrochen wie jeder andere Student und hätte sie schon längst angesteckt oder auch nicht. Das ganze Theater würde man jedenfalls ein paar Tage später in *Vorarlberg heute* im TV sehen oder in einer Sondersendung, je nachdem, ob nur das Einfamilienhaus der Scheidbachs unter Quarantäne gestellt würde oder gleich die Gemeinde Frastanz als Ganze. Je nachdem, ob die Englische Schweiße als eine Art starke Verkühlung wiederkommen würde oder als Ebola. Das eine wäre ein skurriles lokalhistorisches Detail, das andere eine europäische, vielleicht globale Katastrophe – aber mit ihm, Matthäus Spielberger, Wirt und Amateurastronom, hätte weder das eine etwas zu tun noch das andere; er bräuchte gar nichts zu tun und dürfte alles einfach passiv über sich ergehen lassen. Das wäre schlimm, aber er hätte nicht die Verantwortung für die Zukunft.

Die Reden waren verstummt; Matthäus merkte, dass ihn alle anschauten. Auf ihn kam es also an.

»Wir nehmen ein paar Kanister Benzin mit«, sagte er in die Stille hinein, »dann brennen wir die Burg nieder. Mit diesem Michael. In Afrika machen sie es so, wenn Ebola ausbricht.«

»Du übertreibst«, sagte Dr. Peratoner. »Aber nur ein bisschen, das gebe ich zu. Wir betreten den Turm nicht und stellen keinen direkten Kontakt mit Herrn Scheidbach her. Er kriegt seine Medikamente über einen Korb, den er gefälligst an einem Seil herunterlassen wird.«

»Genau!« Lothar Moosmann zeigte sich begeistert, »damit vermeiden wir jede Ansteckungsgefahr. Geniale Idee!« Er hatte ja nur Angst, dachte Matthäus, nicht mit seinem Defender über eine steile Waldpiste fahren zu können, mitten in der Nacht.

»Dann warten wir ab«, erklärte Franz-Josef Blum, »wie die Mittel wirken. Meldet er sich nach einer vernünftigen Zeitspanne nicht am Handy, wissen wir, dass er ins Koma gefallen oder tot ist. Dann ruf ich den Josef an.« Josef Talhuber war der Bruder seiner verstorbenen Frau, bei der Kripo, seinem Schwager ergeben, aus Gründen, die keiner in der Runde nachvollziehen konnte. Die Erwähnung Talhubers erfüllte die drei an der Grabung beteiligt Gewesenen mit Zuversicht – dieser Beamte würde den Schwager und seine Genossen aus den Ermittlungen heraushalten. Wer wie und warum überhaupt an diese Knochen gelangt war, würde im Dunkeln bleiben.

Kurze Zeit später saßen alle in Lothars Defender auf der Fahrt zur Burg Frastafeders. Lothar am Steuer, neben ihm Matthäus Spielberger, hinten verteilten sich Tochter Angelika, Dr. Peratoner und Franz-Josef Blum auf die beiden Längssitze, Frau Mathilde hatte es vorgezogen, daheimzubleiben, und dies mit der Bemerkung begründet, sie müsse nicht jeden Blödsinn mitmachen. Damit sprach sie ihrem Mann aus der Seele, aber der konnte nichts sagen, mitgefangen, mitgehangen. Angelika rief Michael Scheidbach an. Dessen Stimme klang schwach, er sprach mit langen Pausen, als müsse er das, was er sagen wollte, erst aus einer anderen Sprache übersetzen. Angelika versicherte, sie seien unterwegs und in einer Dreiviertelstunde bei ihm. Wer denn alles?, wollte er wissen. Ihr Vater und ein paar Freunde, sagte sie. Meine Güte, das wär doch nicht nötig gewesen! Danach legte er auf, ohne sich zu verabschieden.

»Es geht ihm schlecht«, seufzte sie. Die anderen sagten nichts, warteten auf Erklärungen. Aber Angelika verstummte. Lothar drückte aufs Gas. Er hatte sich ein Navi einbauen lassen, was Defender-Puristen entrüstet hätte – und ihm wäre das auch nicht eingefallen, bis vor zwei Jahren, als er einen ganzen Nachmittag auf Bergstraßen umhergeirrt war, mit einem Mordstrumm von heiligem Georg plus Drachen, den eine winzige, nichtsdestotrotz finanziell potente Gemeinde in der Ostschweiz bei ihm bestellt hatte.

Nach dem Ambergtunnel bei Feldkirch ging es auf der Bundesstraße nach Frastanz hinein; irgendwo bogen sie ab. Mit dem Navi war das Auffinden der Burg kein Problem. Der Feldweg wand sich durch Wiesen auf den Berg zu, im Scheinwerferlicht tauchten immer mehr Bäume auf, dann kam eine scharfe Kurve. Matthäus schluckte. Der Weg steilte sich auf. Tiefe Traktorfahrrinnen, ausgewaschen, glatter Fels kam hervor. Lothar zeigte keine Gemütsbewegung, schaltete und waltete, sperrte das Mitteldifferential und entsperrte es wieder, ohne dass Matthäus Spielberger in diesen Aktionen eine Verbindung zur Fahrsituation feststellen konnte. Aber er war ja auch kein Profigeländefahrer wie Lothar Moosmann. Der kaute auf der Unterlippe, bei ihm ein Zeichen gespannter Aufmerksamkeit, das tat er sonst nur beim Ausarbeiten diffiziler Holzschnitzdetails. Unten zwei Kurven, dann eine lange Gerade, vielleicht war dieser Teil des Weges nur eine Rinne zur Holzbringung, dachte Matthäus, mit ein paar Spitzkehren hätte man den Weg verträglicher anlegen können. Dann wurde es flach und weit, eine Lichtung im Wald, hinten eine hohe Mauer mit unpassendem Blechtor. Sie stiegen aus. Lothar schaltete die Scheinwerfer aus. Für einen Moment war ringsum alles schwarz, dann schälten sich die hochstämmigen Fichten aus dem Dunkel und der Schattenriss der Mauer mit dem ragenden Turm dahinter. Der Himmel wurde heller, je länger man ihn betrachtete, aber nicht so hell wie in Dornbirn, wo die Lichter des Rheintals, einer ganzen Stadtlandschaft, zum Boden zurückgestreut wurden. Hier wär es gar nicht schlecht, Sterne zu beobachten, dachte Matthäus, wenn nur die hohen Bäume nicht wären, die die Sicht einschränkten. Und dann die verrückte Auffahrt … nein, das konnte er vergessen. Sie fröstelten im Wind, der sich erhoben hatte, und traten auf das Tor zu; Lothar beleuchtete den Boden mit einer Stablampe.

Das Tor ließ sich aufziehen. Sie gingen hinein auf den Vorplatz des Turms. Hier lag alles in tiefem Dunkel. Angelika rief ihren Schulfreund an. Er wunderte sich, dass sie schon da waren.

»Pass auf«, sagte sie, »lass jetzt einen Korb herunter …«

»Was für einen Korb? Hast du die Tabletten?«

»Was? Ja, ja … einen Korb halt, an einer Schnur!«

»Wieso?«

»Damit wir dir die Tabletten reinlegen können.«

»Wo rein?«

»In den Korb!« Er schwieg. Er hat Fieber, dachte sie, er wär sonst nicht so begriffsstutzig. Dann sagte er: »Ich hab hier keinen Korb. Kommt doch rauf …«

»Du hast gesagt, der ganze Turm ist voll Gerümpel, da wird doch auch ein Korb dabei sein!«

»Nein. Tut mir leid.«

»Oder ein anderer Behälter …« Sie war dabei, die Nerven zu verlieren.

»Was für ein Behälter?«

»Herrgott, irgendwas, ein Plastiksack, ein Tasche, was du halt hast!« Längeres Schweigen. Dann: »Ich schmeiß euch den Schlüssel runter.«

»Nein, mach das nicht!«

Es war schon zu spät. Neben ihr klirrte ein Schlüsselbund auf den glatten Steinboden vor der Eingangstür. Dr. Peratoner nahm ihr das Handy weg.

»Herr Scheidbach, hier spricht Dr. Peratoner. Suchen Sie jetzt eine Schnur und binden einen Behälter dran. Den lassen Sie beim Fenster runter. Nur so kommen Sie an Ihre Medikamente. Von uns wird niemand den Turm betreten. Wegen der Ansteckung. Und jetzt beeilen Sie sich!«

»Geht auch meine alte Schultasche?«

»Ja, die geht auch. Vergessen Sie die Schnur nicht!«

Längere Zeit blieb alles still, dann hörte man weit oben ein Knarren. Eine Schultasche erschien im Licht der Moosmannschen Lampe, sie erschien langsam, ruckweise, nicht in einem einzigen, beschleunigten Rutsch. Es war ihm also gelungen, eine Schnur dranzubinden. Angelika legte den Plastikbeutel mit den Medikamentenschachteln hinein.

»Sie können jetzt raufziehen«, befahl Dr. Peratoner übers Handy. Der Korb bewegte sich nach oben. Nach einer Weile sagte Dr. Peratoner: »Er hat ihn. Abmarsch!« Ins Telefon sagte er: »Ich würde mit dem Mexalen beginnen. Eine Tablette, in sechs Stunden noch eine. Wenn's nicht besser wird, lassen wir Sie von der Rettung abholen!«

»Wegen einer Grippe? Ihr seid ja verrückt …«

»Es ist aber vielleicht nicht die Grippe, sondern die Englische Schweißkrankheit! Wir wissen von den Knochen, glauben Sie mir, wir wissen das alles, nehmen Sie die Krankheit nicht auf die leichte Schulter, das ist hochansteckend …« Weiter kam er nicht, Angelika entriss ihm das Handy (es war ja ihres).

»Hör zu, Michael, lass dich jetzt nicht verrückt machen, es ist nicht sicher, dass du die Schweißkrankheit hast, ich meine …«

»Du hast denen alles erzählt? Wieso denn, verdammt noch mal?«

»Nein, du brauchst dich nicht zu bedanken, das war doch selbstverständlich«, säuselte sie ins Telefon, »dass ich mir die Nacht um die Ohren schlage, damit du deine Scheißtabletten auf deine Scheißburg kriegst!« Diesen Teil ihrer Rede hatte sie nicht mehr gesäuselt, sondern gebrüllt, die Aus-Taste gedrückt, sich umgedreht und im Laufschritt in Richtung Tor aufgemacht. Die anderen folgten. Lothar schien betreten, nicht wegen der Ausdrücke, die Angelika verwendet hatte, sondern wegen der Plötzlichkeit des Ausbruchs, der auch ihren Vater störte, der ihr schimpfend nachrannte. Franz-Josef Blums Doppelkinn schwabbelte seiner inneren Erregung wegen, er war durch Angelikas Rede erschrocken und suchte sich zu beruhigen, indem er die *Romanze des Jägers* aus Conradin Kreutzers *Nachtlager in Granada* anstimmte, ein zu Unrecht kaum mehr bekanntes Stück, das er mit seinem feinen Instinkt für Stimmungen ausgesucht hatte. Dr. Peratoner blieb ruhig, er war von seiner Professorenzeit an die Unausgeglichenheit junger Menschen gewöhnt und dankte in Momenten wie diesem, dass er damals das Angebot der Frühpensionierung angenommen hatte. Nur der Gesang Blums ging ihm auf die Nerven; er musste aber zugeben, dass dadurch, die Singerei nämlich, der Druck aus der Situation genommen wurde. Niemand wagte den Buchhalter zu unterbrechen. Er hatte eine schöne Stimme und hätte bei entsprechender Ausbildung sicher den Sprung auf die Opernbühne geschafft. Während Franz-Josef Blum sang, ruhte sozusagen die Handlung wie in der Oper selbst, es wurde nichts getan, nur zugehört. Es wurde auch nichts gesagt. Vor allem nichts, was einem nachher leidtun würde. Franz-Josefs Talent hatte schon mehrfach Situationen entspannt, die ohne seine Kunst zu ernsten Zerwürfnissen eskaliert wären, das wusste Dr. Peratoner und fand sich mit dem Gesang ab, obwohl darin von einem »Maurenschloss« die Rede war, was für ein Blödsinn, die Frastafeders, eine schimmlige Ministerialenburg der untersten Kategorie – und ein »Maurenschloss«! Aber das war eben romantische Übertreibung …

Franz-Josef sang auch noch im Auto – die *Romanze des Jägers* ist ziemlich lang, auch ohne das wunderschöne Violinsolo im Zwischenspiel, das er weglassen musste. Als er fertig war, applaudierten alle, außer Lothar, der das Lenkrad mit beiden Händen umklammerte. Die Fahrt den Hohlweg hinunter war noch gefährlicher als die hinauf, aber durch Blums Gesang und das Zuhören bekamen seine Passagiere das nicht so mit, er war froh drum. Das Letzte, was er auf so einer Strecke brauchen konnte, waren unterdrückte Angstschreie von hinten. Auf der Fahrt zur Autobahn rief Angelika Michael Scheidbach an. Wie schon immer, taten beide, als sei nichts gewesen, ein in Jahren des schulischen Miteinanders eingeübtes Verhaltensmuster, es funktionierte noch immer. Es gehe ihm schon besser, versicherte Scheidbach, er habe zwei Tabletten genommen, sei jetzt müde und werde sich hinlegen. Sie wünschte ihm gute Nacht und gute Besserung, und das war's. Den anderen im Auto berichtete sie, was Michael Scheidbach gesagt hatte, es wurde mit Befriedigung zur Kenntnis genommen; dann sei es ja doch keine unnütze Fahrt gewesen, bemerkte Lothar Moosmann. Nein, nein, rief sie, ganz und gar nicht, dankte ihm und drückte ihm einen Kuss auf die Wange (sie saß diesmal vorne). Gleich erhob sich ein großes Hallo zwischen Moosmann, Blum und Peratoner, nur Matthäus Spielberger blieb still. Er kannte die Fähigkeit seiner Tochter, Leute um den Finger zu wickeln und gut Wetter zu machen, sie überraschte ihn nicht; es war ja auch in Ordnung, für eine zukünftige Wirtin der »Blauen Traube« war diese Gabe sicher besser als etwa die Eigenheit, alle gegen sich aufzubringen. Nein, seine Angelika würde die fünfte Wirtin dieses Gasthauses in ununterbrochener Folge sein, die fünfte »Lecherin«, da konnten großartige Vorarlberger Firmen mit Weltruf nicht mithalten, bei der Tradition. Als er darüber nachdachte, durchströmte ihn ein biedermännisches Gefühl satter Selbstzufriedenheit und unterdrückte einen im Hintergrund des Bewusstseins irrlichternden Gedanken. Dass sie etwas vergessen hätten, eine Kleinigkeit.

Damit hatte Matthäus Spielberger recht.

*

Unweit der Stelle, wo der Hohlweg mündete, traten zwei Gestalten aus dem Schatten der Fichten. Sie hatten das Auto zweihundert Meter weiter vorn an einem Feldweg abgestellt, waren dann zurückgelaufen. Ambrosius wäre natürlich bis zu dieser Burg hinaufgefahren, Mirko hatte befunden, das komme nicht in Frage, da oben säßen sie in der Falle, es gab laut Internetlandkarte nur diese eine Zufahrt. Ambrosius sagte: »Hmm, ja, du hast recht, das hab ich nicht bedacht.«

»Siehst du!«

»Ich hab halt nicht die Erfahrung wie du …«

Er konnte das Wohlgefallen, das diese Worte bei Mirko hervorriefen, fast körperlich spüren. Gerald Ambrosius hatte die

Schwachstelle des Totschlägers schon beim ersten Gespräch erkannt. Als Angehöriger des akademischen Mittelbaus verfügte er über eine auf einen gewissen Bereich spezialisierte Menschenkenntnis, vergleichbar dem Farbensehen der Bienen mit der stärksten Empfindlichkeit im Ultravioletten. Die Bienen vermögen bestimmte Blüten besser auszumachen, Ambrosius und Berufsgenossen konnten nach ein paar Sätzen herausfinden, wer für Schmeicheleien empfänglich war. Neider nennen das Arschkriecherei, aber Neider haben, wie immer, keine Ahnung: Hätten sie welche, dann hätten sie auch Erfolg und keinen Grund für Neid. Viel wichtiger, als zu wissen, wer auf gespielte Bewunderung hereinfällt, ist, zu wissen, wer das nicht tut – eine einzige Verwechslung kann eine akademische Karriere auf Jahre behindern, sogar zerstören. Mirko war, was dies betraf, ein einfacher Fall. Er sehnte sich nach dem Respekt gesellschaftlich Höhergestellter, um diesen zu simulieren, den Respekt nämlich, bedurfte es nicht gedrechselter Komplimente, plattes Anhimmeln genügte schon. Mirko hatte immer recht, er war von Weisheit erfüllt.

Sie zogen also zu Fuß bergan. Etwa in dem Sinne, wie man sagt: »Hannibal zog über die Alpen«, was einfach heißt, es ging nur langsam voran, auch ohne schwerfällige und am Wetter leidende Elefanten, verflucht langsam. Ambrosius stellte mit Befriedigung fest, dass Mirko fast ebenso oft stolperte wie er selbst; es war ein Vorantasten in völliger Dunkelheit, steil nach oben, aber eben in einem Hohlweg, das war das einzig Gute daran, denn ein Hohlweg hat steile Flanken, an die man stößt, wenn man von der Geraden abweicht, einmal links, einmal rechts; ein gestreckter Zickzackkurs, der sie höher brachte. Den offenen Himmel über der Frastafeders sahen sie schon von weiter unten, die Augen hatten sich ans Dunkel gewöhnt und nahmen das feine Glimmen der freien Atmosphäre wahr. Auf dem Platz vor dem äußeren Tor kam es ihnen recht hell vor, wie eine Bühnenbeleuchtung, wenn es am Theater »Nacht« sein soll.

Mirko ging auf das Tor zu, rüttelte daran, zog es auf. »Wieso ist das nicht abgeschlossen?«, flüsterte Ambrosius. »Das ist doch verdächtig …«

»Ja, im Kino«, sagte Mirko leise, aber ohne Flüsterstimme. »Das Leben ist nicht wie im Kino. Das offene Tor bedeutet nichts. Kein Hinterhalt …«

»Woher weißt du das?«

»Gefühl. Gefahr musst du spüren, es gibt keine Anzeichen, die gibt es nie. Im richtigen Leben sind die Dummen nie so dumm, wie du glaubst. Aber die Schlauen auch nie so schlau, wie sie glauben. Komm jetzt!«

Die Klinke an der Tür im Turm ließ sich leicht bewegen. Kein Knirschen, kein metallischer Laut. Mirko trat an den Lada, der unweit der Tür geparkt stand, befühlte die Motorhaube. Sie war kalt.

»Er ist schon länger hier«, sagte er. Dann bückte er sich und hob etwas auf. Einen Schlüsselbund. Mirko grinste. »Keine Zauberei, bin draufgetreten.« In dem Lederetui steckte nur ein Schlüssel, der zum Schloss passte. Mirko schob die Tür auf. Er nahm zwei Taschenlampen aus dem Anorak, eine gab er Ambrosius. Sie hielten sich nicht lang mit dem Durcheinander im Erdgeschoss auf. Die steile Treppe in den ersten Stock endete gleich neben der Tür. »Los!«, sagte Mirko und stieß den Doktor in Richtung Treppe. »Mach schnell!« Ambrosius eilte nach oben, so schnell er konnte. Die Treppe endete in einem rechteckigen Loch in der gewölbten Decke. Zehn Stufen darunter blieb Gerald Ambrosius stehen.

»Was ist?«, wollte Mirko wissen.

»Wenn ich den Kopf durch das Loch stecke und einer lauert dort …«

»… dann haut er dir vielleicht auf den Kopf, genau. Drum gehst ja auch du voran.«

»Und du bist dann gewarnt, während ich die Treppe runterfalle.«

»Das ist der Plan.«

»Aha. Und wer identifiziert dann die Knochen aus der Gruft?« Bei dem Wort *Gruft* verfinsterten sich Mirkos Züge. Er stieß einen slawisch klingenden Fluch aus und zwängte sich an Ambrosius vorbei. Der hatte ihm die Laune verdorben. Mirko war Aktionen wie diese gewohnt. Man dringt irgendwo ein, trifft auf Leute und prügelt aus ihnen heraus, was man wissen will. Dann bringt man sie, wenn das angeordnet ist, auf unterhaltsame Weise um. Im aktuellen Fall war der gefundene Schlüssel eine unerwartete Abkürzung des Verfahrens. Die Tür aufzusprengen wäre nicht in Frage gekommen, der Krach hätte in einem so dicht besiedelten Gebiet Zeugen auf den Plan gerufen; er hätte das Schloss also aufschmelzen müssen, dazu hatte er eine Portion Thermit im Rucksack, aber dabei musste man eine Stützvorrichtung basteln und einen Sichtschutz, weil das grelle Licht der Thermitreaktion kilometerweit leuchtete.

Er sprang mit zwei langen Sätzen ins Dunkel über der Treppe. Da war niemand, das wusste er. Instinkt. Nichts hier roch nach einer Falle, nur der Geruch der Dummheit war deutlich zu spüren. Der Schlüssel vor der Tür: sonst Hinweis auf einen Hinterhalt, ersonnen von Menschen, die mit Hinterhalten keine Erfahrung hatten. Hier aber nicht einmal das, sondern reine, unverfälschte Inkompetenz.

»Jemand hat den Schlüssel einfach verloren«, sagte er zu Ambrosius, der nach ihm durch die Öffnung stieg. »Da wartet niemand auf uns. Vielleicht ist gar keiner da.«

»Was machen wir dann? In dem Misthaufen finden wir unser Zeug nie ...«

»Wir warten, bis jemand kommt, der es uns zeigt.« Mirko polterte die zweite Treppe hinauf, dann die dritte. Er gab sich keine Mühe mehr mit Leisesein. Mirko war schnell, Ambrosius konnte nicht folgen. Drum hatte er erst zwei Stufen der dritten Treppe betreten, als Mirko schon wieder runterrannte.

»Da oben liegt einer!«, flüsterte er. Ambrosius leuchtete ihm ins Gesicht. Das hatte sich verändert. Bis jetzt war von Mirkos Zügen immer nur grundsätzliche Verdrossenheit abzulesen gewesen, jetzt gab es etwas Neues. Die Augen weit geöffnet, die Mundwinkel verzogen wie bei einem Kind, kurz bevor es losplärrt. Mirko packte den Doktor an der Schulter, Mirko suchte Halt. »In einem Bett«, setzte er fort, »da liegt einer in einem Bett ...« Gerald Ambrosius war verwirrt. Jemand lag in einem Bett. Es war nach Mitternacht, da schlafen Leute, die nicht gerade dem Verbleib alter Knochen nachspüren, üblicherweise. Wahrscheinlich war es dieser Michael Scheidbach, der wohnte ja angeblich hier. Er begriff nicht, was den Totschläger an diesem Setting aufregte. Er musste sich an Mirko vorbeizwängen, der wie ein Stein auf der Treppe stand. Ambrosius nahm ein paar Stufen, drehte sich um. Mirko sah ihm über die Schulter nach.

»Er stöhnt!«, sagte er mit leiser Stimme.

»Dann lebt er also. Umso besser. Dann kann er uns sagen, wo die Knochen sind.« Ambrosius stieg durch die Öffnung ins dritte Geschoss, von hinten kam Gemurmel in einer Sprache, die Ambrosius nicht verstand, nicht einmal einer Weltgegend zuordnen konnte. Neben der Bodenöffnung gab es einen Schalter. Ambrosius machte Licht. Irgendwo in dem Turm stand also ein Generator mit einer dicken Batterie. Die bleiche Gestalt im Bett deckte die Augen mit der Hand ab.

»Was ist? Bist du das, Angelika?«

»Ich muss dich enttäuschen, Scheidbach. Deine Angelika, wer immer das ist, hat dich allein gelassen.«

Scheidbach richtete sich auf. »Hat sie nicht! Sie hat mir Tabletten gebracht …«

»Wie schön von ihr. Bist du krank?« Die Frage war überflüssig, jeder konnte sehen, Michael Scheidbach befand sich in keinem guten Zustand. Schweiß stand ihm auf der Stirn, danach stank der ganze Raum. Und nach Bier und ein bisschen nach noch etwas anderem.

»Hast du dich angepisst?«, fragte Ambrosius.

»Das ist nur der Nachttopf … so weit zum Klo … unten …« Er sank auf das durchgeschwitzte Kopfkissen zurück.

»Verstehe. Weißt du, wer ich bin?«

»Ambrosius …«

Dr. Ambrosius nickte. Der Patient wirkte orientiert. Wahrscheinlich hatte er Fieber, aber kein hohes.

»Was hast du?«, fragte er.

»Keine Ahnung. Grippe, glaub ich …«

Hinter ihnen lachte jemand. Von Mirko war in der Bodenluke nur der Kopf sichtbar.

»Grippe! Grippe! Ja, sicher …«

»Wer ist das?«, fragte Scheidbach.

»Dein Albtraum, wenn du uns nicht sagst, wo die Knochen sind.«

Scheidbach rappelte sich wieder hoch und blickte zur Luke. Mirkos Kopf sah nicht wie ein Albtraum aus. In seinen Zügen malte sich Abscheu und Entsetzen. Mirko sah aus, als sei Michael Scheidbach *sein* Albtraum. Michael ließ sich zurücksinken.

»Haut ab«, sagte er, »leckt mich am Arsch …«

Der Faustschlag des Gerald Ambrosius kam zeitgleich mit dem Wort *Arsch* und traf Michael Scheidbach mitten ins Gesicht. Er hob die Hände, Blut schoss ihm aus der Nase, er begann zu wimmern. Ambrosius packte ihn an der Schulter und zog ihn mit einem Ruck aus dem Bett. Dann begann er, auf ihn einzutreten.

»Wo – sind – die – Knochen?!«, brüllte er, jedes abgehackte Wort mit einem Tritt unterstreichend.

»Aufhören!«, schrie Michael Scheidbach, »Aufhören!«, schrie aber auch Mirko hinter ihm, das wunderte Ambrosius, und er hörte auf zu treten.

»Du steckst dich an!«, schrie Mirko, »geh da weg!« Ambrosius trat einen Schritt zurück. Große Verwirrung befiel ihn. Was war hier eben passiert? Vor ihm krümmte sich Michael Scheidbach in einem himmelblauen, nassgeschwitzten Pyjama auf dem Boden. Warum? Weil ihn ein komplett durchgedrehter Typ mit Tritten traktiert hatte. In den Bauch, in die Nieren. Dieser Typ war er selbst, Dr. Gerald Ambrosius, Assistent an der Universität Wien. Er kannte sich nicht mehr aus. Alles hatte sich verschoben, nicht nur verschoben, sondern umgekehrt. Der für Schlagen und Treten zuständige Unterschichtler versteckte sich auf der Treppe, wagte nicht einmal, den Raum zu betreten, während der Akademiker den Totschläger gab. Das mit dem Totschläger, fiel ihm ein, war nicht einmal symbolisch, sondern real; er hatte sich, das wusste er genau, nicht zurückgehalten. Ein Milzriss war durchaus drin. Er fühlte sich unwohl, verärgert. Nicht wegen des Gewaltausbruchs, sondern wie beim Empfang einer unangenehmen Nachricht, etwa vom Finanzamt.

»Wo sind die Knochen?«, fragte er. Michael Scheidbach stöhnte und rappelte sich auf. Das dauerte. Sein Unterleib brannte, er konnte sich kaum bewegen, schwarze Punkte tanzten vor seinen Augen.

»Moment …«, flüsterte er.

»Schon gut, lass dir Zeit«, sagte Ambrosius mit normaler Stimme. Die Wut schien verflogen. Michael zog sich an der Bettkante hoch. Es ging ihm schlecht, viel mieser als nach der Tabletteneinnahme, da war es ihm besser gegangen. Es lag nicht nur an den Tritten, es lag an der Situation. Dieser Ambrosius würde ihn umbringen, daran gab es keinen Zweifel. Der war verrückt, solche Fälle gab es. Fixierung auf ein einziges Ziel, wenn das nicht erreicht werden konnte, drehten sie durch, aber schon komplett ohne Zwischenhalt. Michael Scheidbach fühlte Todesangst. Sein Fieber war nicht mehr so hoch wie vor dem Mexalen, aber immer noch vorhanden. Schwindel befiel ihn, als er aufstand. Jetzt nicht umfallen, bloß nicht umfallen, das würde den Verrückten nur provozieren, von wegen Verzögerungstaktik oder so … Wo waren diese Säcke? Es gab zwei, das wusste er noch, natürlich gab es zwei, einen mit den echten Knochen, den anderen mit den falschen, die ihm der gute Scholz besorgt hatte. Aus dem Karner in Tisis … Gut, das war so weit klar, aber wo waren die jetzt gleich? In diesem Raum, er wollte sie in der Nähe haben, kein Zweifel, jetzt fiel es ihm ein, und, ja, er brauchte die Gebeine des echten Barons von Seitenstetten, nicht die anonymen aus Tisis, denn Ambrosius würde sie sich ansehen, drum war er ja dabei, als Fachmann, der rasierte Kugelkopf von dem anderen in der Fußbodenluke war sicher Fachmann fürs Knochenbrechen, aber nicht für Knochen selber, dem hätte er die Gebeine von einem Reh unterjubeln können, wenn nur der Kopf fehlt … Das kam bei Ambrosius nicht in Frage, er musste ihm die echten Überreste geben, gleich beim ersten Mal, er würde sonst furchtbar wütend werden und mit dem Schlagen und Treten wieder anfangen, Tottreten, Totprügeln … kurze Schwärze vor den Augen, jemand packte ihn an der Schulter, das war Ambrosius.

»Na, na«, sagte der, »fall nicht um! Sag uns einfach, wo die Sachen sind, dann kannst du dich wieder hinlegen …«

Das fehlte noch! Die beiden Säcke lagen nebeneinander unter seiner Kommode, kein wahnsinnig schlaues Versteck, er hatte ein besseres erst suchen wollen, hatte sich auf die Sicherheit seines Turms verlassen, wohin hatte es geführt? Dieser Sache … er war all dem nicht gewachsen, das Ganze war eine Nummer zu groß für ihn, das sah er jetzt ein, er war für diese Dinge zu blöd, und krank war er jetzt auch noch … Ambrosius durfte die Säcke mit den Knochen nicht selber finden, weil sie einander … Einer sah aus wie der andere, da käme er nur auf Ideen … Was ist denn Schönes in dem zweiten Sack? … Ach, noch ein Skelett? Das durfte er nicht riskieren. Er stolperte auf die Kommode am anderen Ende des Raumes zu, fiel auf die Knie, griff unter das Möbelstück. Der linke Sack war der echte mit den Seitenstetten-Knochen.

Er zog ihn hervor.

Gab ihn Ambrosius, dem Totschläger.

»Nicht aufmachen!«, schrie Mirko in der Bodenluke. Ambrosius schüttelte den Kopf. Dieser Mensch war ja schon verrückt vor Angst.

»Woher weiß ich, dass es Knochen sind?«, fragte er. »Und nicht ein paar Holzscheiteln? Deswegen bin ich ja da …« Er zog die Schnur auf und schüttete den Inhalt auf Boden.

Und erlebte eine Überraschung.

Ja, das waren menschliche Gebeine. Sogar alte. Kein vollständiges Skelett, aber davon war ja nie die Rede gewesen. Die wichtigen Teile alle da. Die großen Röhrenknochen. Der Schädel. Teile der Wirbelsäule. Das Becken. Er wunderte sich. Wenigstens das Becken hätten sie doch weglassen können. Wenn man schon so etwas plant. Aber eben: *wenn* man so etwas plant. Am Becken ist es doch am einfachsten zu sehen. Was war dieser Scheidbach? Historiker. Na dann … Aber eigentlich, beharrte eine Instanz in seinem Kopf, ist das doch so ähnlich wie der Unterschied zwischen einer Cola- und einer Bierflasche, da muss man sie nicht einmal in voller Beleuchtung sehen, da genügt ein Schattenriss …

Die Gebeine, die Dr. Ambrosius vor sich hatte, waren nicht die des vor fast vierhundert Jahren verewigten Ferdinand-Erasmus von Seitenstetten. Sie waren vielleicht genauso alt, das ließ sich erst bei genauerer Untersuchung klären, aber es waren nicht die Gebeine des Barons.

Es waren die einer Frau.

Dr. Ambrosius hatte mehr als eine schwierige Prüfung in seiner Studienkarriere deshalb bestanden, weil er schnell denken konnte. Für ihn war das nichts Besonderes, es wurmte ihn nur, wenn andere das nicht konnten. Er hatte beim ersten Blick auf den kranken Professor sofort die richtigen Schlüsse gezogen und sich die richtige Tarngeschichte für Amalie ausgedacht. Grippe. Ja, wahrscheinlich … Auch jetzt dachte er schnell und methodisch nach. Er durfte sich wegen Mirko nichts anmerken lassen. Also begutachtete er jeden einzelnen Knochen, das heißt, er tat alles, was ein Laie wohl als gründliche Musterung ansehen würde, während sein Gehirn mit ganz anderen Sachen beschäftigt war. Er hob die Gebeine ins

Licht, strich mit den Fingerspitzen über die geraden und die gebogenen Flächen und bewegte die Lippen, unverständliches lateinisches Anatomenkauderwelsch murmelnd, während er nachdachte. An diesen Knochen gab es nichts zu begutachten. Die gehörten irgendeiner Frau, die an irgendetwas gestorben war, mit an Sicherheit grenzender Wahrscheinlichkeit aber nicht an der Englischen Schweißkrankheit. Aus dem Grab des Erasmus konnte sie nicht stammen, Professor Seitenstetten, der sie dort herausgeholt hatte, wäre ein weibliches Skelett aufgefallen. Also sind die Gebeine auf dem Weg von der Kapelle im Wienerwald bis zur Burg Frastafeders in Vorarlberg ausgetauscht worden. Es gab also zwei Skelette, ein echtes und ein falsches. Natürlich wäre es interessant gewesen zu erfahren, wer diesen Tausch durchgeführt hatte und zu welchem Zweck. Aber dringlich war diese Frage nicht. Dringlich war vielmehr, was er, Dr. Gerald Ambrosius, jetzt tun sollte. Etwas sagen oder besser nichts sagen? Dieser Tausch war nicht das Ergebnis einer Verwechslung, kein Missgriff, sondern absichtliche Täuschung. Jemand wollte Wolfegg-Seitenstetten mit einem falschen Skelett abspeisen. Warum? Weil der- oder diejenige mit dem echten Skelett etwas anderes vorhatte als der Banker. Wolfegg würde die Knochen verschwinden lassen. Für immer. Das wusste jeder, der mit der Causa zu tun hatte. Dieser Jemand, respektive die Jemandin, wollte das verhindern. Das ging am besten, wenn Wolfegg glaubte, die echten Knochen bekommen zu haben. Es gab kein Risiko, Wolfegg verstand nichts von Anatomie, und Mirko hatte wohl schon viele Knochen gebrochen, aber nur von Muskeln, Sehnen und Haut umhüllte, mit blanken Gebeinen kannte er sich nicht aus. Der Plan von dem Jemand oder der Jemandin war schlau, aber nicht schlau genug, sozusagen halbschlau. Er sah nicht vor, dass Wolfegg einen Fachmann für die Knochen aufbieten würde – ihn, den Gerald Ambrosius. Um eben einen solchen Betrug zu verhindern. Der Banker machte das nicht auf Grund eines konkreten Verdachts, sondern weil er bei jeder geschäftlichen Transaktion Betrug vermutete, generell. Die Sicherheitsmaßnahme hatte ja auch funktioniert. Dem Fachmann war die plumpe Täuschung aufgefallen. Es handelte sich jetzt nur darum, ob Wolfegg-Seitenstetten schlau genug gewesen war. Ob er weit genug gedacht hatte. Ambrosius konnte das in den kurzen Minuten seiner vorgeblichen Untersuchung verneinen.

Herr Wolfegg hatte nicht weit genug gedacht. Er hatte den wissenschaftlichen Ehrgeiz eines gewissen Gerald Ambrosius unterschätzt. Wenn der jetzt den Betrug offenbaren würde, gäbe es unschöne Gewaltszenen auf der Burg Frastafeders; Szenen, die Michael Scheidbach überleben würde oder auch nicht, und danach eine weitere Suche nach den echten Knochen, die sich hier befinden konnten oder aber ganz woanders – und nach langem, nervenaufreibendem Hin und Her hätten sie dann die Knochen. Die gäbe es kurz darauf nicht mehr. Eine wissenschaftliche Sensation gäbe es auch nicht, ebenso wenig einen Lehrstuhl für Dr. Ambrosius, nicht einmal eine Dozentenstelle, ganz zu schweigen von dem Fachartikel in *Cell*, dem unsterblichen Ruhm und der Ehre, die Englische Schweißkrankheit enträtselt zu haben. Das alles gäbe es dann nicht. Auch nicht den *Morbus Ambrosius* – dies war die innerste und geheimste seiner Wunschvorstellungen, die er sich selbst kaum einzugestehen traute: dass man die Englische Schweiße nach ihm benennen würde.

Wenn er aber nichts sagen würde, dann blieben all diese schönen Dinge im Schoße der Möglichkeit.

Also sagte Dr. Ambrosius nichts. Er packte die Knochen wieder ein. Die falschen Knochen, um die echten überleben zu lassen (wenn man das so sagen kann). Mirkos Kopf war in der Luke untergetaucht, Ambrosius sah ihn schon auf den untersten Stufen der Treppe.

»Und er?«, fragte er und deutete auf Michael Scheidbach, der sich in sein Bett fallen ließ. Er konnte nicht anders, er musste das fragen, die Rede darauf bringen. Was sollte mit Scheidbach geschehen, dem Verräter und Dieb? Er dachte später darüber nach, was ihn dazu gebracht hatte, fand aber keine Antwort. Er hasste Scheidbach nicht. Jedenfalls nicht so, dass er ihn den Fäusten und der kranken Phantasie Mirkos aussetzen wollte … Aber Mirko hatte sowieso kein Interesse. Er gab keine Antwort, verschwand schon in der Luke zum unteren Stockwerk. Mirko wollte weg. Ambrosius nahm den Sack mit den Knochen und stieg die Treppe hinab, ohne Michael Scheidbach einen Blick zu gönnen. Im Erdgeschoss war Mirko nicht, auch nicht auf dem Platz vor dem Haus; er stand schon vor dem Tor in der Umfassungsmauer. Als Ambrosius auftauchte, wich er zwei Schritte zurück.

»Weg!«, zischte er, »bleib weg mit dem … mit dem …« Es folgten Ausdrücke in Mirkos Muttersprache.

»Was ist los?«, fragte Ambrosius, »was hast du?«

»Ich will das Zeug nicht in meiner Nähe. Bleib einfach weg …«

»Wie soll das gehen? Wir müssen die Knochen abliefern, wir haben nur ein Auto …«

»Nein, nein, ich fahr nicht im selben Auto mit dir!«

Dr. Ambrosius stellte den Sack auf den Boden, es klapperte drin, ein dumpfer Ton wie lose Scheite. Mirko zuckte zusammen und sprang noch einen Schritt zurück. Er hat Angst, dachte Ambrosius, nein, das ist nicht ganz richtig. Nicht einfach Angst. Todesangst. Kurz vor dem Durchdrehen. Ein Gedanke begann zu keimen, schon zwei Sekunden später war er ausgewachsen, wie das bei bösen Gedanken üblich ist. Im Unterschied zu den guten Gedanken sind die bösen Schnellentwickler.

Ambrosius konnte später nicht sagen, was ihn zu den folgenden Handlungen bewogen hatte. So lang er auch überlegte, er kam immer nur auf unterdrückte Wut als Erklärung. Nicht nur die Wut auf den Kretin, der ihn kujoniert hatte, seiner Freiheit beraubt, bedroht und so weiter; es kam die unterdrückte Wut vergangener Jahrzehnte dazu, eine Wut, die sich – nein, nicht angesammelt hatte wie Dreck in einem Abflussrohr. Wut sammelt sich nicht; sie muss, wenn sie sich bildet, entweder ausagiert oder in eine Art Druckspeicher der Seele eingepumpt werden. Wenn das Ausagieren nicht geht, weil man sonst seine soziale Stellung, die Familie und auch sonst alles verliert. Dieser Druckspeicher bleibt für immer verschlossen. In seltenen Fällen bricht ein Ventil, dann kommt es zu einer Explosion. Normale Menschen sind zu Grausamkeiten fähig, die sie sich davor nicht einmal vorstellen konnten. Jede Hemmung fällt, alle Vernunft, jede Furcht vor der Gefahr für Leib und Leben.

So einen Augenblick erlebte nun Gerald Ambrosius. Er packte den Sack, sprang auf Mirko zu und stülpte ihm die Öffnung über den Kopf. Die Knochen klapperten, Mirko begann zu heulen wie ein Tier. Ambrosius presste ihn an sich, bekam die Pistole im Hosenbund zu fassen. Zog sie raus und trennte sich von Mirko. Der wimmerte, versuchte, den Sack vom Kopf zu ziehen. Dr. Ambrosius trat ihn in den Bauch, Mirko ließ ein pfeifendes Stöhnen hören und fiel auf den Rücken. Ambrosius trat in die linke Niere, mit dem Absatz, nicht mit der Schuhspitze, Mirko schrie auf, rollte sich auf den Bauch, grapschte nach der Pistole, die nicht da war; der Absatz des Dr. Ambrosius war aber da, ein-, zwei-, dreimal hintereinander. Mirko rührte sich nicht. Ambrosius legte den Sicherungshebel um, bückte sich und zog Mirko den Sack vom Kopf.

»Jetzt hast du den Staub eingeatmet«, sagte er, »den ganzen Staub von den Knochen. Viel mehr als der Scheidbach. Der hat sie ja nur in die Hand genommen.« Mirko krümmte sich zusammen.

»Du bist tot«, sagte Ambrosius, »so gut wie! Das Zeug ist sehr ansteckend.« Er machte die Taschenlampe an und suchte den Boden nach verlorenen Teilen ab. Zwei Stücke von der Wirbelsäule waren rausgefallen. Er legte sie zurück und schnürte den Sack wieder zu.

»Was machen wir jetzt?«, fragte Ambrosius. Mirko gab keine Antwort. Er lag in Fötalstellung auf dem Zufahrtsweg und rührte sich nicht.

»Wir müssen den Sack abgeben«, wiederholte Ambrosius wie ein geduldiger Lehrer vor einem begriffsstutzigen Kind. Nur Geduld, noch war nichts verloren ... »Herr Wolfegg-Seitenstetten macht uns große Probleme, wenn wir nicht mit dem Sack auftauchen. Meinst du nicht?«

»Ich kann nicht«, jammerte Mirko. Er begann zu schreien. »Mir ist nicht gut! Ich hab Fieber ...« Die Stimme hatte sich verändert, das Verhalten hatte sich verändert. Der Mann hatte sich verändert. »Ich bleib hier, ich geh nicht mit, ich geh nicht mit! Nimm den verfluchten Sack und hau ab!« Ambrosius bückte sich zu Mirko, presste die Mündung der Pistole auf dessen rechtes Ohr und fischte die Autoschlüssel aus der Hosentasche. Dann steckte er die Pistole in den Gürtel, nahm den Sack und verschwand ohne ein weiteres Wort im Dunkel. Im

Wald beleuchtete er den Weg mit der Taschenlampe. Gerald Ambrosius stieg in den Wagen und wählte eine Nummer.

»Ja?«

»Die Teppiche sind da. Alles echte Ware. Persisch, kein Zweifel.«

»Schön. Ich seh Sie dann.« Es wurde aufgelegt. Ambrosius stieg ein und fuhr ins nahe Feldkirch. Wolfegg-Seitenstetten war in einem Hotel in der Innenstadt abgestiegen. Er erwartete Ambrosius in der Lobby. Als der allein hereinkam, zog der Banker die Brauen hoch, deutete auf einen Tisch im Hintergrund. Sie setzten sich.

»Wo ist Mirko?«, wollte der Banker wissen.

»Davongelaufen«, sagte Ambrosius. »Er war überhaupt eine Enttäuschung. Die Verhandlungen mit dem Scheidbach hab ich alle selber führen müssen, Mirko hat nicht einmal das Stockwerk betreten, wo der lag ...«

»Wieso lag?«

»Er ist krank. Grippaler Infekt. Aber Mirko hat sich eingebildet, es ist diese Krankheit ...«

»Und wo ist er jetzt?«

»Keine Ahnung. Er wollte nicht ins Auto steigen, wenn der Sack dabei ist ... der mit den Knochen ...«

»Nicht so laut, verdammt! Wir reden nicht von ... Sie wissen schon!« Wolfegg blickte sich nach allen Seiten am, aber die anderen Tische waren nicht besetzt, er gab keine Lauscher.

»Wo ist der ... Behälter?«, fragte er.

»Im Auto natürlich. Ich kann hier nicht gut mit einem Sack voller ... hmm ... reinlaufen.«

»Ja, ja, schon gut ... Wieso hat Mirko durchgedreht?«

»Er hat einfach Angst, sich anzustecken. Hat die Nerven weggeschmissen. Ich hab so eine Reaktion noch nie erlebt!«

Wolfegg-Seitenstetten war nichts anzumerken. Nicht, ob er die Geschichte glaubte oder nicht, ob er sich Sorgen um seinen Adlatus machte, oder ob ihm dessen Schicksal egal war. Er fragte nur: »Sind die Knochen echt?«

»Hundertprozentig.« Dem Kerl kann man nichts ansehen, dachte Gerald Ambrosius. Aber mir auch nicht.

»Haben Sie keine Angst vor Ansteckung?«, fragte der Banker.

»Angst ist kein Kriterium. Wer diese spezielle Forschung auf sich nimmt, darf keine Angst haben. Sonst lässt er es besser gleich.«

»Für meinen Cousin wär das auch besser gewesen …«

Dr. Ambrosius breitete die Arme aus, ließ sie wieder sinken. »Na ja, das ist eben Risiko …«

»Quatsch ist das und gehört verboten! Es wird keine Forschung mehr geben über … über …«

»Ja, ja, schon gut! Ich schlage vor, wir gehen jetzt zum Auto, und Sie nehmen Ihr Eigentum an sich.« Wolfegg gab keine Antwort, rief jemanden mit dem Handy an. Der meldete sich mit einem Wortschwall, der Banker kam kaum zu Wort. Er stand auf und ging in die Mitte der Lobby. Ambrosius war es egal, was Mirko über die Ereignisse der letzten Stunden zum Besten gab. Die Pistole im Hosenbund vermittelte ihm ein seltsames Gefühl von Ruhe und Sicherheit; etwa wie Geld, von dem das Sprichwort weiß: macht nicht glücklich, aber beruhigt. Rational betrachtet war die Waffe ein Unsicherheits-, kein Sicherheitsfaktor, das wusste Ambrosius. Er konnte damit nichts ausrichten. Zum Beispiel konnte er Wolfegg nicht hier in der Hotelhalle ins Knie schießen, um ihn für die Entführung zu bestrafen, das würde nur Scherereien geben und seine Karriere beenden. Er konnte dasselbe auch nicht auf dem dunklen

Parkplatz tun. Dagegen konnten Mirko und sein Herr alles tun, was ihnen beliebte. Einfach deshalb, weil sie es bisher schon so gehalten hatten; Gewohnheitsrecht. Das war ungerecht.

Wolfegg setzte sich wieder. Er hatte noch nicht aufgelegt. »Mirko stellt die Dinge anders dar als Sie«, sagte er.

»Ach, tut er das?«

»Ja. Er ist außer sich. Der Kerl weint! Behauptet, Sie hätten ihn mit dieser Seuche infiziert …« Ambrosius steckte die Hand nach dem Handy aus, der Banker gab es ihm.

»Wie geht es dir, Mirko?«, fragte er.

»Mies, du beschissenes Arschloch!« Mirko schluchzte. »Aber ich verzeih dir, wenn du mir hilfst, ich verspreche es. Gib mir das Gegenmittel, und wir vergessen alles, was war …«

»Ich helfe dir, Mirko, natürlich! Mit einem Rat. Pass jetzt gut auf: Stirb! Stirb, Mirko, solang noch Zeit ist …«

»Was?«

»Ich mein, bevor die Schmerzen anfangen. Du bist nämlich tot, du weißt es nur noch nicht. Bald fängst du an zu schwitzen, dann kommt die Schwäche. Und dann kommen die Schmerzen überall. Kopf, Bauch, Brust. Jeder Atemzug ist wie flüssiges Feuer. Man kann nichts tun. Ich hab es gesehen. Beim anderen Baron Seitenstetten, wie er verreckt ist, tut mir leid, anders kann man es nicht sagen …«

»Das Mittel!«, heulte Mirko, »gib mir das Mittel!«

»Es gibt keins.«

»Aber du hast doch nix!«

»Ich bin immun. Du leider nicht.« Er legte auf, gab Wolfegg das Handy zurück, schüttelte den Kopf.

»So schlimm?« Unglauben sprach aus Wolfegg.

»Haben Sie ihn je heulen sehen?«

»Nein … nie. Das … das passt nicht zu ihm.«

»Na eben. Er ist am Ende.«

»Er sagt, Sie hätten ihm den … den Behälter übergestülpt!«

»Na ja, das ist die spezifische Paranoia bei dieser Krankheit, darüber gibt es viele Berichte. Die Ärzte damals waren ja keine schlechten Beobachter. Mirko ist natürlich schon seit Tagen infiziert. Selbst wenn ich ihm den Sack übergestülpt hätte – überlegen Sie doch, das ist keine halbe Stunde her! Nichts hat eine so kurze Inkubationszeit.«

»Er redet auch dauernd von einem Strigoi, ich bin überhaupt nicht schlau daraus geworden …«

»Das ist der Balkan, wo Mirko herkommt. Der Strigoi ist eine Art Vampir. Vampirismus ist dort im Volksglauben noch weit verbreitet.«

»Was – Volksglauben, was reden Sie denn da? Das ist doch reiner Aberglaube, damit können Sie kleine Kinder erschrecken, aber doch nicht jemanden wie Mirko!«

»Er weint, oder? Haben Sie selber gesagt.« Darauf wusste Wolfegg-Seitenstetten keine Antwort. Er steckte das Handy ein und sagte: »Gehen wir.« In der Nähe des Hotels hatte Ambrosius nicht parken wollen. Wolfeggs Auto stand auf einem Parkplatz unterhalb der Schattenburg, sie mussten aus der Innenstadt ein Stück gehen. Auf dem Weg durchs nächtliche Feldkirch wurde nicht gesprochen. Ambrosius öffnete den Kofferraum und machte Anstalten, Knoten in der Schnur zu lösen. Der Banker hielt ihn davon ab.

»Lassen Sie das, ich muss das nicht sehen … Ich muss nur wissen, ob sie echt sind.«

Auf Wolfeggs Stirn glänzte der Schweiß. Ambrosius beeilte sich, ihn zu beruhigen. Ja, die Gebeine seien genau diejenigen, die aus der Gruft des Barons entfernt wurden.

»Widerrechtlich entfernt«, unterbrach ihn der Banker. »Woran Sie beteiligt waren, Dr. Ambrosius! Passen Sie also jetzt gut auf: Ich behalte Sie im Auge. Sollten mir oder meinem Haus noch irgendwelche Schwierigkeiten aus dieser unappetitlichen Sache erwachsen, ganz gleich, welcher Art – dann reiß ich Ihnen den Arsch auf. Bis zum Hemdkragen. Ich hab die Mittel dazu, aber nicht die Skrupel, die einen anderen davon abhalten würden. Eigentlich hab ich überhaupt keine Skrupel …«

»Davon bin ich überzeugt …«

»Umso besser. An Ihrer Stelle würde ich diese Ereignisse auch niemandem gegenüber erwähnen …«

»Das habe ich nicht vor.«

»Nun gut. Unsere Wege trennen sich hier. Für immer. Es ist besser für Sie, wenn Sie mir nie mehr begegnen.«

»Ich sehe das genauso, Herr Direktor. Was machen Sie jetzt mit den Knochen?«

»Das geht Sie gar nichts an.« Wolfegg stieg ins Auto und startete den Motor.

»Moment!«, rief Ambrosius. »Sie fahren ohne mich?«

»Ihre Gesellschaft ist nicht so reizend, wie Sie vielleicht annehmen.«

»Und wie komm ich jetzt nach Wien?«

»Der Bahnhof ist gleich die Straße runter, sagt das Navi. Leben Sie wohl.« Der Wagen verschwand. Gerald Ambrosius wartete eine Minute. Dann konnte er nicht mehr an sich halten und begann zu lachen.

Er hatte nicht gewusst, dass er so gut lügen konnte. Alles, was er in der letzten halben Stunde von sich gegeben hatte, war gelogen. Gelogen: Mirko war nicht infiziert (nur durch den Aberglauben seiner Balkanheimat). Eine Infektion mit den

Knochen einer toten Frau, die dieser Scheidbach sich irgendwo organisiert hatte, war auch unwahrscheinlich. Vor dem Ableben des Professor Seitenstetten hätte er gesagt, »unmöglich«, denn bekannt waren überhaupt nur »Fluch des Pharao«-Geschichten, die keiner Überprüfung standhielten. Gut, es gab noch Hinweise auf Vergiftungen mit Schimmelpilzen bei der Öffnung der Gruften polnischer Piastenherzöge; *Vergiftungen*, bitte sehr, keine *Infektionen* durch Sporen lebender Organismen. Das war alles. Nirgends in den Quellen stand etwas von einem schmerzhaften Tod bei der Englischen Schweißkrankheit, das hatte er erfunden, um Mirkos Panik zu verstärken. Gelogen war auch der Hinweis auf Paranoia bei den Erkrankten. Alles gelogen. Die dickste Lüge von allen: Die Gebeine seien echt und die vom Baron Seitenstetten aus dem 16. Jahrhundert. Das Jahrhundert mochte sogar stimmen, nur die Person nicht. Der Baron von Seitenstetten war keine Frau gewesen.

Jetzt galt es, an die echten Knochen zu gelangen. Nur Michael Scheidbach wusste, wo die waren. Also würde er sich noch einmal mit ihm unterhalten müssen. Ein bisschen intensiver als das letzte Mal. Ambrosius kehrte zum Hotel zurück und nahm sich ein Zimmer. Er versuchte sich hinzulegen, fand aber keine Ruhe und ging wieder nach unten. Er trank in der Lobby einen teuren Whiskey, holte sich einen Plan von Feldkirch beim Empfang und schlenderte durch die nächtlichen Straßen. Das mittelalterliche Feldkirch war klein, in einer halben Stunde hatte er alle Gassen und Plätze innerhalb der alten Stadtmauer gesehen. Nach Frastanz war es auch nicht weit, man hätte zu Fuß hinkommen können, aber mitten in der Nacht war das keine gute Idee. Er kehrte zum Hotel zurück, trank sich Bettschwere an und ging zu Bett. Er fiel in einen unruhigen Schlaf.

Vielleicht wäre es besser gewesen, doch einem irrationalen Impuls zu folgen und noch in derselben Nacht zur Burg Frastafeders aufzubrechen.

*

Mancher wird sich wundern, schon länger nichts mehr von Alois Praxner alias Achmed erfahren zu haben: Während Wolfegg seinem Eigentum nachjagt, Angelika Spielberger mit den Stammgästen der »Blauen Traube« ihrem Schulfreund Michael Scheidbach zu Hilfe eilt, dieser selbst kurz davor Zuflucht beim Pfarrer von Tisis gesucht und in Gestalt des Rudolf Büchel alias Scholz auch gefunden hat – während all dieser Ereignisse: Was tut Kamerad Praxner eigentlich? Das Letzte, was wir von ihm hörten, war sein Aufbruch zu einer Erkundungsfahrt durch Vorarlberg, worunter man wohl verstehen darf, dass er die Burg Frastafeders gesucht hat. Inzwischen dürfte er die doch hoffentlich gefunden haben, oder nicht? Ist in *Google Earth* eingezeichnet, ganz offiziell. Warum unternimmt er dann nichts? – Gemach! Wir müssen Alois Praxner in Schutz nehmen. Natürlich hat er Frastafeders ausfindig gemacht. Er war sogar schon dort. Mehrmals. Allerdings so, dass niemand etwas davon gemerkt hat. Nicht die Protagonisten der beschriebenen Ereignisse, was nicht verwundern darf, die waren ja auch mit ihren eigenen Problemen beschäftigt, aber nicht einmal Michael Scheidbach, der, zugegeben, sich auch mit einigen Problemen herumschlagen musste, aber immerhin auf Frastafeders wohnt. Und eigentlich nach Lage der Dinge auf Besuche vorbereitet sein sollte. Den von Wolfegg. Oder von Amalie von Seitenstetten. Von der Anwesenheit Achmeds hat er jedenfalls nichts wahrgenommen.

Achmed war sogar früher dort als die anderen Herrschaften. Er kam nur nicht wie alle anderen über den steilen Hohlweg, sondern von der Rückseite der Burg. Dort gab es keinen Weg, dort war nur ein steiler, dicht bewaldeter Hang, dessen unteres Ende das Ufer der Samina bildet, die vom Rätikongebirge her auf die Ill zufließt und im nahen Frastanz mündet. Achmed hatte das durch Studium der Satellitenaufnahmen im Netz herausgefunden und sich auf dieser, der beschwerlichen Seite der Burg genähert. Er machte das immer so, aus Prinzip. Wenn an so einen Ort eine Straße hinführte, benutzte er sie nicht, das kam nicht in Frage. Eine Straße in feindliches Territorium konnte vermint sein. Wenn sie nicht vermint war, stand sie unter feindlicher Kontrolle. Es mochte sein, dass der Feind diese Kontrolle nur nachlässig oder gar nicht ausübte – aber dieses Risiko konnte ein logistisch und personell unterlegener Verband nicht eingehen. Nie. Elementare Terroristentaktik.

Die Umfassungsmauer, die er nach beschwerlichem Aufstieg erreichte, war nicht so hoch wie befürchtet und mit ein paar technischen Hilfsmitteln ohne Schwierigkeiten zu überwinden. Er untersuchte die Beschaffenheit der Mauer auf der Rückseite des Burgareals, von der vorderen Seite hielt er sich fern. Auf dieser Vorderseite hatte Michael Scheidbachs Onkel da und dort Ausbesserungen vorgenommen, auch am Turm, aber nie auf der Hinterseite. Dort war die Mauerkrone an zwei Stellen einen halben Meter heruntergebröckelt. Hier konnte man mit einer kurzen Leiter hinüberklettern, wenn es darauf ankam, auch ohne Leiter, es gab ausreichend Griffe und Vorsprünge im groben Mauerwerk. Achmed verzichtete darauf, es zu probieren. Solche ungeplanten Aktionen enden oft in einem Desaster. Er stieg also den steilen Weg wieder hinab zu seinem Mietauto, um sich im Baumarkt eine Leiter zu besorgen, die man auf einen halben Meter zusammenschieben konnte. Das war das Schöne in den entwickelten Ländern: Man konnte sich auf allen Gebieten ausgereifte Technik besorgen, während man anderswo zu mühsamen Beschaffungsaktikonen oder halbseidenen Improvisationen gezwungen war, eine Tatsache, die den Kampf gegen die dort eingedrungenen Ungläubigen nur quälend langsam vorangehen ließ. Auf der anderen Seite bewies nichts besser die Tatsache, dass diese Menschen dem Untergang geweiht waren, als ihre Bereitwilligkeit, ihren Feinden für ein bisschen Geld alles zu verkaufen, was zu eben diesem Untergang nötig war. Gut, keine Waffen und Sprengstoffe, aber sonst allerlei nützliche Dinge, mit deren Hilfe man an Waffen und Sprengstoffe gelangen konnte. Oder schlicht an Geld. Elektronisches Equipment, Einbruchswerkzeug und so weiter. Für Achmed zeigte sich eben darin die göttliche Vorsehung. Achmed war zu jung und als Alois Praxner in einem zu konservativen Elternhaus aufgewachsen – sonst wäre ihm die bedenkliche Nähe des Arguments zu einer berühmten Äußerung Lenins aufgefallen, wonach die Kapitalisten den Sozialisten noch den Strick verkaufen würden, mit denen man sie nachher alle aufhängt (die Kapitalisten). Das hat bekanntlich nicht funktioniert.

Als Achmed die Leiter erstanden hatte, war es zu spät für einen neuerlichen Aufbruch zur Burg. Er fuhr zu seinem Gasthof in Gisingen in der Nähe von Feldkirch, wo er sich als Alois Praxner ein Zimmer genommen hatte. Für die Außenwelt war dieser Praxner Ex-Journalist eines deutschen Lokalblatts, der sich nun für einen Fachverlag im Lande umsah, für einen Wanderführer, genau, aber einen neuen Typs, in dem das Wandern mit kulturell bedeutsamen Orten verknüpft sein sollte; unter besonderer Berücksichtigung … und so weiter und so fort. Kurz: ein deutscher Kulturfuzzi, der irgendeinen nutzlosen Blödsinn fabrizieren wollte – eine bessere Tarnung gab es gar nicht.

*

Matthäus Spielberger wurde wach und fühlte sich wohl. Er hatte geträumt. Ja, in dieser speziellen Weise wie vor ein paar Wochen und davor auch schon. Trotzdem fühlte er sich wohl. Denn der Traum, den er bis in die letzten Einzelheiten deutlich vor sich sah, hatte nichts Erschreckendes oder Unheimliches an sich. Rein gar nichts. Es kamen nämlich keine illegalen Aktionen vor wie das Abladen einer Leiche oder ein Erpressungsanruf, es kamen aber auch keine unbekannten Örtlichkeiten vor wie beim letzten Mal, als er seine Stammtischrunde durch einen nicht näher definierten Wald hatte marschieren sehen.

Grabraub im Wienerwald! – Dieses Mal war alles anders. Zunächst kannte er den einzigen Protagonisten nicht. Ein Allerweltstyp, in Amerika würden sie sagen: Kaukasier. Anfang dreißig. Unauffällig gekleidet, Jeans natürlich, eine dunkle Sportjacke. Geredet wurde nicht, Gott sei Dank, es wurde auch nicht telefoniert. So unbekannt der Mensch war, so bekannt war das Gelände, in dem er sich bewegte. Das gute, alte Dornbirn, und zwar der Gehweg am linken Ufer der Dornbirner Ache. Es war Tag, der Mann ging Richtung Eisenbahnbrücke, Matthäus im Traum hinter ihm her. Auf der Höhe des Gymnasiums blieb der Typ stehen, trat an den Maschendrahtzaun. Er blickte sich um, links, rechts. Bei *links* hätte er Matthäus sehen müssen. Aber er sah ihn nicht, es war ja ein Traum. Der Mann schien zu überlegen, nach einer Weile ging er weiter, am Sportplatz vorbei, bog links ab. Matthäus immer hinterher.

Der Unbekannte machte noch zwei Linkswendungen und befand sich nun auf der Eingangsseite des Gymnasiums, genauer: des »Bundesoberstufenrealgymnasiums Dornbirn-Schoren« an der Höchsterstraße. Er ging auf den Eingang zu, betrat das Gebäude, Matthäus folgte. Der Mann schien kein bestimmtes Ziel zu haben, er schritt durchs Foyer, den hinteren Gang entlang, am Ende kehrte er um, nahm den vorderen Korridor, kehrte wieder um und stieg in den ersten Stock. Dort dasselbe. Ablaufen der Korridore, recht rasch. Matthäus bemerkte eine gewisse Nervosität, der Mann klopfte mit der flachen Rechten auf die Außenseite des Oberschenkels, ohne Pause. Draußen hatte er das nicht gemacht.

Ein normaler Vormittag. Hinter den Türen der Klassenzimmer ging etwas vor, Matthäus konnte ab und zu Stimmen hören, aber er konnte nicht stehen bleiben; er war im Traum an den Besucher gebunden, der kein Interesse am Unterricht zu haben schien. Wenn er etwas suchte, benahm er sich merkwürdig, im Foyer hingen Hinweis- uns sonstige Schilder, auch ein Lageplan, aber darauf hatte der Besucher keinen Blick verschwendet. Nach dem letzten Korridor kehrte er ins Erdgeschoss zurück und verließ das Gebäude. Matthäus wollte ihm folgen, das ging aber nicht. Er musste drinbleiben. Dann die Schulklingel, Türen gingen auf, die Gänge füllten sich mit Jugendlärm und Gelächter.

Matthäus Spielberger wachte auf.

Der Tag verging wie alle Tage im beginnenden Sommer in der »Blauen Traube« – das Geschäft lief mau; die Leute waren noch nicht im Schwimmbad, aber sonst irgendwo im Freien. Wandern, Joggen und so weiter. Mathilde besuchte eine Freundin, Angelika half aus. In der Küche erzählte er ihr seinen Traum. Sie überlegte eine Weile, zuckte die Achseln.

»Da ist nichts dran«, sagte sie dann, »Kriminelles, mein ich. Beim letzten Mal … diese Ausgrabung, das hast du dir selber schöngelogen …«

»Ja, ja« unterbrach er sie, »ich weiß! Wenn Leute, die keine Archäologen sind, mit Hacke und Schaufel hantieren, liegt etwas Illegales in der Luft. Aber dieses Mal?«

»Jeder Mensch darf ein öffentliches Gebäude betreten. Das BORG ist doch ein öffentliches Gebäude? Oder steht irgendwo auf einem Schild, dass nur Berechtigte …?«

»Ach wo! Ich frage mich nur, was der Typ dort gewollt hat … Gesucht hat er jedenfalls niemanden. Er ist bei keiner Tür stehen geblieben. Und hat sich nervös auf die Hose geklopft die ganze Zeit … Also schön, illegal ist das nicht, was meinst du?«

»Du hast recht, Papa, illegal ist das nicht, in einer Schule herumgehen. Von allem, was du bis jetzt geträumt hast, ist dieser Traum der harmloseste!«

»Sag ich doch!«

»Was halt leider gar nichts bedeutet! Wie die Erfahrung gezeigt hat.« Sie ließ das Schnitzel in die Pfanne gleiten. In der »Blauen Trabe« wurden Wiener Schnitzel immer noch in der Pfanne gebacken, nicht in der Fritteuse. Matthäus Spielberger zog sich leise fluchend in die Wirtsstube zurück. Sie hatte recht. Die Harmlosigkeit seines letzten Wahrtraums war kein Beweis für die Harmlosigkeit der Geschehnisse gewesen, die er angekündigt hatte. So gesehen, hatte ihn der Traum in die Irre geführt – nur einen Abschnitt der Zukunft gezeigt, den er sich als irrelevant zurechtlügen konnte. Eine nackte Leiche alarmiert jeden – aber ein paar Freunde mit Hacke und Schaufel, wer kommt da auf eine tödliche Krankheit? Er musste sich eingestehen: Die Prophetiegüte, oder wie man das nennen sollte, die Prophetiegüte seiner Träume hatte nachgelassen. Und wer war daran schuld? Natürlich er selbst, das war schon klar. Weil er keine unheimlichen Sachen *sehen* wollte, *sah* er auch keine. Ein Kompromiss zweier innerer Instanzen, der prophetischen und einer anderen, die für »Wohlbefinden« oder so zuständig war. Er träumte immer noch die Zukunft, aber eine zensurierte, für Zuschauer unter zehn Jahren. Ohne verstörende Details.

Aber dann dachte er, dass der Traum doch zu speziell gewesen war – dieser Unbekannte hatte zwar keine Bombe gelegt und niemanden umgebracht, aber er hatte sich merkwürdig verhalten.

Es hatte keinen Zweck, sich mit seiner Tochter zu beraten. Sie würde ihn vor jeder unangenehmen Interpretation seiner Wahrträume abhalten, um ihn zu schützen. Er musste, wenn er auf die Wahrheit kommen wollte, seine Freunde einweihen. Die würden ein Dutzend sinistrer Erklärungen hervorzaubern, weil sie über die abseitige Phantasie verfügten, die ihm selber fehlte. Er musste nur bis zum Abend warten, wenn sie sich alle nacheinander in der »Blauen Traube« einfinden würden.

8

Da will dich eine Dame sprechen«, sagte Mathilde Spielberger in der Küche zu ihrem Mann. Er konnte sich nicht erinnern, diesen Satz jemals von ihr gehört zu haben. In seinem Leben gab es keine *Damen*, die ihn sprechen wollten. Das wusste auch Mathilde, die beim Wort *Dame* die Brauen hochzog; kein Zeichen von Überraschung oder Misstrauen, sondern von Belustigung. Matthäus Spielberger lächelte und betrat die Wirtsstube. Das Lächeln verging ihm.

»Dieser Scheidbach hat mich angerufen«, sagte die Baronin von Seitenstetten und nahm einen Schluck vom dem Schwarztee, den ihr Mathilde serviert hatte. Neben der Baronin saß ein Mann, den Matthäus nicht kannte. Er erhob sich, stellte sich als »Dr. Laska« vor. Matthäus sank der Baronin gegenüber auf einen Stuhl. Sagen tat er nichts.

»Er wollte mich erpressen, der kleine Wichser«, fuhr sein Gegenüber fort.

»Wer?«, fragte Matthäus.

»Der Scheidbach! Sie sollten sich ein bisschen konzentrieren, Herr Spielberger, die Sache ist nicht nur unangenehm, sondern ernst!«

»Verzeihung«, sagte Matthäus zu Laska, »in welcher Beziehung stehen Sie zu der Sache?«

»Ich bin einer von den Räubern …«

»Wie bitte?«

»Ich hab die Knochen geraubt, gleich nach der Bergung. Zusammen mit dem Scheidbach. Im Auftrag vom Gerald.

Ambrosius, den kennen S' eh. Blöderweise hat der andere Baron, der Wolfegg, die ganze Gschicht mit aner Spycam gfilmt, das hamma natürlich net gwusst, der Scheidbach und i ...«

»Aha ...« In Matthäus' Hirn überschlugen sich die Gedanken, was sich negativ auf seine Mimik auswirkte. Er sah aus wie ein Idiot. Laska spürte, dass weitere Erklärungen nötig waren.

»Der ane Baron wollt den andern ane einihaun mit den Video ... Des hätt den Professor ruiniert«, erklärte Laska, »wenn des publik worden wär mit dem Raub.« Nun mischte sich die Baronin Seitenstetten ein. »Ich bin nicht ganz unschuldig an der Sache«, sagte sie, »ich habe dem Oskar Wolfegg den Tipp gegeben, dass der Erasmus so was vorhat – in der Hoffnung natürlich, dass er so massive Sicherheitsmaßnahmen setzt, dass der Grabraub aussichtlos wird, verstehen Sie?«

»Nicht ganz, ich ...«

»Stattdessen«, setzte Laska fort, »war des alles a Kinderspiel! A anziga Maschendrahtzaun, a schwindligs Schloss an der Tür von der Kapelln ...«

»Ja, ja, ja! Das ist mir alles klar! Weniger klar ist, wieso Sie beide jetzt nebeneinander vor mir sitzen ... Sie sollten doch verfeindet sein. Oder war der Herr Laska Ihr Plan B, Baronin, wenn die Abschreckung nicht funktioniert?«

»Nein, das war er nicht ... Herr Laska ist von Gerald Ambrosius engagiert worden. Ohne mein Wissen natürlich. Das war menschlich eine schlimme Enttäuschung, das können Sie sich gar nicht vorstellen.« Sie tupfte mit einem spitzengesäumten Taschentuch eine Träne aus dem linken Augenwinkel. Die beiden Herren schwiegen. »Der Gerald war besessen von Ehrgeiz, das ist mir erst jetzt klar worden. Unglaublich, wie man sich in einem Menschen täuschen kann ...« Sie schnäuzte sich. »Und jetzt ruft mich dieser Scheidbach an und verlangt Geld für die Knochen. Ich hab ihn an den Oskar verwiesen …«

»Wieso?« Matthäus konnte dieser neuen Wendung nicht folgen. Dabei hatte er eben noch gedacht, das Ganze sei ihm nun klar. Laska warf die Arme in die Luft.

»Mein Gott, denken S' halt amal a bissl mit! Die Frau Baronin ist reinglegt worden vom Oskar. Übel reingelegt. Der wollt dem Professor a Linke drehen. Verstehen S'? Dass er gsellschaftlich unten durch is, wenn das rauskommt, des mit dem Grabraub. Aber so einen Affront kann eine Dame wie die Frau Baronin net afoch so hinnehmen, wie stelln S' Ihnan des vur?«

»Ja, schon«, sagte Matthäus, »ich seh nur noch nicht, inwieweit ausgerechnet ich Ihnen behilflich sein kann, Baronin.«

»Ich will nicht, dass er damit durchkommt«, antwortete diese.

»Der Scheidbach?«

»Der Scheidbach ist ein dummer Bub, weiter nix. Ich mein den Oskar …«

»Sie wollen sich rächen?«

»Endlich!«, rief Laska. »Jetzt hat er's kapiert. Der Oskar Wolfegg soll brennen wie a Luster!«

»Also gut«, sagte Matthäus, »ich bin … in einem gewissen Maße … verantwortlich, ich geb es zu. Ohne mich hätt sich der Erasmus sowieso nicht getraut. Der andere Baron soll also für die Knochen bluten …«

»… aber er zahlt nicht«, unterbrach sie ihn. »Die Aussicht, dass seine Bank da reingezogen wird, wenn eine Seuche ausbricht, hat ihn völlig durchdrehen lassen. Er will sich die Knochen selber holen. Wahrscheinlich im Verein mit Ambrosius. Der ist nämlich unauffindbar …«

»Der Banker hat ihn entführt?«

»So schaut's aus. Der Ambrosius soll ihn zum Scheidbach führen. Den Dr. Laska konnt' ich noch warnen …«

»… sonst hätt er mi …«, Laska konnte nicht weitersprechen, die Rührung übermannte ihn. Matthäus war das peinlich.

»Also schön«, sagte er schnell, »der andere Baron ist hinter den Knochen her, er wird sie sich holen und verschwinden lassen. Na und? Sie waren doch von Anfang an gegen dieses hirnverbrannte Projekt – wieso sind Sie dann hier? Es läuft doch alles prima. Die leidigen Gebeine verschwinden, alles löst sich in Wohlgefallen auf …«

»Das tut es eben nicht! Dieser Michael Scheidbach ist in Gefahr. Sie kennen den Oskar nicht, Sie wissen nicht, wozu der fähig ist! Ich fühle mich verantwortlich …«

»Für Michael Scheidbach?«, fragte Lothar.

»Ja, genau! Ich habe ihn auf den Oskar gehetzt, das tut mir leid, ich habe Oskars Reaktion falsch eingeschätzt, das soll keine lahme Entschuldigung sein, nur eine Erklärung, wie es dazu gekommen ist.«

»Ja, ich hab's begriffen!« Matthäus verlor die Geduld. »Was ich nicht kapiere: Was soll ich dabei? Den Banker aufhalten? Oder den Scheidbach überreden, die Knochen freiwillig rauszugeben? Was stellen Sie sich vor?«

»Den Oskar werden Sie nicht aufhalten. Aber Sie könnten mit dem Michael Scheidbach reden …«

»Und wieso ich, bitte?«

»Ich hatte gedacht, als Landsmann, als Vorarlberger …«

»Ach so, als Dolmetscher für die wilden Eingeborenen, verstehe!«

»Des klingt jetzt glei wieder so negativ, entschuldigen schon«, mischte sich Laska ein, »aber Sie werden doch net leugnen, dass mir als Wiener kann Auftrag ham in dera Causa!«

Matthäus seufzte. Dann ging er telefonieren. Er brauchte moralische Unterstützung vom Stammtisch.

*

Als Achmed eine Patentleiter auseinandergezogen und an einer niedrigen Stelle der Umfassungsmauer der Burg Frastafeders angelehnt hatte, hörte er von der Vorderseite des Turms heftigen Streit. Worum es ging, war nicht zu entscheiden, weil der Schall um zwei Ecken des Gemäuers herumlaufen musste, aber das waren zwei Männerstimmen, die eine voll Angst, ein hysterisches Geplärr, die andere voll Zorn. Dann brach es ab, ein paar Minuten hörte Achmed noch die Stimme des Hysterikers, ein unverständliches Gejammer, das sich entfernte. Es wurde still. Achmed zog die Patentleiter auf die Mauerkrone und stieg auf der Innenseite hinunter. Er pirschte an der Seitenwand des Turms nach vorn. Der Platz war leer, niemand zu sehen. Er drückte die Klinke, die Tür ging auf, er trat ein.

»Das ist nicht der Sinn einer Burg«, murmelte er, »wenn man das Tor offen lässt …« Im Inneren war es dunkel. Eine kleine Taschenlampe trug Achmed immer bei sich, in ihrem Lichtkegel überprüfte er die Inneneinrichtung. Ein Möbellager, jede Menge Gerümpel. Er stieg die Treppe hinauf. Alles blieb still. Im zweiten Geschoss sah es aus wie im ersten, das dritte brachte eine Überraschung. Da war jemand. Ein junger Mann in einem Feldbett. Gefahr ging von dem nicht aus. Achmed trat näher. Dem Bettlägerigen ging es nicht gut, das sah er auch als medizinischer Laie. Das Gesicht war blass und nass. Nicht feucht, nicht verschwitzt – der ganze Kopf triefte wie der Kopf eines Menschen, der eben aus einem Abwassertümpel gestiegen war. Es stank. Der Geruch ging von dem Kranken aus und hatte sich im Raum verbreitet.

Der Patient war wach. »Bleib weg«, flüsterte er, »ich bin krank … Ansteckung …«

»Das sehe ich. Was ist das für eine Krankheit?«

»Schweißkrankheit … komm mir nicht nah, du steckst dich an …«

»Das glaube ich nicht. Wo sind die Knochen?« Der Patient hob die Hand, deutete ans andere Ende des Raumes. »Kommode«, flüsterte er, »drunter. Bring sie weg, bring sie alle weg …«

»Mach ich«, sagte Achmed. »Wenn sie weg sind, wirst du wieder gesund«, fügte er, einer Eingebung folgend, hinzu. Es war genau der Satz, den Michael Scheidbach hören wollte. Seit Stunden kreiste sein Fieberdenken immer wieder um diesen einen Punkt: Wenn erst die verfluchten Knochen aus der Burg wären, dann würde er gesund. Dieser Fremde, der mit einem Mal an seinem schweißdurchnässten Bett erschienen war, kam ihm vor wie ein Engel des Herrn und würde ihn durch Fortnahme des üblen Krankheitsstoffes heilen. Dass es ein Engel war, erkannte Michael Scheidbach in seiner durch hohes Fieber beeinträchtigten Wahrnehmung daran, dass der Mann sich nicht vor der Ansteckung fürchtete, die doch seine Schulfreundin Angelika und ihren Anhang daran gehindert hatten, auch nur den Turm zu betreten, geschweige denn sein Krankenzimmer, und das zu einem Zeitpunkt, als es ihm noch relativ gut gegangen war!

Tatsächlich hatte Achmeds Verhalten eine religiöse Komponente, sodass die Analogie zu einem Engel nicht so weit hergeholt war, wie es einem neutralen Beobachter vorkommen mag. Achmed fürchtete sich nicht vor Ansteckung, weil er glaubte, nein, weil er wusste, im Innersten davon überzeugt war, das er unter dem Schutz des Allerhöchsten stand, des Allerbarmers, der ihn ausersehen hatte, das große Werk zu vollbringen, solche Lücken in die Reihen der Ungläubigen zu reißen, wie man sie noch nie gesehen hatte! Denn wie anders war es zu erklären, dass er, der Auserwählte, ohne das geringste Hindernis an die Quelle der Krankheit gelangen konnte, einen Jutesack, den er nun unter der Kommode hervorzog, einen Sack mit menschlichen Knochen, wie ein Blick ins Innere bewies – jenen Knochen, von denen die zerstörerische Krankheit ausging, die aber nur die Kreuzritter treffen würde?

Während er den Sack zuschnürte, sprangen seine Gedanken schon zum nächsten Punkt der Liste, die es abzuarbeiten galt. Dieser Punkt betraf die Umwandlung der Gebeine in eine weithin verteilbare und gut applizierbare Form, was bei diesem Material nur eine Art feines Pulver bedeuten konnte. Darauf würde es hinauslaufen; Achmed hatte auch schon ein paar Ideen dazu. *Wie* er sie einsetzen würde, konnte er sich ungefähr vorstellen, die nächste Frage war: *wo?* Natürlich konnte er mit seinem Pulver in eine mitteleuropäische Großstadt fahren, das Zeug irgendwie ausstreuen und der kommenden Ereignisse harren. Professionell wäre das nicht.

Er trat an das Krankenbett heran und fragte: »Wie viele sind denn schon daran gestorben?« Es traf sich gut, dass Michael Scheidbach eine halbe Stunde vorher ein Paracetamol eingenommen hatte, was jetzt Wirkung zeigte. Der Fieberwahn hatte nachgelassen, er konnte verstehen, was er gefragt wurde, war zeitlich und räumlich orientiert.

»Bis jetzt einer«, krächzte er. »Warum willst du das wissen?«

»Ist es sehr ansteckend?«

»Ich glaub … ziemlich ansteckend. Ich hab die Knochen eigentlich nie direkt angefasst, und trotzdem …«

»Was ist die größte Stadt hier?«

»In der Nähe ist Feldkirch, größer ist aber Dornbirn …«

»Wie viele Einwohner?«

»Fünfundvierzigtausend oder so … auf jeden Fall die größte Stadt in Vorarlberg. Aber warum willst du das wissen?«

Achmed gab keine Antwort, schnürte den Sack zu und ging ohne ein weiteres Wort, obwohl ihm Michael Scheidbach ein schwaches »Danke, danke!« hinterher hauchte. Dann fiel er in tiefen Schlaf, eben jenen, der nach den Aufzeichnungen des 15. Jahrhunderts bei der Englischen Schweiße vermieden werden sollte, weil aus diesem Schlaf keiner mehr erwachte.

Bei Michael Scheidbach war das nicht so. Sei es, dass der Erreger der Schweißkrankheit durch seine fast vierhundertjährige Präsenz in den Knochen des Ferdinand-Erasmus von Seitenstetten sein Wirkungsspektrum verändert hatte – ganz allmählich, gewissermaßen aus Langeweile; sei es, was uns wahrscheinlicher vorkommt, dass sich der Europäer seit der frühen Neuzeit selbst verändert hatte (besseres Essen, Impfungen, Sport …) – Michael Scheidbach kehrte nach ein paar Stunden aus einem komatösen Zustand in das Reich der Lebenden zurück. Er erwachte aus einem Traum. Darin war er geschwommen. Im Alten Rhein bei Lustenau, blöderweise voll bekleidet. Wieso, dachte er, bin ich angezogen ins Wasser gesprungen? Das dauert doch ewig, bis die Sachen wieder trocken sind … Das Wasser war angenehm, nicht zu kalt, er schwamm in langen Zügen hinüber auf die Schweizer Seite und wieder zurück, stieg ans Ufer und legte sich ins Gras. Er lag auf dem Rücken, er war allein, keine Badegäste. Er begann, wie erwartet, in dem nassen Zeug zu frieren und wachte auf. Er lag in seinem Bett und fror, das mit der Nässe stimmte auch. Er war nass. Er triefte. Als er aufstand, hörte er Tropfen von seiner Schlafanzughose zu Boden fallen. Er zog alles aus, trocknete sich mit zwei Handtüchern ab, so gut es ging, und kleidete sich mit trockenen Sachen ein. Das Fieber, natürlich, war weg. Er fühlte sich schwach, aber nicht so schwach, wie er das beim Zustand der letzten Tage erwartet hatte. Und er hatte Durst. Er öffnete eine Mineralwasserflasche aus der Kiste und trank sie aus. Das Wasser schmeckte schal. Kein Wunder, es stand seit Monaten in einer Ecke, er konnte sich nicht erinnern, warum er es gekauft hatte, zum Trinken nicht, denn er trank kein Wasser. Er trank Bier. Oder Wein. Oder Most. Und so weiter. Aber kein Wasser. Er starrte die leere Plastikflasche an. Er hatte eben einen Liter Wasser getrunken, mit Kohlensäure versetzt und mineralhaltig, das schon, aber, nehmt alles nur in allem, war es doch nur Wasser. WASSER! Er hatte reines Wasser getrunken. Er schüttelte den Kopf und holte sich eine Flasche Bier aus der anderen Kiste. Frastanzer. Ein berühmtes Bier, hatte Goldmedaillen gewonnen und so weiter. Er macht die Flasche auf und schenkte sein Henkelglas ein, sein Lieblingsglas. Bei Bier und Wein achtete er auf eine gewisse Etikette und bevorzugte Gläser; denn wer ein Glas verwendet, kann die Illusion des Genusstrinkers aufrechterhalten, das machen viele Alkoholiker so, die noch nicht ganz nach unten gerutscht sind.

Michael Scheidbach führte das Glas zum Mund. Der Biergeruch stieg ihm in die Nase. Dann kam der Ekel. Er stellte den Henkelkrug auf den Tisch und holte tief Luft. Im Raum stank es nach Schweiß, das fiel ihm erst jetzt auf, aber das hatte den Ekel nicht erzeugt. Er näherte die Nase dem Bierglas und zuckte zurück. Würgen, die Kehle schnürte sich zu. Noch ein Schnaufer, und er würde kotzen.

Es kam nicht in Frage, das Zeug zu trinken, es war nicht einmal vorstellbar. Er öffnete das Fenster und schüttete das Bier hinaus. Schlecht geworden. Er hatte davon gehört, dass Bier verderben konnte, aber die Umstände vergessen, die dazu führten; falsche Lagerung, zu warm … Ihm war im ganzen Leben noch nie ein schlecht gewordenes Bier untergekommen trotz seiner reichhaltigen Erfahrung. Er hatte das verdorbene Bier bis zu diesem Tag für eine urbane Legende gehalten. Er machte eine zweite Flasche auf. Das Ergebnis war dasselbe, ebenso bei der dritten und vierten. Er ließ sich in seinen Sessel fallen und trank das Mineralwasser aus. Er wunderte sich. Er hätte einen viehischen Wutanfall über das verdorbene Bier bekommen sollen, er kannte sich; nichts regte ihn sonst mehr auf als Nachschubprobleme beim Alkohol. Aber an diesem Tag war alles anders.

Er hatte, wenn er ehrlich war, gar keine Lust auf Bier. Vielleicht eine Nachwirkung der Krankheit. Ein seltsames Zusammentreffen: Lustlosigkeit, Bier zu trinken, was aber nichts ausmachte, weil eben zum selben Zeitpunkt sich eine ganze Kiste Bier als ungenießbar herausstellte. Wie wahrscheinlich war denn das? Wie wahrscheinlich, überlegte er, kann es überhaupt sein, dass eine ganze Kiste verdirbt, alle zwanzig Flaschen? Die fünfte und sechste Flasche untersuchte er auf Trübungen oder andere Auffälligkeiten, da war aber nichts, weshalb er darauf verzichtete, den Rest auch noch aufzumachen. Die Flaschen hatten Kronenkorken, die unversehrt aussahen.

Eine Idee begann sich in seinem Kopf auszubreiten, eine umstürzlerische, phantastische Idee. Aber die konnte er nicht ohne die Hilfe anderer Menschen überprüfen. Ob so etwas überhaupt möglich war. Er rief Angelika Spielberger an. Sie freute sich, dass es ihm besser ging. Sie freute sich so sehr, dass sie versprach, ihn zu besuchen. Jetzt gleich. Und Ramón, der freihatte, würde auch mitkommen.

*

Achmed schwelgte in einem Hochgefühl, verbunden allerdings mit tiefer Demut dem Allerbarmer gegenüber, der ihn auf seinem Weg bis hierher mit weiser Hand geleitet hatte, um das große Werk zu vollbringen. Einem Außenstehenden wäre an dem Ort, der Achmed mit solch religiöser Inbrunst erfüllte, nichts Heiliges oder auch nur Numinoses aufgefallen. Es handelte sich um einen alleinstehenden einstöckigen Bau in einem bergwärts gelegenen Außenbezirk von Dornbirn; früher war hier ein Computerhandel untergebracht gewesen, aber pleitegegangen.

Achmed behauptete, er wolle die Werkstätte als Boutique für Naturkosmetik nutzen, Bioeinreibmittel, Badesalze und Ähnliches. Er zahlte die geforderte Miete, bestückte die Räume mit Büromöbeln, einem Feldbett und einer Kugelmühle, die er übers Internet bestellt hatte. Es war ein Standgerät mit vier Fünfhundert-Milliliter-Mahlbechern und einem Satz Edelstahlkugeln. Teuer natürlich. Das machte nichts, denn Achmed wurde aus einem Fonds finanziert, dessen Geldgeber die Welt zweifach versorgten: mit Kohlenwasserstoffen und mit dem wahren Glauben. Die Kohlenwasserstoffe musste man bezahlen, der wahre Glaube war gratis.

Achmed hatte nicht wirklich vor, Badezusätze zu vertreiben, aber cum grano salis hatte sein Unternehmen doch etwas mit Kosmetik zu tun; deshalb die teure Kugelmühle. Man gibt ein Material zu den Stahlkugeln in den Mahlbechern und schaltet ein. Die Becher werden herumgewirbelt, die Kugeln innen drin noch mehr, dabei zerkleinern sie das Material mit der Zeit – am Schluss sind die einzelnen Körnchen nur noch einen Tausendstelmillimeter groß. Geeignet sind alle Stoffe, die zum *Sprödbruch* neigen. Zum Beispiel Knochen. Das ultrafeine Pulver wird dann mit einem anderen Material gestreckt, etwa wie der Wirkstoff in einer Tablette. Achmed wollte allerdings keine Tabletten pressen; die Pulvermischung wäre schon das Endprodukt. Einsatzfähig. Mit dem Füllmaterial hatte er vor, ein bisschen zu experimentieren, Kaolin oder Talg. Die Verteilung würde kein Problem sein, dafür war ihm eine ebenso einfache wie geniale Methode eingefallen, die keinen komplizierten und im Entdeckungsfalle kompromittierenden Mechanismus erforderte. Die Institution, an der das Pulver erprobt werden sollte, hatte er auch schon ausgesucht. Wobei: Um ein Haar hätte er die Erprobung aufgegeben, weil ihm beim Nachdenken darüber etwas Beunruhigendes aufgefallen war. Das Problem lag nämlich nicht darin, wie der Laie annehmen würde, dass die Methode *nicht* funktionierte, sondern *zu gut*. Zu gut heißt, dass sich eine Englische Schweißseuche entwickelt, die sich gewissermaßen gewaschen hat und dementsprechend Tausende, wenn nicht gar Zehntausende Opfer fordert. Schön und gut, ist man vom Standpunkt des Glaubenskriegers aus verleitet, auszurufen – aber *wo*, bitte, würden diese Opfer auftreten? In Dornbirn. Das war noch nicht einmal eine Mittelstadt, geschweige denn Großstadt, fünfundvierzigtausend Einwohner, schön und gut – und dann? Wie würde Resteuropa auf die Dornbirner Seuche reagieren? Mit rigider Quarantäne. Und die würde nützen. Sie würde sogar nützen, wenn sich die Seuche durch Übertragung von Mensch zu Mensch auf Nachbargemeinden ausdehnen ließe; alle diese halb dörflichen Siedlungen von der Außenwelt zu isolieren konnte wie bei Dornbirn keine unlösbare Aufgabe sein. Außer die zuständigen Behörden waren inkompetent und mit der Aufgabe überfordert. Das konnte man aber erst hinterher wissen. Der größte Fehler, den ein Kämpfer begehen kann, dachte Achmed, ist die Unterschätzung des Gegners. Wenn dem die Isolierung der Schweißkrankheit gelang, war das ganze Pulver verschossen, wortwörtlich. Denn dann würden die gewissen Labore wie vom Wahnsinn getrieben ein Gegenmittel entwickeln! Und damit Erfolg haben, darüber machte sich Achmed keine Illusionen. Sozialisiert als Alois Praxner und Absolvent eines Chemie-Leistungskurses konnte er die Verachtung seiner nahöstlichen Glaubensbrüder für westliche Wissenschaft nicht teilen, einfach nicht über den eigenen Schatten springen. Die ganze Aktion würde, nehmt alles nur in allem, statt einer welterschütternden Detonation einem Silvesterböller gleichen. Wer eine Pandemie auslösen wollte, musste den Wirkstoff an einem internationalen Großflughafen verteilen, in Mitteleuropa bot sich Frankfurt am Main dafür an. Jedenfalls nicht Dornbirn … Die Aussicht, die zeitenwendende Seuche in einer obskuren Kleinstadt verpuffen zu lassen, deprimierte ihn so, dass er stundenweise versucht war, die Erprobung zu streichen und mit seinem Pulvervorrat nach Frankfurt zu fahren.

Aber dort drohte als Misserfolg das umgekehrte Szenario: Der Infektionsstoff ist nicht infektiös, oder nicht hinreichend. *Nicht hinreichend* reicht andererseits schon für eine abgrundtiefe Depression, das wusste er. Zwar würde niemand von dem Fehlschlag erfahren, niemand würde wissen, dass überhaupt etwas durchgeführt worden war, das fehlschlagen konnte. Aber er würde es wissen, er selbst. Dass er auf der ganzen Linie versagt hatte. Das war unerträglich, schon die Vorstellung trieb ihm den Schweiß auf die Stirn. Wenn es in Dornbirn nicht hinhaute mit der Infektion, na gut, das war Dornbirn. Ein Versuch halt. Wenn er in Frankfurt scheiterte, war er vor der Weltgeschichte gescheitert. Ja, schon klar, was passierte, hing sowieso davon ab, was dem Allerhöchsten gefiel, da konnte der Mensch gar nichts machen. Trotzdem …

Er beschloss, die Erprobung durchzuführen. In Dornbirn.

*

»Das Bier ist in Ordnung«, sagte Ramón. Er setzte das Glas ab, das ihm Michael Scheidbach serviert hatte. »Sogar schön kalt …« Michael führte das Glas an die Nase und verzog das Gesicht.

»Wie kannst du das trinken? Es riecht schon so scheußlich!«

»Schoiß-lich?«

»Horrible«, übersetzte Angelika. »Uele de demonios.«

»Genau!«, rief Michael, »das ist eine schöne Wendung: Es riecht nach Dämonen, das trifft es.« Er holte tief Luft. »Ehrlich: noch ein Atemzug, und ich kotz gleich auf den Boden.«

»Das wird nicht nötig sein«, sagte Ramón. »Vielleicht kommt es von den Tabletten? La enfermedad …«

»Die Krankheit?« Michael dachte nach. »Das wäre aber eine komische Spätwirkung.« Sie saßen um den kleinen Tisch im obersten Stockwerk, den Michael als Multifunktionsmöbel nutzte. Er aß an dem Tisch, legte Bücher hier nieder, stellte Flaschen ab. Mehr Flaschen als Bücher. Ramón studierte die Etiketten. »Cardenal Mendoza«, las er. »Brandy de Jerez … te gusta?«

»Eigentlich nicht so«, sagte Michael, »hat mir der Onkel geschenkt. Zu Weihnachten. Ist nicht mein Fall – nichts gegen

Spanien, Ramón, versteh mich recht, aber mir ist der irgendwie zu süß. Drum ist ja noch was da … seit Weihnachten, mein ich.«

»Si, si, no tiene importancia …« Er machte die Flasche auf.

»Willst du einen? Entschuldige, natürlich, wart, ich hol dir ein Glas … ich muss irgendwo noch ein sauberes haben …«

»No, no, gracias, no para mi! Nicht für mich. Wir machen ein experimento!« Er hielt Michael die offene Flasche hin. Der verstand, roch am Brandy und schnappte nach Luft. »Das war knapp! Entsetzlich … Mir ist schlecht …« Er stellte die Flasche ab. Seine Hände zitterten.

»Experiment geglückt!«, frohlockte Ramón, ließ triumphierende Blicke schweifen.

»Wie jetzt?« Angelika kam nicht mit.

»Mira, cara mia, was ist gemeinsam an cerveza und Brandy?«

»Der Alkohol …«, flüsterte Michael, bevor Angelika antworten konnte.

»Das ist das Geheimnis, der … der … milagro …«

»Das Wunder«, sagte sie, »er verträgt keinen Alkohol mehr.«

»Si, wegen seiner Krankheit!« Eine Weile wurde nichts gesprochen, jeder ließ diese Erkenntnis in den Gedanken Raum gewinnen. Dann fragte Angelika: »Hast du keine Lust, was zu trinken?« Michael schaute sie an. Er sah ein bisschen dumm aus, wie jemand nach dem Aufstehen, den man mit der Frage zum Wesen der österreichischen Außenpolitik geweckt hatte.

»Wenn er nachdenken muss, hat er keine Lust«, sagte Ramón. Und Michael sagte: »Auch wenn's dir komisch vorkommt: Er hat recht.« Ramón sprang auf. »Un milagro, es un milagro, Dios nos ayude!«

»Gott steh uns bei«, übersetzte Michael mit leiser Stimme.

»Es gibt dafür sicher eine natürliche Erklärung«, sagte Angelika, der die Wundergläubigkeit ihres Verlobten suspekt vorkam; sozialisiert im geistigen Ambiente lauwarmer Vorarlberger Jazzmessenkatholizität genierte sie sich ein bisschen für ihn.

»Nein«, sagte Michael, »ich meine, ja … oder auch nicht … was ich sagen will: Es ist egal, oder? Wie es zustande kommt …« Er ließ sich auf den Stuhl fallen. »Es ist vorbei«, sagte er dann. »Vorbei.«

»Das Trinken?« Angelika klang verzagt. Michael wunderte sich. Es betraf sie doch gar nicht. Sie konnte ja weiter Alkohol trinken … Er stand wieder auf. »Ich danke euch. Ihr habt mir die Augen geöffnet.«

»De nada«, sagte Ramón. »Aber warte, wie lang es … dauert. Sagt man so, es dauert?«

»Du meinst, ob es anhält. Ja, natürlich. Vielleicht ist die Wirkung morgen vorbei, und der alte Adam hat wieder Durst!« Er lachte. Ramón lachte nicht, er war blass. Sie verabschiedeten sich und stiegen die steilen Treppen hinunter. Michael Scheidbach folgte ihnen ein paar Minuten später mit einem Korb voll Flaschen. Man musste auf der Frastafeders, wenn man ganz oben wohnen wollte, jedes Stückchen Abfall zur Mülltonne ins Erdgeschoss hinuntertragen. Michael hatte sich daran gewöhnt. Nur war der Korb diesmal schwer wie noch nie. Denn die Flaschen waren nicht leer, sondern voll. Unten ging er auf die Rückseite des Turms und schüttete sie an der hinteren Ringmauer aus. Die leeren Flaschen verstaute er in der Holzkiste mit dem Glasabfall. Er hörte Schritte. Rudolf Büchel kam durch die Tür. Michael murmelte einen Gruß und stieg die erste Treppe hinauf, ohne auf Büchel zu warten. Dem blieb nichts übrig, als zu folgen.

»Die Knochen sind weg«, sagte er, als sie ganz oben waren.

»Wie – weg?«

»Abgeholt, verschwunden. Weg im Sinne von *weg*! Verstehst du?«

»Ehrlich gesagt, versteh ich überhaupt nichts. Abgeholt – wer hat sie abgeholt?«

»Ach so, zwei Männer haben die Knochen auf einer Stange weggetragen – Herrgott, wer wohl? Dieser Ambrosius, der Sauhund, und so ein Schlägertyp. Keine Ahnung, wie die reingekommen sind. Ich konnte nicht viel dagegen tun, weil ich nämlich krank war. *Krank*, verstehst du, ziemlich krank. Fieber und so. Die halbe Zeit hab ich nicht mehr gewusst, wo ich bin und wer ich bin …«

»Das tut mir leid. Geht's dir jetzt besser?« Darauf ging Michael nicht ein.

»Das alles hättest du leicht verhindern können, wenn du da gewesen wärst. Aber du hast dich ja nicht blicken lassen!«

»Du klingst verbittert, weißt du das? Warum hast du mich nicht angerufen?«

»Warum? Weil ich keine Nummer von dir hatte, darum!«

»Du hättest doch im Pfarrhaus Tisis anrufen können, der Pfarrer hätte mir …«

»Ach, hör doch auf! Ich hatte über vierzig Fieber, verdammt noch mal!«

»Und ich hatte zu tun. Das war einfach ein Fehler in der Kommunikation, ich hab nicht dran gedacht, an die Handynummer … Aber jetzt geht es dir doch wieder gut, oder? Und wir haben ja noch die echten Knochen!«

»Nein, haben wir nicht. Es ist noch jemand gekommen, der hat die echten mitgenommen.«

Büchel setzte sich auf Michaels Bett. Er sank schwer ein. »Was sagst du da? Wer war das?«

»Hab den noch nie gesehen. Deutscher Akzent. Er hat mir gedroht …«

»Und sonst? Was hat er gesagt, wozu braucht er die Knochen?«

»Hörst du nicht zu? Ich hatte Fieber, ich hab nichts richtig mitgekriegt. Er wollte wissen, was die größte Stadt in Vorarlberg ist – aber das kann ich nicht beschwören, ich glaube, dass er das gefragt hat, ich bilde es mir ein. Es klingt ja völlig verrückt. Er hätte mir alles Mögliche erzählen können, einen ganzen Roman, ich weiß nichts mehr davon … Vielleicht hat er auch gar nichts gesagt.«

Rudolf Büchel starrte auf den Boden. Eine Zeitlang wurde nichts gesprochen. Michael Scheidbach bemühte sich, die Kaffeemaschine in Gang zu bringen. Er musste vertrockneten Kaffeesatz herauskratzen, er hatte sie schon lang nicht mehr benutzt, jetzt aber hatte er Lust auf Kaffee. Er hätte den Besucher nach seinen Wünschen fragen können, vermied das aber, denn dieser Scholz sah nicht nach einer Kaffeetante aus; der würde etwas »Richtiges« wollen, etwas mit Alkohol, dann würde er ihm erklären müssen, dass er eben alle alkoholischen Getränke entsorgt hatte. Und dann, warum.

Als die Maschine endlich funktionierte, ließ er zwei Tassen durchlaufen und stellte eine vor Rudolf Büchel hin. »Milch und Zucker hab ich leider nicht da«, sagte er.

»Ich trink ihn so«, sagte Büchel. Er starrte immer noch auf den Boden. Michael setzte sich auf die andere Tischseite. Er sucht nach einem Ausweg, dachte er. Obwohl: Was soll das sein, ein Ausweg? In diesem Fall … Es braucht doch gar keinen. Niemand war in einer Zwangslage, er nicht und dieser Scholz auch nicht. Konnte aber sein, dass dieser Scholz Schulden hatte …

»Was machen wir jetzt?«, brach er das Schweigen.

»Keine Ahnung.« Scholz blieb gleichmütig. »Die echten Knochen sind weg, die falschen auch – wir sind aus dem Spiel.«

»Ich weiß nur nicht, was ich der Baronin sagen soll, wenn sie anruft …«

»Die Wahrheit. Sag ihr einfach die Wahrheit. Außerdem glaub ich nicht, dass die anruft. Ich denke, sie hat schon, was sie will …«

»Wieso?«

»Wer war dieser zweite Besucher? Was wollte der mit den Seitenstetten-Knochen? Woher wusste er überhaupt, dass sie existieren?«

»Er war jedenfalls eingeweiht. Und außer dem Wolfegg und der Baronin …«

»Ja, genau! Außer diesen beiden weiß nur noch deine Schulfreundin Angelika von den Knochen. Und natürlich ihre ganze Sippe … Es ist die Baronin«, setzte er hinzu, »du wirst sehen, es ist die Baronin!« Das war gerade noch gutgegangen. Rudolf Büchel biss sich auf die Unterlippe und nahm einen Schluck Kaffee. Dieser Scheidbach war nicht auf den Kopf gefallen, wenn er nüchtern war. Und jetzt war er nüchtern, weiß der Teufel, warum. Das fehlte noch, dass er eine Verbindung herstellte zwischen den Dornbirnern und ihm. Er musste weg. Konnte ja sein, dass die liebe Familie Spielberger samt Anhang hier auftauchte und einen kaffeetrinkenden Herrn Scholz vorfand, der nicht Scholz hieß, sondern Büchel. Das waren alles gesetzestreue Spießer, die gleich die Polizei rufen würden. Weil die ja noch so viele Fragen mit Herrn Büchel besprechen wollte. Er aber nicht mit ihr.

»Und wegen des Typs mit dem zweiten Skelett«, sagte Büchel, »würd ich mir keine Sorgen machen. Es ist falsch. Aus dem Karner in Tisis.« Er trank seinen Kaffee aus und stand auf. »Ich muss los. Danke für den Kaffee und alles Gute für deine Zukunft!« Er lächelte, winkte und war in der Bodenluke verschwunden. Michael hörte das leiser werdende Poltern der schweren Schritte auf dem Treppenholz, dann war es still. In diesem Augenblick fiel ihm ein, dass er die Mobilnummer wieder nicht bekommen hatte.

Rudolf Büchel überquerte den Vorplatz der Burg und begann, den Hohlweg hinabzusteigen. In der Höhe glänzte die Sonne durch die Fichtenwipfel, der Weg war nicht ganz so düster wie sonst. Auch Rudolf Büchel fühlte sich beschwingt. Er begann zu pfeifen. Michael Scheidbach hätte sich noch mehr über ihn gewundert – hatte sein Bekannter Scholz nicht eben eine peinliche Niederlage erlitten, den Zusammenbruch all seiner Pläne?

Nein, hatte er nicht. Denn Rudolf Büchel war ein Spieler. Damit ist kein der Spielsucht Verfallener gemeint, sondern die Berufsbezeichnung. Rudolf Büchel lebte vom Spiel. Puristen werden einwenden, dass der Berufsspieler ein Mythos sei, eine legendäre Figur; einen richtigen, das heißt, erfolgreichen Spieler, sagen sie, könne es gar nicht geben, am Ende gewinne immer die Bank. Das ist schon wahr, wenn man die enge Definition zu Grunde legt – der Spieler als einer, der sich auf den Zufall verlässt. Aufs Glück. Solche Spieler gibt es nicht auf Dauer. Man muss dem Zufall schon nachhelfen, also betrügen. Wer das allzu dreist und permanent tut, fliegt auf und muss die Karriere beenden, weil man ihn im Wortsinn nicht mehr *mitspielen* lässt. Es kommt darauf an, das Gleichmaß zwischen Zufall und Betrug zu wahren, eine Gratwanderung. Solche Spiele schätzte Rudolf Büchel. Sie lohnten sich am meisten. Er rief an.

»Ja?«

»Hör zu, Wolfegg. Diese Sache, von der du glaubst, du hättest sie, die hast du nicht. Man hat dich betrogen.«

»Was?«

»Die widerrechtlich entwendeten Gebeine deines Vorfahren sind nicht die deines Vorfahren. Es sind die einer Frau. Und sag jetzt nicht, du hast sie überprüfen lassen. Von wem denn? Der Kerl hat dich reingelegt. Denn ich kann ja nicht annehmen, dass dieser Ambrosius nicht den Unterschied zwischen einem weiblichen und einem männlichen Becken erkennt, oder was meinst du?« Am anderen Ende blieb es still. »Hallo, Wolfegg, alter Freund und Zwetschkenröster, bist du noch dran?«

»Was willst du?«

»Hundert Kilo.«

»Du bist ja verrückt!«

»Wie du meinst. Es gibt sicher andere Interessenten …«

»Für ein paar alte Knochen? Du spinnst doch.«

»Vielleicht hast du recht. Könnte sein, dass sich niemand dafür interessiert. Ach je …«, er schniefte, »wenn ich nur dran denk, dass alles umsonst war …«

»Sag einmal, was ist denn mir dir los?«

»Stimmungsschwankungen. Mir geht es in letzter Zeit nicht so gut, ich hab fest mit dem Geld gerechnet …« Rudolf Büchel begann zu weinen. Jedenfalls hörte es sich durchs Telefon nach Weinen an. Oskar Wolfegg-Seitenstetten war konsterniert. Er hatte Rudolf Büchel noch nie weinen hören, auch nicht geglaubt, dass der, unter welchen Umständen auch immer, dazu fähig war.

»Entschuldige, Wolfegg, es geht schon wieder …« Oskar Wolfegg vernahm Nasenputzgeräusche. »Weißt du, ich vertrag halt die Antidepressiva nicht, die sie mir verschrieben haben, ich werd so müde davon. Tja … dann wird es halt wieder auf das Übliche hinauslaufen …«

»Was soll das heißen?« Schon, dass er diese Frage von sich gab – er erkannte, dass ihn Büchel drangekriegt hatte. Wieder einmal. Aber es war zu spät, die Frage ausgesprochen.

»Nun«, antwortete Büchel in normalem Ton, »ich krieg halt wieder so einen Anfall, zerreib die Scheißknochen zu Pulver und streu es in der Innenstadt aus. Beim Michaelerplatz fang ich an, dann durch den Kohlmarkt, über den Graben bis zum Domplatz, dort steig ich in die U1 …«

»Ja, schon gut, verstanden …«

»Wirklich? Du solltest dir sicher sein. Und in der Nähe, das heißt, in meiner Nähe. Wegen meiner Anfälle. Gegenmittel: hundert Kilo. Wirkt zuverlässig bei mir.« Er lachte. »Ich ruf dich morgen wieder an. Überleg's dir.« Das Gespräch war beendet.

*

Lukas Peratoner saß in seinem Wohnzimmer und dachte über Matthäus Spielbergers Traum nach: Ein Unbekannter lief durch das BORG Dornbirn und dann wieder hinaus. Daran stimmte nichts. Der Traum unterschied sich von den anderen Träumen, die Matthäus der Runde berichtet hatte; nach einigem Nachdenken kam er auch dahinter, worin die Abweichung bestand. Bisher hatten dessen Träume unbekannte Personen gezeigt, die in kriminelle Handlungen verwickelt waren, oder aber ihm bekannte Personen ohne eine solche Verwicklung – seine Freunde, die mit Grabgeräten durch einen Wald laufen.

Im Fernsehen lief eine Dokumentation. Detective Chief Inspector Barnaby verbreitete sich über die Nachschubprobleme nahöstlicher Terroristen. Natürlich nicht DCI Barnaby selbst, sondern dessen deutsche Synchronstimme. Sonst erzählte diese Stimme viel über das Weltall; zum Terrorthema passte er besser, fand Peratoner. Man sah Wüste, kahle Berghänge und dann wieder Wüste, dazwischen bärtige Männer in weißen Nachthemden und eine Menge Kalaschnikows. Zu wachsen scheint dort überhaupt nichts, ging es ihm durch den Kopf, aber Waffen haben sie ohne Ende, woher bloß? Die Augen fielen ihm zu, das lag an Barnabys beruhigender Stimme; die Träume des Matthäus Spielberger drängten sich wieder in den Vordergrund. Und die darin vorkommenden, Böses planenden oder Böses tuenden Unbekannten. Ein simples Schema. Wenn dort jemand auftauchte, den man nicht kannte, war es ein Bösewicht. Also war auch der Kerl, der das Bundesoberstufenrealgymnasium Dornbirn durchstreifte, ein solcher. Der Böses tat. Was war das? Er klopft sich beim Durchlaufen der Korridore auf das Hosenbein, hatte Matthäus beobachtet. Ach ja …

Alles lief zusammen. Die Terroristen im Fernsehen, der Unbekannte aus Spielbergers Traum mit seiner Marotte … nein, das war eben keine Marotte. Das, was er da tat, *war eben das Böse!* Peratoner sprang auf, zog Mantel und Schuhe an und lief zur »Blauen Traube«. Dort herrschte an diesem ruhigen Abend mittlerer Betrieb – vier Tische waren besetzt, darunter der Stammtisch in der Ecke. Lothar Moosmann saß dort und der Wirt. So schlimm ist es also gar nicht, dachte Peratoner; es ist nicht so, dass wir vier *jeden* Abend in diesem Wirtshaus sitzen. Bitte: Franz-Josef Blum fehlt, und ich bin auch nur aus zwingendem Grund da; die »Blaue Traube« ist *nicht* unser

Wohnzimmer, von vieren sind bloß zwei da, davon ist einer der Wirt, wo soll der sonst sein?

Er begrüßte die reduzierte Stammtischrunde, bestellte bei Mathilde ein Bier und legte seine Überlegungen dar.

»Es muss so sein: Er kann nicht mit einem Zerstäuber durch die Schule rennen, das fiele auf. Was er da in die Atmosphäre bringt, muss er verdeckt am Körper tragen – und durch eine unauffällige Bewegung freisetzen. Was ist unauffälliger als nervöses Klopfen ans Hosenbein?«

»Darin«, überlegte der Schnitzer, »wäre dann eine Art Puderbeutel mit feinen Löchern, wo es herausstaubt …«

»Unten fällt das Zeug zwischen Unterschenkel und Stoff ins Freie«, ergänzte Dr. Peratoner.

»Zunächst fällt wohl alles auf seinen rechten Schuh«, sagte Matthäus Spielberger, dem diese Idee – so weit kannte er die Kameraden – sich in eine unerfreuliche Richtung zu wenden drohte. »Außerdem ist mir kein Pulver aufgefallen, das da aus der Hosenröhre hätte stauben sollen …«

»Bedenke, es ist sehr fein! Das muss es sein, wenn es aufgewirbelt werden soll – und in die Lungen der Schüler gelangen. Ein Pulver, das du hättest sehen können, Gipsstaub etwa, wäre als sichtbare Spur liegen geblieben; der Schulwart hätte es zusammengekehrt, mit einer Maschine vermutlich, und hätte sich vielleicht angesteckt, aber sonst …«

»Woher willst denn du wissen, was ich hätte sehen müssen?«, unterbrach ihn der Wirt. »Das ist doch immer noch mein Traum! Mir ist kein Pulver aufgefallen, da war kein Pulver …« Er verstummte, das war absurd, was hier ablief. Normale Propheten mussten ihre Visionen gegen den Unglauben ihrer Umwelt verteidigen, bei ihm war es umgekehrt: Die Umwelt hielt seine Träume für den Bericht eines Augenzeugen, eines etwas trotteligen allerdings, dessen Aussagen zwar nicht prinzipiell bezweifelt wurden, aber doch im Detail (wegen Fehlsichtigkeit, beginnender Senilität und so weiter). Er seufzte, stand auf und holte sich noch ein Bier. Und eins für Lothar.

»Also gut«, sagte er beim Niedersetzen, »ich hab das Pulver nicht gesehen, weil es zu fein war … Moment: zu fein ist in meinem Traum, der sich aber traditionellerweise auf die Zukunft bezieht, also … zu fein sein wird, das Pulver. Es gibt da nur ein Problem: Wenn der Typ das infektiöse Knochenpulver zerstäubt – dann steckt er sich doch als Erster an! Oder nicht?«

»Das macht ihm aber nichts aus«, erklärte Peratoner, »handelt es sich doch um den heutzutage verbreiteten Typus des Selbstmordattentäters, der sein eigenes Leben opfert, um …«

»Ja, ich weiß, was ein Selbstmordattentäter ist! Wir sind hier aber nicht im Mittleren Osten, nicht einmal im Nahen Osten …«

»… sondern im Westen!«, fiel der Schnitzer ein.

»Der hat auch nicht nahöstlich ausgesehen«, sagte der Wirt, »im Traum, meine ich. Ein Durchschnittstyp, ein Hiesiger …«

»Erstens hast du ihn ja nur von hinten gesehen«, wehrte sich Peratoner, »von vorn kann das durchaus ein glutäugiger Araber gewesen sein …«

»Das sind« – Lothar Moosmann drohte mit wackelndem Zeigefinger – »Klischees, die an Rassismus grenzen! Pass auf, was du sagst!«

»Ja, von mir aus … Zweitens braucht es für solche Anschläge keine echten Wüstensöhne mehr, schon lang nicht mehr! Es gibt genügend Konvertiten heimischer Provenienz …«

»Gewissermaßen aus den germanischen Sümpfen – um im Bild zu bleiben«, sagte Matthäus.

»Genau! Wie diese Komiker – wo war das gleich? – in Süddeutschland irgendwo, die Triacetonperoxid herstellen wollten zu Bombenzwecken …«

»Ich erinnere mich«, sagte der Schnitzer, »Triacetonperoxid, man glaubt es nicht! Der deutsche Geheimdienst hat ihnen das hochprozentige Wasserstoffperoxid heimlich gegen schwaches ausgetauscht.«

»Um die Siedlung zu schützen, wo sie das herstellen wollten. Die Wahrscheinlichkeit, schon bei der Herstellung in die Luft zu fliegen, ist ziemlich hoch …«

»Was ist so schlecht am guten, alten Nitroglyzerin?«, ereiferte sich Lothar Moosmann. »Das Glyzerin kriegst du literweise als Sperrflüssigkeit für Gärrohre – gibt's in jedem Gartencenter. Und die Nitriersäure …«

»Die eben ist das Problem«, fiel ihm Dr. Peratoner ins Wort, »du musst bedenken …«

Matthäus Spielberger hörte nicht mehr zu. Seine Freunde begannen, wie immer bei solchen Anlässen, sich auf gegensätzliche Positionen zu versteifen, um über des Kaisers Bart zu streiten, das konnte Stunden dauern. Nur war des Kaisers Bart jetzt eben die Sprengstofffrage. Sie würden, um ihre Ansichten zu verteidigen, bis zur Pulververschwörung zurückgehen. Normalerweise unterbrach er solche Debatten mit dem Einwand, langweilen könne er sich auch beim Fernsehen, dazu brauche er keine Gäste, aber heute war es ihm recht. Nach einer halben Stunde über Vor- und Nachteile verschiedener Sprengmittel würden sie vergessen haben, wo das Ganze seinen Ausgang genommen hatte. Und er war aus dem Schneider.

Aber dieses Mal kam es nicht so, Matthäus Spielberger hatte kein Glück.

»Wie dem auch sei«, resümierte Dr. Peratoner, »wir müssen den Wahnsinnigen aufhalten! Ich schlage vor, wir überwachen das BORG Dornbirn. Es geht ja nur um eine bestimmte Zeit am Vormittag, halb elf, oder?«

»Fünf nach halb ...« Die Stimme des Wirts klang leise und depressiv. Wieso hab ich Idiot die Uhr erwähnt? Die Scheißschuluhr! Er hätte sich wie Rumpelstilzchen in der Mitte auseinanderreißen können ...

»Das macht es einfach«, sagte Lothar. »Wir gehen einfach jeden Vormittag um halb elf in diese Schule und schauen, wer daherkommt!«

»Wer – wir?«, rief der Wirt. »Ich hab ihn doch als Einziger gesehen! Also müsste ich jedes Mal dabei sein, das geht aber nicht, ich kann ...«

»Du kannst sicher am Vormittag eine halbe Stunde weg«, warf Lothar ein, »jemand von uns geht mit.«

»Die Schule ist auf der anderen Seite der Stadt!«

»Mit dem Auto sind das keine zehn Minuten.«

»Und was sag ich zur Mathilde?« Das war ein gewichtiger Einwand, die schiere Verzweiflung hatte Matthäus nach diesem Strohhalm greifen lassen. Die »Lecherin«, die resolute Wirtin der »Blauen Traube«, würde eine weitere Gefährdung ihres Mannes nicht dulden (nach den Gefährdungen, denen er schon bei den unerfreulichen Auseinandersetzungen mit den Herren Büchel und Lässer ausgesetzt gewesen war). Mit Mathilde Spielberger würden es sich die beiden nicht verscherzen wollen, und der jetzt abwesende Franz-Josef Blum sowieso nicht, der verehrte die Wirtin wie eine Heilige.

»Wir sagen einfach, du läufst mit mir«, rief Lothar Moosmann. Er grinste über das ganze Gesicht.

»Laufen? Wohin denn?«

»Wohin? Hast du gehört, er fragt wohin! Schon die dumme Frage zeigt, wie nötig du es hast, das Laufen ...«

»Er meint ›Joggen‹«, erklärte Dr. Peratoner. »Wenn heutzutage von ›Laufen‹ die Rede ist, meint man nicht mehr eine schnelle Bewegung von A nach B zu Fuß, sondern körperliche Betätigung zur Ertüchtigung des Herz-Kreislauf-Systems.«

»Was du nicht sagst!«, schnaubte Matthäus. Sonst fiel ihm nichts ein. Joggen war eine nicht in Zweifel zu ziehende sportliche Tätigkeit; keine verantwortungsbewusste Ehefrau konnte dagegen bei einem Mann seines Alters Einwände erheben. Er musste nur wirklich laufen, im Jogginganzug mit allem Drum und Dran. Und er musste durchgeschwitzt heimkommen.

»Also schön«, sagte er. »Wir gehen joggen, du und ich. Dabei laufen wir an der Schule vorbei …«

»… dort machen wir eine Pause. Oder wir beginnen den Lauf bei der Schule, das ist noch besser, wir machen da unsere Dehn- und Aufwärmübungen, das fällt überhaupt nicht auf!«

»Das ist ein wichtiger Punkt«, bemerkte Dr. Peratoner, »was nämlich allmählich sicher auffiele, ist das Herumlungern zweier Männer vor einem Schulgebäude – ihr wisst, was ich meine. Jogger dagegen genießen Narrenfreiheit, die können ihre Übungen an jedem beliebigen Ort durchführen, auch das Wetter spielt keine Rolle.«

»Eins habt ihr aber nicht bedacht: Was passiert, wenn wir diesen Typ tatsächlich sehen? Rennen wir dann hin, reißen ihn zu Boden, oder was? Ich meine, im Hinblick darauf, dass er grad einen Biokampfstoff verstreut. Er mag ja Selbstmörder sein, ich bin keiner.« Aber Lothar Moosmann hatte diesen Aspekt schon bedacht.

»Wir stellen uns direkt auf dem Vorplatz auf. Wenn er in die Schule reingeht, kriegt er einen elektrischen Schlag, der ihn außer Gefecht setzt …«

»Du hast …«

»Ja, ich hab da einmal was gebastelt ...«

»Wie du weißt«, sagte der Chemiker, »besitzt Meister Lothar eine Kiste, die Maschinenteile enthält. Seine Bastelei dürfte aus dieser Kiste stammen ...«

»Ach ja – ist das die Kiste, in die niemand hineinschauen darf?«

»Besonders nicht hineinschauen darf die Polizei«, erläuterte Dr. Peratoner. »Sonst verschwindet der Besitzer ziemlich lang aus der Öffentlichkeit.«

»Alles nur Gerüchte und böswilliges Getratsche«, sagte Lothar Moosmann. »Ich weiß von keiner Kiste. Und wenn es so eine Kiste gäbe, wer beweist, dass sie mir gehört?«

»Deine DNA, die dran klebt.«

Lothar blickte von seinem Bier auf. Seine Augen strahlten blau wie ein Bergsee. Tiefblau und genau so kalt. »Nein«, sagte er, »tut sie nicht. Die DNA. Drankleben.«

»Na schön.« Matthäus Spielberger seufzte. »Er liegt zuckend am Boden. Was machen wir dann? Die Hose ausziehen? Wobei uns sein Pulver einstäubt?«

»Ich habe Schutzmasken besorgt«, sagte Lothar. »Die ziehen wir erst an, wenn er am Boden liegt ...«

»Ganz unauffällig!«, höhnte Matthäus. »Zwei Typen mit Gasmasken machen sich an einem dritten zu schaffen, der geschockt vor dem Eingang einer Schule liegt ...«

»Ja, unauffällig!«, schrie Lothar Moosmann, »weil das Ganze nämlich gefilmt wird – mit einer Videokamera vom Doktor hier! Lass einen halt einmal ausreden, verdammt!«

»Und was für ein Film soll das sein?«, fragte der Wirt.

Peratoner erklärte es ihm. Eine experimentelle Produktion über die Paranoia der postmodernen Gesellschaft, Videokunst für das Filmfestival in Bludenz ...

»Und wieso ist es dann nicht angemeldet bei der Schule?«

»Weil wir Anarchokünstler sind, Herrgottzack!« Lothar schlug mit der flachen Hand auf den Tisch. »Man könnte fast glauben, du willst nicht!«

Matthäus Spielberger sagte nichts mehr.

»Also!«, rief Peratoner, »die Sache ist entschieden, gleich morgen fangt ihr an.«

Matthäus Spielberger gab sich geschlagen. Wohl zum hundertsten Mal fragte er sich, welcher Teufel ihn geritten hatte, seinen Freunden von diesem Traum zu erzählen. Er wusste doch, was dabei herauskam. Eine bestenfalls sinnlose, wahrscheinlich aber gefährliche Aktion älterer Herren mit viel Tagesfreizeit – aber das war ja klar: Wer außer Pensionisten und gut verdienenden Freiberuflern konnte sich solche Mätzchen überhaupt leisten? Ein Wirt jedenfalls nicht. Wenn er nicht wie der Wirt der »Blauen Traube« eine Frau hatte, die den Laden schupfte. Und eine Tochter! Was für ein Glück, dass sie Kunstgeschichte studiert hatte, ein Fach, in dem keine Headhunter internationaler Konzerne die Leute von den Promotionsfeiern weg engagieren. Die Nachfrage nach Kunstgeschichtlern war eher mäßig; so hatte Angelika Zeit, im elterlichen Wirtshaus Schnitzel zu backen und Vorarlberger Kässpätzle zu kochen. Er hatte beständig ein schlechtes Gewissen deswegen … und jetzt besonders, da er auch noch seine Frau anschwindelte. Allerdings nicht, um einen Seitensprung zu tarnen, sondern die Welt vor einem Bioterroristen zu retten. Ja, die ganze Welt, das durfte man auch sagen. Der Gedanke tröstete ihn.

Am nächsten Tag trafen sie sich um halb elf vor dem Bundesoberstufenrealgymnasium. Man war zu viert in Lothars Defender hingefahren und hatte in der Nähe geparkt. Lothar und Matthäus trugen Jogginghosen und T-Shirts, Peratoner und Franz-Josef Blum ihre Alltagskleidung. Letzterer war telefonisch zu dem Einsatz vergattert worden und widerspruchslos mit Bandgerät und Mikrophon erschienen; Lukas Peratoner mit seiner Videokamera, die er, wie er selbst sagte, vor Jahren in einem Anfall geistiger Umnachtung gekauft hatte, um Naturaufnahmen zu machen, ein Vorhaben, das ihm heute so seltsam vorkam wie die Idee eines Fremden. Er hatte nach ersten Versuchen das Interesse verloren und nie wieder irgendwen oder irgendetwas aufgenommen. Er war für Hobbys nicht geeignet. Als Ausrüstung für einen Amateurfilmer mochte die Kamera aber durchgehen.

Lothar und Matthäus stiegen aus und liefen die Straße entlang bis zum Vorplatz der Schule, wo sie an den Treppenstufen ihre Dehnungsübungen vornahmen. Peratoner und Blum schlenderten ein wenig später mit Kamera und Recorder denselben Weg, blieben aber außerhalb des Geländes an der Bushaltestelle. Nichts geschah. Es ging niemand, und es kam niemand. Nach zehn Minuten trabten die beiden vorgeblichen Jogger zum Auto zurück, gefolgt von den vorgeblichen Amateurfilmern. Sie fuhren auf den Parkplatz an der Furt und warteten eine halbe Stunde. Danach zur »Blauen Traube«. Dort herrschte Hochbetrieb. Angestellte zum Mittagessen. Es war nicht so schick wie in den Innenstadtlokalen, das Essen aber besser und billiger. Weder Mathilde noch ihre Tochter hatten Zeit, Matthäus zu mustern. Er lief in die Wohnung hinauf, um sich umzuziehen. Lothar und Dr. Peratoner hatten sich schon vor dem Gasthaus verabschiedet, beide verabscheuten überfüllte Gaststuben. Die Familie Spielberger konnte sich dann nicht so um sie kümmern, wie sie das gewohnt waren. Deshalb kamen sie erst am späten Nachmittag.

Als Matthäus im Schlafzimmer das Hemd wechselte, fiel ihm etwas auf. Es war nicht das Hemd eines Mannes, der eben eine halbe Stunde Joggen hinter sich hat. Der schwitzt nach so einer Anstrengung. Nein, nein, dachte Matthäus, schwitzen konnte man das nicht nennen. Der Schweiß würde ihm in Strömen am ganzen Körper runterrinnen. Als käme er vom Schwimmen, nicht vom Laufen. Das Hemd wäre nass. Zum Auswinden nass. Seins war trocken. Er ließ sich aufs Bett fallen. Er hatte einfach Glück gehabt. Die Erkenntnis machte ihn nicht froh. Glück sollte mit so einer Sache nichts zu tun haben. Wer auf Glück angewiesen war, hatte sich nicht richtig vorbereitet, nicht sorgfältig nachgedacht. Glück war immer mit Aktionismus verschwistert. Eine Zeitlang halt. Dann verließ es einen. Erstaunlich, dass auch den Genossen Peratoner und Moosmann nicht aufgefallen war, dass man nach dem Joggen ein bisschen verschwitzt aussehen sollte; sie wissen es gar nicht, dachte er, das ist die Erklärung, Laufen kommt in ihrem Universum nicht vor. Das letzte Mal gerannt sind die vor vierzig Jahren im Turnunterricht. Sie wissen nichts darüber, weil sie absolut unsportlich sind. Lothar nimmt sein Monsterauto, wenn er hundert Meter gehen müsste; der Chemiker geht nur von seiner Wohnung in die »Blaue Traube«. So ging das nicht. Das war alles nicht durchdacht, nicht geplant, das war eine Augenblickseingebung des Schnitzers. Improvisation. Wenn wir schon ein Detail wie das Schwitzen übersehen – was übersehen wir dann beim Kern der Sache?

Peratoner war zur selben Zeit ebenfalls von Zweifeln befallen. Nicht wegen des nicht erfolgten Schwitzens, da schätzte ihn Matthäus Spielberger richtig ein, er hatte zu keiner Art sportlicher Betätigung den geringsten Bezug. Ihn beschäftigte etwas anderes, und je länger er darüber nachdachte – desto mehr schämte er sich. Er hatte etwas übersehen. Klar, die anderen auch, aber wer war in der Runde der Intellektuelle? Wenn in einem Haus die Wasserleitung tropft, ist der Klempner schuld, nicht der Dachdecker. Für grundsätzliche Erwägungen war er zuständig, Dr. Lukas Peratoner, niemand anderer. Wie hatte er das nur …

Er rief Lothar Moosmann an, er käme gleich rüber in die Werkstatt; Lothar war es recht.

»Wie lang, glaubst du«, fragte er beim Eintreten, »müssen wir das machen?«

»Die Observation? Keine Ahnung. Ist ja auch nur ein Versuch. Warum fragst du?« Darauf ging Dr. Peratoner nicht ein. »Ich will es anders formulieren«, sagte er, und Lothar Moosmann seufzte. Mit der Wendung *anders formulieren* begann bei dem Chemiker oft die längere Erklärung eines Sachverhalts, den nicht verstanden zu haben einer aus der Runde aus Leichtsinn vorher zugegeben hatte.

»Lass mich rekapitulieren, was wir tun, wenn es klappt«, setzte er fort. »Du schockst den Typ, er fällt zu Boden, wir untersuchen ihn unter der Tarnung eines Filmdrehs. Das hab ich doch richtig begriffen?«

Lothar drehte sich in seinem Schnitzstuhl um. Vor sich hatte er auf der Werkbank eine Heiligenfigur eingespannt. Sie war, soweit Lukas Peratoner das beurteilen konnte, fast fertig. Eine männliche Gestalt in langem, faltenreichem Gewand, in Händen hielt er das Modell einer Kirche.

»Wer ist das?«, fragte Dr. Peratoner.

»Sigisbert von Disentis«, sagte Lothar Moosmann.

»Er schaut so streng …«

»Er hat auch Grund dazu. Man hat ihn umgebracht …«

»Heiden?«

»Nein, der Präses von Churrätien, die Obrigkeit. Das ist legendär. Aber deswegen bist du doch sicher nicht hergekommen?«

»Du arbeitest für das Kloster Disentis?«

»Nein, nein. Vielmehr ist mir der heilige Sigisbert im Traum erschienen und hat gesagt, ich soll ihn schnitzen. – Herrgott, ja, natürlich mach ich das für das Kloster, was glaubst du denn? Das ist ein ganz normaler Auftrag, damit bezahl ich meine Rechnungen …«

»Apropos Traum, gut, dass du es erwähnst. Du träumtest also nicht vom heiligen Sigisbert – wohl aber träumte unser Freund Matthäus vom durchaus unheiligen … wie sollen wir ihn nennen, wir wissen es nicht …«

»Das finden wir schon noch raus …«

»Ja, eben, mit dieser famosen Methode, abpassen bei der Schule und so weiter …« Er beugte sich über Lothar und sprach mit leiser Stimme. »Die Träume des Matthäus Spielberger zeigen die Zukunft, nicht wahr?«

»Ja, aber wieso …«

»Scht! – Wenn das so ist, wieso sieht er uns dann nicht in seinem Traum?«

»Uns? Wieso denn … ich meine, warum soll er uns sehen?« Lothars Stimme erstarb. Er hatte erkannt, wo der Fehler lag. Eine Weile sagte keiner von beiden etwas, dann fragte Lothar: »Kannst du mir das erklären, warum wir alle solche Trottel sind?«

»Keine Ahnung. Vielleicht der Alkohol …«

»So viel saufen wir doch gar nicht!«

»Aber regelmäßig … all die Jahre, das schlägt aufs Hirn. Egal, jetzt lässt sich sowieso nichts mehr tun …«

»Ich muss dir das einmal sagen, du bist doch der Gescheiteste von uns, studiert halt … Ich weiß nicht, wie lang ich gebraucht hätt, um da draufzukommen.«

»Du bringst mich bin Verlegenheit … Ich dachte die halbe Nacht darüber nach. Irgendetwas störte mich an der Sache – dennoch brauchte ich Stunden, bis ich sah, wo der Fehler steckt.«

»Bravo! Und nun müssen wir es den anderen sagen.« Das taten sie per Telefon.

Am Abend herrschte im Gastraum der »Blauen Traube« gedrückte Stimmung. Aber nur beim Schnitzer und beim Chemiker wegen ihrer intellektuellen Minderleistung, der Buchhalter und der Wirt nahmen den Zusammenbruch des Plans locker.

»Ich bitte euch«, sagte Matthäus, »macht nicht solche Gesichter! Das kann doch einmal vorkommen! Außerdem sind das meine Träume, also hätte wohl ich selber draufkommen müssen, was nicht stimmt. Jeder dieser Träume hat ein Ereignis der Zukunft gezeigt, das dann so eingetreten ist – und zwar genau so! warum sollte es bei diesem Traum anders sein? Wenn ich also einen Fremden in der Schule rumgehen sehe – ohne dass irgendeiner von uns dort auftaucht –, dann wird sich das genau so abspielen, warum auch immer.« Er lehnte sich zurück.

»Warum auch immer?«, schnaufte Franz-Josef Blum, dessen wackelndes Doppelkinn auf seelische Erregung schließen ließ, »ich hätte da eine Idee, warum: weil wir hier sitzen und den Verbrecher machen lassen!«

»Aber wir sitzen doch nur deshalb hier«, warf Lothar ein, »weil wir aus dem Traum vom Matthes wissen, dass er es macht und wir ihn nicht daran hindern können – wenn wir es nämlich könnten, dann hätt er uns doch gesehen, wie wir ihn fertigmachen – den Typ, nicht den Matthäus!«

»Es sei denn«, sagte Peratoner, »der Traum zeigt nicht die *reale* Zukunft, sondern eine *mögliche*. Eben jene, die sich einstellen wird, wenn wir nichts tun.«

»Das widerspricht meinen Erfahrungen«, betonte Matthäus, »bis jetzt hat sich in diesen Träumen alles so abgespielt, wie es dann auch gekommen ist.« Darauf sagte niemand mehr etwas, jeder hing seinen Gedanken nach.

»Es ist ein Paradox«, beendete Peratoner das lastende Schweigen. »Es löst sich aber auf, wenn wir annehmen, dass …«, er rang um Worte, was höchst selten vorkam und seine Zuhörer alarmierte, »… wenn wir annehmen, dass dieser Traum – nicht die Zukunft gezeigt hat.« Jetzt war es heraus, alle Blicke richteten sich auf Matthäus Spielberger, dem das unangenehm war. Lächerlich, dachte er, sie glauben, mich damit zu beleidigen, das ist doch völlig absurd. Er kam sich vor wie ein Sektenführer, dessen Anhänger sich nach einer Reihe katastrophaler Prophetie-Pleiten unter schweren inneren Kämpfen auf die Gegenseite schlagen und vom rechten Glauben abfallen. Er fing an zu lachen. »Kann schon sein, dass jetzt Schluss ist mit der Weissagung. Wie bei diesen Supermobilfunkangeboten, ihr wisst schon, zwei Monate oder so ist alles gratis, aber danach … Ich hätte das Kleingedruckte lesen sollen.« Niemand lachte. Das ärgerte ihn. Ich bin der Wirt, ging es ihm durch den Kopf, das hier ist mein Gasthaus, und wenn ich einen Witz mache, dann erwarte ich mir ehrliches Gelächter, verdammt noch mal!

Franz-Josef Blum, der bisher nicht viel beigetragen hatte, rettete die Situation. Er hatte einen Einfall. »Wir haben«, sagte er unter heftigem Kinngewackel, »immer angenommen, dass diese Zukunft, die der Matthes träumt, Wochen voraus liegt. Und bisher war das auch so. Aber das muss ja nicht so bleiben.«

»Wie meinst du das?«, Lothar Moosmann war interessiert.

»Wann hattest du den Traum?«, fragte der Buchhalter.

»Vor zwei Tagen, also in der Nacht auf vorgestern.«

»Und erzählt hast du ihn gestern«, fiel Lothar ein, der auch begriffen hatte, wie der Hase lief. »Worauf wir heute diese Aktion durchgezogen haben. Aber!«, rief er, sich halb erhebend, wie es in Augenblicken gesteigerter innerer Erregung seine Art war, »heute war es schon zu spät, versteht ihr?«

»Offen gestanden, nein«, bekannte Matthäus.

Peratoner dagegen: »Ja, ja, wir verstehen schon. Du meinst, diese Szene in der Schule ist vorgestern passiert – am Tag nach dem Traum vom Matthes, nur einen Tag, na ja ...«

»Aber damit ist das Rätsel gelöst«, ereiferte sich Lothar.

»Und du heimst den Ruhm ein!« Franz-Josef Blum war aufgestanden. »Das machst du dauernd so! Mir fällt etwas ein, du reißt es an dich!«

»Nein, Franz-Josef, Verehrter, das liegt mir fern, dir gebührt der ganze Ruhm, jeder hier sieht das ein!« Lothar Moosmann grinste dabei, Franz-Josef Blum trat vom Tisch zurück und stellte sich in Positur. Dr. Peratoner seufzte, er wusste, was jetzt kam.

»Gott grüß euch, edle Männer von Brabant! Nicht müßig tat zu euch ich diese Fahrt, der Not des Reiches seid von mir gemahnt!«, schmetterte der Hobbybariton die Auftrittsarie des König Heinrich aus dem *Lohengrin*. Dagegen konnte man nichts machen; er sang sie auch nur, wenn er ungewöhnlich gut aufgelegt war. Dr. Peratoner konnte den Darbietungen des Buchhalters nichts abgewinnen, nicht, weil Franz-

Josef Blum schlecht gesungen hätte, es klang passabel. Es war nur diese Art und Weise, sich in Szene zu setzen, die ihm gegen den Strich ging, a capella noch dazu, er genierte sich … das behielt er aber für sich. Mathilde und Angelika waren aus der Küchentür getreten, applaudierten, als Franz-Josef endete. Matthäus applaudierte auch; Lothar schrie »Bravo, bravo!«, sprang auf und fuchtelte mit den Armen. Angelika lief auf den Sänger zu und küsste ihn auf die Stirn. Ein furchtbares Theater, Peratoner wandte sich mit rotem Kopf ab.

Als sich die Leidenschaft für die Kunst gelegt hatte und die Anwesenden wieder auf Normaltemperatur gekommen waren, zogen sich die Damen in die Küche zurück. Unter den Herren in der Gaststube erhob sich die Frage, was man jetzt tun solle.

»Nichts«, sagte Matthäus. »Was immer geschehen ist, das ist eben vorbei, aus, basta! Wir können es nicht rückgängig machen.« Der stets aktionistische Lothar Moosmann wollte sich damit nicht abfinden. »Wenn dieses Pulver …«

»Das hypothetische Pulver«, unterbrach ihn Matthäus.

»Also gut, das hypothetische Pulver – wenn er es aber zerstäubt hat in dieser Schule, dann wird dort die Schweißseuche ausbrechen, und zwar ganz real, nicht hypothetisch!«

»Nein«, befand Peratoner, »die Szene in der Schule fand vorgestern statt, einen Tag nach dem Traum. Der bedauernswerte Baron Seitenstetten, dein Schulfreund, erkrankte damals am Tag nach seiner Ansteckung, nein, wartet – noch in derselben Nacht! Also müsste dieses hochinfektiöse Knochenpulver schon gestern seine Wirkung entfaltet haben. Die Schule wäre heute leer …«

»Das wär im Fernsehen gekommen«, sagte Franz-Josef Blum.

»Du hast recht«, sagte Lothar. »Einen Tag lässt sich so etwas vielleicht verheimlichen, aber nicht länger.« Matthäus blieb skeptisch. »Da wäre ich mir nicht so sicher. Der ORF ist zwar direkt daneben, neben dem BORG, meine ich, aber ob die das mitkriegen – die leben doch alle in einer eigenen Welt ...«

Darauf sagte niemand etwas. Es war bekannt, dass Matthäus Spielberger den ORF nicht leiden konnte, seit ihm ein Redakteur vor drei oder vier Jahren versprochen hatte, er werde einen Fernsehbeitrag über die »Blaue Traube« drehen, und dann nichts gemacht hatte. Matthäus wurmte das, die anderen waren eher froh, dass ihr Stammgasthaus nicht bekannter wurde. Ihnen genügte der Betrieb, wie er war.

»Also gut«, sagte Lothar, »wir warten noch zwei Tage. Wenn dann immer noch keine Rede von einer Seuche ist, dann hat der Anschlag nicht funktioniert ...«

»Wenn es überhaupt einer war«, warf Matthäus ein, »keiner hat bis jetzt dieses ominöse Pulver gesehen ...«

»Was soll es denn sonst gewesen sein?«, fragte Franz-Josef Blum, »was wollte der Typ in der Schule?«

»Ignorabimus«, sagte Peratoner. Darauf wusste nun niemand etwas zu antworten.

Der *Typ*, wie ihn Franz-Josef genannt hatte, Alois Praxner, alias Achmed, kam zur selben Zeit zu gleichlautenden Schlüssen über das Geschehen, allerdings zu anderen Ansichten über die Zukunft. Mit »ignorabimus« – »wir werden es nicht wissen« – konnte er sich nicht abfinden. Er musste wissen, was geschehen war. Besser: eben nicht geschehen war; er musste es wissen und würde es wissen. Achmed hatte nach seiner Pulverzerstäubungsaktion – sie lief genau so ab, wie von der »Blauen Traube« vorgestellt – das Bundesoberstufenrealgymnasium Dornbirn beobachtet. Er war in der Gegend spazieren gegangen, dann ins Gebäude hinein, wo er während der großen Pause die umfangreichen Aushänge am Schwarzen Brett studierte. Der schultypische Lärm, das Lachen, das Getriebe junger Menschen erschien ihm wie in der eigenen Schulzeit, kein Hinweis auf irgendeine Störung des Betriebs. Natürlich konnte er die Zahl der Fehlenden nicht abschätzen, aber wenn die Sache funktioniert hätte, dann sollte die Schule nicht nur halbleer sein, sondern zu drei Vierteln oder mehr. Das war nicht der Fall.

Er tröstete sich mit dem Gedanken, dass die Inkubationszeit doch länger war als angenommen. Der rasche Tod des Barons sprach zwar dagegen, aber der konnte durch schlechten Allgemeinzustand verursacht sein. Ein Uniprofessor höheren Alters, kein Sport, dafür Alkohol und Schweinefleisch in Massen; das würde vieles erklären. Dachte Achmed. Er würde den Schülern des BORG Dornbirn eine Woche Zeit geben, richtig krank zu werden, todkrank. Dann würde er weitersehen.

Achmed hatte gelernt, sich in Geduld zu üben, die neue Religion half dabei. So verbrachte er eine ganze Woche in seinem angemieteten Domizil, kam seinen rituellen Verpflichtungen nach, las Zeitungen und verfolgte die Nachrichten. Eine einzige Meldung hätte ihn befriedigt, aber die kam nicht. Nicht am ersten Tag nach seiner Aktion, nicht am zweiten und dritten. Auch am vierten und fünften Tag kam sie nicht, die Meldung vom Ausbruch einer verheerenden Seuche.

Aber noch war nichts verloren. Nur kleine Geister ohne die Kraft des Glaubens wären an diesem Punkt in Verzweiflung verfallen. Achmed nicht. Es konnte doch sein, dass die Inkubationszeit dieser Krankheit viel länger war als angenommen. Nicht eine Woche oder zwei, sondern ein Monat. Oder mehrere. Da kein Mensch die Schweißkrankheit kannte, wusste auch niemand, wie lang es von der Ansteckung bis zum Ausbruch dauerte. Die ohnehin spärlichen Quellen gaben dazu überhaupt nichts her.

Es gab allerdings noch eine andere, deutlich schlechtere Möglichkeit. Den Betrug. In dem Fall hätte man ihm ein wirkungsloses Pulver angedreht. Wenn diese Knochen nichts taugten, lag das an einer List der Feinde des Glaubens, die man eben nicht unterschätzen durfte, wie das viele Brüder leider immer wieder taten. Ihm würde das nicht passieren. Er würde sich rückversichern. Er konnte ohnehin nichts anderes tun. Vor allem konnte er nicht mit der Hauptmenge seines Pulvers in europäische Hauptstädte reisen, um es dort zu verteilen – nicht, solang er keinen Beweis der Wirksamkeit hatte. Er würde also noch einmal diesen Studenten aufsuchen und eingehend befragen.

9

Michael Scheidbach war ein neuer Mensch geworden. Er hätte nie geglaubt, dass die Abstinenz eine so tiefgreifende Wandlung seiner Person hervorrufen würde. Die Liedzeilen »War das nicht eine Freude, als mich der Herrgott schuf, ja schuf? Ein Kerl wie Samt und Seide, nur schade, dass er suff« kannte er, jetzt erkannte er aber die Wahrheit, die darin lag. Er *war* jetzt ein Kerl wie Samt und Seide, und er soff nicht mehr. Er fühlte sich gut.

Aber er machte auch kein Drama aus der Sache. Er hatte diese komische Krankheit gekriegt, überstanden, und als Nebeneffekt war er die Sauferei losgeworden. Unabsehbare Konsequenzen für die Suchtbehandlung! Mit der Geschichte könnte er zu jeder TV-Anstalt gehen. Oder zu einer Uniklinik. Dort müsste er allerdings erklären, wie er sich mit der Englischen Schweiße angesteckt hatte. Und darauf verzichtete er lieber. Natürlich: Man würde seine Verfehlungen mit Milde betrachten, wenn die Kur auch bei anderen anschlug. Das *Scheidbach-Verfahren*. Sicher war das nicht. Der Wiener Professor war daran gestorben. Die Wahl zwischen Pest und Cholera. Man würde versuchen, mit hohem Aufwand die Wirkung der Viren abzuschwächen … wenn es überhaupt Viren waren.

Aber all das ging ihn nichts an! Das ganze Brimborium, das Gewese, das er mit einem Anruf bei der richtigen Fernsehanstalt in Gang bringen könnte – das alles war ihm zuwider. Der alte Michael Scheidbach, der hätte das so gemacht. Sich in den Vordergrund drängen, endlich eine Rolle spielen, bewundert werden und was noch alles … Der alte Michael Scheidbach hätte auch allen Grund dazu gehabt, weil er so weit im Hintergrund stand, dass man nicht einmal mehr sein Gesicht erkennen konnte. Und weil er nicht bewundert wurde. Von keinem menschlichen Wesen. Der alte Michael Scheidbach hätte das nicht ändern können. Ändern konnte es nur der neue.

Aber dem neuen war das alles egal. Der neue konzentrierte sich auf das Wesentliche. Das Studium abschließen, danach einen Job suchen. Und Veronika wiedergewinnen. Die Aussichten für den ersten Punkt schätzte er als hervorragend ein. Über den Vorarlberger Burgenbau wusste niemand so viel wie Michael Scheidbach. Was den zweiten Punkt der Liste betraf, war er weniger zuversichtlich, und beim dritten, der Sache mit Veronika, rechnete er nicht mit einem Erfolg, da hieß es, einfach probieren, ob oder nicht. Nur, damit man sich nicht Jahre später vorwerfen musste, man habe es nicht einmal versucht.

Diese Aussicht hätte ihn in seinem alten Leben zu einem Bier greifen lassen. Bedingter Reflex. Jetzt griff er zu seinen Unterlagen und las durch, was er bisher geschrieben hatte. Er wappnete sich innerlich mit der Aussicht auf ein inkommensurables, wirres Machwerk – und wurde angenehm enttäuscht. Was er da las, war gut. Nur konnte er sich bei den meisten Seiten nicht mehr erinnern, wann und in welchem Zustand er sie geschrieben hatte. Rein statistisch musste er beim Verfassen der meisten dieser Seiten betrunken gewesen sein. Einfach deshalb, weil er oft betrunken gewesen war, mehr oder weniger. Dem Text sah man das nicht an. Nur brachen manche Kapitel in der Mitte ab, die hinteren mehr als die vorderen. Aber das ließ sich beheben. Er machte sich an die Arbeit.

Die Englische Schweißkrankheit hatte nicht nur beim ihm zu einer erstaunlichen Wandlung geführt, sondern auch bei Mirko. Eben jenem Mirko, den wir als Verwirrten, vor Seuchenangst halb Verrückten vom herzlosen Ambrosius vor der Burg zurückgelassen gesehen haben. Und später gewissermaßen noch einmal gehört – jammernd und in Tränen aufgelöst am Telefon seines Chefs, des Bankmenschen Oskar von Wolfegg-Seitenstetten. Dieser, schon im Besitz der bewussten Knochen, hatte für psychische Labilität von der Art, die Mirko an den Tag legte, kein Verständnis. Nichts brachte ihn mehr auf die Palme als *hysterisches Getue*, wie er es nannte. Mirko wusste das wie jeder andere Untergebene des Bank-Barons. Der ließ seinen Adlatus auch ohne mit der Wimper zu zucken zurück. Hätte Mirko da seine Gefühle nicht unterdrücken können? Angst vor dem *Strigoi*, dem menschenfressenden Vampir der südslawischen Volkssage, frühkindliche Erlebnisse, schön und gut – aber ist das eine hinreichende Erklärung für das Verhalten eines Mannes, zu dessen Aufgaben es gehört … Schweigen wir davon. Man stößt hier auf einen gewissen Widerspruch, der sich allerdings auflöst, sobald man weiß, dass Mirkos seltsames Betragen – schon die erste Auswirkung der erfolgten Ansteckung gewesen ist.

Anders lässt sich nämlich nicht erklären, warum Mirko, zurückgelassen und gedemütigt von einem Zeitgenossen wie Gerald Ambrosius, einem schwach bemuskelten Akademiker, den er unter normalen Umständen mit der linken Hand totgeschlagen hätte – warum er sich also von diesem die beschriebene Behandlung gefallen ließ und nach der Abfahrt des Ambrosius (die Tastatur sträubt sich gleichsam, die Worte anzunehmen) – *heulend wie ein kleines Kind in den Wald hineingelaufen ist!* Das hat er nämlich getan, Rotz und Wasser, das ganze Programm. Gott sei Dank hat ihn niemand gesehen. Mit dem letzten Rest an Verstand hat er es vermieden, in bewohnte Zonen zu fliehen. Er rannte von der Burg Frastafeders weg immer tiefer in den Wald hinein, auf den Saminabach zu, bergauf, bergab, kreuz und quer, bis er mitten im Wald bei einer Hütte ankam. Ein kleiner Holzbau, auf einer Längsseite eine Heuraufe, auf der anderen eine angenagelte Rinne für Trockenfutter. Zu dieser Jahreszeit war die Wildfütterung nicht in Betrieb, Heuraufe und Futterrinne leer; durch die Längsöffnung beim Heu gelang es Mirko, in die Hütte einzusteigen; warum er das tat, war ihm da schon nicht mehr klar. Während des Umherirrens hatte ihn das Fieber befallen. In der dunklen Hütte fand sich noch eine Portion Heu, darin verkroch er sich. Und begann zu schwitzen.

In vielen Berichten über die Englische Schweiße herrscht Unsicherheit bezüglich der richtigen Behandlung der Kranken: Die einen betonten, die geringste Zugluft müsse vermieden werden, der Kranke sei gut einzupacken, sonst sei der Tod unausweichlich. Andere behaupteten, diese übertriebene Zudeckerei sei schädlicher als die Krankheit selbst und verhindere die Selbstheilung, leichte Decken würden genügen. Allerdings gab auch diese Minderheit zu, Zugluft sei schädlich und zu vermeiden. Wie immer das im 16. Jahrhundert auch gewesen sein mag, eine Heupackung in einer Wildfütterung scheint keine schlechte Methode zu sein, mit der Schweißkrankheit fertigzuwerden; vielleicht bieten das luftdurchlässige Heu und der winddichte Bretterschirm der Hütte die richtige Kombination von Lüftung und Zugluftvermeidung. Mirko hat es jedenfalls überstanden.

Als er nach einem tiefen Schlaf erwachte, wusste er nicht, wie lange er in der Hütte gelegen war; aber wie er hineingekommen war, wusste er schon, auch sonst hatte er nichts vergessen. Nur erschien ihm nun alles in einem anderen Licht. Er krabbelte aus der seitlichen Öffnung, streckte sich, machte ein paar Kniebeugen, erleichterte die Blase gegen einen Baum und überdachte seine Lage. Das Fieber war weg, die Krankheit auch.

Durch die Gnade Gottes. Denn im Traum war ihm der heilige Vasilije Ostroški erschienen und hatte zu ihm gesprochen. Hatte befohlen, Mirko müsse sein Leben ändern und Mönch werden. Mirko kam das ganz natürlich vor. An der Aufforderung des Heiligen, des Wundertäters, war nicht zu zweifeln. Wem verdankte Mirko seine Heilung? Es lag auf der Hand.

Er stieg zur Samina hinab, um seinen Durst zu stillen, dann suchte er den Weg zurück zur Burg Frastafeders. Er brauchte etwas zu essen. Er würde diesen Michael bitten, ihm zu essen zu geben. Und er würde etwas erhalten, davon war er überzeugt. Denn er würde nicht als Peiniger und Gewalttäter auftreten, sondern als ein Pilger und Knecht Gottes. Den Weg zur Burg Frastafeders fand er ohne Abweichen, ohne Suchen, denn der heilige Vasilije leitete ihn, obwohl er doch vor dem heilsamen Fieberschlaf kreuz und quer und im Kreis gelaufen war wie ein tollwütiges Tier und keine Erinnerung an Gegend und Richtung hatte. Und während er den steilen Hügel zur Burg hinaufstieg – den Hohlweg hatte er sogleich gefunden –, kamen ihm immer neue Einzelheiten in den Sinn, von dem, was der heilige Vasilije ihm gesagt und aufgetragen hatte – so deutlich, als ob die Vision immer noch vor ihm stünde, in Farben, die von innen leuchteten, wie es wohl die Ikonenmaler immer darstellen wollten, aber nie erreichten. Und so viel wurde Mirko, dem Knecht Gottes, erzählt, dass er es zwar wusste und sich merken, nie aber einem anderen Menschen vollständig wiedergeben konnte, weil seine Zunge nicht fähig war, alle Wunder zu verbreiten, die er vernommen hatte.

Tief in Gedanken an das Erlebte versunken, stieg er die steilen Stufen im Turm hinauf. Die Klappe am oberen Ende stand offen. Wie anders war dieses Emporsteigen als beim ersten Mal! Wie war er damals halb gelähmt gewesen von Furcht vor der Krankheit, wie frei fühlte er sich jetzt! Denn nicht vom Strigoi stammte das heilsame Fieber, sondern von Gott war es ihm gesandt worden …

»Es ist nicht vom Strigoi, das Fieber!«, rief er dem jungen Menschen zu, der in dem obersten Raum des Turms an seinem Tisch saß und schrieb. Der drehte sich um, zeigte aber keine Furcht beim Anblick Mirkos, was Mirkos Herz mit unaussprechlicher Freude erfüllte, war doch bisher in den Mienen aller Menschen, die seiner ansichtig wurden, Furcht geschrieben.

»Was? … Strigoi? Wer ist denn das? … Egal: Die Knochen sind weg, tut mir leid. Sie können gern alles durchsuchen, wenn Sie wollen. Ich hab mit dem Krempel nichts mehr zu tun, war sowieso eine blödsinnige Idee …«

»Nein«, sprach Mirko, der Knecht Gottes, »ich will keine Knochen von dir. Ich bitte dich um Brot, Bruder. Hast du zu essen für mich?«

»Essen? Mal sehen …« Michael Scheidbach sah in dem kleinen Gestell nach, das seine Lebensmittelvorräte beherbergte. Fast nur Dosen. »Vollkornbrot ist da, in Scheiben. Und Jagdwurst. Magst du das?«

»Iss mit mir!«, rief Mirko. »Erweis mir die Ehre!«

»Na ja, wenn du so Wert drauf legst … Ich heiße übrigens Michael, wir sind uns, glaube ich, nicht vorgestellt worden.« Mirko sagte, er heiße Mirko, dann setzten sie sich an Michaels Schreibtisch zum Essen.

Sie hatten noch nicht ganz fertig gegessen, als ihr Mahl durch einen Besucher rüde unterbrochen wurde. Man muss an dieser Stelle anmerken, dass Michael Scheidbach in Bezug auf die Sicherung des Gebäudes seit seiner Krankheit ein beklagenswertes Maß an Sorgfalt walten ließ. Er wusste, dass die Knochenpakete weg waren, das falsche wie das echte, und seither stand er auf dem Standpunkt, die Sache habe sich damit erledigt und gehe ihn nichts mehr an. Er ließ das Hoftor wie die Turmtür offen stehen. Man mag dieses Verhalten einer typischen studentischen Naivität zuschreiben, die keinen Begriff von den Tücken des realen Lebens hat, oder einer Folge der überstandenen Schweißkrankheit (wie der überwundene Alkoholismus) – der Effekt war, dass Alois Praxner alias Achmed ohne Hindernis die steilen Stiegen der Frastafeders hinaufspazieren konnte wie Mirko eine halbe Stunde vor ihm. Was er im obersten Geschoss vorfand, war der gesundete Bewohner der Burg, den er von seinem ersten Besuch kannte, und einen Unbekannten in derangiertem Zustand. Wirres Haar, Sechstagebart und lehmverschmierte Stiefel, deren Abdrücke im ganzen Raum zu sehen waren. Ein Obdachloser, dem der Student eine Mahlzeit gewährte. Das konnte er nicht brauchen. Beide beobachteten ihn.

»Das ist der Mann mit den Knochen«, erklärte Michael. »Ich erkenne ihn wieder!«

»Der Mann mit den Knochen?« Mirko zeigte Verwunderung. »Hat er sie gebracht?«

»Nein, er hat sie sich genommen, als ich im Bett gelegen bin …«

Achmed trat an den Tisch und zog eine Glock. »Schluss jetzt mit dem Geschwätz! Die Knochen waren falsch. Wo sind die echten?«

»Was meinst du mit falsch?«, fragte der Obdachlose.

»Das geht dich einen Scheißdreck an! Und jetzt verzieh dich, sonst geht's dir …« Unklar blieb, wie der Satz sich vollendet hätte, denn Mirko machte eine Bewegung, von der man aber nicht sagen konnte, was genau an seinem Körper sich bewegt hatte; dafür konnte man an Achmed erkennen, dass sich dieser als Ganzes bewegte, und zwar zu Boden, und das sehr schnell. Akustisch untermalt von einem Schmerzensschrei und dem Gepolter einer zum Großteil aus Hartplastik bestehenden Faustfeuerwaffe auf Holzdielen. Mirko hob die Pistole auf und steckte sie ein. Dazu murmelte er ein paar Verwünschungen, die zum Glück niemand der sonst Anwesenden verstand, weil er seine slawische Muttersprache verwendete; der an Achmed gerichtete Teil war noch der harmloseste und könnte mit »Ausgeburt einer syphilitischen Hure« verdeutscht werden. Man darf darin einen Rückfall in alte Verhaltensmuster sehen, Mirko sah es selbst so, er machte eben die Erfahrung, dass diese Sache mit der Umkehr, die die Theologen *metanoia* nennen, nicht so einfach ist, wie er sich das gedacht hatte, trotz der Hilfe des heiligen Vasilije. Aber große Sorgen machte er sich nicht, das neue Leben musste man sich erst einmal angewöhnen. Und schließlich hatte er einen Unschuldigen vor schlimmen Repressalien bewahrt. Außerdem war sein professionelles Interesse erwacht.

»Sprich, Fremder, was ist das mit den falschen Knochen? Was heißt falsch? Und sprich schnell, sonst zerquetsch ich dir die Eier wie eine Zwetschke!«

Achmed beeilte sich mit den gewünschten Auskünften. Der Plan, die nördlichen Völker mit der Schweißkrankheit zu infizieren und zu dezimieren.

»Was hältst du davon, Student?«, fragte Mirko.

»Er ist doch selber Deutscher«, sagte Michael, »dem Akzent nach …«

»Ja, aber das macht ihm nichts, wenn er krank wird, weil er zum Märtyrer wird, verstehst du, siebzig Jungfrauen und so …« Die Vorstellung von siebzig Jungfrauen zauberte ein Lächeln auf Mirkos Gesicht; Michael hätte viel dafür gegeben, dieses Lächeln nicht sehen zu müssen, es passte nicht zu Mirko. Es passte überhaupt zu niemandem. Es sah nicht menschlich aus …

»Also gut, das kann schon sein«, sagte Michael, »ich hab über die Schweißkrankheit gelesen, die ist nur in Mitteleuropa aufgetreten, nicht im Süden. Da könnte schon was dran sein. Einen Beweis gibt es dafür aber nicht.«

»Er probiert es nur?«

»Das nehme ich an. Frag ihn doch!«

Mirko stieß Achmed mit der Schuhspitze an. Der beeilte sich, die Hintergründe seines Planes auszubreiten. Hundertprozentige Gewissheit gebe es nicht, erklärte er, aber mit der Hilfe Gottes könnte den Ungläubigen ein Schlag beigebracht werden, von dem sie sich nicht mehr erholen würden … Dieses Sprechen Achmeds war ein Kompromiss. Denn in Wahrheit gab es kein *könnte* in seinen Überlegungen. Es gab nicht einmal Überlegungen. Die Wahrheit stand klar und deutlich vor seinem inneren Auge. Es würde geschehen – mit der Hilfe Gottes – so und nicht anders. Es war so, als ob es schon geschehen wäre. Aber so konnte man mit Ungläubigen nicht sprechen, wenn sie die Macht ausübten. Sie wollten keine Wahrheit hören, weil sie verstockt waren. Sie würden ihn wieder schlagen und treten, und die Wahrheit nicht erkennen. Da war es besser, ein *könnte* einzufügen, das beruhigte sie. Mit *könnte* und *wäre* und *hätte* ließen sich die furchtbarsten Dinge verbrämen; ihre ganze Welt beruhte auf diesen Worten. Wie ein auf Treibsand gebautes Haus.

Achmed hatte recht. Niemand schlug ihn mehr. Der Student sowieso nicht, aber auch der Söldner nicht. Der schien in tiefes Nachdenken versunken. Er starrte auf den Boden neben Achmed und rührte sich nicht. Mirkos Grübelei wurde von Gerald Ambrosius unterbrochen, der in diesem Augenblick aus der Bodenklappe stieg.

»Hereinspaziert, nur immer herein!«, rief Michael Scheidbach, »es ist genug Platz, fühl dich wie zu Hause, kommt sonst noch wer?« Ambrosius überblickte den Raum, zog eine Pistole und richtete sie auf Mirko. Der erkannte die Waffe, es war seine eigene.

»Wenn du mir auch nur einen Schritt näher kommst, erschieß ich dich«, sagte Ambrosius in beiläufigem Ton. Er hatte an Mirko eine Veränderung bemerkt. Das war nicht mehr der hysterische Jammerlappen, den er auf der Burg zurückgelassen hatte.

»Schon gut«, sagte Mirko, »reg dich ab. Ich bleib sitzen.«

»Wo sind die Knochen?«, fragte Ambrosius.

»Die hast doch du!«, rief Michael. Ambrosius starrte sie an. Erst Michael, dann Mirko. Er sah die reine Lauterkeit in ihren Gesichtern. Achmed vergaß seine Vorsicht und richtete sich halb vom Boden auf. »Wer ist das?«, fragte er.

»Wer ist das?«, fragte Ambrosius.

»Er ist hinter den Knochen her«, sagte Michael und zeigte auf Ambrosius.

»Er ist hinter den Knochen her«, sagte Mirko und zeigte auf Achmed.

»Wieso?«, fragte Achmed.

»Wieso?«, fragte Ambrosius.

»Er will dadurch berühmt werden«, erklärte Michael.

»Er will damit halb Europa ausrotten«, erklärte Mirko.

»Aha«, sagte Achmed.

»Aha«, sagte Ambrosius. Michael Scheidbach sagte: »Ich versteh nicht, was du willst. Du hast die Knochen doch abgeholt.«

»Das waren die falschen …«

»Nein, das waren die echten!«

»Es gibt echte und falsche?«, fragte Mirko.

»Die Knochen, die ich abgeholt und an den Baron Wolfegg weitergegeben habe, waren die einer Frau. Also sind sie falsch! Denn der alte Seitenstetten, der an der Schweißkrankheit gestorben ist, war ja ein Mann, oder nicht?«

Auf diese Eröffnung wusste zunächst keiner etwas zu erwidern. Ambrosius fuhr fort. »Irgendein Schlaumeier hat versucht, den Wolfegg zu leimen, und die Knochen ausgetauscht. Ergo dessen gibt es noch einen zweiten Satz. Knochen, meine ich. Wo sind die?«

»Der hat sie«, sagte Michael Scheidbach und zeigte auf Achmed. Ambrosius richtete die Pistole auf Achmed. Achmed blickte in die Mündung, dann in die Augen von Gerald Ambrosius. Eigentlich kein Unterschied. Das eine Loch so tot wie die beiden anderen. Das beunruhigte ihn.

»Ich hab nicht gewusst, dass es zwei Arten Knochen gibt!«, beeilte er sich zu versichern.

»Was wolltest du damit?« Ambrosius hörte sich genervt an, das war nicht gut.

»Leute umbringen«, sagte Mirko und biss in sein jagdwurstgeschmiertes Vollkornbrot. »Er verteilt es als feines Pulver, das macht die Leute krank, verstehst du, Doktor? Bioterror!« Die Vorstellung schien ihn zu amüsieren. Ambrosius war nicht amüsiert. »Du hast die Knochen zermahlen, du Volltrottel? Sag, dass das nicht wahr ist!« Achmed kroch von Ambrosius weg auf Mirko zu, Ambrosius verfolgte ihn mit Fußtritten. Mirko lachte, Ambrosius schrie, Achmed jammerte, alle durcheinander. Nur Michael Scheidbach schwieg und rückte seinen Stuhl zentimeterweise vom Tisch ab. Als er einen halben Meter gewonnen hatte, stand er auf und zog sich in den hinteren Bereich des Raumes zurück. Aus der schreiend geführten Diskussion der drei schälten sich die unbestreitbaren Tatsachen heraus. Michael Scheidbach nutzte die Zeit und rief Angelika Spielberger an.

»Hier gibt's Probleme«, flüsterte er, »ich wäre froh, wenn dein Vater und seine Freunde herkommen könnten – bewaffnet!« Dann drückte er den Aus-Knopf, weil er sich erstens auf keine Diskussionen einlassen und zweitens nicht Gefahr laufen wollte, von einem seiner drei Besucher beim Telefonieren erwischt zu werden. Diese Gefahr schien allerdings gering, denn die Diskussion hatte die Intensität eines heftigen Streits erreicht. Nur Mirko blieb still. Er hörte zu, wie man einer Debatte zweier Nachbarn zuhört, deren Zerwürfnis einen nichts angeht. Ambrosius musste einsehen, dass er betrogen worden war, ebenso Achmed. Er gab zu, das Pulver schon ausprobiert zu haben. Ohne irgendein Ergebnis. An dieser Stelle verstummten die beiden.

»Dein Pulver ist nicht infektiös?«, fragte Ambrosius.

»Nicht die Spur! Ich hab eine Woche gewartet … Niemand ist krank geworden.«

Dr. Ambrosius dachte nach.

»Ich bin krank geworden«, sagte Mirko. »Der Student auch. Also, Doktor – kannst du das Rätsel lösen?«

»Die echten Knochen aus dem Grab in Wien waren die

einer Frau.« Ambrosius stellte es einfach fest. »Und die hat jetzt Wolfegg. Er hat sie sicher schon vernichtet.« Mirko lachte laut auf. »Du kennst den Baron nicht! Der schmeißt nix weg, was ihm gehört. Was etwas wert ist, mein ich …«

»Wert? Die sind gar nichts wert – im üblichen Sinn!«, protestierte Dr. Ambrosius. »Diese Knochen sind nur wissenschaftlich interessant …«

»Ach so? Und ihn hast du vergessen?« Mirko zeigte auf Achmed, der immer noch auf dem Boden kauerte. »Der da wird bezahlen, was du willst, wenn du ihm die Teufelsknochen gibst. Nichts wert! So ein Narr … Du bist ein Narr, Ambrosius, weißt du das?« Darauf wusste Dr. Ambrosius nichts zu erwidern. Er besaß keine Kenntnisse über die innere Verfasstheit von Leuten wie Oskar von Wolfegg-Seitenstetten, nur allgemeine Ansichten, die jeder in seinen Kreisen teilte, Banker waren böse und korrupt, Inbegriff der Gier, kein Thema. Er kannte nur keine Banker. Der erste Bankmensch, den kennenzulernen er das Missvergnügen gehabt hatte, war eben Oskar von Wolfegg-Seitenstetten gewesen, der ihn hatte entführen lassen. Gerald Ambrosius hatte kein empirisches oder logisches Argument gegen die Einsicht: Banker sind noch viel böser, als du gedacht hast!

»Hör auf, mit der Pistole herumzufuchteln«, sagte Mirko mit ruhiger Stimme. »Ich tu dir nix. Was du haben willst, ist nicht hier. Das hat der Wolfegg, hast du selber gesagt.« Ohne den Ambrosius weiter zu beachten, zog Mirko sein Mobiltelefon aus der Tasche und wählte eine Nummer. Achmed richtete sich auf, tat so, als klopfe er den Staub aus den Hosenbeinen, Ambrosius ließ die Waffe sinken. Michael Scheidbach blieb stehen, wo er war. Das Gesetz des Handelns war auf Mirko übergegangen, daran gab es keinen Zweifel. Wie macht er das?, fragte sich Michael. Er schreit nicht rum. Er lacht nur als Einziger im Raum.

»Ja, Chef, ja …« Mirko nickte, während er sprach. »Weggetreten, ja. Ich war bewusstlos … wo? In einer … so eine Hütte mit Futter für die Hirsche … ja … ein paar Tage … jetzt? Ganz gesund, kein Problem …« Dann sagte er länger nichts mehr, hörte nur zu. Das Gespräch wurde von der anderen Seite beendet. Mirko fixierte Michael. »Kennst du einen Scholz?«

»Ja, dem seine Idee war das ja mit den falschen Knochen …«

»Wo hat er die her? Ausgegraben?«

Die nächsten Minuten vergingen mit dem Versuch, Mirko den Begriff *Karner* zu erklären, der ihm nicht geläufig war. Er lachte, als er die Idee dahinter begriffen hatte. Dann begann er, im Raum auf und ab zu gehen.

»Was hat der Wolfegg gesagt?«, wollte Michael Scheidbach wissen.

»Ich soll ihn treffen. Morgen Abend. Im Messepark in Dornbirn …« Mirko schien in Gedanken versunken.

»Warum? Was will er denn noch? Er hat doch die Knochen!«

»Dieser Scholz hat ihm gesagt, es sind die falschen Knochen. Von einer Frau.«

»Das mag ja sein, aber sie verbreiten die Krankheit!«, rief Ambrosius. »Dafür gibt es Beweise. Du selber hast dich angesteckt, der Scheidbach hier …«

»Ja, ja, weiß ich alles! Aber Wolfegg weiß es nicht, verstehst du?«

»Offen gestanden, nicht so ganz …«

»Ach so!«, sagte Michael. »Wolfegg hat die echten Seitenstetten-Knochen, hält sie aber für falsch, weil sie von einer Frau sind!«

»Der Student ist schlauer als der Professor!« Mirko grinste.

»Ich bin kein Professor«, stellte Gerald Ambrosius fest.

»Was will er jetzt von dir?«, fragte Michael.

»Scholz bietet ihm die echten Knochen an. Für hunderttausend. Ich soll bei der Übergabe helfen.« Er lachte. Sonst lachte niemand.

»Was machst du jetzt?«, fragte Michael, »dieser Scholz ist doch ein Betrüger, da bin ich leider zu spät draufgekommen …«

»Natürlich ist er ein Betrüger! Das ist nicht wichtig. Wolfegg hat gesagt, er hat noch die Knochen von der Frau …«

»Also die echten aus dem Seitenstetten-Grab«, präzisierte Dr. Ambrosius.

»Er hat sie nicht weggeworfen«, sagte Mirko. »Nicht weggeworfen. Das ist wichtig. – Gib mir deine Pistole!«

Ambrosius wich zurück. »Bist du verrückt! Warum soll ich das tun?«

»Weil ich sie brauch.«

»Was hast du vor?«

»Wolfegg will diesen Scholz betrügen. Ich soll ihm das Geld wieder abnehmen, das er bezahlt. Nach dem Kauf der Knochen …«

»Was für Knochen? Er hat sie doch schon …«

Michael Scheidbach platzte der Kragen. »Mensch, bist du begriffsstutzig! Und so was nennt sich Akademiker! Der Wolfegg *glaubt*, er hat die falschen Knochen, *obwohl* er die echten hat! Das hat ihm der Scholz eingeredet. Jetzt will dieser Scholz ihm die echten Knochen verkaufen. Natürlich wieder nur von irgendeinem Skelett aus dem Karner in Tisis. Dort liegen ja Hunderte herum.«

»Aha.« Dr. Ambrosius hatte es begriffen. »Und Mirko hilft seinem Chef … äh … wobei noch mal?«

»Er nimmt Scholz das Geld wieder ab, ganz einfach.«

»Und was will er dann mit den echten Knochen? Die Wolfegg nicht weggeworfen hat?«

»Ich schmeiß sie auch weg«, sagte Mirko mit ruhiger Stimme. »Aber nicht im Ganzen. Zermahlen. Der Typ hier hilft mir dabei.« Er zeigte auf Achmed. »Er wird …«

»Moment, ich versteh nicht«, unterbrach ihn Michael Scheidbach. »Dieser Typ will damit halb Europa auslöschen, wenigstens den Teil von der Mitte nordwärts, und du willst ihm dabei helfen?«

Mirko breitete die Arme aus und rief: »Was der Allmächtige über uns beschlossen hat, steht in seiner Hand, nicht in unserer! Das heißt, es wird sterben, wer sterben soll, es wird errettet werden, wer errettet werden soll. Aber die, die errettet werden, dürfen umkehren von ihrem Pfad, wie auch ich umkehren durfte! Umkehren auf dem Weg, der zur Verdammnis führt. Und zugehen auf das Heil Gottes.« Tränen rannen über sein Gesicht, er fiel auf die Knie, faltete die Hände. Von seinen Lippen strömte halblautes Gemurmel in einer fremden Sprache. Michael Scheidbach, der solche Ausbrüche von Menschen, die keinen Tropfen getrunken hatten, nicht gewohnt war, erschrak bei diesem Anblick bis ins Herz hinein. Ein leibhaftiger Zombie oder die Verwandlung Mirkos in einen Werwolf hätten ihn kaum mehr erschüttert. Der abgebrühte Mediziner Dr. Ambrosius konstatierte einen massiven Anfall von religiösem Wahn, ja, so etwas kam vor, es irritierte ihn nicht weiter; in entwicklungsfähigen Gegenden häufiger als in schon entwickelten, wenn einer *Mirko* hieß, passte das ins Bild … Er hätte sich besser auf Mirko selbst konzentrieren sollen statt auf dessen ethnisch-kulturellen Hintergrund. Besagter Mirko, die Tränen innerer Bewegung noch im Gesicht, unternahm eine fließende, sehr schnelle Bewegung, elegant im Ablauf, aber mit unbewaffnetem Auge fast nicht zu erkennen – und war im Besitz der Pistole, während sich Ambrosius auf den Boden zubewegte, auch in fließender Bewegung, nur dass es bei ihm unelegant aussah und unfreiwillig. Er schlug hart auf und stöhnte.

»Verzeih mir, Bruder«, sprach Mirko mit milder Stimme, »aber ich brauche die Waffe wirklich, und außerdem ist es ja meine!« Er zog den kauernden Achmed mit einem Arm vom Boden empor. »Du wirst mir helfen, irregeleiteter Freund, als Werkzeug des göttlichen Willens.«

»Du verteilst das Pulver in den Städten der Ungläu… äh … dieses Landes?«

»Nicht nur ich, du auch! In allen Städten, die du damit segnen willst!« Achmed konnte sein Glück kaum fassen.

»Aber viele werden sterben«, wandte er noch ein. »Ich meine nur, meine Schuld ist das dann nicht, ich habe keinen Einfluss darauf …«

»Wohl gesprochen! Wer stirbt und wer lebt, liegt im Willen des Allerhöchsten. Ich weiß, dass dich der höllische Irrtum bei deinem Tun bestimmt, aber du wirst das Ergebnis mit deinen eigenen Augen sehen und dich durch die Gnade Gottes vom Irrtum abwenden!« Achmed hätte zur Formulierung *höllischer Irrtum* ein paar scharfe Erwiderungen parat gehabt, sie lagen ihm schon auf der Zunge, aber in Anbetracht der speziellen Umstände verzichtete er darauf. Es lag ja klar zu Tage, auf welch wunderbare Weise der Allerhöchste die Dinge lenkte. Er brachte die Feinde dazu, *seinen* Willen zu tun! Also sagte Achmed nichts, ging zur Bodenluke und stieg hinab. Mirko folgte ihm ohne ein weiteres Wort an die beiden Zurückbleibenden.

»Wir sollten etwas unternehmen«, sagte Michael Scheidbach nach langer Pause. Gerald Ambrosius sagte nichts. Er lag in der Stellung auf den Fußbodenbohlen, in die er durch Mirkos Einsatz gelangt war. Er spürte, dass ihn der Student beobachtete. Scheidbach schien zu überlegen, ob er es wagen könnte, sich für die Prügel zu rächen, die er bei ihrer letzten Begegnung von Ambrosius bezogen hatte. Jetzt war er immerhin gesund. Und Ambrosius ohne Totschläger. Aber Scheidbach aß ruhig sein Jagdwurstvollkornbrot und machte keine aggressiven Anstalten. Ambrosius erhob sich langsam.

»Und was?«, fragte er mit leiser, etwas heiserer Stimme, »was unternehmen?«

»Aufhalten …« Man konnte Michael kaum verstehen, weil er mit vollem Mund sprach. Er kaute heftig und spülte mit einem Schluck kalten Kaffees. »Du weißt ja jetzt, wo sie sich treffen, der Scholz und dieser Wolfegg-Seitenstetten!« Dann fiel ihm ein, dass Ambrosius als Wiener keine Kenntnis spezieller Vorarlberger Örtlichkeiten haben konnte. »Den Messepark findet das Navi hundertprozentig. Er ist auch gleich bei der Autobahnabfahrt Dornbirn-Süd. Das kannst du nicht verfehlen!«

»Allein kann ich dort gar nichts ausrichten. Die sind bewaffnet. Und verrückt.«

»Da hast du recht. Zu zweien ist es auch nicht sicher. Wenn allerdings der Zweite der Genosse Mauser ist …«

»Wer soll das sein? Den hast du bis jetzt nie erwähnt …«

Michael Scheidbach seufzte. »Still da, ihr Redner, du hast das Wort, rede, Genosse Mauser!«

»Was?«

»Das ist ein Zitat, du Depp! Majakowski, *Linker Marsch*, nie gehört?« Dr. Ambrosius schüttelte den Kopf. Mediziner halt, dachte Michael Scheidbach, keine Ahnung von Geschichte, Literatur … und so weiter und so fort. Fachidioten.

»Die Mauser C96 ist eine Selbstladepistole, eine der ersten, die es gegeben hat. Besonders beliebt bei russischen Revolutionären, deshalb der ›Genosse Mauser‹ …« Ich könnte ebenso gut mit einer Kuh reden, dachte er. Da ist gar nichts in diesem Gesicht, das auf mentale Fähigkeiten schließen ließe. Mit einem Kaugummi sähe er aus wie ein Wiederkäuer. Das zieht einen so runter, dieses Geistlose …

»Sag einmal, spinnst du, oder was? Ich soll den Verrückten mit einer Pistole aus der russischen Revolution drohen? Mit einem Museumsstück? Hast du nicht gesehen, wie der Mirko drauf ist? Religiöse Wahnidee und Spezialtruppenausbildung! Eine durchgedrehte Kampfmaschine. Der andere Heini kommt dann noch dazu … zum Drüberstreuen.« Er schüttelte den Kopf und sah bekümmert aus. Dieser Scheidbach lebte in einer Traumwelt. Keinen Bezug zur Praxis. Na ja, Geisteswissenschaftler halt …

»Nein«, wehrte sich Michael Scheidbach, »von bedrohen war keine Rede, wie kommst du da drauf? Du musst sie … äh … ausschalten.«

»Umbringen?«

»Ausschalten, das hab ich gesagt. Extreme Situationen erfordern extreme Maßnahmen. Tja … du kannst natürlich auch zur Polizei gehen …«

»Und was sag ich denen? *Herr Inspektor, verhaften Sie diese Leute, die verstreuen ein infektiöses Pulver. Aus zermahlenen Knochen einer Leiche, die an der Englischen Schweißkrankheit gestorben ist. Vor vierhundert Jahren.* Ja, das kommt gut an bei der Polizei!« Er fing an zu lachen, man hörte, dass er gar nicht lachen wollte, es platzte aus ihm heraus.

»Deine Einschätzung deckt sich mit meiner«, sagte Michael Scheidbach. »Unsere Polizei leidet nicht an dem Maß von

Paranoia, das nötig wäre, um die Geschichte erstens zu glauben und zweitens angemessen zu reagieren. Das heißt, angemessen rasch. Bis wir die ganze Sache auseinanderklamüsert hätten mit Erhebungen, Vernehmungen, Beweissicherung und weiß der Geier, was noch alles – bis dann haben die beiden Knaben halb Dornbirn verseucht. Mindestens.«

»Also – was tun wir?«

»Wir? Wir tun gar nichts. Du tust etwas, wenn du willst. Ich hab mich mit dieser Seuche angesteckt, woran du schuld bist letzten Endes. Ich hab schon genug riskiert. Ich bin fast draufgegangen dabei. Jetzt sind andere dran …«

Darauf hätte sich einiges erwidern lassen, aber Ambrosius verzichtete im Interesse der Sache. Er fragte nur: »Hast du was Brauchbares – im Sinne ›Genosse Mauser‹ oder so?«

»Genosse Mauser ist leider schon in Pension. Ich glaub, ich hab noch was anderes, das dürfte dir gefallen!« Er verschwand im unteren Stockwerk. Nach geraumer Zeit kehrte er zurück, ein Paket unter dem Arm. Graue Tücher, die nach Maschinenöl stanken. Michael wickelte den Inhalt aus.

»Das ist eine originale MP-40 mit einem 32-Schuss-Magazin. Eine sehr zuverlässige Waffe, wenn sie nicht in den Dreck fällt. Deutsche Wertarbeit.«

»Stammt das nicht aus der Nazizeit? Die Dinger sind doch verboten!«

»Beide Male richtig! Der Kandidat hat zwei von zwei möglichen Punkten. Wenn du damit erwischt wirst, sieht es trübe aus mit deiner Karriere. Das Ding ist selbstredend nie hier gewesen, meine Fingerabdrücke sind nicht drauf.« Michael Scheidbach zog sich Gummihandschuhe an und erklärte die Bedienung. Dr. Ambrosius nahm die MP entgegen.

»Nehmen wir an, ich ziehe in Erwägung, sie zu benutzen …«

»Nein, nein, ganz falsch! Das tust du nicht. Das ist keine Waffe, wo man etwas in Erwägung zieht, auf eine günstige Schussgelegenheit wartet und so ein Scheiß! Wenn der Sicherungshebel umgelegt ist, wird geschossen. Das ist ein Vernichtungswerkzeug, weiter nichts. Wenn du dir nicht sicher bist, lass es lieber …«

»Warum gibst du mir das Ding? Weißt du, was ich glaube? Du rechnest mit einer Ladehemmung!«

Michael Scheidbach sah ihn erstaunt an.

»Dann bin ich dran, oder?«, setzte Ambrosius fort, »ich hab nur einen Versuch. Wenn es schiefgeht … das wär dann deine Rache. Wegen der Prügel.«

Der Student schüttelte den Kopf. »Gut, dass du das erwähnst. Nein, deine absolute Aggressivität, der völlige Mangel an Skrupeln ist der Grund dafür, dass ich sie dir überlasse. Sie ist genau das, was jemand braucht, der mit diesen Spinnern fertigwerden will. Ich könnte es nicht, ich weiß das und mach mir da nichts vor. Im entscheidenden Moment würde ich zögern, verstehst du? Einen Moment zu lang …«

Ambrosius nickte. Er wandte sich zum Gehen. Michael hielt ihn auf. »Willst du so in den Messepark gehen? Mit einer Weltkrieg-zwei-MP, einer echten?«

»Würde Aufsehen erregen …«

»Unliebsames, richtig. Ich geb dir was.« Michael tauchte noch einmal in die Tiefen seines Turmlagers und kam mit einer grauen Lodenpelerine zurück. Darunter ließ sich die Waffe tragen, ohne dass es auffiel.

»Wenn es geklappt hat, bring ich sie wieder.«

»Die Pelerine? Die schenk ich dir.«

»Die MP.«

»Die lässt du verschwinden!«

Ambrosius stieg die Treppe hinab, ohne sich noch einmal umzusehen. Die Waffe hatte er sich über die Schulter gehängt. Der Riemen war auf jeden Fall neu, helles Leder, keine Risse und Verfärbungen. Das schwere Metall lag angenehm in der Hand. Das Magazin hatte er herausgezogen, trug es in der Linken. Der Lodenstoff verbarg alles. Niemandem, der ihm begegnete, wäre etwas aufgefallen. Er fühlte sich sicher. Gleichzeitig wusste er, wie irrational er sich verhielt. Er lief den steilen Burgweg hinab wie ein gewöhnlicher Spaziergänger in rustikalem Outfit, ländlich-sittlich, und trug eine MP-40 plus Magazin bei sich wie andere Leute ihr dämmerungsstarkes Steiner-Jagdglas, mit dem sie die Hirschbrunft beobachten. Dr. Gerald Ambrosius würde nichts beobachten. Beobachtet hatte er lang genug. Sein ganzes Leben. Immer nur beobachtet. Und das Observierte aufgeschrieben. Sehr weit gebracht hatte ihn das nicht. Ab jetzt würde er handeln. *Handeln*. Das war nicht das, was die Lebensberater in ihren Büchlein empfahlen. Kein Psychologenscheiß. Handeln hieß radikale Abkehr von dem, was man bisher gemacht hatte. Handeln hieß nicht: nach Maßgabe der Möglichkeiten, wie alle sagen, die eine Ausrede zum Nichtstun brauchen. Welche Maßgabe, verdammt noch mal? Niemand und nichts gab ein Maß vor für das eigene Tun. Nur er selber. Er würde diese Witzbolde umlegen, alle beide, tut mir leid, geht nicht anders. Das waren keine Leute, mit denen man reden konnte. Reden bringt überhaupt nichts bei Typen, die auch handeln. Wer mit denen redet, hat schon verloren. Fast alle können reden, handeln nur wenige. Verständlich. Man wird dreckig dabei. Das darf einen nicht stören, wenn die rote Suppe rausspritzt. Das würde sie, aus beiden. Erst spritzen, dann noch ein bisschen sickern wie Wasser aus einem lecken Eimer. Er sah es genau vor sich, unleugbar eine ziemliche Sauerei. Etwas, woran Psychopathen sich begeilen. Aber eben nur Psychopathen. Zivilisierte Menschen nehmen es auf sich, für einen höheren Zweck den Anblick zu ertragen. Das war nämlich der Unterschied: zwischen einem Psychopathen und ihm, Dr. Gerald Ambrosius, Assistent an der Universität Wien.

*

Franz-Josef Blum fühlte sich nicht wohl in seiner Haut. Er stand vor dem Schaufenster des Reisebüros im ersten Stock des Dornbirner Einkaufszentrums »Messepark« und gab vor, die Plakate mit den Sonderangeboten zu studieren. Gomera, sieben Tage in einem Viersternehotel im Valle Gran Rey, stand da, um knapp siebenhundert Euro, Halbpension, inklusive Flug, da konnte man nicht meckern. Direkt am Strand. Das Foto hatte wenig Aussagekraft, man sah über den Hotelpool, der sich auf dem Hoteldach zu befinden schien, direkt aufs blaue Meer hinaus, was zwischen Hotel und Meer lag, blieb verborgen, das konnte alles Mögliche bedeuten, vielleicht eine vierspurige Uferstraße, vielleicht auch gar nichts – er kannte Gomera nicht. Er wäre jetzt nur gern dort gewesen, an diesem Pool auf dem Hoteldach, so schlimm wie hier konnte es gar nicht sein.

Die Arie des Vasco da Gama aus Meyerbeers *Afrikanerin* fiel ihm ein. »Land so wunderbar, Gärten voller Glanz …« Er konnte sie auswendig, nur die deutsche Fassung; wenn er daran dachte, hörte er den unvergleichlichen Joseph Schmidt über dem kratzigen Rauschen der Schellackplatte. Er sang leise vor sich hin und wurde ruhiger, wie immer beim Singen. Er machte sich zu viel Sorgen. Wenn die Sache schiefging, lag es nicht an ihm. Er hatte alles getan, was getan werden konnte.

Er hatte sich bereiterklärt, mitzumachen … also schön, *bereiterklärt* traf es nicht ganz; es war ihm nichts anderes übriggeblieben. Gruppendruck.

Er sollte observieren.

Man konnte es drehen und wenden, wie man wollte, aber das war eine typisch Moosmann'sche Schnapsidee. Wenn man jemanden observieren soll, ist es günstig, den Betreffenden zu kennen. Aber Franz-Josef Blum kannte Oskar von Wolfegg-Seitenstetten nur von einem Foto, das Lothar aus dem Internet heruntergeladen hatte. Die Aufnahme stammte von einem Charity-Event, dem sich nicht einmal eine so scheue Person wie der Banker hatte entziehen können. Mit diesem Foto im Kopf durchstreifte Franz-Josef nun den ersten Stock des Messeparks. Oskar sah ein bisschen aus wie Bill Gates, wenigstens bestand hier keine Verwechslungsgefahr, denn Franz-Josef konnte sich nicht vorstellen, welcher Umsturz der Weltverhältnisse den Microsoft-Chef in den Messepark Dornbirn verschlagen sollte. Lothar Moosmann patrouillierte im Erdgeschoss, Peratoner und Matthäus Spielberger hatten die Ebenen I und II des Parkhauses im Auge. Sie saßen in Autos in der Nähe der Auffahrten, wo jedes ankommende Fahrzeug an ihnen vorbeimusste. Auch der junge Scheidbach war mit von der Partie; er hatte sich überreden lassen, mitzutun. Vor allem durch das Argument, dass er als Einziger die Herren Mirko und Achmed kannte, sowie den zwielichtigen Scholz, die ja alle hier auftauchen sollten. Man hätte also zur sicheren Wiedererkennung dieser Personen ein paar Scheidbach-Klone über den Messepark verteilen müssen. Weil sie nur einen Scheidbach hatten, war man nach längerer Diskussion zum Entschluss gekommen, ihn auf der Ebene III zu postieren, weil Oskar von Wolfegg-Seitenstetten mit größerer Wahrscheinlichkeit dort oben als irgendwo anders parken würde. Warum? Weil dort die meisten freien Parkplätze waren. Das Argument stammte von Lothar, von wem auch sonst … Lothar war schon wieder voll Begeisterung für den *Plan* und keinem vernünftigen Einwand mehr zugänglich. Was, wenn der Banker im Freien parkte? Es gab einen Riesenparkplatz vor dem Einkaufszentrum und einen dahinter. Matthäus hatte dazu geschwiegen, und Franz-Josef wusste auch, warum: Der Wirt hoffte, dass die ganze Überwachung ausgehen werde wie das Hornberger Schießen und sie an diesem Tag genau niemanden erkennen würden. Keinen Oskar Wolfegg-Seitenstetten, keinen Scholz, keinen Mirko und keinen Achmed. Franz-Josef konnte das verstehen. Sie hatten die Sache angezettelt und verbockt, so war es doch, da halfen jetzt auch keine Pfadfinderspiele … Das Handy riss ihn aus seinen trüben Gedanken. Es war Lothar.

»Die Gräfin tut auch mit! Und dieser Laska! Sie kennt den Oskar so gut wie niemand sonst, der Laska kennt ihn auch und den Ambrosius, falls der noch auftaucht!«

»Prima. Wir können nur gewinnen …«

»Meine Rede! Der Matthäus teilt sie ein, sie sind grad angekommen. Halt die Augen offen!« Er legte auf.

Der Plan war erst nach der Rückkehr von der Burg Frastafeders in der »Blauen Traube« erdacht worden, unter Teilnahme der Frau von Seitenstetten, die eine Baronin war, keine Gräfin, auch wenn sie von Lothar so genannt wurde. Laska war offenbar ihr neuer Adlatus, der den abtrünnigen Ambrosius als Gefolgsmann ersetzen würde; inwieweit auch in erotischen Belangen, war nicht erkennbar. Wahrscheinlich wusste das die Baronin selbst noch nicht. Dem Einfluss Laskas schrieb er es auch zu, dass die beiden an der Observierung im Messepark teilnahmen; wenn eine Dame vom Schlage der Baronin Seitenstetten sich zu so einem Blödsinn herbeilässt, steckt ein Mann dahinter, der ihr nicht gleichgültig ist. Denn ein Blödsinn war es so oder so, was sie da vorhatten. Der *Plan* – wenn man das, was sie vorhatten, so nennen wollte – beruhte auf der optimistischen Annahme, es sei ja nicht nötig, alle beteiligten Bösewichte zu erkennen, sondern nur einen, der sie zu den anderen führen würde. Und dann? In diesem Punkt war Lothar Moosmann vage geblieben; sie würden sich »in den Besitz der infektiösen Knochen setzen«, hatte er verkündet. Und zwar durch sinnvolle *technische Hilfsmittel*, die er, Lothar Moosmann, zum Unternehmen beisteuern werde ... Der gestelzte Ton, Gegenteil seiner gewohnt drastischen Ausdrucksweise, bewies, dass er keine Ahnung hatte, was dann geschehen würde. Er konnte in einem menschenvollen Einkaufszentrum nicht rumballern; deshalb hatte der ominöse Scholz ja diesen Treffpunkt ausgewählt. Schlau. Wer mochte das sein? Wir werden es nie erfahren, dachte Franz-Josef Blum und war davon überzeugt, weil der hirnrissige Plan Lothars einfach nicht aufgehen konnte.

Noch Jahre später sollte sich Franz-Josef an diesen Augenblick erinnern, als innerhalb einer Sekunde seine tiefe Überzeugung nicht etwa ins Wanken geriet, sondern durch die schlichte Evidenz des Faktischen zerstört, vernichtet wurde. Die Sekunde, als Rudolf Büchel an ihm vorbeilief. Jener Rudolf Büchel, den er vor Zeiten im Hotel »Perlacher« in Dornbirn durch den Türspalt gesehen hatte und dann nie wieder, einen blonden, germanischen Langschädeltyp, den man nicht aus dem Gedächtnis bekam. Dieser Mann hatte ihn, Franz-Josef, damals nicht gesehen. Drum lief er auch so arglos an ihm vorbei. In einem langen Ledermantel. In der Rechten trug er eine schwarze Sporttasche. Schaudern erfasste Franz-Josef Blum.

Was sollte er jetzt tun? Denn das plötzliche Auftauchen dieses Verschwundenen fügte sich ins aktuelle Geschehen: Wer sich hinter dem Herrn Scholz verbarg, war nur allzu klar. Sicher, das Böse verbirgt sich mit sprichwörtlich teuflischem Geschick – aber nur, wenn es sich tarnen will. Wenn es sich nicht hinter einer Maske versteckt, ist das Böse auch für den Laien zu erkennen. Als »nordisches Phantom«, wie es im *Faust* heißt, Hörner, Schweif, Klumpfuß, der ganze Apparat. Ebenso klar erkannte Franz-Josef Blum die Identität des geheimnisvollen Scholz mit Rudolf Büchel, dem Spiritus Rector des überstandenen Verbrechens.

Was sollte Franz-Josef jetzt tun? Er konnte nicht klar denken, eine Schwäche befiel ihn, wie ein Automat folgte er Rudolf Büchel, eine Melodie aus Lortzings *Waffenschmied* setzte sich in seinem Kopf fest … »wenn Redlichkeit käme als Waffenschmied und schuf auf dem Amboss von Glut umsprüht ein Schwert, nur dem Guten geweiht – das wär eine köstliche Zeit, das wär eine köstliche Zeit!« – ein Melodietorso, nur diese Zeilen. Er mochte diese Oper nicht so besonders, die Arie war berühmt, aber was wollte ihm das sagen, was er nicht aus dem Ohr bekam, ihn zwang, mitzusummen? Dieses Summen leise zu halten fiel ihm schwer, er wurde immer lauter, wie er wusste, und erregte Aufmerksamkeit, das kam jetzt ungelegen. Er sollte Matthäus anrufen und von der Entdeckung berichten. Oder Lothar … nein, den Lothar auf keinen Fall. Der würde die Sache überstürzen. Aber er traute sich nicht einmal, Matthäus Spielberger zu verständigen, denn der würde irgendetwas empfehlen, was er dann *tun* sollte: Er wollte aber nichts *tun*. Überhaupt nichts, nicht ums Verrecken! Er wollte nicht Räuber-und-Gendarm spielen, dazu war er zu alt. Und zu fett und zu langsam. Das Ganze war einfach lächerlich. Er hätte sagen sollen: Ohne mich! Macht euch diesen Quatsch allein, lasst mich in Ruhe! Aber das hatte er nicht gesagt, nicht dieses Mal, nicht letztes Mal, überhaupt noch nie. Das traute er sich nicht, denn dann würden sie ihn vielleicht ausstoßen aus der Gemeinschaft der »Blauen Traube«, und er müsste daheim sitzen. Allein. Dann würde ihm noch viel häufiger als ohnehin Ursula einfallen, die vor zehn Jahren gestorben war, dann würde er wieder anfangen, sich gehenzulassen und das Haus nicht mehr verlassen, bis ihn sein Schwager Talhuber zum Dr. Michler schleppen würde, der würde ihn einweisen; dort müsste er die Tabletten schlucken, die er nicht gut vertrug … Es war besser, mitzutun bei allem, was sie sich ausdachten in der »Blauen Traube«, egal, wie blödsinnig es sein mochte.

Der vor ihm laufende Büchel, dem er wie ein Hündchen folgte, bog ins Restaurant »Piazza« ein. Er steuerte einen Tisch im hinteren Teil des Lokals an. Dort saßen zwei Männer, die Franz-Josef nicht kannte. Ein Anzugträger mit blasiertem Gesichtsausdruck als einziges Merkmal. Ein Arschloch. Das konnte der Banker-Baron sein, durchaus. Und ein rasierter Kugelkopf. Ein Totschläger.

Franz-Josef schnappte sich die *Neue Vorarlberger Tageszeitung* und klemmte seinen massigen Körper an die hufeisenförmige Theke. Er bestellte ein Stück Kardinalschnitte und Kaffee, entfaltete die Zeitung. Die Hoffnung, trotz ein Meter neunzig nicht aufzufallen, gründete er auf sein Verhalten. Er gab den notorisch schlecht gelaunten, übergewichtigen Pensionisten, mit der Welt zerfallen, besonders aber mit seinen Verwandten, egozentrisch, und wie jeden Nachmittag bestrebt, durch Zucker, Fett und Weißmehl das Dasein zu verkürzen. Also: harmloser alter Depp.

Die drei passten überhaupt nicht zueinander. Der degenerierte Aristokrat, der gotische Langschädel mit strohgelber Siegfriedfrisur und der mediterrane Rundkopf. Wie Tiere aus verschiedenen Erdteilen. Das Einzige, was sie zusammenführte, waren böse Interessen. Franz-Josef saß zu weit entfernt, um zu hören, was an dem Tisch gesprochen wurde. Die Leute verhielten sich unauffällig, sie wurden nicht laut, keine Gestikulationen, kein Gelächter. Sie tranken Kaffee. Franz-Josef konnte nicht erkennen, ob irgendwelche Gegenstände getauscht wurden. Rudolf Büchel wandte ihm den Rücken zu, der Banker saß gegenüber, rechts davon der Totschläger. Neben dem Tisch stand die schwarze Sporttasche.

*

Gerald Ambrosius hatte den Messepark in Dornbirn schon am Vormittag aufgesucht. In einem Ford Focus, in Feldkirch gemietet. Das Herumlaufen mit der Maschinenpistole unter der Lodenpelerine erschien ihm zu mühselig und gefährlich, er hatte es schon in Feldkirch aufgegeben, sich eine Tragetasche gekauft und die Waffe noch im Hotelzimmer darin verstaut. Diese Sachen waren geklärt. Weniger klar war, wie er Mirko und Genossen finden sollte. Der Messepark stellte sich als unübersichtlicher Gebäudekomplex heraus, nicht so groß wie die Shopping City Süd, aber auf jeden Fall zu groß, wenn ein einzelner Mann darin drei Personen finden sollte. Erschwert wurde die Lage durch das angebaute Parkhaus mit drei Ebenen. Wo würden sich die vier Herren treffen, um den Verkauf zu tätigen? In einer Umkleidekabine eines der zahlreichen Textilgeschäfte? Er verwarf den Gedanken. Das wäre zu auffällig. Er versuchte, sich in die Lage des Barons zu versetzen. Einmal hatte man ihn schon betrogen. Also würde er wohl auf genauer Inspektion der Ware bestehen. Das sprach vom Setting her für das Parkhaus; Blick in geöffnete Kofferräume. Andererseits: Im Parkhaus rannten immerzu Menschen aus allen Richtungen um einen herum, die dabei Dinge sehen konnten, die nicht für sie bestimmt waren. Zur zuverlässigen Vermeidung von Aggressionshandlungen war das Parkhaus aber wieder zu wenig belebt; man konnte dort einen Menschen zwischen den Autos leichter umbringen als – in einem Lokal. Genau! Diese Leute würden sich in einem Lokal treffen.

Ambrosius inspizierte die Gastronomieszene im Zentrum und stellte fest, dass von den Lokalen nur das Restaurant »Piazza« im ersten Stock und das Café im Erdgeschoss in Frage kamen. Das war durch die Architektur bedingt. Beide Lokale hatte die entsprechende Größe und Abgeschlossenheit nach außen. Man konnte eine »ruhige Ecke« finden und Verhandlungen führen. Gleichzeitig gab es genug Augenzeugen, falls die Sache aus dem Ruder lief. Ambrosius blieb nichts anderes übrig, als zwischen diesen beiden Lokalitäten hin und her zu patrouillieren. Rolltreppe rauf, Rolltreppe runter. Das fiel aber nicht auf, die geschätzten achthundert anderen Besucher schienen dasselbe zu tun.

Allmählich beruhigte er sich. Von den Leuten, auf die er wartete, war nichts zu sehen. Am Abend wollten sie sich treffen, hatte es geheißen. *Abend* war ein unscharfer Begriff. Der Messepark schloss um sieben; Abend konnte also eine Zeit zwischen fünf und sieben bedeuten. Wenn er um vier da war, musste das reichen. Er fuhr in die Stadt, schlenderte herum und sah sich Dornbirn an. Bei einem Imbiss aß er einen Döner, Viertel vor vier stieg er wieder ins Auto und fuhr ins Einkaufszentrum. Es herrschte mehr Betrieb als am Vormittag. Er parkte den Ford auf dem hinteren Außenparkplatz, ging hinein und begann zwischen Café und Restaurant zu patrouillieren.

Seine Geduld wurde auf eine harte Probe gestellt. Es dauerte bis zehn vor sechs, da erkannte er die Herrschaften im Hintergrund des »Piazza«. Oskar von Wolfegg-Seitenstetten saß mit dem Rücken zur Wand, neben ihm Mirko, vom Dritten in der Runde sah Gerald nur den Rücken, das musste dieser Scholz sein. Ambrosius nahm im vorderen Teil des Restaurants Platz, der vom hinteren durch eine Wand aus Kübelpflanzen abgeteilt war.

Franz-Josef Blum entdeckte ihn im selben Augenblick, als Gerald Ambrosius seinen Blick zur Theke wandte. Sie sahen sich in die Augen und wussten, wer der andere war. Das wunderte sie, weil sie alle beide keinen Sinn für Gesichter hatten, am wenigsten für flüchtig und ein einziges Mal gesehene. In der Seitenstetten-Villa in Wien, kurz vor dem Hinscheiden des armen Barons. Franz-Josef rutschte von der Theke und kam auf Ambrosius zu, setzte sich an seinen Tisch.

»Mich wundert, Herr Dr. Ambrosius, dass Sie nicht dort drüben sitzen – nicht hinschauen! – Ich meine, Sie sind doch mit denen hergekommen ...«

»Nicht freiwillig, glauben Sie mir, Herr ... warten Sie ... ich komm drauf, es war etwas Hübsches ... Rosen?«

»Blum. Franz-Josef Blum.« Franz-Josef seufzte.

»Fast richtig! Ich hab's doch gewusst!« Ambrosius lächelte. Vielleicht ist er ja verrückt, dachte Franz-Josef.

»Wenn Sie nicht zu denen gehören«, sagte er, »was tun Sie dann hier?«

»Dasselbe wie Sie, Herr Blum. Ich lauere Ihnen auf!«

»Bitte, was?«

»Auflauern. Beobachten, dann zuschlagen. Wie beim Indianerspielen. Haben Sie nie Indianer gespielt, früher, als Kind?«

Ja, dachte Franz-Josef, er ist verrückt. Oder kurz davor. Die Nervenanspannung, das Trauma der Entführung.

»Herr Doktor, diese Leute sind sehr gefährlich«, sagte er mit eindringlicher Stimme. »Sie sollten denen aus dem Weg gehen …«

»Dasselbe könnte ich Ihnen raten, Herr Blum. Sie sind ja auch nicht aus Zufall hier. Und Ihre Freunde sind auch nicht weit …«

»Hören Sie, dieser Mirko plant mit den Knochen einen Bioterroranschlag, er hat da so einen Konvertiten dabei …«

»Aber das weiß ich doch alles! Ich war Zeuge des Geschehens. Auf dieser Burg …«

»Frastafeders? Der Scheidbach hat gar nicht erwähnt, dass Sie dabei waren …«

»Hat er nicht? Nun, wir haben alle unsere kleinen Geheimnisse. Wie dem auch sei, wir sollten unsere Kräfte bündeln! Diesen Anschlag werden wir verhindern und die Knochen ihrer Bestimmung zuführen …«

»Wissenschaftlich …«

»Genau! Wir sollten …« Rudolf Büchel unterbrach ihn. Nicht mit Worten. Er stand nur auf und ging.

»Los, hinter ihm her!«, zischte Ambrosius.

»Ich, wieso ich?«

»Jetzt machen Sie schon, Herrgott, ehe er entwischt! Schauen Sie, wo er hingeht. Ich halte so lang die Stellung …«

»Ich hab noch gar nicht bezahlt …«

»Ja, verdammt, das mach ich schon, was war's denn?«

»Eine Kardinalschnitte und ein Kaffee …«

»Was denn? Verlängerter, Mokka, oder was?«

»Hier gibt's nur Kaffee. Kaffee als solcher …«

»Schön. Hier haben Sie meine Nummer.« Er hatte etwas auf einen Zettel gekritzelt. Franz-Josef bewunderte ihn wider Willen. Er selber hatte keinen Zettel dabei, geschweige denn etwas zum Schreiben. Scholz alias Büchel war durch den Eingang Richtung Parkhaus verschwunden.

»Jetzt machen Sie schon!«, insistierte Ambrosius. Franz-Josef setzte sich in Bewegung. Er war erleichtert. Die Verfolgung aufnehmen, das war doch etwas Nützliches, das konnte keiner bestreiten. Aber er musste auch die anderen informieren. Er rief Lothar an.

»Weißt du, wer grad vor mir herläuft? Im Messepark, erster Stock? Der Büchel. Er geht ins Parkhaus.«

Einen Augenblick blieb es still. Dann hatte Lothar sich gefasst. »Franz-Josef, du bist der Größte! Geh hinter ihm her, aber vorsichtig, vielleicht kannst du die Autonummer rauskriegen – oder das Ding anbringen, das wär noch besser!«

»Hast du nicht zugehört? Er geht vor mir her, er ist also vor mir an seinem Auto. Wie soll ich da was anbringen, wenn er wegfährt?«

»Ja, schon gut, du hast recht … schau, dass du die Nummer rauskriegst. Gib sie sofort durch, ich ruf dann …« Franz-Josef unterbrach die Verbindung. Er ärgerte sich. Er hätte nicht anrufen sollen. Nicht Lothar. Kaum gab man dem den kleinen Finger, packte er gleich die ganze Hand. Das *technische Hilfsmittel* an einem Auto anzubringen war vermutlich schon schwer genug, wenn keiner dabei zuschaute. Franz-Josef hatte es noch nie versucht. Aber das unter den Augen des Besitzers zu tun, war doch … war doch … wie sollte er das machen?

Büchel nahm nicht den Lift, sondern die Treppe. Franz-Josef ließ ihm einen Vorsprung. Er erreichte die Ebene II des Parkhauses und blickte sich um. Rudolf Büchel war nirgends zu sehen. Er ging zwischen den Autoreihen hindurch und blickte suchend um sich; das fiel nicht auf. Oft suchten Leute seines Alters ihre Fahrzeuge und fanden sie nicht, weil sie in einer anderen Etage standen. Büchel hatte keine zwanzig Meter Vorsprung gehabt. Natürlich: Büchel konnte in den paar Sekunden in einen Wagen eingestiegen sein, dann müsste er aber doch losfahren … Niemand fuhr los. Nach einiger Zeit kamen zwei Familien mit Kindern und vollen Einkaufswagen und begannen, die Kofferräume ihrer Vans zu füllen. Und Franz-Josef tat so, als suche er sein Auto, von dem er genau wusste, wo es stand, nämlich in der zweiten Reihe von außen gerechnet.

Auf der Ebene I des Parkhauses. Er parkte immer auf Ebene I. Was tat er dann auf Ebene II?

Franz-Josef erfasste Übelkeit, er stützte sich an dem Renault Twingo ab, neben dem er stand. Einen Moment wurde ihm schwarz vor Augen. Wie war das möglich? War das schon der erste Vorbote von Alzheimer? Wieso ging er seelenruhig in die mittlere Etage des Parkhauses, wieso hatte er sich nicht überzeugt, dass Büchel weiter hinaufgegangen war?

Er atmete tief durch. Nein, das war kein Alzheimer. Das war die ganz gewöhnliche, erbärmliche Feigheit, die den Menschen altersunabhängig befällt. Er war mit forschem Schritt in Ebene II eingebogen, weil so die Chance bestand, dass Büchel ein Stockwerk höher, auf Ebene III, in sein Auto gestiegen und davongefahren wäre. Ohne dass ein gewisser Franz-Josef Blum, Pensionist und Hobbybariton, irgendwelche Scherereien zu gewärtigen hatte. Nein – und bei diesem Gedanken beruhigte er sich – eigentlich nicht Franz-Josef Blum würde die Scherereien vermeiden, sondern Lothar Moosmann. Weil er oder einer der anderen Freunde jetzt den Rudolf Büchel dann eben auch nicht stellen mussten, den Superverbrecher, und also nicht Gefahr liefen, von Büchel erschossen zu werden oder so.

Große Erleichterung erfasste ihn. Rudolf Büchel war entwischt. Er war auf Ebene III in sein Auto gestiegen und davongefahren, wer weiß, wohin. Niemand würde seinetwegen verletzt werden. – Klar, peinliche Sache, kein Zweifel, Lothar würde schäumen. Und Matthäus Spielberger würde so tun, als ob er schäumte. Vor Ärger. In Wahrheit würde der Wirt erleichtert sein. Und erst Mathilde! Am erleichtertsten würde die Wirtsfrau sein, die er seit Jahren verehrte und bei sich immer *Hohe Frau* nannte, wie die berüchtigte Cosima im Haus »Wahnfried« genannt werden musste. Wahn, Wahn, alles ist Wahn … *Meistersinger*, aber das war nicht so sein Fall. – Egal, Büchel weg. Büchel mit seinem Ledermantel und der Tasche. Mit der schwarzen Tasche … Moment, nein, er war ohne eine solche vor ihm hergegangen Richtung Parkdeck. Mit der schwarzen war er gekommen. Dann fiel ihm Ambrosius ein, der saß immer noch im »Piazza«. Er rief die Nummer auf dem Zettel an.

»Tut mir leid, Herr Doktor, der Büchel ist weg …«

»Büchel? Wer soll das sein? Wo sind Sie überhaupt?«

»Auf der Ebene II im Parkhaus. Der Büchel ist wie vom Erdboden verschluckt. Ach so … der Scholz heißt eigentlich Büchel.«

»Sie kennen den?«

»Ja, von früher. Wir hatten schon einmal das Missvergnügen, das war …«

»Warten Sie!«, unterbrach ihn Ambrosius. »Der Mirko geht jetzt auch!«

»Wohin denn?«

»Woher soll ich das wissen? Ich geh ihm einfach nach …«

»Okay! Tja, dann, viel Erfolg. Ich geh dann am besten heim …«

»Wollen Sie verhindern, dass halb Europa an der Englischen Schweiße krepiert, ja oder nein?«

»Ja … äh … das heißt, nein, ich will nicht, dass halb Europa an dieser Seuche … Sie bringen einen ganz durcheinander mit Ihrem ewigen Insistieren!«

»Tut mir leid, geht nicht anders! Sie kommen also wieder ins Restaurant und beobachten unseren guten Baron Wolfegg-Seitenstetten. Ich schau derweil, was der Mirko so treibt.« Er unterbrach die Verbindung. Franz-Josef überlegte nicht lang. Er trottete ins Lokal zurück und setzte sich an denselben Tisch. Sofort stand die Bedienung neben ihm. Baron Wolfegg saß in der Ecke wie vorhin. Nun allein.

»Was darf's sein?«

»Äh … eine Kardinalschnitte. Und einen Kaffee.« Die Bedienung ging. So ein Leben als Agent, dachte er, ist höchst ungesund. Schon die zweite Kardinalschnitte an diesem Nachmittag. Es war ihm nichts Kalorienärmeres eingefallen.

Dr. Ambrosius' Entschluss, Mirko zu folgen und Franz-Josef Blum die Beschattung des Barons zu überlassen, war das Ergebnis blitzschneller Kalkulation. Zwar hatte der dicke Blum eben erst bewiesen, dass er zur Verfolgung von wem auch immer nicht fähig war, aber die Überwachung eines sitzenden Zielobjekts würde er doch hinkriegen. Und anrufen, wenn das Zielobjekt aufstand und ging.

Mirko zu folgen war riskant. Er konnte von ihm entdeckt werden. Andererseits war es denkunmöglich, dass Oskar von Wolfegg-Seitenstetten ohne seinen Adlatus mit der Tasche wegging. Er würde nicht einmal die Rechnung bezahlen. Solang sein Handlanger in der Nähe war, würde der Baron alles machen *lassen*, aber nicht selber machen. Dr. Ambrosius hoffte, der Handlanger werde das Auto holen, sprich: in eine dem Chef genehmere Position fahren, am besten auf der Ebene I in der Nähe des Ausgangs. Damit seine Gnaden nicht so weit laufen mussten. Vielleicht hatte es bei der Ankunft rügende Worte wegen der Entfernung zum Parkplatz gegeben. Wenn er nun Mirko nachging, würde er herausfinden, wo der Audi Q7 stand. Hätte er sich damals das Kennzeichen gemerkt, dann hätte er das Parkhaus nach dem Auto absuchen können. Aber die Nummer kannte er nicht, er war halt auch kein Profi. Wenn Mirko den Wagen umparkte, würde er einfach in der Nähe warten, bis Mirko und sein Chef wieder auftauchten, und ihnen dann die Tasche abnehmen. Dieser Teil sollte kein großes Problem darstellen, an seiner Seite hing, Lauf nach unten, die MP 40 in der Tragetasche. Den meisten Menschen, die den Umgang mit Waffen nicht gewohnt sind, gibt die Verfügungsgewalt über eine Waffe ein Sicherheitsgefühl, das sachlich nicht gerechtfertigt ist. Wenn es nämlich dann darauf ankommt, ist die jeweilige Schießhemmung entweder zu groß oder zu klein, beides führt zu unerwünschtem Verlauf der Ereignisse.

Ambrosius folgte Mirko.

Aber Mirko suchte kein Auto. Er ging nicht einmal ins Parkhaus. Er fuhr über die Rolltreppe ins Erdgeschoss des Einkaufszentrums und begann – zu flanieren. Dabei fiel er nicht auf, in modernen Konsumtempeln der Art des »Messeparks« konsumieren die meisten Besucher keine Waren, sondern Zeit. Es ist zwar ihre eigene Zeit, aber sie verbringen sie lieber in Gegenwart einer Menge fremder Menschen und ausgestellter Waren. Ambrosius kam das gelegen, er folgte Mirko in großem Abstand; es war so voll, dass er jederzeit Deckung hinter anderen Menschen hatte. Aber Mirko machte nicht den Eindruck großer Nervosität. Er schlenderte herum, betrachtete Auslagen. Dann betrat er ein Textilgeschäft und kam nach einiger Zeit wieder heraus. Einmal sah er auf sein Handy, führte aber kein Gespräch. Ambrosius war ratlos.

Ebenso ratlos war zur gleichen Zeit Oskar von Wolfegg-Seitenstetten. Die unangenehme Begegnung mit dem Widerling Büchel war ohne Zwischenfälle vorübergegangen. Er hatte nichts zu dem Erpresser sagen müssen, das Reden hatte Mirko übernommen. Als Büchel den Inhalt des Umschlags prüfte, hatte er einen Punkt an der Wand fixiert. Nur, um nicht zu sehen, wie der Lump *sein* Geld befingerte. Und dann einsteckte. Den Anblick ertrug Oskar nicht. Obwohl er wusste, dass Büchel nur Minuten im Besitz dieses Umschlags bleiben würde. Weil ihm Mirko nachgehen und auf bewährte Art das Geld wieder abnehmen würde.

»Wie, Chef?«, hatte Mirko gefragt. »Auf welche Weise? Freundlich, oder eher grob?«

»So grob, wie du es für das verfluchte Arschloch für richtig hältst. Tu dir keinen Zwang an.«

Nach dieser Ansage würde Büchel in den langen Wochen im Krankenhaus Zeit zum Nachdenken haben. Ob es zum Beispiel nicht besser gewesen wäre, das Erpressungsopfer sorgfältiger auszusuchen – so war der Plan gewesen.

Aber bei der Ausführung schien es sich nun zu spießen. Mirko kam nicht zurück. Oskar rief ihn an. Keine Reaktion. Verständlich. »Tut mir leid, Chef, er ist entwischt, ich weiß auch nicht, wie das passieren konnte …« So etwas sagt man nicht gern. Einem Chef vom Schlage Wolfegg-Seitenstettens erst recht nicht. Er war enttäuscht. Aber nur kurz. Solche

Gefühle konnte er sich bei seiner Tätigkeit nicht leisten. Die Leute halten Bankmenschen für gefühlskalt, eiskalte Rechner und so weiter. Sie übersehen, dass erfolgreiche Geldmenschen nicht nur anderen gegenüber keine Emotionen aufbringen, sondern in noch größerem Maße sich selbst gegenüber. Sie müssen jede Regung unterdrücken. Das erfordert jahrelange Übung. Das einzige Gefühl, das sich nicht unterdrücken lässt, aber auch nicht unterdrückt werden muss, ist die Verachtung. Was soll's, dachte Oskar, Mirko wird alt. Vielleicht hat ihm auch diese Krankheit nicht gutgetan. So was gibt's. Der Wohlfahrt fiel ihm ein. Erfolgreicher Trader, macht eine Tropenreise und kriegt Malaria, trotz Prophylaxe und dem ganzen Scheiß. Danach war er nicht mehr derselbe. Jetzt lebte er auf einem Ökobauernhof im Waldviertel. Schicksal.

Oskar von Wolfegg-Seitenstetten seufzte, winkte der Kellnerin und beglich die Rechnung. Er nahm die Sporttasche und ging zum Parkhaus. Er verstaute die Tasche im Kofferraum und stieg hinten ein.

Franz-Josef war ihm gefolgt. Er sah den Baron auf einen dunklen Audi Q7 zugehen und einsteigen. Franz-Josef trat hinter eine der Stützsäulen. Das Ding in seiner Innentasche fiel ihm ein. Das Ding konnte ihn vor der kollektiven Verachtung der »Blauen Traube« retten. Wenn er schon Büchel alias Scholz hatte entwischen lassen, würde er die Scharte auswetzen und den Audi Q7 dingfest machen. Der stand nicht weit von der Säule, acht, neun Wagen vielleicht. Franz-Josef holte den Sender aus der Tasche, bückte sich und lief los. Das Parkhaus hatte die übliche Einteilung: parallele Fahrspuren, links und rechts die Parkplätze, es gibt, wenn alles besetzt ist, immer zwei Wagenreihen nebeneinander. Wer immer den Audi Q7 hergefahren hatte, war rückwärts in eine Lücke gefahren, sodass er direkt nach vorn wieder wegfahren konnte. Franz-Josef lief im Schutz der zweiten Wagenreihe von hinten an den Audi Q7 heran, die letzten Meter bewegte er sich auf allen vieren. Er wusste, dass der Mann im Fond ihn nicht in den Seitenspiegeln sehen konnte, weil die auf den Fahrer eingestellt waren, höchstens im Innenspiegel. Aber nicht, wenn er im Schutz des dahinter parkenden Autos auf dem Boden herankroch. Er zog die Folie von der kleinen Dose ab und drückte die freie Klebefläche von unten an den Fahrzeugboden. Das Ding, so groß wie eine Pillenschachtel, blieb haften. Franz-Josef zog sich schnell zurück. Das Wiener Kennzeichen hatte er sich auch gemerkt. Er rief im Schutz der Säule Lothar an.

»Bist du okay?«, wollte der wissen.

»Ja, wieso?«

»Weil du aufgelegt hast …«

»Nein, ich bin … ja, ich bin okay, er ist mir nur entwischt. Dafür hab ich das Auto vom Seitenstetten. Er ist auf Ebene III. Und markiert hab ich's auch! Und das Kennzeichen!« Er gab es durch. Lothar bedankte sich und bat Franz-Josef, zu bleiben, wo er war. Franz-Josef beschloss zu warten, ob auch der zweite Mann auftauchte, der Kugelkopf.

Es kam aber kein Kugelkopf. Dafür kam ein junger Mann von unbedeutendem Aussehen von der Seite auf den Audi Q7 zu und stieg hinten ein. Was weiter passierte, konnte Franz-Josef nicht erkennen. Dann fiel ihm der Zettel in der Manteltasche ein. Da war ja noch jemand, den er anrufen sollte. War das jetzt, agententechnisch gesehen, ein Verbündeter oder ein Neutraler? Oder ein Halbfeind? Franz-Josef Blum, der nie Spionageromane gelesen hatte, weil ihn das Sujet nicht interessierte, konnte den Gerald Ambrosius nicht einordnen. Wahrscheinlich war er weder ein Verbündeter noch ein Halbfeind oder so, sondern einfach ein Trottel wie alle anderen in dieser Sache. Er rief die Handynummer auf dem Zettel an und meldete den Standort des Audi Q7 samt Verbleib des Barons mit der Tasche. Dr. Ambrosius war höchst erfreut und kündigte sein Kommen an.

*

Oskar war überrascht, als jemand in sein Auto stieg. Es war erstens nicht Mirko, und er hatte zweitens nicht den dicken Umschlag mit den Hunderttausend in der Hand. Es war ein ihm völlig unbekannter Schnösel, und in der Hand hielt er eine Pistole mit Schalldämpfer.

»Ganz ruhig«, sagte der junge Mann, »es wird sich alles aufklären.« Oskar verzichtete auf einen Kommentar. Er blieb in den meisten Lebenslagen ruhig. Nur nicht, wenn es um seinen Cousin Seitenstetten ging, aber der war tot, die Wut verrauchte allmählich. Der Eindringling zog ein Handy hervor und rief jemanden an, er sagte auch etwas sehr Kurzes, aber Oskar konnte nichts verstehen. Zwei Minuten später dann die große Überraschung. Mirko stieg ins Auto. Vorn, auf den Fahrersitz. Oskar sagte wieder nichts. Er verstand, dass er verraten worden war. Wegen hunderttausend Euro, von Mirko und seinem Kumpan. Mit Mirko stimmte ganz entschieden etwas nicht. Jetzt fuhr er los, ohne sich umzudrehen. Sie verließen das Parkhaus.

Hunderttausend Euro. Glaubte er wirklich, damit durchzukommen? Er musste doch wissen, dass Oskar ihn finden würde. Finden lassen würde. Es musste diese Schweißkrankheit sein. Eine Persönlichkeitsveränderung. Erstaunlich. Der alte Mirko hätte zum Beispiel keinen Komplizen gebraucht, er hatte immer allein gearbeitet. Außer, es ging nicht anders, aber dann hatte er Handlanger aus dem Personenreservoir von verzweifelten Südosteuropäern angestellt, wahrscheinlich alles Leute aus seinem Dorf. Der junge Mann neben ihm war kein Handlanger. Er hatte die Waffe, während Mirko den Wagen lenkte. Das war jemand, dem Mirko vertraute. Normal für den alten Mirko wäre gewesen, dass er selber Oskar in Schach hielt und der andere fuhr. Sie nahmen die Hauptstraße nach Dornbirn.

»Die andere Tasche ist da?«, fragte Mirko.

»Hinten«, sagte der junge Mann. Oskar sagte nichts. Mit der anderen Tasche konnte nur die mit den falschen Knochen gemeint sein. Das weibliche Skelett, das ihm sein Cousin angedreht hatte.

Auf Ebene II des Parkhauses beim Messepark entspann sich eine lebhafte, wenn auch kurze Diskussion zwischen Gerald Ambrosius und Franz-Josef Blum.

»Wo ist er hin?«, brüllte Ambrosius.

»Woher soll ich das wissen? Weg ist er, weg!«, schrie Franz-Josef Blum zurück, der laute Geräusche nicht leiden konnte. In dem Moment lief Lothar Moosmann auf die beiden zu. Er wäre fast gegen einen Riesen-BMW gerannt, er starrte auf den Bildschirm eines Mini-Notebooks. »Es funktioniert!«, rief er, »es funktioniert einwandfrei, ein arschklares Signal!« Franz-Josef sann wider Willen der Bedeutung dieser seltsamen Metapher nach, konnte deshalb den Freund nicht vor der Anwesenheit des Dritten warnen.

»Ah!«, rief der, »der Herr Moosmann, richtig?« Er schien sich zu freuen, den Schnitzer zu sehen. Der wusste nicht, was er von der Anwesenheit des Dr. Ambrosius halten sollte. Der hievte seine Reisetasche auf die Motorhaube eines Corolla und zog ein Gerät der Art hervor, die Lothar immer als *Maschinenteile* bezeichnete. Lothar erhob die Hände, um zu zeigen, dass er nicht an Gegenwehr dachte. In der rechten hielt er das Mini-Notebook.

»Ich hoffe, Sie können damit umgehen«, sagte er mit ruhiger Stimme. »Ich möchte nicht erschossen werden, nur weil ein Idiot seine Finger nicht unter Kontrolle hat …«

»Niemand hier wird erschossen«, sagte Ambrosius, »mit Betonung auf *hier*. Und jetzt geben Sie mir das Ding! Und machen bitte keinen Nahkampfquatsch – ich bin nicht trainiert, aber mein Finger ist schneller als Ihr Bein!«

»Daran zweifle ich nicht.« Lothar beugte sich vor und reichte Ambrosius das Notebook mit spitzen Fingern. Der warf nur einen kurzen Blick auf den Bildschirm. »Der Audi Q7 vom Wolfegg? GPS-Verfolgung?«

»So ist es!« Lothar hob die Arme wie zum Segen, »viel Glück.« Dr. Gerald Ambrosius lief mit schnellen Schritten zum Ausgang. Lothar sah, wie die MP 40 wieder in der Reisetasche verschwand.

»Wieso hast du mir nicht gesagt, dass der auch da ist?«, fragte Lothar.

»Ich … äh … nun, also, wenn ich ehrlich bin … ich war ein bisschen …«

»Ach was, vergiss es …«, Franz-Josef seufzte, »was passiert jetzt? Ich hab's vermasselt, wie's aussieht.«

»Wieso denn? Läuft doch alles super! Ich hab natürlich sofort den Doktor und den Matthäus angerufen – nach deiner Meldung über den Audi Q7 …« Sein Handy läutete. Er schaltete auf laut.

»Akzent bewegt sich auf der L204 Richtung Osten, ich bin dicht dahinter!«

»Okay, wir folgen.«

»Wer ist Akzent?«, wollte Franz-Josef wissen und rannte hinter Lothar Moosmann her.

»*Akzent* heißt der zu verfolgende Wagen«, erklärte der.

»Und was ist die L204?«

»Die Lustenauer Straße ...« Sie waren bei Lothars unförmigem Defender angekommen. »Der Lukas will das Ganze halt möglichst professionell ausschauen lassen. Du kennst ihn doch ...«

»Professionell?« Franz-Josef Blum begann zu lachen. Es klang nicht fröhlich. Sie stiegen ein. Das Handy läutete.

»Nimm du«, sagte Lothar, »ich kann jetzt nicht ... Wenn uns ausgerechnet jetzt ein blöder Polizist stoppt wegen Handy beim Fahren ...« Die Lage schien ernst zu sein, denn Lothar hatte noch nie und nirgends darauf verzichtet, beim Autofahren zu telefonieren. Eine Freisprechanlage betrachtete er als Provokation. Er lehnte Einschränkungen seiner persönlichen Freiheit ab, ganz gleich, mit welchen guten Gründen sie von der Obrigkeit verordnet wurden.

Franz-Josef Blum nahm das Gespräch an. Es war Matthäus, der berichtete, dass er hinter Peratoners R4 herfuhr. Der seinerseits hinter dem ominösen Audi Q7 herfuhr. Franz-Josef teilte mit, dass sich unter den Wagen, die in diese Richtung fuhren, auch einer befinden müsse, in dem der durchgedrehte Ambrosius saß. Er habe ihnen das GPS-Gerät geraubt und sei, nun eben, durchgedreht. Und bewaffnet sei er auch, mit einer MP 40. Dasselbe erzählte er dann auch Peratoner und der Baronin, die sich dem Trail als Letzte angeschlossen hatte und sich in ihrer Oberklassenlimousine von Laska kutschieren ließ. Die Nachricht löste in allen Autos Emotionen aus. Besonders heftige in Peratoners R4. Nicht beim Fahrer, sondern beim Beifahrer Michael Scheidbach, der sich im Stillen verfluchte, weil er sich zur Teilnahme an der verrückten Überwachungsaktion hatte überreden lassen. Überreden lassen von Angelika natürlich, von wem denn sonst? Machen wir uns nichts vor: Ohne die Fürsprache seiner Schulfreundin wäre er nie und nimmer mitgegangen. Jetzt sagte er: »Wir sind die Ersten hinter dem Audi Q7 und viel zu auffällig … als Verfolger, mein ich.« Damit hatte er recht. Der Oldtimer aus den frühen achtziger Jahren war knallgelb lackiert und erregte Aufsehen, wo immer er auftauchte. Der Chemiker hatte es fertiggebracht, bei seinem Auto die typische Rostpest durch Applikation einer eigens entwickelten Spezialfettmischung zu verhindern. Vielleicht lag der gute Erhaltungszustand aber auch nur daran, dass Peratoner das Auto kaum benutzte. Als Verfolgerwagen war es denkbar ungeeignet.

»Ja, ich weiß!« Peratoner klang ungehalten. »Und was soll ich Ihrer Meinung nach tun?«

»Lassen Sie Matthäus vorfahren, Herr Doktor! Der Grand Vitara ist total normal gegen den hier …« Dr. Peratoner nickte und ließ Michael seinen Vorschlag an das nächste Verfolgerauto durchgeben. Matthäus war einverstanden. Lukas Peratoner hatte ohne Einwände, ohne Nachfragen zugestimmt, weil er mit seinem akademischen Titel angesprochen wurde, was auch in Österreich nur noch in Wien gelebter Brauch ist, nicht aber im fernen Vorarlberg. Also selten vorkommt. Lukas Peratoner fuhr ein Stückchen weiter rechts, Matthäus brauste an ihm vorbei. In der Folge ließen sie sich an das Ende der Verfolgerkette zurückfallen. Immer weiter weg vom Audi Q7 des Barons Wolfegg-Seitenstetten. Und, so hoffte Michael, deswegen auch immer weiter weg von dem Verfolgerwagen unbekannten Typs, in dem der durchgeknallte Ambrosius und die

MP 40 ihrem Schicksal entgegenstrebten. Wenn sie es dann gefunden hatten, das Schicksal, wollte Michael Scheidbach so weit wie möglich vom Ort des Geschehens entfernt sein. Er hätte nicht mitkommen dürfen.

Am Schluss überholte auch noch Laska im Angeberauto der Baronin den R4 des Dr. Peratoner; Michael Scheidbach fühlte sich sicherer. Damit sich die Kolonne nicht verfranste, wurde fleißig telefoniert. Matthäus Spielberger stand in Kontakt mit Lothar Moosmann, der hinter ihm fuhr. Über Lothar lief die Kommunikation. Während der Verfolgung fiel ihm ein, dass sie mit Twitter und dem ganzen Zeug wahrscheinlich einfacher hätten Kontakt halten können, aber dazu brauchte man modernere Telefone als die ihren, und man musste mit dem Daumen schreiben können – hatte er gehört, vielleicht stimmte es ja gar nicht, jetzt spielte es sowieso keine Rolle mehr …

»Was machen wir, wenn wir dort sind?«, fragte Matthäus am Telefon.

»Wo dort? Wo bist du überhaupt?«

»An der Kreuzung beim Spital. Der Audi Q7 drei Wagen vor mir, rechte Spur. Ich seh nicht, ob er blinkt. Er fährt also entweder gradeaus in die Hintere Achmühlstraße oder rechts Richtung Hohenems …«

»Ja, danke, ich kenn den Stadtplan ungefähr, ich wohn schon fünfzig Jahre hier, verdammt noch mal! Fahr ihm halt nach und lass das Handy an!« Andere wären beleidigt gewesen, nicht so der Wirt. Er kannte Lothar Moosmann schon sein halbes Leben und wusste, warum der so aggressiv reagierte.

»Du hast keine Ahnung, was du tun sollst«, sagte er ins Telefon.

»Ja, verdammte Scheiße, jawohl, ich hab keine Ahnung! Weil

ich nicht weiß, was passieren wird! Weil ich nämlich kein verfluchter Hellseher bin wie gewisse andere Leute ...«

»Schon gut, beruhige dich, hau jetzt nicht die Nerven weg, wir brauchen dich! Du hast doch technische Unterstützung, oder?«

»Ja, hab ich. Entschuldige, ich ...«

»Es wird grün! Er fährt gradaus, sag das den anderen!«

Lothar hatte sich der Kreuzung so weit genähert, dass er gerade noch in der Grünphase durchschlüpfte. Franz-Josef gab den Kurs an Laska und Peratoner durch. Der Hinweis auf die technische Unterstützung beruhigte Lothar. Sie befand sich unter den hinteren Sitzbänken, die Unterstützung. War bei einer Routinekontrolle nicht einsehbar, bei einer Durchsuchung natürlich schon. Dann würde er eine wahnsinnig hohe Geldstrafe zahlen oder überhaupt ins Gefängnis müssen, er verdrängte den Gedanken. Das durfte ihm einfach nicht passieren. Er war Sammler, keine Frage, dennoch waren diese Dinger alle illegal, samt und sonders, und nicht einmal wie Museumsstücke technisch unbrauchbar gemacht, im Gegenteil. Die waren alle brauchbar, sehr sogar. Aber das beunruhigte ihn nicht. Er entspannte sich. Er konnte mit seiner technischen Unterstützung zwar keiner Armee gegenübertreten, das verlangte auch keiner, aber zwei durchgeknallten Terroristen ohne weiteres. Wenn ihm seine Freunde halfen. Daran hatte er keinen Zweifel.

»Sie fahren nach links über die Brücke«, meldete Matthäus. Also in die allgemeine Richtung Stadtzentrum, aber nicht auf der Hauptstraße, sondern auf einem Nebenweg. Bald stellte sich heraus, dass es doch nicht ins Zentrum ging, der Audi Q7 bewegte sich auf Seitenstraßen in den nordöstlichen Stadtteil. Matthäus Spielberger wurde nervös. An ihm hing der Erfolg der ganzen Veranstaltung. Wenn er den Audi Q7 verlor, gab es keine Chance, ihn wiederzufinden.

Lothar meldete sich. »Ich bin dicht hinter dir, bieg bei der nächsten Gelegenheit ab und lass mich vor!« Matthäus tat, wie geheißen. Jetzt war Lothars Defender das Auto hinter dem Audi Q7. Die Seitenstraßen waren nicht sehr belebt, wenn einem immer derselbe Wagentyp folgte, konnte das Misstrauen wecken.

Die Fahrt fand bald ihr Ende, früher, als es Lothar Moosmann recht war. Der Audi Q7 bog im Ortsteil Haselstauden in eine schmale Straße Richtung Berg ein. Das war noch nicht das Problem. Lothar kannte das Sträßchen. Es führte an ein paar Häusern vorbei in den Wald hinauf und endete nach dreihundert Metern bei zwei abgelegenen Gehöften. Dorthin konnte er dem Audi Q7 nicht nachfahren. Er fluchte laut und gotteslästerlich, drosch mit der Hand aufs Lenkrad.

»Was hast du?«, fragte Matthäus. Die Handys waren die ganze Zeit an.

»Die blöden Ärsche fahren in die Strecker-Gasse! Wenn die ganz raufwollen …«

»Verstehe. Bieg auf jeden Fall vorher ab, das steile Stück, du weißt schon, bei der Brücke!«

»Ich wüsste nicht, was tun ohne deine brillanten Einfälle! – Moment, sie halten bei dem Haus …«

»Welches Haus?«

»Das hinter der Brücke. Verflucht, ich kann jetzt nicht stehen bleiben!« Es erschien das Haus hinter der Brücke. Sie überspannte den Bach, der neben der Straße in einem tiefen Graben verlief. Die Straße dahinter war steil. Der Audi Q7 stand an der Straße neben dem Haus. Entweder hatten sie ihr Ziel erreicht oder Verdacht geschöpft. Lothar verschaltete sich, ließ den Motor aufheulen, alles mit Bedacht. Er trug einen Filzhut, der im Hintergrundlicht der Stadt durch die Windschutzscheibe sichtbar sein und eine charakteristische Silhouette bilden mochte. Alles stimmig. Der Nebenerwerbslandwirt und/oder Holzbringer/Jäger fährt mit dem berufstypischen Geländewagen nach Hause. Vom Wirtshaus, deshalb deutlich über null Komma fünf und auf Nebenwegen.

Nach der nächsten Kurve gabelte sich der Weg, Lothar nahm die rechte, noch steilere Abzweigung; da war Fahrverbot, was sein Verhalten, so hoffte er, umso glaubhafter machte.

»Fahr mir bloß nicht hinterher! Das würde auffallen. Sie haben an dem Haus angehalten.«

»Ich komm von der anderen Seite«, sagte Matthäus.

»Sag den anderen, sie sollen wegbleiben, am besten vorn bei der Sparkasse parken …« Ehe Matthäus jemanden anrufen konnte, meldete sich Michael Scheidbach an seinem Telefon. »Weiß jemand, wo der Ambrosius ist? Der muss doch auch da sein, der hat doch das Suchgerät!«

»Das ist auffällig richtig, lieber Michael, aber da wir nicht wissen, welches Auto er fährt, nützt es uns nichts, wenn wir uns wegen seiner möglichen Anwesenheit verrückt machen.«

»Ich mein ja nur. Die könnten alle bewaffnet sein …«

»Danke, dass du mitdenkst! Diese Möglichkeit hätten wir fast übersehen. Jetzt sei so gut und park vorn bei der Bank. Und sag es der Baronin. Haltet euch raus!« Er fuhr auf einem Umweg auf die Bergstraße, wo im Dunkeln Lothars Defender am Straßenrand stand. Die hinteren Türen standen offen, Lothar kramte drin herum, Franz-Josef stand daneben und rauchte. Matthäus stellte den Suzuki ab und stieg aus.

»Seit wann rauchst du?«

»Seit zwei Minuten. Ich bin nervös.« Das konnte man sehen.

Im schwachen Licht einer Straßenlampe sah sein teigiges Gesicht kalkweiß aus.

»Was hast du jetzt vor?«, fragte Matthäus ins Auto hinein.

»Ich? Ich hab gar nichts vor. *Wir* haben was vor. So war das ausgemacht. *Wir* – Mehrzahl – gehen jetzt da runter und knüpfen uns diese Typen vor.« Er reichte Matthäus einen länglichen Gegenstand.

»Bist du verrückt? Du kannst doch hier nicht anfangen rumzuballern! Das ist ein Wohngebiet ...«

»Das hab ich bedacht, Meister Matthäus! Und eben deshalb, um den Schlaf der Gerechten nicht zu stören, sind all die Geräte schallgedämpft.«

»Was heißt Schlaf?«, ereiferte sich Franz-Josef, »es ist noch nicht einmal halb acht, da schläft doch noch keiner!«

»Dann ist es eben die *Zeit im Bild*, die wir nicht stören wollen. Aber du hast recht. Für solche Aktionen ist es ein bisschen zu hell. Wie gehen da runter in den Wald und warten ab.« Matthäus enthielt sich jeden Kommentars. Es war ohnehin sinnlos. Wenn sich Lothar Moosmann die Chance bot, durch einen Wald zu schleichen, dann nutzte er sie; ein Pfadfindergen oder so. Dabei war er, soweit Matthäus wusste, nie bei den Pfadfindern gewesen.

Im Auto der Baronin wurde nichts gesprochen. Die Dame schien angespannt, Laska fand es besser, den Mund zu halten.

Im R4 des Dr. Peratoner wurde umso eifriger geredet, das heißt, reden tat nur der Fahrzeuglenker, weil Michael Scheidbach den Fehler begangen hatte, zu bemerken, *Strecker-Gasse* sei ein seltsamer Straßenname, kompletter Blödsinn natürlich; pure Nervosität hatte ihn das äußern lassen. *Strecker-Gasse* ist ein normaler Straßenname, weil Strecker ein gewöhnlicher Familienname ist. Im Reich der organischen Chemie ist

Strecker aber der Name einer Reaktion, entdeckt eben von Adolph Strecker, man stellt aus Aldehyden, Ammoniak und Zyankali Aminosäuren her. Peratoner erläuterte den Mechanismus dieser Reaktion mit großem Eifer, die pure Unruhe über die Situation trieb ihn dazu, er sprach automatisch, ohne sich selber zuzuhören. Der Historiker Scheidbach saß neben ihm wie erstarrt, keiner Gegenwehr mächtig, er verstand buchstäblich kein einziges Wort. Als ob er gezwungen wäre, einen Vortrag in einer ihm nicht nur unbekannten, sondern auch noch ungewöhnlich hässlichen Fremdsprache anzuhören.

»Aber die Gasse heißt wahrscheinlich nach einem anderen Strecker«, schloss Dr. Peratoner, »schade eigentlich. Er ist nicht einmal fünfzig geworden ...«

»Wer?«

»Adolph Strecker. Er hat auch mit Thalliumverbindungen experimentiert ...« Dr. Peratoner seufzte hörbar. Das ist die Strafe, dachte Michael, dafür, dass ich dem Ambrosius die MP gegeben habe. Geschieht mir recht. Beide verfielen in Schweigen.

Beim Abstieg durch den lichten Laubwald gab Lothar an die anderen Mitglieder der Gruppe telefonische Instruktionen. Sie sollten ihre Autos auf möglichen Fluchtrouten der Knochenbande postieren. Weil Laska sich nicht auskannte, musste ihm Peratoner die lokale Geographie erklären.

»Was machen wir, wenn wir unten sind?«, flüsterte Franz-Josef Blum.

»Du brauchst jetzt noch nicht zu flüstern«, sagte Lothar, »wir sind zu weit weg.«

»Ja, klar, aber was machen wir?«

»Ganz einfach: Wir gehen rein und machen dem Spuk ein Ende.« Darauf sagte Franz-Josef Blum nichts mehr. Er sprach aber im Stillen. Zu Gott natürlich. Lieber Gott, sprach er, lass es, bitte, nicht dazu kommen, dass Lothar dem Spuk ein Ende macht. Was immer das heißen soll, ich möcht es nicht erleben.

Und – was soll ich sagen? – das Gebet des Franz-Josef Blum wurde erhört.

10

Michael Scheidbach hatte sich zu Recht Sorgen wegen des Dr. Ambrosius gemacht. Als Lothar und seine Kameraden Posten auf der Anhöhe über dem Haus am Bach bezogen, stellte der seinen Ford hundert Meter weiter im waldigen Teil der Strecker-Gasse ab und stieg aus. Am Zielauto war er eben vorbeigefahren. Das Zielauto stand vor dem Zielhaus, ein einstöckiges Gebäude direkt am Bach. In einem Fenster stand noch eine Firmentafel, den Aufdruck konnte er nicht lesen. Wäre er eine Minute früher angekommen, hätte er die Insassen aussteigen sehen. Es waren drei. Zwei hinten, einer vorn.

Mirko sperrte die Tür auf, dann trat er ins dunkle Haus, hinter ihm der Baron Wolfegg-Seitenstetten, den Druck einer Schalldämpfermündung im Rücken, danach Achmed alias Alois Praxner, der die Waffe hinter dem Schalldämpfer hielt. Mirko zog die Vorhänge zu, dann machte er Licht. Achmed zwang den Banker auf einen Stuhl. Der verhielt sich still, was unter den gegebenen Umständen vollkommen richtig war; soll heißen, Oskar von Wolfegg-Seitenstetten glaubte, dass sein Verhalten richtig sei. Er war davon überzeugt, die Situation bald wieder unter Kontrolle zu haben. Mirko würde sich besinnen. Lumpige Hunderttausend konnten unter keinen Umständen die vielfältigen Risiken aufwiegen, die dieser Raub mit sich bringen würde. Er war ja nicht irgendwer, den man einfach ausraubte wie einen Trafikanten. Er hatte Mittel und Wege, diesen Raub zu rächen. Mirko musste das wissen. Eine Entführung. Lösegeld … komplett irre Idee.

Nun ja, es konnte so sein. Alles wusste Mirko nicht von ihm. Ein Mann in Wolfeggs Position hatte gegen Entführungen aktive und passive Sicherheitsmaßnahmen ergriffen. Die sozusagen aktivste war Mirko selber gewesen, der in interessanteren Tagen einen gewissen Balkangeneral vor seinen Feinden beschützt hatte. Zu welchen außer der CIA und der gesamten EU auch einige rivalisierende Clanchefs zählten. Erfolgreich beschützt über viele Jahre. Was erst dann nicht mehr funktionierte, als die betreffende Gesellschaft sich gegen den General stellte. Wegen Geldes aus *Europa*. Solche Beziehungen scheitern immer am Geld. Geld ist überhaupt das Einzige, was sie scheitern lässt. Nicht Einsicht, innere Umkehr oder solche Sachen, sondern Geld …

Mirko verschwand und kehrte dann mit zwei Taschen zurück: seinen, Oskars Taschen. Die eine enthielt das gefälschte Skelett, die andere das echte, wofür er dem Büchel, dem verfluchten Arsch, die Hunderttausend bezahlt hatte. Jene Hunderttausend, um die es hier aber nicht gehen konnte. Sondern um Millionen, die man von Julia zu erpressen hoffte. Julia war seine Frau. Sie war loyal, das war das Beste, was man über eine Frau sagen konnte. Julia brauchte gar nicht kontaktiert zu werden. Die Prozedur lief auch ohne Julia an, noch vor dem ersten Anruf. In seine Kleidung war ein GPS-Sender eingenäht, nicht leicht zu finden. Dieser Sender leitete eine mit höchst illegalen Mitteln durchgeführte Suchaktion einer sehr speziellen Sicherheitsfirma ein, wenn das nicht durch einen besonderen Code verhindert wurde. Den musste er alle zwölf Stunden eingeben. Passive Sicherheit. Die aktive Sicherheit wusste nichts von der passiven. Man würde ihn finden. Natürlich: Gegen Geheimdienste einer bestimmten Kategorie half das nicht, die hatten selber solches Zeug, aber gegen gewöhnliche Kriminelle – durchaus auch höheren Niveaus – sollte sich das System bewähren. Es war teuer genug gewesen.

Es schien wirklich auf Entführung hinauszulaufen. Der junge Typ fesselte ihm die Hände mit Kabelbindern auf den Rücken und pappte ihm Klebeband auf den Mund. Das beruhigte ihn. Sie wollten ihn am Schreien hindern, wenn er zum Auto geführt wurde. Sie wussten nicht, dass er nicht um Hilfe rufen würde. Sie nahmen es als möglich an; sie hielten das, was sie da angezettelt hatten, für eine normale Entführung.

Der junge Mann bedeutete ihm, aufzustehen. Oskar wurde hinausgeführt. Hinten einsteigen. In den Audi Q7 natürlich, es liegt ja nahe, für die Fahrt ins Versteck gleich das Fahrzeug des Opfers zu verwenden. Mirko setzte sich neben ihn, der andere fuhr. Es ging auf Nebenstraßen in ein Riedgebiet. Ein Feldweg, links und rechts Weiden im Scheinwerferlicht. Eine Riedhütte als Gefängnis, klar. Schön abgelegen. Für den Aufenthalt eines Entführten allerdings nicht ideal; Oskar hätte an einen Keller gedacht, etwas unter der Erde, eine Holzhütte war viel zu exponiert. Da brauchten sie jemanden, der ihn beaufsichtigte, damit er nicht ausbrach. Wieso, dachte Oskar von Wolfegg-Seitenstetten, bin ich der klügere Entführer, obwohl ich erst seit einer Stunde darüber nachdenke, während diese Clowns das Ganze Monate planen konnten?

Der Wagen hielt im Dunkeln, man bedeutete Oskar, auszusteigen. Ein Pfad führte vom Weg ab in ein Wäldchen. Der jüngere Entführer streifte Oskar einen Plastiksack über den Kopf. Das war so lächerlich … er konnte im Dunkeln ohnehin nichts sehen, er war noch nie hier gewesen und hatte keine Orientierungspunkte, wozu also der Sack? Das Unternehmen wurde immer amateurhafter.

Wie viele Menschen, die es im Leben zu etwas gebracht

haben, war Oskar von Wolfegg-Seitenstetten der Ansicht, er habe seinen Erfolg sich selbst zu verdanken und niemandem sonst. Befragt, auf welche spezielle Fähigkeit er ihn zurückführe, den Erfolg, hätte er seine Fähigkeit genannt, die Realität richtig einzuschätzen, also festzustellen, was der Fall war und was nicht. Diese überdurchschnittlich entwickelte Fähigkeit hatte sein ganzes Leben bestimmt und zu großem Reichtum geführt. Es ist eine traurige Ironie des Schicksals, dass ihn sein Einschätzungsvermögen nun, am Ende seines Lebens, vollkommen verließ. Denn der Plastiksack über seinem Kopf diente nicht der Sichtverhinderung, sondern sollte Blutspritzer vermeiden, die auch aus kleinen Eintrittsöffnungen kommen, wenn man, wie Achmed eben jetzt, aus nächster Nähe in den Hinterkopf schießt. Zweimal mit der fast putzigen 22er Beretta, schallgedämpft. Das Projektil hat nur geringe kinetische Energie, zwar so viel, dass es in den Schädel eindringt, aber nicht mehr herauskommt, weshalb es an der knöchernen Innenwand abprallt und im Gehirn herumfuhrwerkt. Matsch. Oskar von Wolfegg-Seitenstetten starb ohne Angst, weil er keine Zeit hatte, die Lage zu erfassen. Er fiel vornüber und war tot, ehe sein Körper der Länge nach auf dem Waldboden aufschlug. Achmed und Mirko drehten auf dem Absatz um und gingen zum Auto zurück.

*

Gerald Ambrosius sah sich dem Triumph nahe, seinem persönlichen Triumph. Nach so vielen Mühen und Gefahren war er in der Nähe des ersehnten Ziels, nur eine Hauswand und eine leider sehr stabile Tür trennten ihn noch von den Gebeinen des Barons Ferdinand-Erasmus von Seitenstetten; jenen

Knochen, die in sich das Geheimnis der Englischen Schweißkrankheit bargen, als DNS-Spur im Knochenmark, als anhaftender Staub, der inzwischen wohl abgefallen war und zu den Erkrankungen geführt hatte. Aber Gerald musste sich beeilen. Wenn die Diebe zurückkamen, würden sie die Knochenmühle in Betrieb setzen und die kostbaren Gebeine zerstören. Dr. Ambrosius hatte keine sichere Kenntnis von der Existenz einer solchen Mühle – woher auch? Nur seine Intuition ließ ihn das schließen; er, an Stelle der verrückten Gotteskrieger, hätte sich eine angeschafft.

Die Tür bot zu viel Widerstand. Er hätte versuchen können, das Schloss aufzuschießen, wusste aber als informierter, medial erfahrener Zeitgenosse um die Mythen, die das Kino in hundert Jahren hervorgebracht hatte. Reale Autos explodierten nicht, wenn man auf sie schoss, Feuerbälle gab es nur im Film, ebenso konnte das Aufschießen von Türen auf so einem Mythos beruhen. Vielleicht war das in der Wirklichkeit viel schwieriger. Außerdem wusste er nicht, wie laut trotz des Schalldämpfers die MP sein würde, ringsum standen Wohnhäuser, er wollte kein Risiko eingehen. So versteckte er sich hinter dem Hauseck und wartete. Sie würden zurückkommen, wenn sie den Baron irgendwo untergebracht hatten. Zurückkommen und die Tür aufschließen.

Auch Lothar, Franz-Josef und Matthäus warteten. Ganz in der Nähe, keine zwanzig Meter von Ambrosius entfernt. Nur hatten sie keine Ahnung von seiner Anwesenheit und er keine von der ihren. Die drei kauerten in dem Bachgraben am linken Ufer unter dem Haus, dessen Rückseite drei Meter über ihnen aufragte. Der Plan sah vor, das Haus zu erkunden, um eine Möglichkeit des Eindringens zu finden. Überlegt, vorsichtig, gemächlich. Das war der Einfluss des Matthäus Spielberger.

Keine übereilten Hauruck-Aktionen, zu denen Lothar neigte. Der kletterte das steile Bachufer hinauf. Er bewegte sich langsam, versuchte, kein Geräusch zu machen. Darin war er sehr geschickt. Als er fast den oberen Rand erreicht hatte, drang Autogeräusch durch die Nacht, Scheinwerferlicht von weiter unten, von der Stadt herauf. Der Wagen hielt, Zuschlagen von Autotüren. Dann Stimmen. Lothar konnte nicht verstehen, was gesprochen wurde. Das folgende Geräusch kannte er. Es ließ ihn erstarren.

Ambrosius wartete, bis die Haustür aufgesperrt war, dann trat er mit ein paar schnellen Schritten vor. Der Gefährliche war Mirko mit weiß der Geier was für speziellen Nahkampfkünsten. Um denen zu entgehen, darf man nicht nahe herangehen und Mirko nicht nahe herankommen lassen, nicht wahr? Was bleibt also?

Mirko hatte sich halb umgedreht, als ihn acht Neun-Millimeter-Parabellum-Geschosse trafen. Oberkörper, Hals und Kopf. Er taumelte durch die Tür. Ambrosius preschte vor, stieß Achmed durch die Öffnung, der stürzte über den zusammengebrochenen Mirko und schlug auf dem Boden auf. Ambrosius war mit einem Schritt im Raum, tastete nach dem Lichtschalter. Der war rechts. Er machte Licht, zog die Haustür hinter sich zu.

»Liegen bleiben!«, befahl er. Achmed rührte sich nicht. Er lag auf dem Bauch. Der Boden unter ihm war nass. Mirkos Blut, das sich in einer Lache ausbreitete. Achmed stöhnte. Ambrosius trat an ihn heran. Er hatte nicht auf den Gotteskrieger gezielt, aber bei einer MP weiß man ja nie. Achmed jammerte. »Mein Bauch, mein Bauch …« Das war riskant. Ein Mensch vom Schlage Mirkos hätte das Problem ge- und Achmed durch einen kurzen Feuerstoß von seinen Leiden erlöst.

Wenn diese Herrschaften etwas nicht ertragen konnten, war es das Klagen von Verwundeten. Es erinnerte sie an ihre eigene Verwundbarkeit. Aber Ambrosius war Arzt, eine Eigenheit, die man *professionelle Gewohnheit* nennen könnte, eine Art eingeübtes Verhalten ließ ihn näher treten und fragen: »Der Bauch? Wo genau?«

Achmed stützte sich auf den linken Arm und versuchte sich unter Stöhnen auf die rechte Seite zu drehen, Ambrosius ging in die Hocke, wodurch der Lauf der Maschinenpistole ein paar Grad nach oben wanderte, die Mündung dadurch auf die Rückwand zeigte. Nicht mehr auf Achmed. Der zog die Beretta aus dem Hosenbund. Mit seiner Rechten, die schon im Sturz nach der Waffe gegriffen hatte und bis jetzt wo gewesen war? Richtig, unter dem Bauch, der angeblich wehtat. Hier zeigte sich bei Dr. Ambrosius eben ein Mangel an spezifischen Fähigkeiten: Das mit der verschwundenen rechten Hand hätte ihm auffallen müssen – es hat schon seinen Grund, wenn die Cops in amerikanischen Polizeiserien immer so ein Gewese mit den Händen aufführen: »Die Hände aufs Lenkrad!«, »Ich will Ihre Hände sehen!« und so weiter. Achmed dagegen hatte seine Fähigkeiten in einem Ausbildungscamp in einer heißen und staubigen Gegend erworben und dafür sogar bezahlt, vom Standpunkt der Terrorausbilder eine ziemlich clevere Idee: Was nichts kostet, kann nichts wert sein. (Damit hatten sie das geheime globale Credo des 21. Jahrhunderts in einen Trumpf verwandelt, die Brüder strengten sich einfach mehr an.)

Achmed gelang es nicht nur, seine Beretta zu ziehen, sondern Dr. Ambrosius die restlichen Projektile des Magazins in Gesicht und Hals zu schießen. Seine Hoffnung, aus der ungünstigen Position, die ein Zielen nicht zuließ, eine Halsschlagader zu treffen, erfüllte sich: Schon beim zweiten Treffer bedeckte ein roter Sprühnebel Achmed, Mirkos Leiche und einen Teil der Einrichtung. Achmed rollte auf die Seite, bevor der Unverständliches gurgelnde Ambrosius auf ihn fiel. Dann stand er auf, wartete, bis der Herzschlag sich beruhigt hatte, und wechselte das Magazin. Er löschte das Licht, öffnete die Haustür einen Spalt und lauschte in die Nacht. Ein paar Fenster in den Nachbarhäusern waren erleuchtet, bei zweien konnte er das typische Fernseherlicht flackern sehen. Zu sehen war niemand. Er schloss die Tür, machte wieder Licht und untersuchte die Toten. Er nahm alles, was sie bei sich trugen. Ausweise, Wertgegenstände, Waffen. Dann ging er ins Bad und betrachtete sich im Spiegel. Er sah aus wie der Held in einem Splattermovie. Das ist der eine, der den wichtigen Satz sagen darf: »Keine Angst, das ist nicht mein Blut!« Das konnte er jetzt auch sagen. Keine Angst, das ist nicht mein Blut. Sondern das von Mirko und diesem Arschloch Ambrosius. Aber auf die Straße konnte er so natürlich nicht. Er zog die vollgebluteten Klamotten aus und nahm eine Dusche. Dann begann er zu überlegen.

Hier konnte er nicht bleiben, das war klar. Er hatte nicht die Mittel und die Zeit, zwei Leichen zu beseitigen. Außerdem war diese Kunst kein Ausbildungsgegenstand im Camp gewesen. Man hatte dort keinen Anlass, Leichen verschwinden zu lassen, einen Tatort zu säubern und solche Sachen. Im Gegenteil: Erzeugte Leichen sollten so öffentlich wie möglich präsentiert werden, am besten vor einer Batterie Fernsehkameras, und, wenn möglich, in Teilen. Er dachte einen Augenblick mit Wehmut an das Camp zurück. Es war hart gewesen, das schon, aber auch klar. Ehrlich. Diese Klarheit, die kristallene Überzeugung – das vermisste er hier. Hier im Norden war alles irgendwie verschwommen; hier hatte er oft das Bedürfnis, an einer angelaufenen Glasscheibe zu reiben, die zwischen ihm und der Wirklichkeit lag, um wieder den Durchblick zu haben.

Aber es nützte ja nichts. Er war jetzt hier, hatte zwei Leichen am Hals und eine Aufgabe zu erfüllen. Dazu brauchte er eine Tasche voller Knochen und, richtig: die Kugelmühle. Der war nichts passiert, dem teuren Stück. Er nahm das als Wink Gottes. Hätte ja leicht sein können, dass Ambrosius mit seinem Rumgeballere die Maschine beschädigte …

Er nahm die Schlüssel des Toten und ging aus dem Haus. Zuerst in Richtung Stadt. Da standen zwar ein paar Autos, aber alle in Einfahrten, keins war auf der Straße geparkt. Und auf die Fernbedienung am Schlüssel reagierten sie nicht. Nach zweihundert Metern kehrte er um und probierte es in der anderen Richtung. Drei Häuser, dann verschwand das Sträßchen im Wald. Und da stand der Ford, der blinkte, als er auf die Fernbedienung drückte. Er hätte es sich denken können. Der Arzt hatte den Wagen genau so abgestellt, wie man es nicht machen soll, wenn eine schnelle Flucht möglich sein soll. Wohin hatte er fahren wollen? Der Weg führte steil hinauf, weicher Boden, tiefe Traktorspuren. Wie der Weg auf diese Burg. Ein Gedanke begann zu keimen. Er kehrte um zum Haus.

*

Als Lothar Moosmann die Schüsse hörte, drehte er um, ließ sich auf den Bachgrund hinab. »Maschinenpistole«, flüsterte er den beiden anderen zu. »Abmarsch!« Es wurden keine Fragen gestellt. Für die Auseinandersetzung mit einer oder mehreren Maschinenwaffen waren sie nicht ausgerüstet, sozusagen militärisch underdressed. Sie durchwateten den Bach und stiegen, so schnell es ging, den anderen Abhang hoch, erreichten die Autos und fuhren in die »Blaue Traube«. Franz-Josef informierte mit kurzen Worten die Mitstreiter. Er fühlte sich schlecht. Und alle anderen, die nacheinander beim Gasthaus eintrudelten, fühlten sich ebenso. Am schlechtesten ging es Lothar Moosmann. Er sammelte die »Geräte« ein, gab keinen Ton von sich und fuhr nach Hause. Kurze Zeit später kam er wieder. Seine Augen waren rot, er roch nach Schlehenbrand.

»Saufen können hättest du hier auch«, sagte Matthäus Spielberger, der es als Wirt nicht billigen konnte, wenn Stammgäste anfingen, Alkohol daheim zu trinken.

»Ist das deine einzige Sorge?« Lothar blickte ihn an wie das Elend der Welt. Dann ließ er sich an den Ecktisch sinken, an dem die anderen schon versammelt waren. Franz-Josef Blum, Dr. Peratoner, Michael Scheidbach, der Assistent Dr. Laska, Mathilde Spielberger. Dann nahm auch noch die Baronin Seitenstetten Platz, direkt neben Lothar. Das hielt er nicht aus. Tränen brachen hervor, er rutschte auf den Boden und umklammerte ihre Knie.

»Es tut mir leid, Gräfin! Es tut mir so leid, dass ich die Gebeine des Gemahls von Euer Gnaden nicht retten konnte! Verzeiht mir!«

Peratoner wollte einen Witz machen, was selten vorkam, unterließ es aber, weil er im letzten Moment merkte, dass dies kein Ausbruch des Moosmann'schen Sarkasmus war, sondern bitterer Ernst.

»Erhebt Euch, Meister Lothar, ich bitte Euch! Niemand erhebt einen Vorwurf, am wenigsten ich …« Sie zog ihn hoch. Er setzte sich wieder. Niemand sprach. Die Stimmung hatte sich verändert. Der Rückfall in die traditionelle Anredeform, das Verhalten Lothars. Wie der Blick durch eine Zeitmaschine, dachte Peratoner. Kein Kostümstück. Authentisch. Das hatte der Schnitzer zustande gebracht. Und sie war darauf eingegangen, natürlich, wie denn sonst … ein Reflex, eingeübt in Jahrhunderten. Feudalismus als Lebensform. Jeder wusste, wo sein Platz war, dachte er bitter. Nur ich weiß es nicht. Ich bin noch gar nicht da, da schnitzt der Kerl schon drei-, vierhundert Jahre an seinen Kreuzabnahmen und heiligen Sowiesos herum … Meister Lothar und die Gräfin, ein Genrebild. Adel und Kunst. Da hatte er nichts verloren. Neid stieg in ihm hoch, der bittere Neid des Zuspätgekommenen.

Es wurde noch dies und das gesprochen. Was man hätte anders machen müssen oder können. Und was man auf keinen Fall hätte anders machen können, weil entscheidende Informationen gefehlt hätten. Eine jener Diskussionen, in denen der Irrealis der Vergangenheit so oft vorkommt wie in keiner anderen Form der Rede. Hätten wir dies und jenes getan, dann wäre das und das nicht geschehen … und so weiter. Dr. Peratoner hasste das Geschwätz, weil es das Sprechen von Versagern war, aber er konnte nichts einwenden, weil er dazugehörte. Er war auch ein Versager. Matthäus Spielberger sah die Sache anders. Er war zufrieden, entspannt, fast glücklich, weil der Irrealis, der eine Diskussion beherrscht, unzweideutig ausdrückt: Es ist vorbei. Die Chance war da, bitte sehr, von mir aus – aber wir haben sie nicht genutzt, wir haben das Ding an die Wand gefahren. Das ist ein Faktum. Dafür leben noch alle, auf die es ankommt. Das ist auch etwas. Und für den Wirt Matthäus Spielberger das einzige Kriterium.

Es wurde viel getrunken. Mathilde hatte einen Punsch gemacht. Schon daran konnte man ersehen, wie froh sie über den Ausgang der Dinge war.

»Mich würde schon interessieren, wie es in der Werkstatt ausgegangen ist«, sagte Dr. Peratoner.

»Da können wir nur abwarten«, sagte Franz-Josef Blum. »Irgendwer hat mit einer MP geschossen, wenn wir dem Lothar glauben wollen … Wo ist der überhaupt?«

»Der ist vorhin gegangen«, meldete Mathilde, »er fühlt sich nicht gut, hat er gesagt. Der Magen …«

»Ja, das hat ihm nicht gepasst, unser Rückzug«, meinte Matthäus, »glaub ich gern, dass ihm das auf den Magen geschlagen hat.«

»Also«, setzte Franz-Josef fort, »es war sicher eine schallgedämpfte Maschinenwaffe, hat der Lothar gesagt. Das heißt, es wurde auf den armen Dr. Ambrosius geschossen. Wahrscheinlich, als er …«

»Wieso auf den Gerald?«, fragte die Baronin.

»Auf wen denn sonst? Wer sollte noch dort gewesen sein außer Ambrosius und uns? Er hatte doch den GPS-Tracker … Die haben ihn erwartet.« Die Baronin unterdrückte ein Schluchzen, Assistent Laska drückte ihre Hand. Sie fing sich, trösten konnte der Laska besser, als er es selbst für möglich gehalten hatte.

»Daran sieht man, dass die keine Skrupel haben«, sagte Franz-Josef. Unter Alkoholeinfluss neigte er dazu, Trivialitäten als Ergebnisse intensiven Nachdenkens von sich zu geben. Oder er fing an zu singen. Dr. Peratoner war das Klugschwätzen lieber.

»Der Dr. Ambrosius hat sicher selber geschossen«, sagte Michael Scheidbach, dem die Baronin leidtat. Außerdem schämte er sich, dass er versucht hatte, sie zu erpressen.

»Woher hat der denn eine MP?«, wollte Mathilde wissen.

»Er war doch bei mir, da hat er sie gestohlen. Eine alte aus dem Weltkrieg. War bei dem Gerümpel von meinem Onkel. Ich hab gedacht, sie ist eh kaputt, also was soll's? Ich sag euch was: Er ist da rein und hat die Witzbolde umgelegt und sich die Knochen geschnappt! Der ist auf dem Weg nach Wien. Hundertpro …«

Diese Ausführungen wurden mit allgemeiner Erleichterung zur Kenntnis genommen. Michael konnte es spüren, die Atmosphäre veränderte sich. Niemand sagte etwas, nur Matthäus brummte zustimmend. Jeder nahm noch einen tiefen Schluck Punsch, Michael natürlich gespritzten Apfelsaft. Der bloße Gedanke an Alkohol ekelte ihn. Er saß am äußeren Eck des Tisches, da war der wabernde Punschdunst noch erträglich. Warum glauben die das?, fragte er sich. Wie sollte der ortsunkundige Ambrosius im bis obenhin vollgerümpelten Turm der Burg Frastafeders ausgerechnet eine Maschinenpistole finden? Sie wird ja nicht neben der Tür an der Garderobe gehangen sein … Wenn Gerald Ambrosius mit einer MP von der Burg abmarschiert war, dann nur, weil sie ihm dort jemand in die Hand gedrückt hatte. Und dieser Jemand konnte nach Lage der Dinge ein gewisser Michael Scheidbach sein. Aber auf den Gedanken kamen sie gar nicht! Er staunte.

Michael Scheidbach machte eine Erfahrung, die er mit vielen trockenen Alkoholikern teilte: In einer trinkfreudigen Runde bemerkt der einzige Abstinente das Absinken des mittleren IQ – er kann gleichsam dabei zusehen, wie die Kameraden immer dümmer werden. Und zwar schon lange vor dem Stadium, da alle mit dem Auto heimfahren müssen, weil sie nicht mehr gehen können. Wer mittrinkt, merkt das nicht, für den Nüchternen ist es, je länger der Abend dauert, immer schwerer auszuhalten.

Sie glauben es, weil sie es glauben wollen, dachte Michael Scheidbach. Wenn Ambrosius geschossen hat, heißt das: Alles paletti! Die Terroristen sind tot, Ambrosius hat die infektiösen

Knochen, mit denen er allerhand wissenschaftlichen Kokolores anstellen wird, soll sein. Aber keinen Bioanschlag auf, sagen wir, den Flughafen Frankfurt. Alles andere geht uns nichts an. Wunderbar!

*

Lothar Moosmann war nicht nach Hause gefahren, sondern zurück in die Strecker-Gasse. Diesmal nahm er nicht die steile Abzweigung vor dem Haus am Bach, sondern fuhr am Haus vorbei. Der Audi stand noch davor, Lothar verlangsamte die Fahrt. Das Haus war dunkel, kein Lichtschein irgendwo. Er fuhr weiter. Konnte ja sein, dass der junge Scheidbach recht hatte. Ambrosius erschießt die beiden Terrorkasper, schnappt sich die Knochen und – heim ins Labor! Würd erklären, dass der SUV vom Wolfegg noch immer dasteht. Was gleichzeitig für das Wohlergehen des Herrn Baron nichts Gutes vermuten lässt.

Dann stand, schon im Wald, dieser Ford am Weg. Lothar hielt an und stieg aus. Er leuchtete mit der Stablampe hinein. Und konnte es nicht fassen: Da lag sein Laptop auf dem Beifahrersitz, aufgeklappt, Bildschirm dunkel. Klar, das gute Stück hatte ihm Ambrosius abgenommen, also war es bei Ambrosius. Wenn Ambrosius gewonnen hätte, wäre er auf dem Weg nach Wien. Und der Laptop auch. Der war aber hier, wie das Auto.

Lothar probierte den Türgriff. Die Tür ließ sich öffnen. Ambrosius hatte es sehr eilig gehabt. Oder wollte auf eilige Flucht vorbereitet sein. Das hatte wohl nicht recht geklappt mit der eiligen Flucht. Weil die zweite Version der Geschichte sich durchgesetzt hatte. Die, in der Ambrosius verlor. Die

Jagd nach den Knochen. Und das Leben wahrscheinlich auch. Lothar packte den Laptop, stieg in den Defender und machte, dass er wegkam.

Ambrosius war tot, sonst stünde sein Auto nicht im Wald, wo er es abgestellt hatte. Mit einer gewissen Wahrscheinlichkeit waren die beiden anderen auch tot, denn deren Auto stand auch noch vor dem Haus. Nach einer Schießerei, dachte Lothar, würden die Überlebenden sich doch vom Tatort entfernen und nicht die Leichen herumliegen lassen und zum Beispiel *Zeit im Bild 2* schauen.

Eine Zeitlang überlegte er, in die »Blaue Traube« zurückzukehren. Um zu prahlen natürlich. Mit seinem Instinkt, der ihn auf die richtige Fährte … und so weiter. Er tat es dann doch nicht. Die Baronin hielt ihn davon ab. Sie tat ihm leid. Die Wiederbeschaffung des Computers bedeutete ja, dass Gerald Ambrosius das Zeitliche gesegnet hatte. Das würde sie nicht einsehen wollen. Und er wollte nicht der sein, der ihr diese traurige Wahrheit aus den Fakten ableitete. Er stellte den Wagen ab und ging mit dem Laptop in die Werkstatt. Er untersuchte ihn auf Beschädigungen. Oberflächlich war nichts zu erkennen. Dann widmete er sich dem Innenleben.

Es war gut, dass er nicht mehr in die »Blaue Traube« gefahren war. Denn da hätte ihn einer von den anderen nach dem Sender gefragt. Dessentwegen er den Laptop überhaupt in den Messepark mitgenommen hatte. Er seufzte tief, als ihm das einfiel. Ja, wo war der Sender? Ach ja, am Audi des Barons Wolfegg-Seitenstetten. Mit seiner Hilfe hatte Ambrosius das Haus Strecker-Gasse 15 gefunden, eben jenes Haus, vor dem noch vor zehn Minuten der bewusste Audi Q7 gestanden war. Mit dem Sender unter einem Kotflügel, angebracht von dem vortrefflichen Franz-Josef Blum, dem man diese Aktion –

seien wir doch ehrlich! – nicht zugetraut hätte. Zugetraut – nein, als sicher angenommen hätte man beim Besitzer der Sendeanlage, Lothar Moosmann, dass der nicht nur den Laptop, sondern auch den Tracker mitgenommen hätte. Aber das war nicht der Fall gewesen … Lothar Moosmann begann zu zittern, als ihm das bewusst wurde. Was war mit ihm los? Wie konnte er den Tracker vergessen? Wobei – vergessen war wohl nicht das rechte Wort. Richtig *vergessen* hatte er ihn ja nicht; er erinnerte sich ja doch an das gute Stück. Jetzt, in der relativen Sicherheit seiner Werkstatt, erinnerte er sich. Wo keine Möglichkeit mehr bestand, an dem Audi anzuhalten und das Scheißding unter dem Wagen herauszufummeln. Während jede Sekunde die Haustür aufgehen konnte, weil die schwerbewaffneten Überlebenden des Feuergefechts wegfahren wollten. Was würden die wohl zu einem Typ sagen, der hinter ihrem Auto kniete und daran herumhantierte? Unrechtmäßig. Man darf nicht vergessen, dass die schlimmsten Verbrecher über das pingeligste Rechtsempfinden verfügen, wenn es ihr eigenes Hab und Gut betrifft. Nein, er hatte den Tracker nicht vergessen. Er war starr vor Angst an dem Haus vorbeigeschlichen.

Er war ein Feigling.

Er warf sich auf das alte Kanapee an der Rückwand seiner Werkstatt und schluchzte in das Kopfkissen. So viele Jahre hatte er seine Angst überwunden! Nein, das war falsch. Er hatte sie nur in Schach gehalten. Jetzt war sie wieder ausgebrochen. Er beruhigte sich langsam. Lothar litt unter Angst seit Kindertagen – Angst vor anderen Menschen, vor Gewalt, die von ihnen ausging. Grund war das Mobbing in der Schule, weil er immer der Kleinste gewesen war. Als Erwachsener kompensierte er seine Angst durch aggressives Auftreten. Und seinen

Waffenkult. Und Freunde waren auch wichtig, starke Freunde, die etwas darstellten, sozial wie Spielberger und Peratoner und rein physisch wie Blum. Das nützte fast immer. Wenn aber etwas schlecht lief, so wie eben jetzt, dann kehrte die Angst zurück.

Er schenkte sich einen Schlehenschnaps ein und stellte den Laptop auf den Tisch. Das Ding war im Energiesparmodus, das alte Programm lief noch. Die Tracker-Software. Aber der Punkt auf der Bildschirmlandkarte hatte sich von der Strecker-Gasse 15 fortbewegt. Ziemlich weit. Wohin wollten die die mit dem Audi? Das war die Autobahn nach Süden, auf Feldkirch zu. Da gab es ein paar Abfahrten, aber der Punkt fuhr vorbei. Lothar tastete nach seinem Telefon. Er durfte seine Freunde nicht verlieren. Es dauerte eine Weile, bis in der »Blauen Traube« jemand abnahm. Es war Matthäus. Im Hintergrund Stimmengewirr. Und Matthäus klang verdrossen.

»Wir haben schon zu«, sagte er, ohne seinen Namen zu nennen.

»Ja, das glaub ich«, sagte Lothar. »Macht nichts. Ist der Scheidbach noch da?«

»Ja, will aber gehen. Wie gesagt, es ist spät ...«

»Das musst du verhindern! Er darf nicht auf diese Burg zurück! Der Audi fährt dorthin!«

»Welcher Audi?«

»Der vom Seitenstetten, du Depp! Sag einmal, hast du schon alles vergessen, was heute Abend passiert ist? Der Audi ist das Auto vor dem Haus, wo ...«

»Nicht am Telefon! Ich sag's ihm. Vielleicht kannst du es einrichten, auch noch einmal zu erscheinen, das wäre hilfreich.« Matthäus legte auf. Er ist beleidigt, dachte Lothar, aber das war normal. Matthäus war schnell beleidigt, wenn er etwas getrunken hatte. Keine förderliche Eigenschaft für einen Wirt. Lothar fuhr zur »Blauen Traube«.

Unterwegs tätigte er einen Anruf. Auf einem Prepaidhandy, das er immer dabeihatte. In der Strecker-Gasse 15 lägen Leichen, sagte er, es habe einen Schusswechsel gegeben. Dauerfeuer, jawohl. Er sei nur ein Passant. Dann legte er auf.

Michael Scheidbach war noch da, nicht selbstverständlich angesichts seiner neuen Abstinenz. Er hatte nie zu den Narren gehört, die betrunken Auto fahren; also wäre er in seinem früheren Zustand in der »Blauen Traube« geblieben, wenn es sein musste, auf einer Bank im Gastraum. Matthäus hätte ihn sowieso nicht fahren lassen. Aber jetzt, im nüchternen Zustand … Als ihm Matthäus von Lothars Anruf erzählte, hatte er gerade heimfahren wollen. Er konnte das Geschwätz nicht mehr aushalten. Die Wirtin trank nicht viel und hatte sich in die Küche zurückgezogen. Matthäus und Franz-Josef waren normal betrunken und bemühten sich zuzuhören, was Laska und Peratoner an zwei Seiten des Tisches von sich gaben, es handelte sich um Anthropologie und Chemie. Unfassbar langweilig. Strafverschärfend kam hinzu, dass sie alle Viertelstunden mit demselben Sermon von vorn anfingen, ohne es zu merken. Die Baronin lag mit geschlossenen Augen in einen Sessel gelehnt. Michael hörte aus dieser Richtung ein leises Schnarchen. Er hätte schon vor einer halben Stunde gehen wollen, aber Mathilde hatte ihm einen halben Liter selbstgemachte Holunderlimonade vorgesetzt, das mittlerweile vierte Glas. Er konnte es nicht ausschlagen, das schlechte Gewissen hielt ihn in dem Gasthaus fest. Durch seine Schuld wären einige dieser Leute, vielleicht alle, umgekommen, da war es doch nicht zu viel verlangt, wenn er sich ein paar Stunden ihr besoffenes Geschwätz anhörte.

Lothar Moosmann stürmte herein und hatte die Aufmerksamkeit aller Anwesenden.

»Die Sache ist noch nicht aus!«, schrie er. »Der Audi ist jetzt schon in Frastanz, hier könnt ihr selber sehen!« Er stellte den aufgeklappten Laptop auf den Tisch. Es vergingen ein paar Minuten, bis die Anwesenden die Karte auf dem Bildschirm und den sich bewegenden Punkt richtig interpretiert hatten. Alle bis auf Franz-Josef, der alles umso verschwommener wahrnahm, je mehr er getrunken hatte. Er glaubte ihnen.

»Und du meinst, das sind die beiden …«, fragte Matthäus.

»Wer denn sonst? Der Ambrosius würde nach Wien zurückfahren oder zu einem Bahnhof, vielleicht auch zum Flugplatz in Friedrichshafen, aber nicht auf die Frastafeders …«

»Jetzt sind sie dort«, meldete Michael. Der Punkt war zur Ruhe gekommen. Auf seiner Burg, er konnte es nicht leugnen.

»Und was wollen die dort?« Matthäus Spielberger klang sehr verdrossen. Die schöne Vorstellung vom Ende der Scherereien verflüchtigte sich.

»Die wollen dort aus den Knochen eine appliziere … appliere … Blödsinn, ich meine, eine applizierbare Substanz herstellen«, erklärte Dr. Peratoner in ungewohnt langsamer Diktion. »Also … ausm Knochenwirkstoff eine Art … Arznei… Mittl, vasteht'r? Manenndas … Galenik! Das Wort kommt, wie'r wahrscheinli schon erraten habt, von … Galen, dem berühmtn Arz aus Pegamon … Pergament … na …«

»Pergamon!«, unterbrach ihn Michael Scheidbach, der es nicht mehr aushielt. »Die Stadt heißt Pergamon.«

»Genau!« Das war das Letzte, was Peratoner an diesem Abend sagte, sein Kopf sank auf die Tischplatte, und er schlief ein. Michaels Kopf blieb oben, wurde aber krebsrot. Er machte zum ersten Mal die Erfahrung des Fremdschämens. Sie bleibt keinem trocken gewordenen Alkoholiker erspart, der im selben sozialen Umfeld verkehrt wie zu seinen feuchten Zeiten und ist ein verkannter Grund für die hohe Rückfallquote nach Entziehungskuren. Wie konnte ein gebildeter Mensch sich so aufführen? Er dachte: Vielleicht sollte man die Terroristen machen lassen. Sollen sie doch die Englische Schweiße in ganz Europa verbreiten … Natürlich, es würde einen Haufen Tote geben. Aber die Überlebenden wären dann alle für immer nüchtern. So, wie er selbst. Und niemand müsste mehr durchmachen, was er hier durchmachte. Zuschauen, wie intelligente Menschen sich zurückentwickelten … zum … zum … Er holte tief Luft und fragte: »Wieso die Frastafeders? Sie müssen doch wissen, dass ich dort …« Er verstummte. Das war eine blöde Frage gewesen.

»Das ist doch denen wurscht«, sagte Lothar, zeigte die Geste des Halsabschneidens. »Du kannst von Glück sagen, dass du hier bist und nicht dort.«

»Und was machen wir jetzt?«, fragte Michael.

Schweigen breitete sich aus. Nach einer Weile sagte Matthäus: »Heute können wir sowieso nichts mehr machen. Wenn die Typen erst das Pulver herstellen mit dieser Galenik oder wie das heißt, dauert das doch sicher ein paar Tage. Also pressiert es nicht.« Michael nickte. Franz-Josef Blum erhob sich. »Keine Angst, ich geh zu Fuß …« Er wankte zur Tür.

»Morgen Mittag hier!«, rief ihm Matthäus nach. Dann winkte er Laska, deutete auf die Küche und ging voran. Der Assistent folgte ihm, hinter ihm Lothar und Michael Scheidbach. Peratoner schnarchte auf dem Tisch, die Baronin in ihrem Sessel. Matthäus zog die Küchentür hinter sich zu. Mathilde Spielberger hatte Kaffee gekocht. Der Punsch war zu früh gekommen. Sie waren alle angeschlagen oder ganz außer Gefecht. Er spürte aber, wie er beim Gedanken an die Burg Frastafeders immer nüchterner wurde. Es war kein angenehmes Gefühl. Sie nahmen am Küchentisch Platz und schlürften ihren Kaffee aus bauchigen Tassen. Er war schwarz, heiß und stark. Dem Peratoner würde dazu etwas einfallen, dachte Matthäus, irgendein kulturgeschichtlich-chemischer Scheiß über Kaffee, Koffein und weiß der Geier, was noch alles. Er war froh, dass der Chemiker schlief.

»Ich frage mich, wie die dort reinkommen«, sagte Laska. »Hat einer einen Schlüssel?«

»Kann sein, dass sie dem Ambrosius den Schlüssel abgenommen haben. Der ist jedenfalls damals ohne Probleme reingekommen, aber ich hatte Fieber, war nicht ganz da, ich weiß nicht genau, wo der den Schlüssel herhatte. – Von dem Geheimgang können sie ja nichts wissen.«

»Bitte, wovon können sie nichts wissen?« Lothar Moosmann war halb aufgesprungen. Er hatte am wenigsten getrunken, der Kaffee wirkte bei ihm am schnellsten.

»Vom Geheimgang. Hab ich das nicht erwähnt? Es gibt einen Gang vom Keller nach draußen …«

»Du hast nicht einmal den Keller erwähnt!«, schrie Lothar. Michael zuckte zusammen. Stimmengewirr, alle gaben ihrer Entrüstung Ausdruck, nicht über Keller und Geheimgang informiert worden zu sein. Als ob sie draufkämen, dass im billig erworbenen Altbau der Hausschwamm nistet.

»Regt euch ab, bitte!«, rief er. »Der Gang ist sehr schmal, nur ungefähr zwanzig Meter lang und endet im Steilhang hinter der Burg. Der Onkel hat den Eingang zugeschüttet, weil sowieso alles baufällig war. Wegen der Sicherheit. Wahrscheinlich ist er eingestürzt.«

»Weißt du, wo dieser Ausgang ist?«, wollte Lothar wissen.

»Natürlich. Aber er ist jetzt unter Bodenniveau. Da können sie unmöglich reingekommen sein …«

»Nein, nicht *die*, du Christkind! Aber wir, verstehst du? Wir könnten durch diesen Gang da rein!«

»Wenn Franz-Josef hier wäre, würde er uns jetzt mit seinem Schwager nerven!«, sagte Matthäus, »ein Fall für die Polizei und so weiter …«

»Wär das so schlecht?« Mathilde blickte in die Runde.

»Verehrte Lecherin«, begann Lothar nach einem tiefen Schluck Kaffee, »wie stellst du dir das vor?«

»Anonymer Wink, Anruf, was weiß ich …«

»An Zund«, erklärte Laska, »in Wien sagt man dazu, an Zund geben.«

»Ja«, rief Mathilde, die sich für die Idee begeisterte, »wir sagen einfach, in der Burg Frastafeders sitzen gefährliche Bioterroristen, und die Polizei soll etwas dagegen unternehmen … so ähnlich halt.« Beim laut Aussprechen begriff sie, wie absurd der Vorschlag war.

»Wenn sich überhaupt auch nur ein einziger Streifenwagen in Richtung Frastafeders in Bewegung setzen soll, geht anonym überhaupt nix«, erklärte Laska, »die Polizei lässt sich doch nicht pflanzen! Name, Adresse, wieso und warum und überhaupt. Wir müssten dort geschlossen aufmarschieren und die ganze Geschichte ausbreiten, angefangen vom Grabraub im Wienerwald.«

»Der Dr. Laska hat recht«, sagte Lothar. »Wenn sechs, sieben Leute mit der Sache auftauchen, nimmt man an, dass die nicht alle gleichzeitig verrückt geworden sind. Und beginnt mit Erhebungen …«

»Und dann stellt sich heraus: Ja, es stimmt alles!« Matthäus stand auf. »Und dann? Ich red jetzt gar nicht vom Juristischen, ob wir angeklagt werden, eingesperrt oder so. Ich red nur von den Medien. Das ist doch keine Sache, wo das Team von *Vorarlberg heute* auf einen Sprung vorbeikommt und ein Beiträgle dreht! Da haben wir die Weltpresse auf dem Hals, vor dem Haus stehen wochenlang zwanzig Übertragungswagen, Privatsphäre? Vergiss es!«

»Wir wissen viel zu wenig für eine vernünftige Planung!«, rief Lothar Moosmann. Er ist wieder klar im Kopf und ergreift das Steuer, dachte Matthäus. Das ich ergreifen sollte, es ist schließlich mein Wirtshaus. Ab er tat es nicht. Er fühlte sich müde, sehr müde.

»Wir wissen nicht, mit wem wir es zu tun haben auf dieser Burg …«

»Wieso? Mit den Terroristen, dem Jugo und dem anderen!«, warf Laska ein.

»Ach ja? Und woher, verehrter Dr. Laska, wissen wir das? Hat sie jemand einsteigen sehen? Den einen oder den anderen oder alle beide? Es ist nicht einmal sicher, dass der oder die beiden allein sind. Sie können Ambrosius und/oder Oskar Seitenstetten als Geiseln dabeihaben …«

»Den Ambrosius haben sie doch umgebracht!«

»Wer hat das gesehen? Ich nämlich nicht. Ich hab nur sein Auto gesehen und meinen Laptop drin. Was mit ihm selber passiert ist, entzieht sich meiner Kenntnis. Das Einzige, was ich sicher weiß, ist der Kurs des Audi. Wer dort drinsitzt, weiß ich nicht. Es können zwischen einer und vier Personen sein. Das wissen wir erst, wenn klar ist, wer in dem Haus am Bach zurückgeblieben ist …«

»Aber das kommt doch erst raus, wenn dort einer nachschaut«, sagte Laska. »Man sollte die Polizei verständigen.«

»Das ist bereits geschehen!« Der Triumph in Lothars

Stimme war unüberhörbar, er füllte den Gastraum bis in den letzten Winkel. »Ich hab dort angerufen. Morgen kommt das alles in den Nachrichten. Wir halten uns bedeckt, bis wir mehr wissen.« Darauf ließ sich nichts erwidern. Lothar Moosmann hatte wieder die Führung übernommen. Matthäus legte dem Chemiker eine zusammengefaltete Decke unter den Kopf, damit sich keine Druckstellen bildeten. Die Baronin lag gut in ihrem Sessel, da war nichts zu verbessern. Die anderen blieben auf. Mit dem Kaffee der Mathilde Spielberger hätte man die sprichwörtlichen Toten aufwecken können, niemand konnte auch nur ein Auge zutun. Im Laufe des Vormittags trudelten die Meldungen herein. Radio, Internet. Zwei Leichen sind in einem Haus in Dornbirn gefunden worden. Tödliche Schussverletzungen. Die Ermittlungen stehen ganz am Anfang, die Identität der Opfer wird noch nicht bekanntgegeben. Ein dritter Toter wurde am selben Vormittag in einem Waldstück im Lauteracher Ried entdeckt. Die Sicherheitsfirma hatte nach dem Ausbleiben des Codes das Verfahren eingeleitet, den Standort ihrer Zielperson festgestellt und diesen Ort in aller Herrgottsfrühe mit Helikopter und Geländewagen aufgesucht. Dann hatte sie die Polizei verständigt, da es sich nicht mehr um die professionelle Behandlung einer Entführung handeln konnte. Das Ganze sah sehr nach Hinrichtung im Stil des organisierten Verbrechens aus; Julia von Wolfegg-Seitenstetten veranlasste entsprechende Ermittlungen, die allerdings, wie man jetzt schon sagen kann, ohne Ergebnis bleiben würden.

Drei Leichen an einem Tag – das brachte, wie von Matthäus vorhergesehen, die Medien in Wallung. Im Laufe der nächsten zwei Tage erschienen zahlreiche Berichte, auch überregional. Der Hype war sogar größer als bei mafiatypischen Morden, wie sie ab und zu in Metropolen vorkommen. Das lag an einer Reihe gezielter Indiskretionen, mit denen die Redaktionen versorgt wurden. Es sickerte viel mehr durch als sonst. Man verdankte das dem Blum-Schwager Talhuber, der nicht anders konnte, als interessante Interna preiszugeben. Franz-Josef Blum traf sich mit ihm am nächsten Tag und kehrte danach in der »Blauen Traube« ein, wo die anderen auf ihn warteten. Die Baronin Seitenstetten war in der Früh ins Hotel »Verwalter« zurückgekehrt, wo sie Quartier genommen hatte, um sich zu restaurieren, Peratoner erledigte das Restaurieren in seiner Wohnung. Er schwor sich, nie mehr heißen Alkohol zu sich zu nehmen. Es war nicht mehr wie früher, als er so eine Nacht wegstecken konnte. Im medizinischen Sinne nüchtern waren nur Mathilde, Lothar Moosmann und natürlich Michael Scheidbach, als Franz-Josef im Wirtshaus eintraf, die anderen kämpften mit den Punsch-Nachwirkungen. Aber es nützte ja nichts, sie mussten reagieren, am besten noch heute.

»Der Typ im Ried ist der Oskar von Wolfegg-Seitenstetten, sagt der Josef«, begann Franz-Josef, »die Toten in der Strecker-Gasse sind der Dr. Ambrosius und ein gewisser Karl-Heinz Hauser, österreichischer Staatsbürger, der Ausweis ist aber gefälscht. Den hat man von hinten mit einer MP erschossen, der andere starb durch mehrere Schüsse 22er Munition.« Die Baronin zog scharf die Luft ein, Laska legte ihr die Hand auf den Arm. Da arbeitet sich einer konsequent auf die nun endgültig vakant gewordene Ambrosius-Stelle vor, dachte Dr. Peratoner. Aus irgendeinem Grund erheiterte ihn das, musste am Restalkohol liegen.

»Waffen wurden keine gefunden, dafür jede Menge Blut, der Josef sagt, *Spuren* kann man das nicht mehr nennen, eher Überschwemmung. Keine Waffen, dafür blutverschmierte Kleidung, die Analyse läuft noch.«

»Wer ist Karl-Heinz Hauser?«, wollte Matthäus wissen.

»Nach der Beschreibung vom Josef dürfte es sich um den Leibwächter vom Baron handeln.«

»Also hat Ambrosius den Mirko erschossen und wurde danach von diesem Achmed umgebracht«, resümierte Michael Scheidbach. »Wir haben es also nur noch mit dem Gotteskrieger zu tun. Das ist doch positiv!« Der Kater hinderte die anderen an einer freundlichen Einschätzung der Lage.

»Die Polizei weiß nicht, wie viel Personen noch an den Verbrechen beteiligt waren. Auch eine Verbindung zwischen den Toten der Strecker-Gasse und Oskar ist noch nicht hergestellt«, berichtete Franz-Josef. Das gefällt ihm, ging es Peratoner durch den Kopf, dieses öffentliche Sprechen, dieser Verlautbarungston … Er kann das auch. Sonore Stimme. Chefsprecher beim Deutschlandsender. »Der Generalsekretär des Zentralkomitees der Sozialistischen Einheitspartei Deutschlands und Staatsratsvorsitzende …« Peratoner verfiel der Gedankenflucht. Er beteiligte sich nicht mehr an der von Lothar und Michael beherrschten Debatte über die weitere Vorgangsweise. Die war sowieso klar und absehbar. Für einen Irrtum kannte er die Kameraden zu lang. Man würde eine Aktion starten und zur Burg Frastafeders aufbrechen und dann … ja, irgendetwas unternehmen, um den Verrückten an der Verbreitung der Englischen Schweißkrankheit zu hindern. Was denn sonst? Dr. Peratoner hatte nicht die zur Auflehnung nötige Widerstandskraft; der Punsch hatte sie ihm ausgesogen, er kam sich alt und verbraucht vor, er hätte vierzehn Stunden schlafen sollen, statt vier Tassen von dem Höllengebräu zu trinken, das die Wirtin *starken Kaffee* nannte. Er war wach, hatte aber keine Lust, zu reden und sich zu streiten, nicht einmal mit Lothar Moosmann, schon daran sah er, dass etwas mit ihm nicht stimmte.

Die Vorbereitungen gingen an ihm vorbei, er stand nur im Weg herum. Im Weg herum stand auch Ramón, der Verlobte der Wirtstochter Angelika. Man hatte die zwei telefonisch *aktiviert*, wie Lothar das nannte. Ramón verstand nicht recht, worum es sich handelte. Man benötige einen »starken Sohn Kastiliens westgotischer Herkunft«, hatte Lothar über Angelika ausrichten lassen; die Bezeichnung erheiterte Ramón und schmeichelte ihm gleichzeitig. Und wofür brauche man so einen *castiliano*?, wollte er wissen. »Sag ihm, für eine Ausgrabung!«, empfahl Lothar, »aber nicht von einer Mumie oder so, allgemein archäologisch. Für die Diss vom Michael!« Es sei eine *excavation*, teilte Angelika ihrem Freund mit, sonst nichts. Sie kam sich schlecht dabei vor, schwor sich aber, Ramón aufzuklären, bevor es wirklich gefährlich wurde.

Man lud Schaufeln und Hacken in den Suzuki des Wirts, dazu Lampen und anderes Gerät, das Peratoner nicht in Augenschein nahm. Niemandem außer ihm schien die fatale Ähnlichkeit mit dem Beginn des ganzen Theaters aufzufallen: Auch damals hatten sie sich mit Grabwerkzeugen aufgemacht, um etwas ans Licht zu holen. Von dem sich später herausstellte, es wäre besser für immer unter der Erde geblieben. Und nun machten sie wieder dasselbe und merkten es nicht. Dr. Peratoner behielt seine Gedanken für sich, die andern schoben es auf alkoholinduzierte depressive Verstimmung. Sie waren froh, dass er den Mund hielt, denn eine gewisse Anspannung hatte von allen Besitz ergriffen, da kam es gelegen, wenn einem der Chemiker nicht durch einen Vortrag auf die Nerven ging.

Die Fahrt nach Frastanz verlief in tiefem Schweigen. Matthäus führte die Kolonne an. In seinem Suzuki saßen Dr. Peratoner, Angelika und Ramón. In einigem Abstand folgte Lothar im Defender mit Franz-Josef Blum, Laska und Michael Scheidbach. Mathilde und die Baronin Seitenstetten waren in der »Blauen Traube« zurückgeblieben; Mathilde sagte, sie habe, Pandemie hin oder her, ein Gasthaus zu führen. Die Baronin bemerkte, sie sei bei körperlichen Arbeiten nicht von Nutzen. Nichtsdestotrotz bat sie die »Lecherin«, in der Küche helfen zu dürfen, kaum dass die anderen das Gasthaus verlassen hatten. Mathilde ließ sie Zwiebeln schälen. Sie war froh, jemanden um sich zu haben.

Die drohende Pandemie. Darum kreisten die Gedanken der Ausgräber, als sie sich durch den Hangwald auf der Rückseite der Frastafeders hinaufquälten. Die Autos hatten sie an einem Feldweg stehen lassen.

Zuerst näherten sie sich der Burg auf dem üblichen Weg, von vorn. Das äußere Tor war zu, von innen verschlossen. Zwischen den Torflügeln und der Mauer konnte man durch einen Spalt in den Burghof schauen. Dort stand der wohlbekannte Audi. Sonst war nichts Ungewöhnliches zu sehen. Und nichts zu tun. »Der Onkel hat natürlich Ersatzschlüssel«, erklärte Michael mit leiser Stimme, »aber ich kann ihn schlecht danach fragen …« Das verstanden sie. Sie müssten erklären, dass sie jemand ausgeschlossen hatte. Jawohl, ein verrückter Fanatiker. Umso dringlicher war es, den Noteingang zu suchen.

Michael Scheidbach fand die Stelle auf Anhieb rechts vom Stamm einer Esche. Das heißt, er behauptete, das sei die Stelle, wo der Gang ins Freie münde. Dr. Peratoner hegte Zweifel. Sie standen mitten im Wald auf abschüssigem Grund; weiter oben ragte die Außenmauer der Burg über ihnen auf. Es war nach Michaels Angaben mindestens fünfzehn Jahre her, dass der Onkel den Eingang zugeschüttet hatte, da war Michael noch ein Kind gewesen – wie wollte er nach so langer Zeit die genaue Stelle wissen? Aber Peratoner sagte nichts. Man würde graben, nichts finden, keinen Eingang, keine Öffnung, keine Tür, dann würde sich Unmut breitmachen, eine Streiterei ausbrechen, sich schließlich die Einsicht durchsetzen, dass sie nicht einen Kreisgraben um die ganze Burg ausheben konnten, um den Scheißgeheimgang zu finden – und das Ganze würde ausgehen wie das Hornberger Schießen.

Sie fanden den Eingang nach einer halben Stunde konzentrierter Erdbewegung an der Stelle, die Michael bezeichnet hatte. Genau an der Stelle. Eisenbahnschwellen, mit denen der Onkel die Gangöffnung verschlossen hatte. Sie wurden ausgegraben. Der Gang war gemauert, kaum einen halben Meter breit und etwas über einen hoch. Er führte erst gerade in den Burgberg hinein, nach ein paar Schritten schräg aufwärts. Die Ummauerung fehlte hier, der Gang war aus dem Fels herausgeschlagen worden. Michael ging mit einer Karbidlampe voran, die ein gleißendes Licht verbreitete. Als Peratoner diese Lampe sah – sie stammte aus dem unerschöpflichen Fundus der Moosmann'schen Werkstatt –, freute er sich und hätte unter anderen Umständen einen Vortrag über Karbid, Azetylen, das Reppe-Verfahren und die Geschichte der Lampe gehalten. Aber eben nur unter anderen Umständen. Heute war ihm nicht danach, er blieb zurück.

Der Gang endete nach etwa zwanzig Metern. Durch eine Öffnung traten sie in einen kleinen Raum, zwei mal zwei Meter groß und etwa zwei Meter hoch.

»Das ist viel kleiner als der Grundriss der Burg«, flüsterte Lothar, der Zweite hinter Michael Scheidbach.

»Du kannst normal reden, man hört nichts durch, die Decke ist ziemlich dick, massive Balken.« Lothar blickte nach oben. In einer Ecke der Balkendecke zeichnete sich eine Falltür ab, darunter stand eine Holzkiste. Michael stieg hinauf.

»Was ist, wenn oben was draufsteht?« Matthäus war als Dritter hereingekommen. Hinter ihm drängte sich Franz-Josef Blum in den Raum. Es wurde eng.

»Da steht nichts drauf«, erklärte Michael. »Da liegt nur ein alter Teppich. Und davor steht die Brennanlage vom Onkel. Von der Tür her sieht man nichts.« Er stemmte die Arme gegen die Falltür. Sie hob sich ein paar Millimeter. Lothar sprang neben ihm auf die Kiste, stemmte die Hände gegen die Falltür und bedeutete Michael, abzusteigen. Dann senkte er die Tür wieder ab. Sie schloss lautlos.

»Bist du verrückt?«, Seine Stimme klang heiser. »Was ist, wenn er oben steht und nur darauf wartet, dass einer aus dem Loch klettert?«

»Man hört aber auch keinen Generator«, erwiderte Michael, »das heißt, er hat den Strom nicht angemacht …«

Niemand sagte darauf etwas. Sie standen eine Weile herum, in dem Kellerloch war es eng und ungemütlich.

»Was ist denn drin?«, Matthäus deutete auf die Kiste.

»Nichts«, sagte Michael. »Die ist leer. Steht nur hier zum Draufsteigen …« Und warum ist dann ein Vorhängeschloss dran? Die Frage lag Matthäus Spielberger auf der Zunge, er unterließ es aber, sie zu stellen. Sie hatten jetzt andere Probleme. Später, viel später sollte er sich an diesen Augenblick erinnern und darüber nachdenken, wie alles gekommen wäre, wenn er nachgefragt hätte. Rechtzeitig. Er wandte sich zum Gehen. »Wir müssen über die Situation nachdenken«, sagte er, »aber nicht hier.« Die anderen folgten ihm. Draußen kauerte Dr. Peratoner am Boden, an den Stamm einer Tanne gelehnt, und unterhielt sich in rudimentärem Spanisch mit Ramón über die Hingabe der Deutschen an den Wald, die er selbst nicht teile … alles Blödsinn, er hatte Kopfweh.

Die Eisenbahnschwellen wurden wieder vor der Öffnung angebracht.

»Ich muss jetzt was essen«, verkündete Matthäus, »wenn ich Hunger habe, fällt mir nichts ein!« Sie ließen ihm beim Abstieg den Vortritt. Man wanderte zu einem nahe gelegenen Gasthaus. Es wurden Wiener Schnitzel und Bier bestellt. Lothar aß, wie üblich, in großer Hast und war als Erster fertig.

»Also, entweder wir schütten das Loch wieder zu und fahren heim, oder wir unternehmen etwas.«

Matthäus ärgerte sich. »Ist das dein Ergebnis nach reiflicher Überlegung?«

»Ja, schon, ich meine halt ...«

»Nehmen wir einmal an«, unterbrach ihn Dr. Peratoner, »wir wendeten uns der zweiten deiner Optionen zu. Wie sähe die dann konkret aus? – Oder bist du noch nicht so weit? Mit Denken, meine ich. Ich will dich nicht überanstrengen ...«

»Danke, das ist sehr rücksichtsvoll von dir, lieber Lukas! Es liegt ja auch vielleicht daran, dass ich nur ein einfacher Holzschnitzer bin, ein Handwerker halt, was wollt ihr da verlangen? Aber hier am Tisch sitzen doch zwei Studierte, die das Denken professionell betreiben – oder betrieben haben« – Seitenblick auf Peratoner – »also, lasst hören, erleuchtet das einfache Volk mit eurer Weisheit. Vielleicht fangen Sie einmal an, Dr. Laska!« Ramón hatte nicht alles verstanden, aber die Änderung des Tonfalls wahrgenommen; er wusste aus Erfahrung, dass sich ein giftiger Streit entwickeln würde. Er kannte nur die Anfänge, nicht die Ausgänge solcher Auseinandersetzungen, weil Angelika immer zum Aufbruch drängte, bevor die Dinge eskalierten. Der Wiener Laska war mit den Usancen der »Blauen Traube« nicht vertraut und ging auf Lothars Angebot ein.

»Wir könnten doch einfach nachschauen, was los ist«,

schlug er vor, »die Falltür aufreißen, Waffen durchstecken und schießen …«

»Tja, Herr Doktor, das könnten wir tun …« Lothar dehnte seine Worte. »Aber worauf deutet denn das nicht vorhandene Generatorgeräusch? Will der Terrorist Diesel sparen? Ich glaube, er hat den Generator nicht angestellt, weil er so besser hört, was los ist!« Laska ließ sich nicht beirren.

»Wenn er uns erwartet – warum kommt er nicht außen herum und schießt uns alle nieder?«

»Weil er, wenn wir die Falltür aufmachen, egal wie schnell wir sind, ganz einfach eine Handgranate ins Loch schmeißt, Herrgott noch mal! Das war's dann!«

Laska ließ das plötzliche Auftauchen einer Handgranate nicht gelten, von einer Handgranate sei nie die Rede gewesen, wo solle die denn plötzlich herkommen? Nicht aus dem Turm, beteuerte Michael, der Onkel habe keine Kriegswaffen gesammelt, eine glatte Lüge. Peratoner mischte sich ein und gab zu bedenken, dass diese Leute sich alle möglichen Sprengsätze selber basteln könnten nach ihrer Terrorausbildung, die der Betreffende zweifellos genossen habe. Dem widersprach Laska – und dann hörte Matthäus nicht mehr zu. Die Debatte wurde immer giftiger, sie ließen einander nicht mehr ausreden, das Bier war auch schon ausgetrunken, neues bestellt; der Rausch vom Vortag aufgewärmt, was sie alle miteinander nicht vertrugen.

Matthäus Spielberger war müde. Er hätte die Streiterei beenden können. Durch ein Machtwort, auf den Tisch hauen, ganz leicht. Er war der Wirt, die Achse des kleinen Kosmos, um die sich alles drehte. Aber das hier war nicht die »Blaue Traube«, nicht sein Wirtshaus. Er hatte auch keine Lust, einzugreifen. Er ließ sie reden. Inzwischen wurden verschiedene

Szenarien erörtert. Vielleicht war der Verrückte gar nicht zu Hause. Wieso stand dann der Audi im Burghof? Und was wollte er überhaupt hier? Klar, seinen Anschlag auf das Abendland vorbereiten. Aber warum hier, warum nahm er an, nicht gestört zu werden? Wenn nun der Onkel Scheidbach beschloss, mit dem Schnapsbrennen anzufangen oder etwas aus dem Turm zu holen? Woher, warf Dr. Peratoner ein, wissen wir denn, dass der Typ weiß, dass ein Onkel Scheidbach existiert? Er mag glauben, dass Michael allein dort wohnt; wenn der Hausherr in Wien ist, bietet die Burg Raum für Experimente mit alten Gebeinen. Schön abgelegen und vor neugierigen Blicken geschützt.

Das war eine glaubhafte Theorie, brachte sie aber keinen Millimeter der Beantwortung der Frage näher, was sie nun tun sollten. Bis Ramón Villafuerte die Lösung einfiel. Wenn der Typ Strom braucht, argumentierte er, muss er den Dieselgenerator anschalten, das würde man hören. Und wozu soll er Strom brauchen? Para encender la luz, sagte Ramón. Das verstanden alle ohne Übersetzung. Sie mussten nur warten, bis der Terrorist das Licht anmachte. Genial! Und wenn nicht? Dann würde man sich weitere Schritte überlegen. Lothar sprang auf und verkündete, er könne eine Hohlraumkamera besorgen, so ein Glasfaserteil, damit könnte man dann …

… durch die Öffnung für die Auspuffgase des Generators hineinspionieren! Das kam von Michael. Dann müssten sie die verdammte Klappe nicht aufmachen.

»Und warum fällt euch das alles erst jetzt ein?«, fragte Peratoner voll Missmut. Seine Kopfschmerzen hatten sich verschlimmert. Er erhielt keine Antwort. Lothar telefonierte mit dem Besitzer der Kamera, einem Restaurator, den er beruflich kannte; der benutzte die Glasfaseroptik zur Untersuchung von Hohlräumen in Gebäuden, Statuen und sonstigen Kunstgegenständen. Alles in Ordnung, verkündete Lothar, er kriege die Kamera geliehen, er fahre sie gleich holen, am Abend sei er wieder da. Er verschwand. Draußen hatte es zugezogen, es begann zu tröpfeln. Matthäus hatte geplant, einen Spaziergang zu unternehmen, man kam ja viel zu selten ins schöne Vorarlberger Oberland, aber er blieb mit den anderen sitzen. Peratoner und Michael bestellten Kamillentee, die anderen Bier. Matthäus rief Mathilde an. Sie kämen erst am späten Abend zurück, erklärte er, und auch warum. Sie empfahl große Vorsicht; er versprach es. Von dem Terroristen sei nichts zu sehen und zu hören, erzählte er, das sei schon merkwürdig. Man sollte doch annehmen, dass der Mensch sein Knochenpulver aufbereitet. Wie das zu machen wäre, wusste Mathilde auch nicht, jedenfalls müsse er die Gebeine irgendwie zerkleinern, sagte Matthäus, damit er sie als Pulver verstreuen könne …

»Das geht am besten in einem Mörser«, sagte Mathilde, »gibt's dort einen Mörser?« Matthäus leitete die Frage an Michael Scheidbach weiter, der dachte eine Weile nach und kam zum Ergebnis: Nein, ein Mörser sei ihm in dem ganzen Gerümpel noch nie aufgefallen, es könne freilich sein, dass einer da sei, irgendwo vergraben unter tausend anderen Gegenständen, aber dann hätte ihn der Terrorist sicher nicht gefunden.

»Wie will er denn dann die Knochen zerkleinern?«, fragte die Wirtin am Telefon. Das konnte ihr niemand beantworten.

»Vielleicht ist er gar nicht da«, gab sie zu bedenken.

»Das Auto steht vor der Burg«, sagte Matthäus, »wo soll er denn zu Fuß hin?«

»In den Wald. Wie der andere. Der Erschossene …«

»Ja, vielleicht …« Matthäus beendete das Gespräch. Die letzte Bemerkung seiner Frau behielt er für sich. Man soll nichts verschreien. Vielleicht war er in den Wald gelaufen wie Mirko. Weil er sich die Englische Schweißkrankheit zugezogen hatte. Oder er lag – Matthäus wagte es kaum zu denken, geschweige denn zu hoffen – er lag krank irgendwo im Turm der Burg Frastafeders. Von Fieber geschüttelt, nicht imstande, auch nur einen Finger zu rühren. Und, ja doch: todgeweiht. Das wäre doch die beste Lösung für alle Probleme …

Es war nicht die beste Lösung.

*

Menschen werden immer wieder falsch eingeschätzt. So auch Rudolf Büchel. Er war nach seiner Betrugsaktion keineswegs ins nebulose Nirgendwo der gesuchten Straftäter verschwunden, aus dem sie dann und wann wieder in der realen Welt auftauchen; er war vielmehr in Vorarlberg geblieben. Weil er hier noch etwas zu erledigen hatte. Nun stand er im Wald unweit der Burg Frastafeders und überlegte, was zu tun war. Er hatte bei seiner Annäherung mit großem Missvergnügen einen Landrover Defender und einen Suzuki am Waldrand stehen sehen. Er kannte beide Fahrzeuge und fluchte vor sich hin, als er an ihnen vorbeifuhr und für das eigene Auto (eigentlich das Dienstauto des Tisner Pfarrers) einen neuen Parkplatz suchen musste, außer Sichtweite der Schnüffelnasen aus der »Blauen Traube«. Wohin die gegangen waren, unterlag keinem Zweifel. Sie würden nicht erfreut sein, ihn zu sehen. Wieder bewahrheitete sich die alte Erfahrung: Improvisationen bringen nichts, wenn exakte Planung möglich ist. Er hätte planen sollen und hatte improvisiert. Aus – er gab es selber zu – schierer Bequemlichkeit. Wenn alles gut lief, wurde er bequem, ein Charakterfehler, aber so war es halt.

Er musste in die Burg. Etwas abholen. Hätte er es damals gleich mitgenommen, wäre alles paletti. Aber er hatte ja den Schlaumeier spielen und einen Über-drüber-Schmäh abziehen müssen …

Er stellte das Auto weit entfernt ab und machte sich auf den Weg zur Burg. Den Zufahrtsweg konnte er nicht benutzen. Die Gefahr, dass die ihm entgegenkamen, war zu groß. Also schlich er sich von hinten an. Über einen steilen, dicht bewaldeten Hang. Der feuchte Untergrund ruinierte Schuhe und Hosenbeine. Er fluchte beim Hinaufkeuchen. Dabei war nicht einmal sicher, ob er oben einen Beobachtungsplatz finden würde. Dort wollte er ausharren, bis die Arschlöcher weg waren. Was wollten die überhaupt noch hier? Die Sache war doch aus dem Ruder gelaufen. Ziemlich hässlich. Aus der Presse war die Identität der Opfer der Schießerei in der Strecker-Gasse nicht zu entnehmen; der Tote im Auwald konnte nur Oberarschloch Wolfegg-Seitenstetten sein. Da hatte er verdammtes Glück gehabt – seine finanziellen Forderungen grad noch rechtzeitig beim Baron durchgesetzt. Aus einem Stein kann man keine Milch pressen, aus einem toten Mann kein Geld. Die in dem Haus am Bach? Wahrscheinlich Mirko und der Gotteskrieger-Kasper. Umgelegt von Ambrosius. Ja, das war durchaus möglich. Die Öffentlichkeit will es nicht wahrhaben. Aber Wissenschaftler, wenn sie einmal eine »große Idee« gepackt hat, sind wie der fünfte Reiter der Apokalypse. Büchel wusste das, er hatte einen gekannt … dagegen waren alle anderen Fanatiker Milchbubis.

Er stieß auf das Loch im Hang. Die Eisenbahnschwellen waren schnell entfernt. Im Licht der Taschenlampe betrat er den Kellerraum, entdeckte die Kiste mit Schloss und die Falltür an der Decke. Sie ließ sich leicht heben. Obendrauf lag nur ein Teppich. Er stieg in den ersten Stock. Was er zurückgelassen hatte, war noch da, an der bewussten Stelle. Niemand hatte sich daran zu schaffen gemacht. Nun gut, das konnte warten. Blieb die Kiste im Keller. Wieso stand sie nicht beim übrigen Schrott? Antwort: weil sie keinen Schrott enthielt, sondern etwas Wertvolles.

Im reichhaltigen Werkzeugangebot des Erdgeschosses fand er ein Brecheisen, stieg hinunter und brach die Kiste auf. Dünnes Holz, das keinen Widerstand bot. Eine Enttäuschung. Zum größten Teil war die Kiste leer, nur am Boden lagen ein paar alte Bücher und eine rissige Ledermappe, darin ein Stoß Papiere.

Er hatte die Mappe eben geöffnet, als er sie hörte. Empörte Stimmen. Er schloss die Kiste, schob die Mappe durch die Luke und zog sich hinauf. Er schloss die Klappe. Wie immer in solchen Situationen erfasste ihn eine kalte, unwirkliche Ruhe. Die Dinge liefen langsam ab, sodass er gut überlegen konnte. Hier war nicht viel zu überlegen. Die Klappe hatte auf der Oberseite einen Riegel. Er schob ihn vor. Problem gelöst. Von unten gedämpftes Geschrei und Rumoren. Er blickte nach oben. Dann ging er zur Tür, sperrte auf (er hatte natürlich einen Nachschlüssel). Draußen war alles still und dunkel, der Vorplatz der Burg leer.

Er fasste einen Entschluss, tat, was nötig war, und ging. Der Audi stand im Schatten der Außenmauer, er sah ihn erst, als er davorstand. Er sah ihn, zog seine Schlüsse und drehte sich um. Es war natürlich schon zu spät. Laut sagte er: »Das kommt davon, wenn man etwas Gutes tun will …« Dann öffnete er das Tor in der Außenmauer und verschwand in der Dunkelheit.

Die Leute einen Stock tiefer verhielten sich nicht so entspannt. Michael Scheidbach war als Erster beim Geheimgang angekommen. Die Eisenbahnschwellen lagen neben der Öffnung. Ohne nachzudenken stürmte er in den Durchlass. Lothar hinter ihm konnte ihn nicht zurückhalten. Er lief ihm nach. Mit einer Pumpgun, die er, als man dazu aufgefordert wurde, nicht abgeliefert hatte. Natürlich nicht. Jetzt war er froh, dass er sie noch hatte. Wenn der dumme Student vor ihm in das Dauerfeuer einer AK 47 lief, nützte seine Flinte auch nicht viel, es war halt besser als nichts. – Sie hatten Glück. In der kleinen Kammer lauerte kein böser Feind mit automatischer Waffe, bereit, sie alle umzulegen. Dort lauerte überhaupt niemand. Michael schrie auf, er hatte den kaputten Kistendeckel gesehen, sprang auf die Kiste und stemmte sich gegen die Falltür. Sie gab nicht nach. Lothar packte ihn am Gürtel und zog ihn runter. Michael riss den Deckel ab, wühlte in der Kiste herum, packte ein paar Sachen und ließ sich endlich von Lothar zum Eingang zerren. Dort trafen sie auf Matthäus.

»Was ist los?«

»Die Falltür ist zu. Von innen. Der Typ hat uns entdeckt. Wir müssen hier raus.« Matthäus verstand, drehte um. »Raus, alles raus!«, schrie er den Nachfolgenden zu. Mit erstaunlicher Geschwindigkeit bewegte sich die Gruppe ins Freie. Als ob sie jetzt begriffen hätten, dachte Lothar, dass sie wie Lemminge in eine Falle gelaufen waren. Der böse Feind konnte ja auch außen lauern. Hinter einen Baum. Jetzt im Dunkeln war das Verstecken leicht. Der böse Feind und seine AK 47. Er könnte sie nacheinander abschießen, wenn sie aus dem Geheimgang rannten. Schön, er brauchte dazu ein Nachsichtgerät. Mittlerweile sah man unter den hohen Bäumen nicht mehr die Hand vor Augen.

Aber waffentechnisch blieb es still, keine Schüsse, kein metallisches Klackern vom Verschluss. »Licht aus!«, bellte Lothar. Sie gehorchten. Alle blieben stehen, wo sie waren. Im Wald war es still, nur leichtes Windrauschen hoch in den Wipfeln. Niemand sagte etwas. Lothar hob die Tasche mit der Hohlraumkamera auf. Die brauchte er nicht mehr. Er kam sich nutzlos und lächerlich vor.

»Wir sind solche Arschlöcher«, sagte er so leise, dass man ihn kaum verstand. Matthäus seufzte, was man deuten konnte als: Meine Rede, es hat nur keiner geglaubt. Ramón nickte heftig, im Dunkeln sah es aber niemand.

»Wie geben der Polizei einen anonymen Hinweis.« Es war Franz-Josef Blum, der das Unaussprechliche aussprach. Sie hatten auf ganzer Linie versagt.

Sie wandten sich zum Gehen. Ramón machte den Schluss. Sie waren am Fuß des Hügels angekommen, auf dem Weg zu den Autos, als er rief: »Alla, mirad, la luz!« Die Aufregung, die ihn ins heimatliche Idiom fallen ließ, war berechtigt. Auf der Spitze des Burgbergs der Frastafeders leuchtete es. Hell, rötlich gelb, flackernd. Alle blieben stehen.

»Da brennt was«, sagte Dr. Peratoner.

»Ach so?«, sagte Lothar. »Und ich hab's doch glatt für die Scheinwerfer von der Burgdisko gehalten …« Dr. Peratoner verzichtete auf eine Antwort, Streitereien brachten nichts. Sein Kopfweh war verschwunden. Michael Scheidbach neben ihm zitterte am ganzen Körper. Der Chemiker legte den Arm um ihn.

»Du kannst nichts dagegen tun. Und es ist nicht deine Schuld. Nicht du hast sie angezündet.« Michael nickte, das Zittern blieb.

»Wir sind nicht hier gewesen«, sagte Lothar Moosmann.

»Keiner von uns. Und wir rufen keine Polizei und auch keine Feuerwehr. Die könnte sowieso nichts mehr tun. Das siehst du ein, oder?«

»Ja, ja, schon gut«, sagte Michael. Er drückte die Papiere, die er gerettet hatte, an sich. Sie gingen weiter zu ihren Autos und fuhren nach Dornbirn in die »Blaue Traube«.

Kaum dort angekommen, erhielt Michael mehrere Anrufe. Seine Eltern wollten wissen, wo er war; in Dornbirn, sagte er, bei Freunden. Sie fragten nicht, was das für Freunde waren, es genügte ihnen, dass er nicht in der Nähe der Frastafeders war, die brenne nämlich. Ja, eben jetzt, lichterloh. Er sei, sagte er, schon seit gestern nicht dort gewesen. Er komme bald heim. Dann rief die Tante an, ihr Mann sei wie betäubt, es brenne jetzt schon ganz oben, sagte sie. Einen Moment irritierte ihn die Vorstellung von seinem Onkel, dessen Kopf in Flammen stand, dann verstand er. Der Onkel musste die Tatsache verkraften, dass seine ganze über Jahrzehnte gehortete Sammlung nützlicher und kurioser Dinge verbrannte. In einem Feuer, das nun das Dach erreicht hatte. Man sieht es im ganzen Walgau, meldete die Tante, sogar bis Bludenz, von wo ihre Cousine angerufen habe, was denn da für ein Riesenfeuer ausgebrochen sei. Mehrere Feuerwehren, sagte die Tante, aber machen könnten sie sowieso nichts wegen dem Wasser. Etwas missverständlich, aber Michael wusste, was die Tante sagen wollte: Die Feuerwehr musste das Wasser von einem Bach auf den Burghügel hinaufpumpen – bis das alles funktionierte, war der Turm ausgebrannt. Wie sich herausstellte, hatte die Falltür zum Keller den Flammen nicht standgehalten; durch die Luftzufuhr durch den Geheimgang entstand ein so starker Sog nach oben, dass alles organische Material im Turm bis zur völligen Veraschung verbrannt wurde. Die brennenden Holzdecken und das Dach stürzten nacheinander ins Erdgeschoss. Die Feuerwehr hatte auf Grund der Bauweise keine Möglichkeit, einen wirksamen Löschangriff zu unternehmen, und beschränkte sich darauf, kleinere Waldbrände zu löschen, die in der Umgebung der Burg durch den Funkenflug vom Dach ausgelöst wurden.

Die Brandermittlung gestaltete sich schwierig, weil der Schutt aus der kleinen Eingangstür Stück für Stück herausgezogen werden musste.

Dann entdeckte man die Knochenreste, und die Sache bekam eine neue Dimension.

Michael Scheidbach und sein Onkel erklärten übereinstimmend, von irgendwelchen Knochen nichts zu wissen. Die Gebeine waren stark verkohlt und zertrümmert, sie konnten keinen Vermissten zugeordnet werden. Gewebereste wurden nicht gefunden, die völlige Einäscherung eines Menschen hielt der Sachverständige bei den erreichten Temperaturen allerdings für möglich. Im Turm der Frastafeders war so viel Brennmaterial gelagert gewesen, dass die Menge einem Riesenscheiterhaufen gleichkam. Die gefundenen Reste entsprachen drei Individuen, zwei Männern und einer Frau.

Kein Rätsel war die Brandursache. Brandstiftung, worauf schon der Gang hinwies, der vom Turmkeller ins Freie führte. Onkel Scheidbach gab an, ihn vor Jahrzehnten zugeschüttet zu haben, vor kurzem war er wieder geöffnet worden. Vorhandene Spuren um den Ausgang waren durch die von überall zur Burg strömenden Schaulustigen zerstört worden. In dem weichen Waldboden hinterließ zwar jeder Schuh einen Abdruck, aber mit der Betonung auf *jeder*. Die meisten stammten von Feuerwehrstiefeln. Über den Hang mit der Öffnung wurden dann die Druckleitungen vom Bach hinaufgelegt. Zeugenaussagen fehlten. Die ersten Zeugen wurden aufmerksam, als die Flammen aus dem Turmdach schlugen. Andererseits musste Onkel Scheidbach zugeben, dass es mit den Schlüsseln zu seinem Turm so eine Sache war. Es gab mehrere, aber wo die nun alle waren, konnte er nicht sagen. Einen versteckte er immer unter einem bestimmten Stein vor der Außenmauer, damit er nicht wieder heimfahren musste, weil er den Schlüssel vergessen hatte. Beim Hinterlegen konnte ihn jemand beobachtet haben. Dieser Schlüssel war nach dem Brand zwar noch da, das hieß aber nicht, dass er von dem Brandstifter nicht benutzt worden war. Der konnte ihn ja nach vollbrachter Tat hinterlegt haben. Offiziell wusste niemand im Dorf von diesem Zweitschlüssel – das war aber zu erwarten, denn jeder, der noch seine fünf Sinne beisammen hatte, würde ein solches Wissen abstreiten – jetzt, da die Burg Frastafeders durch Fremdeinwirkung abgebrannt war.

Eine weitere Komplikation war der Audi Q7 im Burghof. Er wurde als jenes Fahrzeug identifiziert, mit dem Baron Wolfegg-Seitenstetten nach Vorarlberg gekommen war. Also stand der Brand der Frastafeders in Verbindung mit dem Mord an dem Baron in Dornbirn. Man fand am Wagen auch einen GPS-Sender, was die Lage allerdings nicht durchsichtiger machte.

Die polizeilichen Ermittlungen gerieten ins Stocken, bis von ganz anderer Seite ein neues Licht auf die Sache geworfen wurde. Es meldete sich der Pfarrer Brandner aus Tisis, der die Berichte über den Brand in den Medien verfolgt hatte. Eine Eingebung, so gab er an, habe ihn den Karner der alten Kirche aufsuchen lassen. In diesem Beinhaus war nämlich alles schön geordnet. Zwar trugen die Knochen keine Nummern, aber ihre Zahlen waren, geordnet nach Typ, in einem alten Schriftstück festgehalten, das der Pfarrer vom Vorgänger übernommen hatte. Diese Zahlen veränderten sich auch nicht, der Karner war seit über vierzig Jahren nicht mehr in Betrieb. Pfarrer Brandner kam bei Betrachtung der Gestelle etwas seltsam vor. Er machte sich die Mühe, die Gebeine zu zählen. Das Ergebnis stimmte nicht mit seiner Liste überein. Es fehlten zwei Skelette, genauer: die großen Knochen von zwei Skeletten und zwei Schädel. Beim Durchsieben der Brandasche der Frastafeders hatte man aber die Bruchstücke großer Knochen und von drei Schädeln gefunden.

Zufall? Die mediale Debatte lief heiß. Es kamen sogar Fernsehteams von deutschen Privatsendern, um irgendwelche Geschichten um geraubte Gebeine zu fabrizieren – wozu geraubt? Natürlich für unaussprechlich grauenvolle Geheimrituale, durchgeführt von wem? Je nach Lesart von Freimaurern (die eher traditionelle Meinung von Pfarrer Brandner) oder Satanisten, die in Vorarlberg sowieso ein Zentrum unterhielten. Das war zwar frei erfunden, passte aber zur Geschichte besser als die etwas altvaterische Freimaurer-Theorie des Pfarrers. Es war der Redakteur eines Aufdeckerfernsehmagazins, dem die Verbindung der Knochen mit den ausgebrannten Resten eines Apparates auffiel, der zweifelsfrei als Kugelmühle identifiziert wurde – und vom Scheidbach-Onkel ebenso zweifelsfrei als nie in seinem Besitz befindlich gewesen bezeichnet! Mit der Mühle hatten die Satanisten die Knochen zermahlen, ganz klar. Wozu? Für ihre Rituale zur Erringung der Weltherrschaft. Oder wenigstens zur Zerstörung der katholischen Kirche (O-Ton Pfarrer Brandner). Und das geht mit den Knochen alter Tisner und Tisnerinnen? Selbstredend nicht – es sind ja auch die Knochen von im 17. Jahrhundert verurteilten Hexen und Hexenmeistern. Auch das frei erfunden, dazu schlecht, denn wie sollten die Gebeine abgeurteilter Teufelsbündler in geweihte Erde und von dort in den Karner kommen? Aber die deutschen Fernsehmenschen sahen das nicht so eng, die Hälfte waren Protestanten, die andere sowieso Atheisten. Pfarrer Brandner verzichtete darauf, eine theologische Debatte loszutreten, und bestätigte nur, dass einzelne Knochen durchaus aus dem 17. Jahrhundert stammen konnten. Als Repräsentant einer modernen Kirche, die »bei den Menschen« war, gab er bereitwillig Interviews. Nur von seinem Adlatus, dem Herrn Scholz, sprach er kein Sterbenswörtchen, der war nämlich verschwunden. Ohne etwas mitgehen zu lassen, das muss auch gesagt sein. Also ließ der Pfarrer die möglichen Verbindungen seines zeitweiligen Mitarbeiters mit der Knochengeschichte im Dunkeln. Dort, im Dunkeln, blieb auch die Herkunft der Gelder, die Scholz so effektiv aufgetrieben hatte; sie waren, das muss man auch sagen, längst ausgegeben, aber nicht für goldene Badewannen, sondern für eine dringende Glockenturmreparatur und für die kirchliche Leihbibliothek.

Während die Wogen der Debatte hin und her – nun ja – wogten, bewegte sich in der »Blauen Traube« gar nichts. Alle waren, bildlich gesprochen, zu Stein erstarrt. Die letzte Bewegung, die man so nennen konnte, kam von der Baronin Seitenstetten; sie war mit Laska nach Wien gefahren. Michael Scheidbach wohnte wieder bei seinen Eltern, denen als Erstes auffiel, dass er nicht mehr trank. Keinen Schluck und kein Schlückchen. Das war zugleich auch das Letzte, was ihnen auffiel, weil sie alles andere nicht interessierte. Michaels Computer war ein Raub der Flammen geworden, nicht aber der Stick, den er an einer Kette um den Hals trug. Mit allen Unterlagen und der Rohfassung seiner weit gediehenen Dissertation drauf. Er saß oft in der Landesbibliothek in Bregenz und machte auf dem Rückweg einen Abstecher in die »Blaue Traube«; es gelang ihm zuerst aber nicht, die Schockstarre zu durchbrechen, die alle dort befallen hatte. Sie ducken sich, dachte er, sie ducken sich und hoffen, dass der Sturm vorüberzieht. Obwohl das gar nicht nötig ist. Der Sturm ist doch schon vorbei! Seit er nicht mehr trank, hatte Michael Scheidbach eine optimistische Lebenseinstellung. Matthäus und Mathilde führten ihr Gasthaus, Tochter Angelika half aus. Franz-Josef Blum und Dr. Peratoner tranken ihre Biere, aßen ihren Lumpensalat oder was es sonst gab und unterhielten sich in gedämpftem Ton über belangloses Zeug. Niemand sprang auf, um einen Toast auszubringen, Franz-Josef gab keine Arien aus dem deutschen romantischen Fach zum Besten, und spätestens um elf waren alle daheim. Lothar fehlte, er hielt sich in der Innerschweiz auf, wo ein nebuloses Restaurierungsprojekt seine Anwesenheit erforderte; er ist einfach davongelaufen, dachte Matthäus Spielberger. Die Stimmung in seinem Gasthaus ertrug er kaum, der einzige Trost war die Astronomie. Er hatte den unförmigen amerikanischen Siebzehneinhalb-Zoll-Dobson an den örtlichen Astroclub verkauft – zur Hälfte des Neupreises. Die waren ganz begeistert, das hohe Gewicht spielte keine Rolle, weil sie immer zu mehreren Sterne schauen gingen. Zumindest war das der Plan. Matthäus hatte seine Zweifel, ob sich in der Praxis dann wirklich zwei oder drei zusammenfinden würden, um das Riesending aufzustellen. In seinem Fall war die Begeisterung der Kollegen abgeflaut. Er hatte sich von einer Werkstatt in Deutschland einen Gitterrohr-Dobson bauen lassen und so auf eineinhalb Zoll Spiegeldurchmesser verzichtet, aber an praktischer Verwendbarkeit gewonnen. Das Instrument ließ sich zerlegen, wog nicht einmal halb so viel wie das alte, er konnte es allein aufbauen. Der Aufpreis für das neue Gerät blieb in einem Rahmen, der von Mathilde zwar nicht mit Begeisterung, aber ohne Einwände zur Kenntnis genommen wurde. Es war wie beim Verkauf des alten Autos, wenn man danach auf ein kleineres, neues Modell umsteigt: Man muss was drauflegen, aber keine völlig verrückte Summe.

Das Fernrohr besänftigte Matthäus Spielberger. Er fuhr jetzt oft mit seinem Instrument in den hoch gelegenen Ortsteil Kehlegg, wo die Lichtverschmutzung des Rheintals zwar noch spürbar, aber nicht mehr so katastrophal war wie im Talgrund am Rand von Dornbirn. Der Fahrweg führte durch das Bergdorf Kehlegg auf eine Alp, da war es in der Nacht schön finster. Matthäus hatte an diesem Abend den Suzuki neben dem Weg geparkt und den Dobson in der Wiese aufgebaut, was keine zehn Minuten in Anspruch nahm. Er hatte Übung. Er wollte die gute Sicht nutzen und die Galaxien M 82 und M 81 im Großen Wagen aufsuchen und hatte die Himmelsgegend mit dem Peilsucher schon eingestellt, als er Schritte hinter sich hörte. Jemand kam näher und räusperte sich dabei. Ein rücksichtsvoller Mensch, der mich nicht erschrecken will, dachte Matthäus und drehte sich um. Jetzt erschrak er trotzdem, denn so dunkel wie auf La Palma, wo die großen europäischen Teleskope stehen, ist es auf einer Alp bei Dornbirn nicht, weshalb das dunkeladaptierte Auge einen Ankömmling erkennt.

»Ich hab mir gedacht, ich such Sie hier auf«, sagte der, »unten wär zu viel Betrieb.«

»Spionieren Sie mir etwa nach?«

»Natürlich, anders geht es ja nicht, wenn ich Sie allein sprechen will.«

»Und was wollen Sie?«

»Ach, ich hab nur angenommen, Sie hätten noch Fragen …« Rudolf Büchel klang beleidigt, »aber bitte, wenn Sie nichts wissen wollen …«

»Warten Sie! Was für Fragen soll ich denn haben?«

»Ach kommen Sie, Herr Spielberger! Wer die Burg angezündet hat, zum Beispiel, das wäre doch eine interessante Frage.«

»Das waren Sie?«

»Nach dieser Einleitung war das nicht mehr schwer, dafür kriegen Sie keinen Punkt!«

»Na schön. Und warum haben Sie die Burg angezündet?«

In Büchels Gesicht zeigte sich so tiefes Erstaunen, dass es sogar bei dem schwachen Licht, das vom Rheintal heraufleuchtete, erkennbar war.

»Zur Desinfektion natürlich! Sie enttäuschen mich, Herr Spielberger. Ich hatte angenommen, die Sache sei Ihnen klar. Die echten Knochen, die vom Baron Seitenstetten, sind im Polizeilabor. Weil sie, wie die anderen beiden Skelette, aus dem Brandschutt der Burg geborgen wurden. Diese Knochen haben die Frastafeders nie verlassen ...«

»Was? Ach so ... Also haben Sie dem Wolfegg natürlich nicht die echten Knochen verkauft, sondern ...«

»... ein Skelett aus dem Karner in Tisis, ja. Ich bin doch nicht verrückt und mach einen Deal mit so gefährlichen Sachen. Man sieht ja, was passiert, wenn das in falsche Hände gerät!«

»Sie sind ein Menschenfreund ...«

»Ja, lachen Sie nur! Das bin ich tatsächlich. Ich liebe die Menschen, ich bin Humanist ...«

Matthäus beruhigte sich allmählich. »Sie haben also unter den Augen vom Michael Scheidbach die echten Knochen gegen eine Fälschung ausgetauscht – und dann dort gelassen?«

»Mein lieber Herr Spielberger, wo denn sonst? Dieser Turm, vollgestopft mit Gerümpel, war das ideale Versteck!«

»Moment: Dann hat dieser Ambrosius dem Scheidbach eine völlig harmlose Fälschung abgenommen?«

»So ist es.«

»Wieso hat sich der andere dann angesteckt, dieser … wie hieß er?«

»Mirko. – Der arme Mirko hat sich nicht an den Gebeinen des längst verblichenen Baron Seitenstetten angesteckt, sondern am Scheidbach. Der war ja schon krank, als die beiden ihn aufgesucht haben.«

»Und wo hat der sich angesteckt?«

»Na, an den Knochen. Den echten, mein ich. Er hat ja lang genug damit herumgefuhrwerkt.«

»Woher wissen Sie das alles? Sie waren doch nie dabei …«

»Vom Michael Scheidbach. Er hat zwar in seinem Fieber nicht alles mitgekriegt, aber das dann doch, dass er zweimal bestohlen wurde, erst von Ambrosius und Mirko und dann von dem Gotteskrieger. Die sind ja dann wieder bei ihm aufgetaucht, als er gesund war.«

Matthäus Spielberger dachte nach. Dann sagte er: »Wo ist Achmed?«

»Aha, ich sehe, allmählich denken Sie mit! Man hat drei Skelette gefunden, das vom alten Baron Seitenstetten und zwei aus dem Karner in Tisis, fehlt also das von Achmed, dem Terroristen …«

»Wenn der in der Burg war«, setzte Matthäus fort. »Davon sind wir ausgegangen.«

»Ich auch.«

»Und da haben Sie die Burg angezündet? Und den verbrennen lassen?«

»Oh, verflucht!« Rudolf Büchel kratzte sich am Kopf. »Das habe ich doch glatt übersehen, oh mei, oh mei! Ich hätte natürlich hinaufgehen und ihn höflich bitten sollen, die Burg zu verlassen, bevor das Feuer ausbricht … und mich erschießen lassen. Oder in eine seiner Scheißsprengfallen stolpern, die er wahrscheinlich installiert hat.« Sein Ton hatte sich verändert, die Stimme klang dunkel und kalt. »Leuten wie Ihnen kommt immer der Humanismus dazwischen, Herr Spielberger …«

»Moment! Humanist haben Sie sich grad genannt!«

»Ja, einen echten! Das ist jemand, der Leid von der Mehrheit der Menschen abwendet. Falsche Humanisten wie Sie und Ihre Genossen retten immer den einen und lassen die Mehrheit draufgehen!« Matthäus brach in Gelächter aus. Das sagte der Mann, der den Weltfrieden bedroht hatte wie niemand vor ihm seit siebzig Jahren! Aber es war typisch, eine Projektion, nicht der Rede wert. Nach einer Weile sagte er: »Wenn Achmed nicht verbrannt ist, dann läuft er irgendwo frei herum …«

»Jetzt kommen wir der Sache schon näher! Mir ist nicht wohl bei der Vorstellung eines lebenden Achmed. Tatsächlich wird dieses Unwohlsein nur durch das übertroffen, das mich bei der Vorstellung eines lebenden, frei herumlaufenden Achmed befällt. Verstehen Sie, was ich meine? Eines von beiden sollten wir so schnell wie möglich beenden, wenn es nach mir geht, beide, das Leben und das frei Herumlaufen. Aber da lass ich mit mir reden. Wenn Sie also wissen sollten, wo Achmed …«

»Deswegen sind Sie hergekommen! Nicht, um mich über strittige Details aufzuklären, sondern weil Sie wissen wollen, wo er ist!«

»Bitte, Herr Spielberger, jetzt kehren Sie doch nicht den Moralapostel heraus wie so ein rot-grüner Spießer! Der Typ ist gefährlich! Und nicht resozialisierbar. Oder halten Sie ihn dafür?«

»Nein«, sagte Matthäus Spielberger mit leiser Stimme, »aber

ich weiß nicht, wo er ist. Wenn ich es wüsste, wäre er längst verhaftet …«

»Na schön. Wenn er weg ist, wieso hat er dann seine Pistole dagelassen?«

»Welche Pistole?«

»Seine, Herrgott! Man hat sie erst vor kurzem identifiziert. Eine 22er Beretta. – Die Waffe, mit der dieser Baron Wolfegg und der Ambrosius erschossen wurden.«

»Woher wissen Sie das? Davon war nichts in den Medien …«

»Ich habe meine Quellen.«

»Dann sollten Sie eher dort nachfragen …« Matthäus wandte sich wieder dem Fernrohr zu. M 82 war längst aus dem Feld des Suchers gewandert, jetzt musste er das Gerät neu ausrichten. Das war das Tröstliche an der Astronomie: Das Himmelsgewölbe drehte sich, die Sterne zogen ihre Bahn unbeeindruckt von irdischen Angelegenheiten. Rudolf Büchel schien unschlüssig, was er jetzt machen sollte. Wenn er Matthäus glaubte, dass der nichts über den Verbleib des Terroristen wusste, war es sinnlos, hierzubleiben. Und wenn er es nicht glaubte, auch.

Die irreguläre Galaxie M 82 stand inzwischen im Okular: Kantenlage, der hakenfömige dunkle Streifen in der Mitte, noch nie hatte er das so plastisch gesehen wie in dieser Nacht. Ein Glücksgefühl durchströmte ihn. Er hatte die richtige Entscheidung getroffen. Kleineres Instrument, dafür dunklerer Himmel. Es hatte sich gelohnt! Daneben verblasste alles andere. »Wollen Sie?«, fragte er, ließ Büchel ans Okular.

»Was ist das?«, fragte der.

»Eine Galaxie. Messier 82. Man sieht sie von der Seite …«

»Hat sie irgendwas? Ich meine, ist sie kaputt oder so?«

»Warum?«

»Da sind schwarze Flecken drauf …«

»Das sind Dunkelwolken, riesige Ansammlungen von Staub und Gas, Tausende Lichtjahre groß …«, Matthäus verstummte. Er schaute ins Tal. Rudolf Büchel bewegte das Gerät, erkannte intuitiv, wo er drücken musste, damit die Gitterrohrkonstruktion in eine andere Richtung zeigte. »Da ist noch eine«, sagte er, das Auge am Okular. »Aber rundlicher … kann das sein?«

»M 81«, sagte Matthäus Spielberger. Er klang abwesend. »Gehört zur selben Gruppe …«

»Die bilden Gruppen? Hätt ich nicht gedacht.« Er löste sich vom Okular. Matthäus begann, den oberen Ring abzuschrauben, den sogenannten *Hut*.

»Hören Sie schon auf?«

»Ich hab keine Lust mehr. Mir ist auch kalt.«

»Na, dann will ich Sie nicht weiter stören.« Büchel drehte sich um und ging. Offensichtlich war er beleidigt, aber das war Matthäus egal. Er hatte tatsächlich keine Lust mehr, den Himmel zu inspizieren. Es gab dringende Probleme auf der Erde, offene Fragen. Der unheimliche Büchel hatte ihn durch sein Erscheinen mit der Nase darauf gestoßen.

Denn Matthäus Spielberger besaß ja die Gabe der Prophetie. Man konnte zwar keine Prophezeiungen bei ihm bestellen, etwa die Lottozahlen, aber seine Gesichte kamen in Gestalt bestimmter Träume nach eigenem Gesetz, das er freilich nicht durchschaute. Auch der Zeitraum, auf den sich der jeweilige Wahrtraum bezog, war nicht bekannt, gewissermaßen nicht etikettiert. Das bot Anlass zu Irritationen. Aber manchmal hatte nicht der Wahrtraum Schuld an Missverständnissen. Jetzt zum Beispiel war er selbst schuld.

Ihm war etwas eigefallen. Ein Traum aus dem letzten Frühjahr, als sie das Abenteuer im Gamperdonatal hinter sich gebracht hatten. Ein Ausflug ins Foramoos, ein Hochmoor bei Dornbirn. Da hatte er geträumt und beschlossen, den Inhalt für sich zu behalten, niemandem gegenüber zu erwähnen. Nicht seiner Frau, nicht seinen Freunden. Denn in diesem Traum hatte er gesehen, was er in solchen Träumen noch nie gesehen hatte. In diesem Traum war jemand gestorben. Ein junger Mann lief vor ihm her, durch einen Wald. Es ging abwärts. Kein Weg, Unterholz, das den Flüchtenden behinderte, den Träumer auch. Er konnte den Mann nur von hinten sehen, er drehte sich kein einziges Mal um. Es war etwas nicht in Ordnung mit ihm. Er taumelte beim Laufen hin und her, kam fast zu Fall. Und er sprach. Ununterbrochen, aber leise. Matthäus konnte kein Wort verstehen. Er hatte damals nicht verstanden, was mit dem Läufer los war, jetzt verstand er es.

Der Flüchtende war krank. Sehr krank. Der Traum dauerte nicht lang. Der junge Mann stürzte über eine Baumwurzel und blieb liegen. Matthäus in seinem Traum trat näher. Der Mann musste auf seiner Flucht ein Gewässer durchschwommen haben. Er war nass, seine Kleider, seine Schuhe, sein Kopf. Und er atmete nicht mehr.

Er war tot.

In seinem Traum wusste Matthäus, dass der andere tot war, wie man Dinge nur in Träumen weiß, man braucht keine Bestätigung, nicht Brief noch Siegel. Das Ganze hatte keinen Sinn ergeben. Wie konnte jemand so plötzlich sterben, nach dem Sturz über eine Wurzel hinfallen und tot sein?

Jetzt aber, ein ganzes Jahr später, zeigte sich, dass der Traum nichts anderes gezeigt hatte als die Wahrheit. Der junge Mann, den er nicht kannte und nie gesehen hatte, war nicht durch einen See geschwommen, sondern an der Englischen Schweißkrankheit gestorben. Es war Achmed, der verhinderte Terrorist. Matthäus hatte den Traum verdrängt. Im Verdrängen war er wirklich gut, es war das, was er am besten konnte. Er wusste das auch. Er hatte bis zu dieser Nacht nicht eine Sekunde an diesen Traum gedacht.

Er fuhr heim.

Am nächsten Tag rief er Lothar Moosmann in der Schweiz an. Er möge zurückkommen, sagte er, so schnell wie möglich, er habe eine wichtige Mitteilung zu machen. Lothar traf zwei Tage später in der »Blauen Traube« ein. Auch die anderen hatten sich am Abend dort versammelt. Um neun am Abend sperrte Matthäus das Wirtshaus. Sie saßen mit bedrückten Mienen um den großen Ecktisch. Er trat heran und sagte. »Es ist vorbei. Alles.«

Darauf sagte niemand etwas. Sie duckten sich. Aber vielleicht kam ihm das nur so vor. Er erzählte ihnen, was er vor einem Jahr im Traum gesehen hatte, aber damals nicht deuten konnte.

»Du hättest es uns erzählen können«, sagte Dr. Peratoner. »Vor allem das mit dem Schweiß …«

»Wasser! Ich hab das für Wasser gehalten, hab ich doch gesagt, ich hab geglaubt, der Mann ist geschwommen!«

»Ja, aber einem von uns wäre die Verbindung vielleicht aufgefallen – nachdem wir die Symptome der Schweißkrankheit an dem armen Baron gesehen hätten, dann hätten wir nämlich …«

»Ja, was?«, rief Lothar. »Was hätten wir dann? Als der Baron ins Gras gebissen hat, war doch alles schon zu spät! Da war die Katze aus dem Sack und das Gebein auf dem Weg nach Vorarlberg. Es hätte gar nichts geändert!« Dr. Peratoner seufzte und schwieg. Matthäus Spielberger versprach, etwaige weitere

Wahrträume von nun an dem verehrten Publikum zu Gehör zu bringen und nichts mehr zurückzuhalten. Damit waren alle zufrieden.

Jäger fanden die Leiche Achmeds erst einen Monat später in einem steilen Schluchtwald der Samina. Die Leiche konnte auf Grund des Zahnschemas einem Alois Praxner zugeordnet werden, der in Spanien vermisst wurde. DNA-Spuren brachten ihn in Verbindung mit den Tatorten in Dornbirn und mit dem Audi des ermordeten Wolfegg-Seitenstetten, aber wie das alles zusammenhing, blieb unklar.